Xiron Poetry Club
磨铁读诗会

英俊少年

伊沙 著

江苏凤凰文艺出版社

图书在版编目（CIP）数据

英俊少年 / 伊沙著. -- 南京：江苏凤凰文艺出版社，2023.10
 ISBN 978-7-5594-7677-7

Ⅰ.①英… Ⅱ.①伊… Ⅲ.①长篇小说 - 中国 - 当代 Ⅳ.① I247.5

中国国家版本馆 CIP 数据核字（2023）第 068644 号

# 英俊少年

伊沙 著

| | |
|---|---|
| 责任编辑 | 周颖若 |
| 特约编辑 | 修宏烨　胡瑞婷 |
| 装帧设计 | 周伟伟 |
| 出版发行 | 江苏凤凰文艺出版社 |
| | 南京市中央路 165 号，邮编：210009 |
| 网　　址 | http://www.jswenyi.com |
| 印　　刷 | 河北鹏润印刷有限公司 |
| 开　　本 | 880 毫米 ×1230 毫米　1/32 |
| 印　　张 | 12.25 |
| 字　　数 | 260 千字 |
| 版　　次 | 2023 年 10 月第 1 版 |
| 印　　次 | 2023 年 10 月第 1 次印刷 |
| 书　　号 | ISBN 978 - 7 - 5594 - 7677 - 7 |
| 定　　价 | 56.00 元 |

江苏凤凰文艺版图书凡印刷、装订错误可随时向承印厂调换

祖国的命运就是我们的命运!

——题记

# 目录

第一章
1980 _001

第二章
1981 _065

第三章
1982 _123

第四章
1983 _173

第五章
1984 _255

第六章
1985 _335

# 第一章
# 1980

一

我的中学时代是从一次运动会开始的。

这倒不是说,我一入学就开运动会,而是我的记忆出了问题:从头一年秋到第二年春这一个学期外加一个寒假的时间里,竟然出现了一片奇怪的空白,就好像我的头部受到了什么重击,当了半年植物人。

为什么会如此?我搞不明白,只能留待慢慢消化。

好在严冬过去,春天来了,万物复苏,我这个"植物人"也跟着苏醒了。

醒来就碰上运动会。

一开学就是运动会。先是校长在开学典礼上讲:"这学期的头一件大事是开运动会……"然后是班主任在班里动员:"每位同学都要主动积极地报项目,每个项目都要报满,我们一班要力争年级团体总分第一名……"

我这个"植物人"本来是比较木的、颓的,但却架不住自个儿是班里的体育委员(班主任任命的),不得不跟着动起来。关于我为何担任的是体育委员,班主任梁老师——一个慈眉善目的老太太还对我做过一番解释:"武文阁同学,你学习好,体育好,形象也好,我本来是想让你当班长的,可档案里记载着你在小学受过的处分,我也考虑过让你当学习委员，不过另外一位女同学当似乎更合适，你还是先干体育委员吧……"梁老师说得没错：按照小升初的成绩，我在班里排第一（于是学号便排在第一）；又得过全市小学生运动会60米和100米冠军，因打架而受到警告处分的事儿也是真的——难道，这要在档案里跟我一辈子吗？

　　运动会在即，本体育委员不得不投入工作了：我先给自己报满，根据规则，每人限报三项，我报了自己最擅长的60米和100米跑，以跳远作为兼项，还有4×100米接力和集体迎面接力跑。然后便是接受体育活动积极分子的主动报名：我们班的体育人才并不少。最后，根据各项空缺的名额，再去动员其他同学。总之，在运动会开幕前，圆满完成了梁老师所布置的"每个项目都要报满"的任务。还有一点让梁老师感到满意：既然报了名，就想取得好名次，这是人之常情，于是每天下午放学后，我到学校大操场去做一些自我训练。这和班里的几个体育尖子不谋而合，进而带动了更多同学……反正我是住校生，在学校里有的是时间。

　　说起来有点奇怪，大陆性气候春季雨水并不多，但这一年长安的春天却是春雨潇潇绵绵不绝，满眼都是湿漉漉绿油油的，我们学校的春季田径运动会从3月推到4月，又从4月推到5月方才召开。

　　也算是好事多磨吧。

## 二

　　运动会终于举行了。

　　往常寂静的校园里一下子变得热闹起来，停课三天，全校师生齐聚大操场——大操场是由一块标准的足球场和400米环形跑道组成，土场，上面长了一些杂草，跑道也是土质的，四周没有看台。学生们提着班里上课用的条凳鱼贯而入，按照白石灰线画定的班级位置就座，黑压压的，好不壮观，挺有气氛……

操场上，蓝天白云，彩旗飘飘，喧哗声声，高音喇叭里反复播放着《运动员进行曲》……

还有开幕式，各班报了项目的同学列队入场，绕场一周，然后分列站在操场上。我作为本班体育委员，理所当然做了旗手——说是"旗手"，举的不是旗，而是一块印有"初一（1）班"字样的牌子，没啥自豪感，除了本班观众中有人喊了一声"武文阁"，没人认识我……

各班运动员面对主席台站着，主席台上坐着校领导：校长、书记、副校长、副书记、教导主任、团委书记。

书记主持，第一项是：校长讲话。

姓林的老校长站了起来，他不坐在桌子后面讲，而是站起来，拄着他的拐杖，一瘸一拐地绕到桌子前面的立式麦克风前——每次全校开大会似乎都是如此，师生们似乎都已经习惯了：我们的林校长很善于将例行的"讲话"变成一场"训话"，开个运动会，他又会"训"点什么呢？好奇心让我抬起头来，眯着眼望着台上，只见初夏上午灿烂的阳光将老头满头梳得一丝不苟的银丝照得雪亮，这是一个仪表不凡气质儒雅很有风度的小老头，是八十年代的中国还十分罕见的老头。他环视四周，沉默片刻，紧锁眉头，表情凝重，然后用拐杖在台上狠狠敲击了三下（这是他要开口说话的信号），那重重的三下震动了立式麦克，发出一阵刺耳的轰鸣……

"同学们，你们知道我这条腿是怎么瘸的吗？"他朝台下发问。

我身前身后发出了一片瓮声瓮气的回答，没听太清："……被打瘸的……"看来大家都知道了，尤其是高中部的老生们。

"如果不是瘸了一条腿，"林校长说，"我肯定会报名参加教工老年组 100 米跑。我年轻时候，在中央音乐学院读书那会儿就是校运会百米冠军！百米成绩 12 秒！"

我身前身后想起了稀稀拉拉的掌声，我也赶紧鼓掌。

"同学们！"林校长说，"我想说什么呢？珍惜自己健康的身体吧！珍惜眼前大好的青春时光吧！艰苦的学习，未来的事业，都需要一副强健的好身体，希望大家借这次春季田径运动会的东风，课余时间在全校范围内掀起体育锻炼的热潮，像伟大领袖毛主席教导的那样：ّ欲文明其精神，先自野蛮其体魄；苟野蛮其体魄，则文明之精神随之。'——我的讲话完了！"

一片热烈的掌声。

老实说，我喜欢听这个老头讲话。

"校长训话"令我开始喜欢上了这所具有将近百年历史的本市唯一的省级重点中学——长安中学。

第二项是运动员代表讲话。

人还没上台呢，只见前排高中部的男生中出现了一阵骚动，发出了一阵起哄与叫好莫辨的嗡嗡声……顿时激起了我的兴趣，定睛朝台上望去，只见一位身穿运动服、长得特别像运动员的漂亮女生，头后扎着一个马尾辫，英姿飒爽落落大方走上台去，先朝校领导鞠了一个躬，再朝台下鞠了一个躬，然后拿出一篇稿子，念了起来……

稿子内容乏善可陈，甚至有点陈词滥调（很多话都像是从报纸上抄来的），但是她的声音很好听，音色好，还带有明显的南方口音,十分柔软,甚至有点发嗲,再加上人又长得很漂亮,让我没觉得她的讲话长……

等她讲完,我身前身后竟然响起一阵欢呼——很显然,这位女生是学生中的明星人物,因为体育成绩好吗?我隐约记得书记刚才介绍她是"全省中学生运动会高中组100米冠军"……

运动员退场,各回各班就座,开幕式宣告结束。

待到我班运动员在本班位置一落座,班主任梁老师便站起身来,拍了拍手,有话要说:"同学们,大家刚才都听到了吧?咱们的林校长原本是中央音乐学院高才生,钢琴专业的,五十年代留学匈牙利,并在国际钢琴比赛中拿过奖——如此高才生怎么可能毕业不留校呢?他为什么不留在首都北京呢?因为林校长的父亲是民国时期本省的一位大教育家,是咱们学校的缔造者。他一心希望他的儿子能够继承他的事业,把他创建的学校办好,于是咱们林校长一毕业就回来了。从年轻时起,他就担任咱们学校的校长,组织上安排他去做市教育局局长他不去,主动要求回到咱们长安中学来,一心办好父亲创建的学校……同学们,咱们的校长可是好老师(他会亲自给你们上音乐课)、好校长,是名副其实的教育家!你们这个年级赶上了学校被评定为省级重点中学的好时候,又遇上了一位真正的教育家当校长,配的是全校乃至全市全省最强的一批老师,一定要珍惜啊!"

同学们报之以一片真诚的掌声——这些话大概无人不爱听,作为初中一年级的新生,谁不希望自己考入的是一所牛逼学校呢!只有校长牛逼,老师牛逼,一所学校才可能真正牛逼——这番道理我们还是懂的。

也许是我好奇心太强了,忽然很二地提问道:"梁老师,那个……发言的女生是谁？"

梁老师微微一笑（说明我的贸然提问并未招致其反感），依旧兴致勃勃地介绍道："她叫严诗玲，是高一（1）班的学生，初中时是我班里的。她可是学生里的名人啊，家里是印尼的爱国归侨，父母都是长安大学的老师。她本人不光体育成绩出众，思想品德、学习成绩也好，是省级三好学生，抽时间我请她到咱班来给大家介绍介绍经验。"

又是一片掌声。

接下来发生的事证明我提问及时，绝非好事者问。

我们这一级"重点生"之前的学生还属于"全日制十年制教育"：初中读三年，高中读两年——也就是说，这个时候长安中学的最高年级是高二。学校早在开学初关于这个运动会的动员令中便明确宣布了：高二毕业班学生不参加运动会，继续上课或复习，迎接高考。于是在这个运动会上，高一便是最高年级，运动成绩往往也是最高。

开幕式后的第一项便是高一组的男女100米跑。

首先是男子，还是挺激烈很精彩：只听发令枪声一响，一大个儿脱颖而出，一马当先，一路领先，眼看就要撞线，不料身后紧随的一小个儿突然提速，抢先冲刺，获得冠军！高音喇叭里说，就快了0.1秒！

然后是女子——这才是重头大戏：高音喇叭里叫着"全省中学生运动会高中组100米冠军严诗玲同学即将登场，夺取校运会冠军对她来说易如反掌，她为自己制定的成绩目标是在我校的这块场地上超过省运会高中组纪录"。——广播员似乎很懂行，继续道："只有在省运会的赛场上打破省运会纪录才叫破纪录，在别的场地打破纪录只能叫超纪录。"我朝设在主席台侧的广播台望了一眼,发现这位广播员竟是带我们英语课的黄老师,班主任梁老师敏锐地发现了我的惊讶(说明她在默默地观察我们),说:"想不到是吧?播音员是咱们黄老师,北大西语系的高才生。特别多才多艺,吹拉弹唱无所不通,还是个体育迷。他的体育知识一点不比体育老师少,体育老师又没有他能说,所以这两年的校运会都由他担任广播员。"

我朝起点处望了一眼,但却什么都没望见,因为所有人都站了起来——人头攒动,人同此心,都想欣赏明星的表演!

一声枪响!

一团红色火焰喷射出来!

火焰一般的运动服、迎风飞舞的马尾辫、洁白如雪的美腿、一马当先的英姿……这幅惊艳的画面刺进了我的眼中,烙在了我的心上!

所有的喧嚣都不存在了,我的世界忽然变得一片寂静,静得让我听到了自己的心跳!

在热热闹闹的运动会上,竟有如此这般的体验,是我始料不及的。

## 三

我蒙了!

看完高一男子组的感觉是:跃跃欲试,急于想跑;看完女子组的感觉是:万念俱灰,全身瘫软!前者是激发斗志的体育片,后者是唯美丧志的文艺片。

我不知道自己是怎么看完接下来的比赛的,到了中午,饭也不吃,毫无食欲,一个人躺在集体宿舍的架子床上,上午发生的那一幕一遍遍在我脑海中回放着……直到迷迷糊糊睡着……

"武文阁,起床啦!"昏睡中有人在叫我,"下午头一项就是你的比赛吧?"

我睁开眼,见是一同住校的一位同班同学。

我想了想:下午第一项是初一组男女 100 米跑……可不是我报名参加的项目嘛!我第一反应是从枕头底下取出头晚就准备好的比赛服:崭新的白背心白短裤,再配上崭新的白袜子白球鞋——这一身崭新的洁白行头,是继母送给我的生日礼物。父亲出国了(去了日本),就在这个月我生日那天,她抱着弟弟到学校来给我过生日,请我下馆子吃了一顿好饭,还将我拉进百货商店挑选了这一身衣服。我推辞不得,就按照自己的心愿挑选了这么一身白色——一身洁白,我在 14 岁这一年的审美。

白衣胜雪——当时还没有这个词儿。

换好运动服,去了趟厕所,直奔检录处。等我随着一列参赛选手来到起跑处的时候,我还蒙着呢:双眼迷迷糊糊,大脑一片空白,甚至忘记了自己该干什么,别人都在做拉伸、压腿等准备活动,练习起跑,我却傻呆呆地站着,跟个没事儿人似的……

这时候,发生了一件事:四班班主任钟老师忽然闯入我的视野,满脸杀气,朝我身边的一位同学噔噔噔走过来,当胸击了那孩子一掌:"振作!振作!振作!你抖什么?还没比呢,你怎么就害怕了?你怕他干什么?你看看他,他也是人,他能把你吃了咋的?"——看他手势,钟老师指的是我,他班的这位选手怕我?!看来我在短跑上已经名声在外了,极有可能是同代我们体育课的老师将课上的测试成绩传了出去，或者是他们在暗中观察到我近一个月来的自我训练……

这个意外的小插曲本该让我振作起来，但却没有起到这样的效果，我依然梦游一般，像一具行尸走肉。

一班两位，共有四班，八人上道，一组决赛。

"各就各位，预备！"

发令枪响了——其实，我压根儿就没听到，是看到别人全都跑了才跑的，最后一个起跑。

是一出发便落后的局面刺激了我追赶的本能——这下子，就像兜头浇下一桶冰水，我完全清醒了！在一瞬间里，调集了自己全部的爆发力。

跑到30米处，我已经追到了第二。唯一的领先者就在我左前方一米外，正是那个与我个头差不多被钟老师当面斥责当胸击了一掌的四班同学……这时候，有个声音在我心头雷鸣般炸响："这家伙怕我！"

这是非常给自己长劲的一个声音啊！

我又提速了，在40到60米与他展开了一番争夺，随即完成了超越，最后30米我的视野中一片空旷，只能看到越来越近的终点处掐表的体育老师们。

也许是我在前半程劲没有使出来，还有气力完成一个漂亮的冲刺，最后十米，还能再次提速，跑得很疯！

我一挺胸冲过了红线——这种感觉真好！这时候我知道后怕了：就在十多秒钟之前，我自己差点迷失，忘记了去追求这种美妙的感觉！

初战告捷，激发了我的斗志。我在终点处，回过身来，望着相继到达大口喘气的对手,心想:报100米者,往往都会报60米,到了60米比赛,估计还是这些人,咱们到时候再见高低!

果不其然,到了运动会第二天上午60米比赛时竟然一个不差地还是这八个人,这一次,我再也不会给他们任何机会:我天生反应快,起跑本来就是我的优势。发令枪一响,我就一马当先冲了出去,视野中始终空旷无人,一举拿下第二个冠军。

等到下午比跳远时我已经一身轻松了,但态度上依然很认真。跳远才是我真正的"兼项"(是报200米还是跳远我犹豫了好久),我是靠奔跑速度而非弹跳力跳远的——这种类型的选手容易犯规,所以比赛开始前我仔细量步点,为了避免犯规,还留出半步来起跳,宁愿吃点小亏,结果把把成功,早早确立优势,如愿拿下第三项冠军。

我们班确实有人才,男女生都拿了不少冠军,但"三冠王"却只有我一个,全年级也只有我一个。

最后一天举行的多项接力赛,我们班包揽了全部冠军,我在竞争最激烈的男子4×100米接力比赛中又为班级立了功。我跑最后一棒,接棒时我们班已经落后了,需要我来力挽狂澜,结果100米比赛时的情景重现:我再一次上演了不断超越的好戏……

这种胜法更加刺激!

我冲过终点,回过身来,高举起接力棒,一位掐表计时的年轻男老师走到我面前——我以为他是来收接力棒的,赶紧递上去……

他一笑:"我不要你的接力棒——我要你!"

我一愣,不明白他的话。

"你叫武文阁对吗?初一(1)班的?"他问。

"……是。"我答。

"想参加校田径队吗?"

"……想!"

"好极了!下星期一早上6点钟,到这条跑道上来集合,参加训练。"

"老……老师,您是……?"

"我是代高中部体育课的老师,校田径队短跑组教练,我姓蔡。"

"蔡老师!"

"到时见!"

这真是一个叫人振奋的消息!

这次校运会,冠军的奖品是一个塑料皮的笔记本,我已经得了三个笔记本,还为集体争得了三张奖状(两项接力赛和团体总分第一)——这些东西加起来都不及这个好消息!

校运会"三冠王"让我在初一时便直通校田径队!

## 四

运动会第三天只占用了半天,到中午便闭幕了。下午放假,再加上接下来就是星期天,我们有一天半的休息时间——于情于理,我该回一趟家,但因为父亲出国不在家,我回家后总觉得有点别扭:家里有继母带着一岁的弟弟,继母的母亲也来帮她带孩子。在那个家里,在父亲不在时候,我总觉得自己是一个多余人,所以找到借口就不回家。

这一次的借口很大:我被校田径队录取了,星期天要训练。

但我知道必须及时给继母打个电话,否则她会跑到学校来看我——父亲越不在家,她就对我越好,本来已经对我很好了……这大概就是继母与生母的区别吧?我母亲死得太早,让我无法做出对比,但我可以拿生父与继母做对比,父亲对我好,让我感觉不到他在努力,一切都那么自然而然。他对我糙一点,我也无所谓;继母则不然,你会感到她在使劲,她在故意对你好,所以才感到别扭。还有就是:我还没有改口呢,这个"妈"字一直叫不出口,我都把她妈叫作"外婆"了,把她的爸叫作"外公"了,但还是呼之为"阿姨",我感谢父亲并没有强迫我改口。

　　这时候,我家还没有安装电话,父亲被破格提拔为国测局测绘大队副大队长(副处级),单位要给我家装电话,他新官上任,做了一下姿态,说等到7月份我们搬到单位新盖的家属楼上再装不迟。因此,我得等到下午下班时间把电话打到办公室才能找到继母。运动会一结束,学校便呼啦啦走空了,因为多出了半天休息,连家不在本市的住校生都走得一个不剩,集体宿舍里真的只剩我一个人了。我还处于被校田径队录取的亢奋之中,觉得应该好好犒劳自己一下(毕竟获得了全年级唯一的"三冠王"),就没去学校食堂吃那已经吃腻的饭,而是独自一人穿过空荡荡的校园走出学校大门,来到街头,穿过马路,走进一家门面挺大的国营餐厅,大模大样地坐下来,为自己点了一个鱼香肉丝(我打小最喜欢的菜),一个砂锅豆腐,还有四两米饭,慢慢享用。

　　尽管吃得很慢,吃完了我看了一下餐厅墙上的挂表:也才一点半。我走出餐厅到街上溜达了一大圈,然后找到一处公共电话,拨打了继母办公室的电话:

　　"喂——"是她的声音,她普通话很标准,声音也好听。

　　"阿姨,是我。"

"索索呀，这时候打来电话，是不是又不回家了？阿姨烧好了红烧肉，等你回家吃晚饭呢。"

"回……回不去了，我被校田径队录取了，明天一大早就要训练。"

"被校队录取了！你才初一，太了不起了！那一准儿是你这次校运会成绩很出色吧？"

"还可以，拿了三个个人项目的冠军。"

"我的天！太厉害了，你比赛时穿阿姨给你买的那身运动服了吗？"

"穿了，谢谢！"

"这孩子！你跟我还客气！哦，对了，这星期，你爸爸从日本打电话回来了，说他一切都很好，让我们放心，说他还有一周就回国了，他很关心你……"

"我……下周末一定回家。弟弟……还好吧？"

"还好，还好，能吃能睡，见人就笑，单位里的叔叔阿姨都说长得像你小时候……你关心弟弟，阿姨很高兴。"

"好，我不多说了，公共电话，有人排队。"

"好，不回家，你自己改善改善生活，别老在学校食堂吃，别怕花钱。"

"嗯，再见！"

我把电话挂了，其实并没有人排队。我在电话中提到弟弟，让她很高兴——这也并非故意：她提到父亲，我就想到弟弟，说明在我心目中，他们都是我的亲人。血缘真是个强大的东西，每次回家，那个越长越像儿时照片上的我的小家伙，对我是有吸引力的：我总是想多看他几眼，多逗他玩会儿，我的同父异母的亲弟弟！

有道是：穷人的孩子早当家——我算是：没妈的孩子早自立。我明显比同龄人更会安排自己的生活：这天下午，我用来洗衣服，在集体宿舍前的露天水龙头下，将运动会期间穿脏的衣服全都洗了，搭在晾衣绳上晒干……为即将开始的田径队训练做好准备。晚饭在学校食堂吃，让我小吃一惊的是：跟校园中一样，食堂里也空空荡荡，一个学生都看不见，只有个把单身教工在那儿吃。我在窗口打好饭，一回头看见一个人，惊呼道："……蔡……老师！"——是的，就是刚刚把我召进校田径队的那个年轻的男老师，他有一头短短的紧贴着头皮长的自来鬈发（我上午便注意到了）！

"武……文阁！"他也认出我来，"你……咋不回家？"

"我……我……"我满嘴胡交代，"我家里没人，回去也没啥意思。"

"不回也好……记住哦，后天早晨6点整在操场训练，别迟到，迟到了要罚跑圈的。"

"是！"

生活中总是充满着预想不到的事情：这么快又在食堂撞见蔡老师，让我的亢奋又陡增了两分：这是真的，我不是在做梦，这一切都是真的！

一高兴，我又想犒劳自己了，跑到距学校最近的和平电影院看了一场电影。周末观众多，片子也不错：《天云山传奇》，买的还是黄牛票。

整个星期天，我只做了一件事——是班主任梁老师布置给我这个体育委员的一项任务：在教室后墙的黑板报上做一个"光荣榜"，将本届校运会上我班所有取得名次的同学的名字都写上去。梁老师给的时限是一周完成，我想利用星期天把这件事做了，不占用我的学习时间。我打小学过画，习过美术字，小学时就善于办黑板报，上了中学当的是体育委员，黑板报是由宣传委员负责的，他平时办得真不咋地，现在我逮着机会想露一手，便把这原本应该简简单单的"光荣榜"搞得花里胡哨的：画了好多插图和装饰画……

我想：星期一早上，他们会感到惊喜。

这天晚上，住校生纷纷返回，跟本班的两个同学热闹了一会儿之后，我便早早上床躺着了，但却迟迟睡不着，满脑子都是明天一早校田径队的第一堂训练课……

我铁定是第一个上床的，但也许是最后一个入睡的，睡着之前，我听到住有20名男生的集体宿舍（原本是一个仓库）鼾声一片，此起彼伏……

总算睡着了，还做了一个梦：梦见我们一家人——父亲、继母、我和弟弟到本城最大的兴庆宫公园去玩（这一幕是去年国庆节那天的情景再现）。弟弟躺在手推车里，我推着弟弟，在一片草地上跑，父亲和继母在身后大叫："别跑太快！别跑太快！"但我却越跑越快，脚底下不听话，停不下来。在我奔跑的前方，是蔡老师的一头卷毛（这头黑卷毛与绿草地相映成趣），他手里掐着秒表（仿佛站在百米跑道的终点处），冲我高喊："快一点！再快一点！冲——刺！"我拼命向前跑着，身前的小推车忽然侧翻，弟弟像个包裹似的甩了出去……身后是继母的哭喊和父亲的斥责声，吓得我不敢转过身来……

我被吓醒了，看看父亲送给我的小闹钟的夜光指针：五点半——时间正好。赶紧把闹钟取消了，以免闹醒别人。

我一边反刍那个梦，一边穿衣服：那该算是一个简单的梦，不难解读，不管如何解读，至少说明我的心里有他们，有此一家人的存在……这让我得到了一丝莫名的慰藉！其实我比别人更渴望拥有一个温暖的家！我将临睡前就置于枕下的洗得干干净净的继母买的"一身白"换上，轻手轻脚地穿过那一片黑黢黢的鼾声，摸出集体宿舍的门……

外面天色已亮，空气很凉，穿短裤背心似乎有点少了，我犹豫了片刻：要不要再穿上秋衣秋裤？继而想到我那一身蓝色的秋衣秋裤有点旧了，并且太过平常，不够好看，就放弃了。

我先去了一趟公厕，放出一泡大尿，顿感一身轻松。

然后跑向大操场。

令我惊讶的是：这么早，空荡荡的操场上已经来了一个人，正在环形跑道上绕圈跑，待他跑到近处时我看清了——是"卷毛"蔡老师！他真像是从我梦里跑到这儿来的！来得真早！——仅凭这一点就能看出他是一个好教练！

"蔡老师早！"我向其问候道。

"很好！武文阁，第一堂训练课第一个到！"蔡老师边跑边说，"你穿得有点少啊，早晨天气凉，当运动员要随时注意保持身体的热量，明天把秋衣秋裤穿上。来，跟着我慢跑，热身……"

我跟上去，跑起来。

"跑慢，再慢一点，全身放松，动作协调，呼吸均匀，一点都别费力，对，对……"他一边跑，一边指导我。

接下来的一幕是：我们每跑一圈，就加入进来一个人，有男有女，有高中生有初中生，那些面孔我怎么都瞅着眼熟？——哦，想起来了，他们都是校运会上各年级的短跑冠军。看来，要想加入校田径队，你就必须得是校运会冠军。

慢跑了七八圈的光景，领跑的蔡老师停了下来，回过身来，吹了一声哨子:"6点了,时间到,集合!"

7人站成一列。

"向右看齐!向前看!"蔡老师喊完口令道,"咱们短跑组8名队员,今天准时到了7位,考虑到今天是星期一(有人要从家里赶回来),情况还不错!武文阁,出列!"

我吓了一跳,赶紧向前迈出一步。

"向后转!"蔡老师喊口令。

我便向后转,面朝大家。

"这位新队员叫武文阁,来自初一(1)班,刚在校运会上拿了初一组60米、100米、跳远三项冠军,是棵好苗子。"蔡老师介绍道,"我决定吸收他入队,大家对他的到来表示欢迎!"

队列里响起了稀稀拉拉的掌声。

"武文阁同学初来乍到,今天第一个到达操场训练,特予表扬,大家鼓掌!"

第二次的掌声热烈了一点。

"好,归队!"

我站回了队伍,站在队尾。

这时候,朝阳正从操场的东面升起,四周风景开始有了色彩。在金色耀眼的光芒中,一辆自行车从跑道上飞快骑来,凤凰牌女式28,径直骑到队列前刹住,车上人冲蔡老师大声叫道:"报告!"——是个女生,在朝阳的金光中像一帧黑色剪影,看不清面容,我从其脑后的马尾辫看出谁来了。

"你戴手表了吗?"蔡老师问道,"自己先看看表,迟到了几分钟?"

车上女生一抬腕(她的姿态很潇洒),回答道:"报告老师:现在是北京时间六点十二分,本人今天迟到了十二分钟。"

"为什么迟到?"蔡老师追问道。

"回了趟家,赶路迟了,周一早上路上车多。"女生回答。

蔡老师沉默片刻,一脸严肃道:"刚才我们做准备活动,在跑道上慢跑了八圈,你去补上。其他人开始训练。"

女生从车上下来,将自行车支在原地(车后座上有一个大书包),脱下外套,换上球鞋,跑向环形跑道,望着她脑后一跳一跳的马尾辫,望着她那英姿飒爽的奔跑的样子,我在心里默念出她的名字:严诗玲——全省中学生运动会高中组 100 米冠军,省级三好学生,这所学校的大名人,曾在一瞬间里在我心头掀起一场青春风暴的那个高一女生!有一点奇怪的是:从蔡老师吸收我入队开始,到她从天而降之前,将近两天的时间,我却不曾在一个瞬间里想到过:入了队我就会见到她,因为她一定在这个组里,全省中学生运动会高中组 100 米冠军,怎么可能不在本校田径队的短跑组里呢?我却从未想到过,难道我的亢奋与此无关?只是一个热爱并擅长体育的男孩加入校田径队的一种十分单纯的情绪反应?我没有时间来反刍自己两天来的心情,只是朦胧地感到加入校田径队这件事比我想象的还要美好,于是便以更高的热情投入到眼前的训练中去……

第一项训练内容是原地压腿、拉伸,还像是在做准备活动。

第二项是上跑道做 10 米的高抬腿跑,两三个来回我就上气不接下气了……

第三项是 30 米冲刺跑——这一项开始时,严诗玲完成了她的八圈慢跑,获准回到队列中,于是 8 个人各占一条跑道同时起跑,像是在比赛。我初来乍到,生怕落到最后,特别怕落到女队员后面,便发全力猛跑——还好,除了高一的严诗玲,其他三位初中女生都在我后面，尤其让我高兴的是：我作为最低年级的男生竟还拼掉了一个男生。初二的那个男生落在我后面，连续跑了几组，情况基本如此，比我快者也落我不远，蔡老师向我投来赞许的目光，我感觉到了，其他队友似乎也不敢小瞧我这名新队员了……

训练一直进行到 7 点半——是全校到大操场做广播体操的时间，因为是星期一，还有每周一次的奏国歌升国旗的仪式——在这个仪式上，又见严诗玲的倩影，她是三位护旗手之一，是其中唯一的女生……

因为她的存在，我感到心情也变得美好起来。

我是本班体育委员，也是领操员，这一天我由于初次参加了校田径队的训练，穿着一身白色的运动服，本班同学看我的眼光都有点异样了，似乎比往常多出了两分敬意……这时候，我并不知道，这另有其因。

回到班里，头两节是英语课。

只见一双红皮鞋走进教室——是的，是一双罕见的男式红皮鞋，走进了 1980 年长安中学的教室，成为全班同学瞩目的焦点——大家都知道：红皮鞋到，就是黄老师到了——这位北大西语系的高才生，一双惹眼的红皮鞋，足见其性格，而性格即命运……

"Good Morning!" 黄老师道。

"Good Morning!" 全班同学起立道。

"Sit down, Please!" 他的英语发音真好听，标准的美式英语。

大家就座，眼望前方。

黄老师明显愣了一下（他的表情本来就夸张），口中喃喃自语道："It is beautiful! ——这简直是彩色宽银幕电影啊！"

只见他一直盯着教室后面看，我这才恍然大悟：他是在说我办的黑板报啊！初次参训的亢奋让我把这事儿给我忘了。

这位校运会上的广播员继续评点道："过去的黑板报是黑白无声电影，今天的黑板报是彩色宽银幕电影；过去的黑板报是阴雨天，今天的黑板报是艳阳天，让人看了心情为之豁然开朗！宣传委员这次花了心血了，明显进步一大块，校运会后没休息啊？"

宣传委员腾地站了起来："报告老师：这期校运会专刊不是我办的，是体育委员武文阁办的。"

话音落处，响起一片掌声。

红皮鞋走下讲台，向我走来，黄老师做出夸张的惊诧表情，在我脸上端详了好长时间："看不出来，实在看不出来！我本来以为你是学习尖子，结果你在校运会上一马当先成了'三冠王'；当我以为你是运动高手，你却办出了艺术性如此之强的一个黑板报，真是深不可测啊！同学们，你们是长安中学晋升为省重点后招的第一届学生，还记得林校长是怎么称呼你们的吗？"

全班同学齐声回答："心肝肝，肺尖尖！"

"是啊！"黄老师说，"看来不受学区限制面对全市招生就是不一样啊，你们中间藏龙卧虎，大有人才！值得老夫将余生心血全都献给你们！"

听其言便可知：这是一个有情怀的好老师，是我英语上的启蒙之师。上他的英语课，我觉得上的不仅仅是英语课，而是世界文化课。在他的课堂上，我看到的不仅仅是眼前的课本，课本上的英语单词、句子、课文、练习题，而是能够感觉到彼岸的存在，感觉到外面的世界分外精彩！

后两节是由班主任梁老师上的语文课。

上课时，她面对教室后面的黑板报毫无反应只管讲课让我感到有点吃惊：这个任务是她亲自派给我的，我利用休息时间又快又好地把它完成了，她连半个字的表扬都没有。而本来她是最爱表扬学生的老师，屁大点的事儿都要公开表扬一番——她的表现不符合她的风格呀。

两节课快下时，梁老师结束了讲课，命令全班同学："向——后——转！我请大家好好欣赏一下咱们班的黑板报！我一大早来巡视早自习时就看了，这是咱们班迄今为止办得最好的一期黑板报，出自体育委员武文阁同学之手。武文阁同学在校运会上有出色表现，拿了个人项目的三项冠军，还为两个集体接力项目的取胜立下了汗马功劳。身为体育委员，他将这次校运会我班同学报名、训练、参赛的组织工作也完成得很出色，这是我们最终获得全年级团体总分第一名的关键所在。这期黑板报，我把任务交给他，他是利用星期天休息时间办出来的，办得如此之好，令人耳目一新，在此我要特别对他提出表扬。希望全班同学学习武文阁同学面对班级工作的这种敢于负责任的态度——如果我们每个人都以这种态度面对学习和工作，就没有什么搞不好的。"

全班一片掌声。

今天怎么了？这还没完呢！

下午只有两节美术课，代美术的是一位头发很长风度翩翩的年轻男老师，姓谢。出乎我意料的是：他走进教室竟然愣了一下，开口问道："这期黑板报谁办的？"

"武文阁！"班里同学齐声作答。

"谁是武文阁？"谢老师问。

我站了起来。

他看了我两眼。

"好,请坐!"谢老师说,"课间到我面前来一下。"

他并没有夸,只是让我课间到他面前去一下,干什么呢?——带着这个悬念,我第一堂课都没上好,有点心不在焉。

下课铃一响,我便战战兢兢走上前去。

"你这黑板报办得有点专业水平。"谢老师说,"你显然学过画。"

"小学时学过,时间不长。"我如实回答。

"是这样:遵照林校长的指示,我正牵头筹办丹青社——就是将学生中的有美术特长的选出来组成一个社团,开展一些活动,以此丰富大家的课余文化生活,还可以从中选拔出专业的美术人才,你愿意参加吗?"

"我……愿意。"

"你放心,不会影响学习的,一周就活动一次。"

第二节课的上课铃声响了。

我在毫无思想准备的情况下又加入了一个组织。如果说加入校田径队是我内心所盼望的,那么加入丹青社则有点稀里糊涂。一下子加入了两个组织,我想是因为第一学期什么活动都没有,把人憋的吧。

我对秋天入学后到第二年春季运动会召开这一段鲜有记忆,大概也是出于这个原因。

## 五

校田径队短跑组除了每天必有的晨练之外,每周还会有两个下午的训练时间。我第一次参加下午的训练是在小操场旁边的器材室练力量,内容有俯卧撑、仰卧起坐、单杠上的引体向上、负重深蹲等。

作为一名刚入队的新队员,我做这几项时都有惊人表现,尤其是此前从未玩过的负重深蹲,我竟然跟高一的那位小个子男子百米冠军做得一样多。蔡老师赞叹道:"好小子!你这腿部力量真不像练短跑的,更像是练举重的。有这腿力,你成绩会提高得很快。"

我注意到严诗玲的表现——有此大美女在身旁训练,我岂能注意不到:她俯卧撑、仰卧起坐、单杠上的引体向上这三项成绩都非常突出,仰卧起坐比所有男队员都做得多,但她却拒绝做负重深蹲,蔡老师竟然应允了,但也还是说:"严诗玲,你天赋高、成绩好,但身上毛病也不少,有骄娇二气。一名短跑运动员,竟然怕把腿给练粗了,腿粗怎么了?腿粗才有力量啊!我希望你早点想通这个问题,你要是加强了腿部力量的练习,我保你成绩再提高一大截,甚至能进专业队。"

"我不想进专业队。"严诗玲嫣然一笑,宣言道,"我才不为了出成绩变成大粗腿呢!"

蔡老师一脸无奈的表情:"好好好,随便你,能保住冠军就成。不过,其他女队员可不要跟她学哦,各人天赋不一样……"

"蔡老师就是从专业队退下来的,"站在我身旁的小个子冠军对我悄声道,"他曾获过全省专业组的百米冠军。"——他的这番介绍让我对蔡老师更加信服了。

训练快要结束时,蔡老师从柜子里取来几件运动服和几双钉鞋,对我说:"武文阁,你自己过来挑一套。"

啊!校队队服倒在其次,钉鞋让我一下子兴奋起来(我还没有穿过呢),马上跑过去挑选。

我先挑选了一双合脚的钉鞋,然后一件一件试穿运动服。

"嗨！小孩！"严诗玲喊道，我回头看她，发现是冲我在喊——这是她在搭理我，直呼我为"小孩"。

我望着她，不知该如何应答。

"咱们练短跑的，都屁股大腿粗，"严诗玲说，"你要挑选宽松一点的，穿起来才好看……干脆我来帮你挑吧。"说着，她就过来了。

"好——这才像个师姐的样子嘛！"蔡老师赞许道。

我感到一股子浓郁的香气扑鼻而来，顿时有点神志不清。在此之前，我从未那么近地看过她，只是觉得越看越好看（这才是真美人吧），她的眉眼有一种北方罕见的细腻的清秀（这或许与她是印尼的归侨有关）……

她挑了一套让我试，一试有点大，她说："这样才好，把你的大屁股给遮住了。"

她说好，那就好。

我说："谢谢……师姐！"

她说："呵呵，你这小孩还挺懂礼貌的，不谢！"

这堂训练课结束了。

这一声"小孩"不得了，像一枚石子投入我心湖，激起了一圈一圈的涟漪……这似乎也不能怪我自作多情，因为严诗玲并不是一个爱说话的人，她在田径队短跑组里的形象十分鲜明：像一个高傲冷漠的公主，常见别人讨好她，不见她主动搭理人……她这是怎么了？怎么一反常态地搭理起我这个"小孩"来了？这天晚上，我躺在集体宿舍的床上，回想起白天所发生的一切，久久不能入睡……

第二天晨练，她又搭理我了："小孩！瞧我给你选的这套衣服，多合身，穿起来很帅嘛！"

第三天晨练，她又搭理我了："小孩！你怎么老追着我跑？照你这速度,过了夏训就比我快了……加油!"

她还是只理我而不理别人。

我第二次参加的下午训练是一堂理论课,在大操场边的一间小教室里上的——这正是这所有点传统的省重点中学不同凡响之处吧:把体育当作教育的一部分,而不是在课堂上放羊。蔡老师给我们讲了一堂课的短跑理论,竟然讲得生动有趣,很吸引人。他留了一点时间进行课堂讨论,向我们提出了一个问题:"你最崇拜的体育明星是谁?为什么崇拜?限定一位。"

小个子冠军最先举手,抢先回答:"我最崇拜的体育明星是球王贝利,最近我一直在读报上连载的《贝利传》,他的一句话我很欣赏:我最好的进球是下一个!"

"回答得好!"蔡老师赞许道,"下一位。"

大有人抢,也许是因为在座者都是练短跑的,都有抢跑之心。

一连串的发言。

我和严诗玲拖到了最后——我心中窃喜:这说明我们有个共同点:不争不抢。

"严诗玲,你来答!"蔡老师先点她。

严诗玲站起来,马尾辫一甩,脱口而出:"汪嘉伟!中国男排副攻手。"

"因何崇拜?"蔡老师问。

"因为……他长得帅!"严诗玲的回答太让人意外了(这是在1980年西北一隅的长安中学啊),说完四下里一片死寂。她似乎有点心虚了,补充了一句:"不光人长得帅,球也打得好。"

我两眼一眨不眨地死盯着蔡老师,看见他的脸上绽放出一种哭笑不得的表情:"长得帅?我又不是让你说电影明星,球打得好可以成为理由,汪嘉伟球是打得很好,坐下吧。还剩一位,武文阁,你来答。"

我站了起来——这时候,我的答案已经锁定到一个人头上,实际情况是:我知道的体育明星真不少(肯定比他们多),我需要从中选一个出来,但以什么为标准呢?听着他们的回答,我的脑子飞转着,急中生智,私自制订了一个隐秘的标准。当我在心里搞定这一切,我的后背竟一阵子发凉,起了一片鸡皮疙瘩,就像做了贼似的……当时,我有点结结巴巴地回答道:"林……林……水镜。"

我还没答完,坐在我前排的严诗玲便猛然回过头来,急不可耐地质问我:"小孩!你……你怎么知道林水镜?"

"你说谁?"蔡老师问。

我回答:"林水镜,印尼羽毛球运动员,全英羽毛球赛男子单打冠军,他是当前最好的羽毛球运动员。"

"对不起,这人我真不知道,不太关心羽毛球。"蔡老师说,"你崇拜他什么理由?"

"首先是他球打得好,其次,他也很……帅。"我听见周围响起嗤嗤的笑声,"他真的很帅,日本还请他去演过一部电影,叫作《天王巨星》。"

这一回,蔡老师的脸上不再是哭笑不得,而是笑了出来:"呵呵,在今天大家的回答里,长得帅成了一大理由。不过你们要明白一点:作为运动员,首先要成绩好,长得帅可以锦上添花,不可以雪中送炭。好了,今天就到这儿,下课!"

我坐在最后一排,一听"下课"便直奔后门,溜了出去——我是做贼心虚啊,怕被人一把逮个正着!

我沿着操场的跑道快步行进,尚未走出操场,便听到身后有人叫道:"小孩!等等!"

我听出是严诗玲,便头也不回地继续走。

"小孩!你急什么?我有话问你!"

我一听,心更虚,只管向前走。

她猛跑几步,绕到我身前,喘着粗气说:"你耳朵塞驴毛啦,听不见我喊你啊?"

我这才放慢脚步,满嘴胡交代:"我……我……饿了,去食堂……"

"我也去食堂呀!"她与我并排而行,"我问你:你怎么知道林水镜?"

"报纸上看的,还有《新体育》杂志。"

"你知道我跟印尼什么关系吗?"

"不知道。"我恶狠狠地撒了谎。

"我生在这个国家的首都雅加达,我爷爷奶奶外公外婆两大家子现在还在雅加达,我父母是印尼的归侨,我在印尼长大,到中国来上学。"

"是吗?"我装模作样道,"那你……肯定了解林水镜。"

"当然啦,他是华裔,是我们华人的骄傲。虽说我已经好几年没回过印尼了,但我爷爷老寄印尼的华文报纸给我,所以印尼那边的情况我一直很了解。"

说着话,我们已经走出大操场,并排走在校园的小径上,我用贼眼的余光观察到我的个子跟她差不多高,我本能地挺起胸膛,想让自己显得高大一点……

"你既然崇拜林水镜,那你肯定爱打羽毛球。"

"还行吧,喜欢打。"

"那咱们找时间杀一盘。羽毛球是印尼国球,林水镜是印尼国宝,印尼的孩子几乎没有不会打羽毛球的。可惜咱们长安中学没有羽毛球的传统,不是羽毛球定点学校,要不然我肯定是羽毛球冠军,而不是短跑冠军。"

说着话我们已经来到师生共用的学校食堂,各自从柜子里取了饭盒,又在一起排队。

"你也住校……家很远吗?"我问她。

"不算很远,就在长安大学,我爸妈在那儿当老师……"

"挺近的,干吗住校?"

"我不喜欢住家里……你家在哪儿?"

"在东郊,国测局测绘大队。"

"也不远啊,你干吗住校?"

"我也不喜欢住家里。"

这样的聊天让我开心起来,我乐见于我们有更多的共同点。

我们一前一后在窗口买了饭菜,两人一起离开窗口,正准备找个地方坐下来吃,有人大声叫道:"严诗玲!严诗玲!快到这边来!"

她对我说:"是我们班同学,我先过去了,改天咱们打羽毛球。"

我稍觉扫兴,但已十分满足,一个人找了个角落,狼吞虎咽地吃起来……

## 六

又到周末。

每到周末,我就为不回家找借口而烦恼——真是不想回呀!

这一周的借口不找自来：田径队短跑组晨练时，大师姐严诗玲约我下午放学后打羽毛球，拍子和球她都备好了。我们相约4点钟在学校小操场的羽毛球场见面。

中午我一直犹豫着要不要给继母打个电话，通知她我不回去了。我不想骗她，但事实上，我并没有全骗她。只是一想到她在电话里会流露出明显的失望，这个电话就变成了负担——等到下午打完羽毛球再打吧，我想。

下午两节音乐课，由林校长亲自给我们上。由五十年代在匈牙利国际钢琴比赛获过奖的音乐教育家弹着风琴给我们上，理当成为一周学习生活的最高潮，我却连一个音符都没有听进去，满脑子都是羽毛球，还有严诗玲……

好不容易挨到第二节课下课铃声响了，课却还没有下，林校长又拖堂了——他似乎很爱拖堂，把拖堂当成家常便饭，就好像这所学校就是他们家开的私塾……

我等得心急火燎！

终于下课了！

我背起早已收拾好的书包，一个箭步蹿出教室，刚出教室，便听见有人一声大叫："武文阁！"——声音很熟悉，我循声望去，只见一个熟悉的身影站在教室前面的空地上，是班主任梁老师！她满面春风朝我招手："武文阁，快过来，瞧——谁来接你了？"

我定睛望去，在梁老师身旁站着一个更加熟悉的身影——那个身影，在我打小到大的记忆中，是我每每一望便会感到无比温暖和充满安全感的身影，曾经一度他是我全部的世界……但此时此刻，这种感觉只涌现了一秒钟便消失殆尽！老爸呀老爸，你早不回来晚不回来，偏偏在这个时候回来了！我知道，我等待了两三天酝酿了大半天的一场羽毛球泡汤了!

我像霜打的茄子一样无精打采地朝他俩怏怏走去,走到近前,梁老师说:"武文阁,你真有个好爸爸,从国外回来先不回家,从机场直奔学校来接你,不是每个家长都这么关心孩子的,尤其是住校生的家长……"

"回来了?"我问父亲。

"回来了!"父亲说,"我飞到北京才意识到:今天是周末!就从机场直接来学校接你,小鲁叔叔的车子在校门口等着,快跟我一起回家吧。"

"我……还有事儿。"我冷冰冰地说。

"什么事儿?周末了还有什么事儿?"父亲问。

"也没什么……大事儿,就是……想回宿舍……收拾一下,把脏衣服啥的……带回去。"

"这就是每周的大事儿,走,我跟你去收拾。"

"不……不用了,我自己……可以……"

"我去,刚好可以检查一下你的卫生状况。"

我不忍心再拒绝他了,我知道我完蛋了:我不但失去了这个下午的羽毛球,我连到羽毛球场通知一下严诗玲的机会都失去了!

我的心掉进了冰窟窿!

接下来发生的一幕是:我像行尸走肉般随父亲向梁老师告辞,然后带着他去了男生集体宿舍,他不愧是地质队员出身,三下五除二就将我床铺上所有需要换洗的东西打成一个包……

朝校门口走的时候,我有意领他走了一条绕远的路——因为那条路靠近学校的小操场,羽毛球场就是小操场的一部分,我很希望我能够在路上碰上严诗玲,让她看到不是我有意爽约,而是有突发情况……

但却未能如愿。

我和父亲来到校门口,正是周末下午学生大撤退的高峰:走读生徒步撤,住校生骑自行车撤——这一年,还鲜有家长开汽车来接学生的现象,而一辆解放牌吉普车很扎眼地停在街边等我们。小鲁叔叔笑容可掬地迎上来,接过父亲手中的那个大包……在一瞬间里,我想起了九年前,他把我赶下大卡车的情景,可真是九年河东九年河西呀……

"武队长,您坐前头吧。"小鲁叔叔拉开车门请父亲坐副驾驶座。

"不了,我和索索都坐后座,好说话。"父亲婉言谢绝了。

我们上了车,车子发动了,这时候,有人大叫:"武文阁!"我从车窗向外看,看到几名本班同学正徒步撤离,他们望着我,目光中全是艳羡……我的虚荣心得到了这点满足,心情便有所好转……往常这个时候,我总是望着他们潇洒地撤退(尽管我是自愿留下的),今天,让他们看着我风光地撤离,也算是找回了一点心理平衡吧——对一名14岁少年来说,这种心理平衡是需要的。

车子开动了。

"谁在叫你?"父亲问。

"我们班的同学。"我如实回答。

"你怎么不回应一声?"

"不用,很熟。"

"你们梁老师人真好。"

"嗯。"

"我在教研室找到她,没等我开口问什么,她就一五一十地将你这一段的表现汇报给我了,学习成绩、校运动会,还有黑板报……

哎，你小升初的成绩在班里排第几？"

"第一。"

"哦，你是以第一名进来的，不过进来之后你好像还没考过第一呢吧？"

"没有。"

"老考第三是吧？"

"考过三次第三。"

"加把劲，争取这学期期末再进一步。"

"嗯。"

"梁老师说你运动会拿了三项个人第一，我心想：运动会得再多的第一都不如学习这一项得第一，你明白吗？在这个问题上可不敢糊涂！"

"嗯。"

从天而降坏了我的好事不说，一见面单说我的问题，我感到十分扫兴，便有点心不在焉，眼睛望向窗外的风景：汽车正从城中心的繁华地带穿过⋯⋯这时候，我的后脑勺忽然感到一阵温暖——是父亲的大手从背后抚摩过来，他的这个动作做得十分自然，让我一下子回到了小时候⋯⋯让我在一瞬间里幡然悔悟：他从扶桑国大老远地跑回来，落地后先不回家而是跑到学校来接我，我不该对他如此冷漠和敷衍⋯⋯

"你坐的飞机飞了几小时？"我立刻做出关怀状。

"从东京到北京飞了三小时，再从北京飞长安飞了两小时，再加上在北京转机的时间⋯⋯"

"累不累？"

"不觉得，回到祖国回到家见到你们，兴奋啊！"

……

车子经过钟楼，穿过北大街，出东门，到东关，从索罗巷拐入太平巷，便到达测绘大队的家属院……路程真不算远，其实我也可以不住校的……

父亲到日本去了大半月，我也大半月没回过家，感觉时间过去了很久。下车后我还望了一眼马路对面的"六号坑"，直到现在我还觉着自己跟这里是有关系的……九年前，就是在这一条小马路上，小鲁叔叔将我这个"六号坑"的孩子从一辆解放牌大卡车上赶了下来，他可还记得？不过此时此刻，我已不再心存怨愤，甚至有点充满感激：正是他这一赶，让我躲掉了那场可怕的灾难……

从车上取下行李，父亲、小鲁叔叔和我穿过整个家属大院，朝着住在最深处的我家走去。父亲从国外出差回来的消息已经不胫而走，传遍了全院子，正是周末临近下班时间，几乎所有人都已经提早从单位回来了，纷纷走出来跟父亲打招呼，嘘寒问暖……这是典型的"向阳院"生活：屁大点事儿全院子都知道，你的事儿就是大家的事儿；这是这个院子的人的最后一段"向阳院"时光，两个月以后，我们将集体搬迁到建在单位里头的新楼上去了……

临近我家门口时，我注意到一个细节：发生在我家的对门邻居——冯红军家门前，一位妇人丰腴的身影一晃而过、一闪即逝——不用说，是冯红军他妈！她躲避的不是父亲而是我，自去年秋天上中学住校之后，我每次回来，她都躲躲闪闪……同样怪异的是我自己：每次都能注意到这个现象，说明我很关注她！

眼前所有的一切，都与过去相连而无法割断联系！

冯家的门帘微微晃动，我仿佛看到门帘后有一双眼睛在瞪着我……

"拉拉！快看！爸爸回来了！哥哥也回来了！"前方传来继母好听的声音，我收了贼眼，正眼朝前看：一个端庄美丽的女人正推着一辆童车站在我家门前，她呼之为"拉拉"的就是童车中的宝宝——我一岁多的同父异母的弟弟，他的乳名也与我呼应：索索——拉拉。前者是继母取的，后者是父亲取的，在起名字这件事上，两人都够弱智的……

我听见身旁父亲的呼吸变成了粗重的喘气，只见他三步并作两步向前，随手扔下行李，将童车中的弟弟抱了起来，亲个没够，他的胡子把那孩子扎得咯咯笑……

"叫爸爸！叫爸爸！"

"爸——爸！"

继母接过我手中大包："都是需要换洗的吗？"

我"嗯"了一声。

"武队长，我走了。"小鲁叔叔说，"还有别的事儿吗？您尽管吩咐。"

"没有了，你快回家休息去吧。"父亲说。

小鲁叔叔走了。

"都先进家吧。"继母说，"饭都做好了，都是你们爱吃的。"

进得家门，只见香喷喷的饭菜已经摆上了饭桌，我一鼻子嗅到一股红烧肉的味道。

"都饿了吧？"继母说，"先上桌吃饭吧！"

"不忙，还不觉得很饿。"父亲说，"我先把礼物拿给你们。"说着他打开了行李。

他拖出一个新崭崭亮锃锃的小童车说："这是给拉拉的，拉拉可以换新车了。他这辆旧车轮子有问题，还是拣别人的。"

"太漂亮了！"继母说。

"那就换了。"父亲将拉拉从旧车中一把抱起来，抱到新车里，试着推了推，一副心满意足的样子。

"给索索的礼物呢？"继母说，当继母也不容易。

"在这儿。"父亲从行李箱中拿出一条蓝色的工装裤。

继母接过来："你怎么给孩子买了一条工装裤？他一学生穿着合适吗？"

"这你就不懂了，这叫'牛仔裤'，是在日本买的美国货，在那边人人都穿，尤其是年轻人。"父亲说，"索索，你换上我看看。"

我不觉得那条"工装裤"有啥好看的，但也不想扫他的兴，就很精神地换上了。

"你别说，是跟工装裤不大一样啊，穿着挺精神的。"继母说。

"好看。"父亲说，"那就穿着了。"

"该我了吧？"继母是个开朗人（我喜欢她这一点）。

"我给你买了一条裙子。"父亲说，从行李箱拿出一条鲜艳的红裙子来，乍一看像一面红绸子的国旗。

"我的天！这么红！这么艳！"继母说，"叫我怎么穿得出去！"

"怎么穿不出去？咱的观念得改改了，人家老外全都穿得五颜六色的，尤其是老人怎么鲜艳怎么穿……哦，我还给你妈买了一条围巾，给你爸买了一个烟斗，明天带给他们吧。"

"他们也有份儿呀，真是个好女婿！"

……

礼物发完了，一家四口围坐在饭桌边开始吃饭。

我饿了——加入田径队以后，好像特别容易饿——便狼吞虎咽地大吃起来。

"索索,多吃肉,我这红烧肉烧得好吧?"继母招呼道。

我"嗯"了一声,继续大吃。

"有酒吗?"父亲问。

"有啊,你出国前喝的西凤酒还有半瓶呢。"继母道。

"我想喝两口。"父亲说,"回到祖国,心里踏实;回到家,看见你们,心里高兴!他们还劝我留下呢,留在日本工作,对我来说怎么可能?我怎么能够背叛自己的祖国呢?祖国是什么?祖国就是妻儿就是家!"

这是父亲第二次出国(两次去的都是日本),此次出国他似有更多感慨,喝了酒话便更多了:"不过说老实话,日本真是好,什么都好……"

"老武,这话你可不敢出去讲,尤其在单位里。"

"当然,有些话我只会对你们讲。索索,我为什么老盯住你的学习成绩不放?时代不一样了,我们的机会来了。我觉得你不应该满足于上大学,当大学生,而要争取出国去留学,当留学生,你可别忘了你的生母是留过苏的。"

此言一出,父亲的眼圈红了,这话我爱听的,每次听他讲起母亲——尤其是在我的继母面前讲起我的生母时,我都觉得他的话特顺耳。

"老武,别喝酒了,快吃饭吧,我去把菜再热一热。"

"好,每次去日本,老是吃不饱,日本人的饭量也太小了,还是家里的饭好吃啊!"

……

父亲如狼似虎,将桌上的饭菜一扫而光。

继母高兴地说:"吃光就是对我最大的表扬!"

我很自觉地动手收拾碗筷，准备去洗碗，继母坚决不让："我来洗，我来洗，索索不常回来，不能一回来就干活儿，你去逗弟弟玩吧。"

"我还有礼物送给你们哥俩儿。"父亲惬意地点上一支烟，又到行李箱中拿出一盒巧克力，"饭前不拿给你们，怕你们吃了吃不下饭。"

于是，我端来一个小板凳，坐在拉拉的童车边，喂他吃巧克力，吃得他眉飞色舞，满嘴巧克力……我也吃了两块，老实说，这是我平生吃过的最好吃的巧克力，于是日本在我心目中，变成了一块好吃的巧克力……

到睡觉时间，继母将拉拉的婴儿床从里屋拖出来拖到外屋我的小床边，安排我们哥俩儿睡在外屋，她和父亲睡在里屋……我并不能完全领悟这样安排的意图，还以为是为了让我们哥俩儿增进感情呢！一门之隔（他们从里边把门又上了），睡着前我还能够听到他俩一直在说话，仿佛有说不完的话……我躺下便着，又很快被里屋的动静惊醒，那动静可不小，在万籁俱寂的黑暗中，我清晰地听到了父亲的喘息和继母的呻吟……

天快亮时，我被拉拉的啼哭声惊醒，我手足无措不知该如何哄他，继母出来将他抱进了里屋……

第二天是星期天，他们要去省委大院探望继母的父母，送去父亲从日本带回的礼物。我不想去，就推说作业多，想留在家里写作业，他们没有强求——我发现：没妈的孩子也有好处：就是他们会小心翼翼地尽量满足你的意愿和要求……

他们走后，我确实是在写作业，作业也确实不老少（谁叫我上的是"省重点"呢），一直到午后才做完。我自己下了挂面当作午饭,吃完饭看了会儿电视,看着看着我感觉到心有不安——其实,从昨天下午回来后一直就不安着,如果没有这一丝隐隐的不安在作怪,我肯定会对父亲出国归来表现得更高兴更热情些。到三点钟的时候,还不见他们回来,我再也坐不住了,从作业本上撕下一张纸,写下"我回学校了。索索即日",便离开了家。

我乘8路公交车返校。从东到西,穿过这座城市的中轴线。

一进校门,我便径直去了女生集体宿舍,站在门外问:"严诗玲回来了没有?"有人回答:"没有。"

晚饭时我去了学校食堂,希望在那里能够撞见她,我吃得很慢,四下张望,但未能如愿。

从食堂吃完晚饭出来,我不知不觉地来到小操场的羽毛球场,那里空荡荡的,只有夕阳的余晖落在上面,给土地涂上了一层暖色。我想象昨天下午严诗玲在这里等我的情景,孤零零一个人,觉得自己犯了天大的错误……

晚上九点钟,当男生宿舍的住校生差不多都回来时,我又去了一趟女生宿舍,站在门外问:"严诗玲回来了没有?"有人颇不耐烦地回答:"没有!"

次日晨练时,我才见到她,但在训练过程中,我一直没有机会跟她说话,好容易等到训练结束了,我赶紧凑上去,直愣愣地对她说:"对不起!"

"你跟谁说对不起?"她有点横眉立目,生气的样子更可爱了。

"星期六下午……我父亲从国外回来,直接到学校来接我……"

"关我屁事!"

"我错了……我应该跑去小操场告诉你……"

"武文阁,真没想到你个小屁孩竟然是一小骗子。我告诉你,以往我跟别人约球,还没人敢爽我约的,真是给你脸不要脸,让我一人干戳那儿等,跟个傻子似的!"

"对不起,我错了!"

"滚滚滚,以后少搭理我。"

我知道再说什么都没用了。这时候,各年级各班做早操的队伍已经进场了,我只好回到本班……

这是星期一,有例行的升旗仪式和校长训话,严诗玲还是护旗手,我远远看到她护卫国旗时还是气鼓鼓的,小嘴噘得老高……

后来几次训练,我试图再度向其认错,她都不再搭理我……

进入6月,全校进入期末复习,田径队也停训了……

## 七

由谢老师牵头组织的丹青社的活动没有停。

也许是一周就活动半下午的缘故吧——校方认为这不至于影响期末复习,所以没有叫停?

丹青社成立后,我们先是画了几周静物素描:杯子画得最多。我还得到了谢老师的表扬:过去打下的那点童子功还在。

这天下午,两节课后,丹青社要进行本学期最后一次活动,还是在往常活动的地点——美术教研室。到那儿之后,谢老师不在,所有社员都已到齐,还是不见谢老师的影子,大家开始窃窃私语:是不是今天不活动了?

正当有人抬起屁股想要离开时,一头长发的谢老师翩然而入,身后还跟着一个人,是一位女生——其实,我一眼就看出她是谁了,但还是有点不敢相信自己的眼睛,定睛仔细一看,果然是她——我在校田径队短跑组的大师姐严诗玲!

真是"冤家路窄"啊!怎么我跑到哪里,她就要跟到哪里?——在那一瞬间里,我真是这么想的——她也加入丹青社了吗?没听说过她画儿也画得好啊?难道她真是把"三好学生"做到了极致?天下真有这么完美的女生?

"大家认识她吗?"谢老师笑问道。

"认——识!"在场者竟异口同声地回答(我张了嘴没出声)。

"有哪位同学还记得?上周活动我预告过:这一周咱们画人物素描。"谢老师说,"我请闻名全校的严诗玲同学来给大家当模特,为了让大家瞅着眼熟画着顺手,她可是个大忙人,请大家珍惜这个机会,全力以赴好好画。"说完,他拖出一把椅子放在前面,请她坐下。

我目不转睛地盯着她,像一个标准的崇拜者。只见她落落大方地望向四周,看到我时,似乎有点吃惊,杏眼圆睁了一下……于是,我们在一瞬间里,相互对视了一眼——我看到她眼中的惊讶转成了生气,甚至还有一丝丝轻蔑……她迅速收回目光,望向面前的椅子,稍稍犹豫了一下,还是坐下了。

"大家开始画吧。"谢老师说,"我先不说什么,你们放开画,尽量画得像,越像越好,先做到形似。"

我迅速打开自己的画板,简直是扑向了那一张白纸——画她,我可以说充满冲动与激情,我忽然意识到:这是我在人世间最想画的一张脸!

为了画她,我先用肉眼重新审视了这张脸(此前我从未如此明目张胆地直视过),然后用2B铅笔将那张脸重现于纸面……从眼到笔,这是双重的鉴定:她的五官如此完美,让我不免暗自赞叹,也让我自省到：我在初中一年级第二学期遭遇的心灵波动不是梦幻，不是臆想，而是活生生的现实——面对这样的一张脸，人心岂能不为之所动？面对这样的一张脸，我岂能不画得栩栩如生？

就像往常那样，谢老师挨个儿巡视，他在我身后站立的时间更长，还对一两处稍加指点……让我意识到：我画好了！为了力求完美，我把所有的时间都利用上了，一直画到下课铃响，模特走出教室……

我火速收拾好桌上的东西，单拿出刚画好的那张人像，追了出去……其实，谢老师还没宣布下课呢，肯定还要总结几句，可我已经顾不得了……

来到美术教研室门外，发现严诗玲动作也太快了（不愧是"短跑女皇"啊），我只看见了她的背影，一晃便消失在通往校门口的小径尽头，我拔腿就跑，朝前追去……

我的目的很单纯：我要追上她，将手中的这幅画交给她——交给她就完了，哪怕她不接，或是接过去扔了或是撕了，我都不管了，只要让她看到，我就很舒服了……

追到校门口，却不见其踪影，我跑到街边，向东西两边看，在朝西的方向上，在人行道的行人中，我又看见了她那英姿飒爽的背影……

根据目测，我们相距有五十米远，一个冲刺就能追上，但这时候，我已经改变了想法：校门口学生太多，人多眼杂，我还是追随她到更远的地方再把画塞给她——在大街上给，更加浪漫……

于是，接下来的情景就像是在跟踪：我走在行人中间，始终与她保持五十米远的距离，偶尔，在她似乎要回头看时，赶紧躲闪在行人身后……

就这样一路跟踪地走出了一站地远,走着走着,我似乎忘记了初衷,陷入一场追踪游戏之中——这场游戏很好玩,让我尝到了新的乐趣……这一年,我只有14岁,毕竟还是一名少年,贪玩之心由此可见……

她一路向西,不见拐弯,不见停下,我思忖着:她急火火跑出来,到底是要去哪儿呢?不会是直接回家了吧?步行回家?也不无可能……可方向不对呀?她的家不是在长安大学吗?长安大学在我们长安中学的正南方向,她该拐弯才是……不管她去哪儿吧,反正到地方就会停下来,反正我会冲上前去,把手中的画塞给她——我相信这惊心动魄的一幕一定会发生……

我稍一走神,视野中便没了她的背影,真是急煞我也!不由自主向前猛跑,来到一片空地——哦,是基督教青年会教堂前的那片小广场——我以前路过此地时还在小广场边的石凳上坐过呢,我好像看见她的背影(但也不敢肯定)一晃,消失在教堂的大门前……

她到底进没进教堂呢?我明知道走进教堂一看便知,但愣是不敢进去……确实是不敢,教堂这玩意儿,在我这14岁的中国少年眼中是一个黑暗、森严、神秘的一个所在……我所偷看过的世界名著是《红与黑》《巴黎圣母院》,在我眼中,教堂里面藏坏人——神甫一般都是坏人,主教更是大坏蛋……

她到底进没进教堂呢?我好像看见她进去了……一个高中女生,进到教堂里面去干什么呢?——这是我想不明白的,我能够想明白的是:如果她真的进去了,她迟早都会出来;如果她不出来,就是没有进去……

于是,我决定——等!

我坐在距教堂大门最远的一个石凳上等。身后有棵硕大的法国梧桐。我想：如果她从教堂走出来，我可以远远看见她，然后迅速躲闪在这棵大树后面从而不被她发现……

如果她发现我在跟踪她，并且一路跟踪她到此，她一定会恼羞成怒……所以，绝对不能让她发现。

我目不转睛地盯着教堂的大门，眼睛的余光蔓延到整座教堂：它是所谓"中西合璧"的建筑风格，从正面看像个大牌坊，向后延伸的房屋却又是尖顶的，整座建筑用青砖砌成……

我还注意到下午的阳光在教堂前小广场青石地面上的细微变化：随着太阳西斜，阳光中的黄色渐渐加深，加入了越来越多的红色，让这青石地面变得温暖好看起来……有一抹阳光，油彩般涂抹到我手中的画上，让画中的她变成彩色的，神采奕奕，栩栩如生！我忽然感到：我画得太好了！我从未画过这么好！便更想尽快地交到她手上……

我思想一抛锚，准保有情况：我没有看见她的身影如何从教堂门口闪出来，只见她已经大步走在小广场的青石地面上，脑后的马尾辫一跳一跳的。我感觉她已经看见我了，便像触电般跳了起来，闪躲在身后的那棵法国梧桐后面，那幅画掉落在石凳下……

我从树后偷窥，看见她的背影移向大街的人行道，朝着来的方向移去……此时此刻，我追赶的欲望忽然消失殆尽，虽然我并未看见其身影从教堂大门闪出的瞬间，但毫无疑问，她刚才去了那里，进入教堂，并在那里待了有足足半个钟头。我忽然感到她跟先前大不一样了——从教堂走出来的她，浑身上下散发出一种拒人于千里之外的凛然之气，令我望而却步，不敢上前！

我没精打采地捡起石凳下的画像，慢腾腾地朝回走。

没了目的，我走得很慢，快到学校门口时，我想到：此刻正是晚饭时间，她一定是赶回到学校食堂吃晚饭的，为了不在那里碰见她（我已经不想见到她了），我干脆就在外面随便吃点吧。

于是，我走进一家小店，要了一碗凉皮、一个肉夹馍，吃了起来……

那幅人像最终还是派上了用场：谢老师的丹青社成立不久，活动没搞几次，却很会宣传自己，在期末举办了一场社员习作展。利用的是校园里的报栏，我交了上去的就是这幅人像，等展览出来，谁都能看出：我画的是闻名全校的"短跑皇后"，都夸我画得像极了！

也许她看了会高兴，会原谅我爽约的错误？——我曾暗自思忖。但说老实话，想要见她的欲望已经荡然无存，感觉她变回到一个陌生人，就好像我们从来不曾相识，什么也都没有发生过。

这让我一下收了心，收回到期末考试中去了，结果果然不错：总成绩比上学期前进了一名：第二！——这也是一个学年的终结，还当选了校级"三好学生"和"优秀学生干部"，我的初中一年级圆满结束了！开完家长会回到家，父亲一副心满意足的样子，说梁老师在面对全班家长所做的学期总结报告中多次点到我的名字，父亲像小时候那样摩挲着我的头说："索索好样的！下学期再加把劲，争取拿回属于你的第一名！"说完，拉着全家到东关正街的一家国营食堂吃了一顿饭。

## 八

漫长的暑假开始了。

7月份，最大的事就是搬家——国测局测绘大队家属院里的人绝大部分都要搬到单位新盖的家属楼上去。家属楼就盖在单位大院里，父亲身为单位的"二把手"和业务尖子，拥有先挑房子的权力。他半年前就开过家庭会议，征求继母和我的意见，继母说："我妈要常过来给咱们带拉拉，她年纪大了上下楼不大方便，最好楼层不要太高。"我犹豫了半天才脱口而出："我只有一个要求：再不跟冯红军家做邻居！"父亲哈哈大笑，连声说好。当然，他只知其一：冯红军他爸在他出差的下雨天里挖过我家门前的路面；不知其二：我与冯红军他妈永远见不得人的"秘密"。把我们的意见综合起来，最后选定了2单元2层楼靠西的一套三室一厅的房子，与单位"一把手"、志愿军老战士——四妞他爸为邻。

这年头，还没有"装修"的概念，由单位统一安排把墙壁刷白，等新房子的钥匙拿到手里，就可以搬家了。父亲新官上任没两年，人民群众的本色依旧：安排大家先搬，等所有人都搬完了，我们家再搬——所以，有那么几个晚上，我们家住在越搬越空的家属院里，就像住在鬼院：让我思绪飞扬，回想起从1976年搬来的四年时光里，这里所发生过的太多的故事。我所经历的太多的故事，一幕一幕重现在我的眼前……

我们家最后一个搬进新楼。我发现一切都比我想象的好：三室一厅，八十平方米，最大的一间做父亲与继母的卧室，另外两小间，一间属于拉拉，一间属于我——我终于有一间属于自己的房子，只有住进去才能体会到这是多么大的乐事！还有一件让我高兴的事：父亲仗着出国所得到的一张票，买了一台菲利普大彩电，放在客厅里；那台黑白的小电视，放在了我的房间里……我们家在拥有黑白和彩色电视上，都在单位里领了先，这与父亲出国多有关。

大概是有单位里的汽车坐了，自行车对父亲来说意义已经不大，他把他骑了多年的那辆老红旗送给了我——让我有了自己的座驾。

正是这些因素,让我暑假的前半段在家的生活过得相当不错,比预想中的有意思多了:每天睡到自然醒,起床时父亲与继母已到办公楼上班去了。我呼之为"外婆"的继母的母亲(她已经来带拉拉了)热情地端上早点,吃完我便开始做暑假作业,繁重的作业会占去我整个上午。等到父母下班回家,这位"外婆"又将午饭做好了,吃过午饭我会睡上一会儿,然后去附近的跳伞塔(市少年军事体校所在地)锻炼身体:长跑和短跑,还会做些器械运动,然后回家吃晚饭。晚饭后我会骑车出去转转,或与家人一起坐在在客厅里看大彩电。我总是礼貌性地陪他们看上一会儿,便一头扎回到自己的小房间,独自看那台黑白小电视或读小说——我的继母是个文学青年(这年头谁又不是呢),酷爱读小说。家里头总有从单位图书馆还有省图借回来的世界名著,这让我在阅读中找到了特别的乐趣,总是读到夜阑人静,常常抱着小说睡去……因为共读同样小说,我和继母的"共同语言"多起来,家庭气氛日渐融洽和睦。继母的母亲——那位"外婆"对我很好,看着她每天带拉拉,还要给一家人做一日三餐,我就尽量帮她多干点活儿,承包了去菜市场采购的任务;也常帮她带拉拉,拉拉很乖,一点不闹,很好管理,我不知道我小时候是不是这样的……

出乎自己意料的是:我似乎很享受这种有规律的家庭生活——也许是打小缺少的缘故,我能够感觉到它的难得,骨子里也更渴望拥有它,只是外表上装作不在乎罢了。

过着如此平淡而充实的暑假生活,我似乎快要把严诗玲忘了——确实,我几乎没有想起过她,由于她的出现而令我心驰荡漾的那段生活在记忆中显得极不真实,像我快要忘记的一场梦!

以至于——当7月飞驰而去，8月突如其来，校田径队集中夏训的日子到来时，我不无惋惜地觉得：家中的这段好日子告一段落，又该回到学校去过集体生活了，即便到了这时，我也并未明确地意识到：我与这位"大师姐"又要见面了，与之"朝夕共处"的日子又要到来了！

反正她已经不搭理我了，一个不搭理你的人，就跟陌路人一样，就跟不存在一样——大概在意识深处，我是这么认为的，并且，我并不是没有自尊心的人（恰恰相反），你老不搭理我，还指望我老求着你吗？不可能！该求的我已经求过了。

夏训日到来时，我与往常不同的是：骑着自行车去学校——感觉很帅，很酷！在夏日里如沐春风。

8月1日上午10点钟，长安中学校田径队全体队员在学校小操场集合，听林校长做夏训动员讲话。入队三个月来，我只是按时参加短跑组的日常训练，还从未赶上一次全队大集合，望着小操场上颇为壮观的队伍，高矮胖瘦不一的队员，难免有点兴奋……

还有一点与以往不同的是：我再也注意不到某人来了没有，似乎这支队伍中已经没有我关心的人……

与每周一全校集合的升旗仪式一样，随着三记手杖敲击地面的"噔噔噔"声响起，一头银发梳得一丝不苟的林校长开始训话："各位同学、田径队的全体队员们：7月份在家休息好了吗？"

"休——息——好——了！"大家异口同声地回答。

"休息好了就好，因为从今天起到开学，校田径队要进行为期一个月的强化集训，为金秋十月将要举行的全市中学生田径运动会做好准备。"林校长继续训话道，"同学们，众所周知：咱们长安中学是全市唯一的'省重点'——这意味着我们不光要在学习上争第一，其他方面也要争第一,体育成绩概莫能外。所以说,你们是肩负着全校师生的重托,为长安中学去争取最大的荣誉——在此我明确地告诉大家:我与各位体育老师仔细研究过了,我们内定的目标就是力争获得高中组、初中组团体总分双第一,同时还要争取获得精神文明奖——为了实现这个目标,从今天起,我这个老头子带头,就不回家住了,在校长办公室搭了一张行军床,每天到训练场去给大家加油鼓劲!光精神鼓励不够,我作为一校之长已经签了字,学校已经拨出专款,来改善大家集训的伙食,还会给每位同学发上一点训练补贴……"

队伍中响起一阵热烈的掌声。

"嗨!小孩!"有个熟悉的好听的声音,从我背后传来,令我不敢相信自己的耳朵,便愣在那里。

"小孩!我跟你说话呢,你这牛仔裤在哪儿买的?"——这一回,我听清楚了:这声音来自"大师姐"严诗玲——她就站在我身后!

我回过头去,却未能看清她的脸,被一道阳光晃了眼,我对着满眼金色的阳光回答道:"我爸在日本买的,说是美国货。"

"帅!"她赞美道,"太帅了!"

"谁在说话?"短跑组组长蔡老师呵斥道,"好好听校长训话!"然后,恶狠狠地朝我脸上瞪了一眼,或许还有她……

但是,这番突然挨训已经无法影响我在瞬间变得大好的心情了:她不是不再搭理我了吗?怎么突然就开口说话了呢?已经过去的各自回家的一个月究竟发生了什么?让她终于想通了:我之爽约,只是小过,并非大罪……是这样的吗?还是有我现在想不到的事情发生?总之,我得感谢时间,还有这条穿在腿上的牛仔裤……其实,我并没有觉得它穿起来有多帅（太像工装裤了），只是在家的一个月里继母一个劲儿地鼓动我穿，说穿起来很帅，我也就穿了。同为"文学青年"，我似乎比较相信她的审美，我乐见于她的审美与继母的审美一致，难道美女都有一致的审美……

这时候，我的耳朵已经听不到校长训话的内容了：林校长在我眼中变成了只张嘴不发声的哑巴，看起来特别可笑……

接下来是各位体育老师——分别是短跑组、中长跑组、跳跃组、投掷组、全能组、后勤组组长依次出场，当众立下"军令状"。我们短跑组组长蔡老师打头炮，特有短跑之特点：话语简练、掷地有声，内容具体，目标明确：力争人人拿名次，拿下两项以上的冠军，四项短跑接力都要进前三！激起一片热烈的掌声，我们短跑组的人则大声叫好。在我看来，这是一个既保守又激进的"军令状"：保守的是"两项以上冠军"，因为严诗玲一个人就可以拿下至少两项冠军；激进的是"力争人人拿名次"——这几乎不可能，尤其像我这种刚入队的初中一年级的新队员（那年头还没有"菜鸟"一词），去跟人家初二、初三的选手同场竞技，拿名次是相当困难的，人人做到，几无可能。此时的我，还无法领悟到：这正是蔡老师的狡猾之处。

小操场的动员大会结束后，各训练组长带领各自队员到几间特开的教室里继续开小会：布置夏训的任务，提出每个人的奋斗目标：严诗玲的目标自然是夺取高中组女子60米和100米的双冠王，还要争取破纪录（破纪录者双倍计分），还要在4×100米接力赛中担任最后一棒冲刺的重任。我作为刚入队的新队员（"菜鸟"）：一是力争进决赛（前8名），二是力争拿名次（前6名），接力赛不拖集体后腿，进了决赛就算拿了分，为团体总分做贡献了。蔡老师布置完，还要求每个队员当场表态，大家都比较低调，"争取"、"尽最大努力"之词用得比较多。

小会开完已到中午,蔡老师突然宣布:后勤组最先表现,已在学校食堂为大家准备了"开训宴",今天中午大家可以放开肚子饱餐一顿。大家听罢,一片欢腾,笑逐颜开,急火火冲向食堂。到了那里,发现已不是平日长桌的格局,而是摆放了几个大圆桌,一个训练组一个桌,我不由自主地朝着"大师姐"严诗玲身边蹭去,惊喜地发现她旁边的座位竟然空着,便故作绅士状地问道:"可以坐吗?"

"坐吧。"她肯定地说。

我就是这么一人:别人不理我时,显得倍儿自尊;别人一招手,马上腆上去——还是用多年以后方才出现的一个词来形容最为准确:"闷骚"。我一时想不出新话题,便顺着刚才小操场上的话题说:"大师姐,你咋知道牛仔裤?"

"我也有一条呀,是我爷爷从印尼寄给我的,也是美国原产货,我爷爷在信里告诉我,这叫牛仔裤——原本就是美国西部牛仔穿的,现在风行全世界。"她说,"我一直不敢穿到学校来,去年林校长还在训话时批评个别穿喇叭裤的男生呢,说再穿的话就用剪刀把裤腿剪了,喇叭裤不能穿,牛仔裤估计也不能穿……今儿一见你穿,我真是大吃一惊:你这小屁孩竟然成了全校第一个敢穿牛仔裤的!胆子不小啊你!"

"这裤子跟喇叭裤不一样啊!"我有点纳闷儿,"更像工装裤,我估计他们以为就是工装裤。"

"你敢穿,我就敢穿,我下次回家就穿来……"她信誓旦旦道。

虽然比邻而坐,但在吃饭过程中,我们没怎么说话,她是大红人、"短跑女皇",连校长都要颤巍巍地挂着手杖举着酒杯走过来给她敬酒（以水代酒），还有蔡老师和其他几位体育老师也纷纷过来敬，她忙于应付，顾不上跟我这"小屁孩"扯淡了。

等到"开训宴"散了，我们一起离开食堂朝宿舍走的时候，走过的路上刚好经过丹青社习作展的展览橱窗——这简直像是老天爷精心安排好的——我们同时看见了我那幅画她的画！

我们同时站定在那幅画的前面，肩并肩地站着。

她看了好半天才开口问道："你能把这幅画送给我吗？"

我回答道："可以，等开学撤展的时候，我送给你。"

"画得太好了！"她赞美道，"我们班同学都说画得像，到底像不像？我又看不见自己，只是觉得画好，你画得有眼神，有神韵……真是看不出来啊，你这小屁孩，本事还挺多，文体全才呢。"

"没有。"我故作谦虚地说，"只是小时候学过几天画。"

"你要好好画下去，跟谢老师好好学，他真的很有才……我觉得你在画画上比在短跑上更有前途。"

"你也喜欢画吗？"

"喜欢呀，但画不好，缺天分，谢老师已经给我鉴定过了（他说话一点都不客气）。我只能给你们当模特。"

"大……大师姐，我能问你个问题吗？"

"有什么不能问的？问吧。"

"你……你……原谅了我，是不是因为我这幅画？"

"哈！你这小屁孩，心思还挺多，我原谅你什么？"

"原谅……我……我失约。"

"嗯，这幅画嘛，只能说是个契机，让我借机反省自己：哪来那么大火气？你也没犯多大的错呀！我应该相信你说的话（我为什么不相信呢？）：你爸爸突然从国外回来，从机场直接到学校来接你，你有点身不由己……是上帝,让我原谅了你!"

闻听此言,我脑中一下子跳出了放假前的那天下午跟踪她的画面,跳出了基督教青年会的教堂,她真的信教吗?真的是基督徒?上帝让她原谅我——哦,上帝顿时在我心中美好起来,至少没那么可怕了……

"你还想打羽毛球吗?"我还没有想好怎么做,可话已经脱口而出。

"想啊!"——谢天谢地!她如是回答。

"我请你打。"

"好吧。不过还是放在傍晚吧,晚饭后。下午我要写作业——我们高中生作业多,毕竟明年就要高考了。"

"太好了!我带球拍和球。"

于是,我们就在橱窗前分手,各回各宿舍——我没有直接回宿舍,而是朝着校门口的自行车棚走去——我向她许诺"我带球拍和球",其实我的球拍和球还在家呢,我有一瞬间想到过:要不要回家去取一趟?旋即又放弃了,那副拍子太旧了,我该买一副新的了……

于是,在这个艳阳高照的夏日下午,我骑上自行车,骑了七八站地,到达全市唯一一家体育用品商店,买了新的球拍和球,然后又骑回来……

回到男生宿舍,觉得应该睡一会儿,便脱了衣服躺在床上,却翻来覆去睡不着,脑中反复播映着有她的画面……晚饭时间一到,我便去了食堂,草草吃罢,再回宿舍取了球拍和球,早早跑到小操场等着了……

这一次,我必须先于她到达那里,不能让她再等我了,哪怕只等一分钟!事实证明:我是对的——我在小操场并未等太久,她便在视线上出现了:一双大白腿远远走来,在夕光里格外耀目,让我顿时陷入一阵恍惚,仿佛回到了最初……

我注意到一个细节:我说了我带球拍和球,她还是带着她的一副来……这说明她很实在,不矫情,我喜欢这种女孩!她也马上注意到我这一副是新的,说:"用你的打!"

开打之后,我有好一阵儿不在状态,仿佛还停留在那一阵恍惚之中。我努力自拔,可刚一拔出,又看见那两条健美的白腿,在球网对面跳来跳去,像小白兔化身的精灵!她到底是"羽毛球王国"出生的,打得真是太好了!她待在我们这所没有羽毛球队的学校真是有点可惜,否则,以她这个水平早就打出去了,没准儿已经进了专业队……

在她面前,我徒有满地捡球的份儿。

她真聪明,很快就看出我的不在状态是心不在焉,她停下来说:"小孩,你想什么呢?专心打球!"

自尊心和好胜心让我猛醒过来,渐渐恢复了常态,到后来已经可以和她打在一起了,甚至于激战犹酣,我们一直打到夕阳西下暮色四合……

"再打去就伤眼睛了,我可不想当四眼狗,今天就到这儿吧!"她说,"真痛快!我好久都没这么痛快过了,我爸妈已经不是我的对手了,跟不上我的节奏。你还行,你这孩子素质好,干什么都到位,咱们明天接着来!"

于是,从这天起,黄昏时分的羽毛球成了我每天最大的兴奋点:上午的集训繁重而又枯燥,下午往往是在酣睡中度过,晚上是写作业或读书时间,只有这美好的黄昏,上下翻飞的洁白的羽毛球、上蹿下跳的洁白的兔子的精灵,让我心旌摇曳,让我心驰荡漾……

原本想象中难熬的一个月，竟然一晃而过，成为我生命中美若童话的一个月。

开学前一天，夏训结束了。我本来打算回趟家，毕竟整整一个月没回去了，我都有点想念我那个新建的小窝了。可当严诗玲忽然问我能否陪她回趟家时，我便将我的家抛到九霄云外了……让我陪她回家，自然会见到她的家人——将心比心，这可是莫大的信任啊，没有好感绝不会这么做的，重获"女神"的好感与信任可是我在这个月中最大的成果！

如你所知，我两岁就到长安了，我是在长安长大的，但却从未走进过大名鼎鼎的长安大学，所以此行充满了新鲜感。严诗玲的家坐落在名曰"长大新村"的一片家属楼里，就在长安大学校园的旁边，一条马路之隔。到达她家楼下时，我怯了阵，怕见她家人，就说不上去了，在楼下等她，她执意拉我上楼，她越拉我越不敢上，但心里却是越高兴，最终还是没上楼。

我在楼下等了大约半小时，再长的时间我似乎也能等，她下来时大包小包拿了不少东西，她的父母却没有跟下来——我乐见于此，这时候我注意到三楼一个窗口探出一男一女两颗脑袋——正是她的父母，他们跟她说话，我不敢抬头正眼看他们，跟做了贼一般……

离开"长大新村"，严诗玲带我到长安大学校园内骑了一大圈，像导游一样让初次进来的我参观了这所全国知名的百年老校，连附属小学都去了，她说：她虽然生在印尼，但却长在这里，这里正是她长大的地方——我觉得能够生长出她这种女孩的地方都是美好的，不论印尼，还是长大……

返程中我们一直沿着古城墙下的护城河边骑行，因为她的存在，因为她在身边，我感到这座古老而灰暗的城市也变得美丽起来……

## 九

开学了。

二年级。

我对升入二年级的第一感受是：怎么才二年级啊！

我当然知道我的感受来自哪里：如果我不认识严诗玲，如果她不是"大师姐"，我一定不会有这番感受。现在我恨不能快快长大，而她最好停下来别长！

眼下的事实是：当我升入初中二年级时，她升入了高中二年级——也就是升入了毕业班，也就是说：还有不到一年时间，她就要毕业、参加高考……这是我不敢想的事。

于是，在一个初二少年眼中，他的生活只有当下，没有未来。

新学年伊始，校园里的一切似乎都在更新：报栏撤下了丹青社社员习作展。丹青社活动时，谢老师把展出过的画交还给我们，我一拿到那幅"大师姐"的人像，就跑到校门外，跑到马路对面的一家照相馆——我提前想好了，要把我的这幅画装框后再送给她，这年头似乎照相馆才有这项业务……

我在第二天早上田径队晨练时，避开人群，亲手交给了她，像完成了一件大事！

开学了，班里头死气沉沉、乏善可陈，田径队的训练越抓越紧，愈加密集……一切都为了下个月举行的市中学生田径运动会。当然，我也乐得如此，因为练得越多，我们见面就越多——只要看见她，我就满足了！

我注意到一个现象：开学后我几乎从未在食堂里碰到过她——这是我可能碰到她的第二块宝地，却忽然没了收获，让我很是失望，便在某天训练时问了她,她回答说:开学后她老去蔡老师家吃饭,蔡老师给她开了小灶。我听罢感到很吃惊:怎么竟然还有这种事?一个学生几乎顿顿都要去老师家里吃?学生是女的,老师是男的并且还是单身汉!——这合适吗?我的心里像打翻了五味瓶,滋味很是复杂,已经超出了对能够吃上小灶的队友的忌妒(恰恰在这个层面上我没有忌妒)……我知道:是我的心理出了问题,心中所想见不得人,所以我说不出口。我给自己做了思想工作:大赛在即,教练给尖子队员在自己家中开小灶,表面上也说得过去……

开学后,我们人约黄昏后的羽毛球也叫停了,确实忙,尤其是她,毕竟是毕业班的,明年的高考还在等着她呢。

9月,就这么忙忙碌碌地过去了。

国庆节有三天假,我随家人去了动物园——那是拉拉最喜欢去的地方,一家人还在外面吃了一顿饭,不过说老实话,我更喜欢待在家里——尤其是躲进我自己的"小窝"里,看看电视看看书。躲在这里,我会有种莫名其妙的安全感,就像一条小船暂时回到了它的避风港,尽管在海上它也并未遭遇到惊涛骇浪……

事后证明:我的感觉是一种超前的预感:暴风雨就要来了!

国庆假期一收,市运会就开幕了,学校在公交公司租了几辆车,把校田径队的全体队员一股脑儿送到市体育场。后勤组的老师们已经提前一天在体育场外搭了两顶军用大帐篷,地上铺满体操垫,供候场队员休息,吃饭则在附近的餐厅。到了下午,等所有项目结束后,再把我们拉回学校……

第一天上午,开幕式结束后,各项短跑的预赛就开始了,收获最大的是我:60米和100米我都跑进了决赛,并在下午的决赛中一鼓作气,分别拿到了第4名和第6名——我的个人项目双双达到了蔡老师赛前制定的目标:作为一名新队员,在与普遍高我一两个级的对手的竞争中拿到了名次,为团体总分增添了 5+3=8 分。领到奖状和奖品(一根挺时髦的圆珠笔、一个塑料皮的日记本),我心里美滋滋的,过去几个月真没白练啊!

同一天下午,我唯一关心的"大师姐"严诗玲不出所料不负众望地成了高中组女子 60 米和 100 米的"双冠王",真正令人惊喜的是,她还双双打破了市中学生运动会纪录,令她贡献的 8+8=16 分一下子翻了倍,变成了 32 分!她一个人就给团体贡献了 32 分!

这真是令人高兴的一天——蔡老师率领的短跑组战果辉煌,几个月的艰苦训练几乎全都体现为成果!

第二天没有短跑项目,短跑组的全体队员都留在学校上课,早操时林校长向全校师生报告了第一天的战果,所以我一出现在班里,班上同学一片欢呼,搞得我特有面子。

第三天有接力赛和闭幕式,我们又重返市体育场,我参加的初中组男子 4×100 米接力比赛又获得了第 3 名。严诗玲在她参加高中组女子 4×100 米接力比赛中,最后一棒反追领先的对手,夺得冠军——真是有她在,就有冠军啊!

从比赛上讲,我们实现了完美,未留丝毫遗憾。

现在,就剩下最后一项闭幕式了,那不过是站好队伍,进入场内,绕场一周,领取集体奖项——等领完初中、高中团体总分双双第一,还有精神文明奖的三面大锦旗,我们将"班师回朝"——回到学校食堂吃晚饭:后勤组的老师已在那里摆好了庆功宴!林校长已在那里等着大家了!

谁能想到这时候会出事儿呢?

在闭幕式前最后结束的项目是高中组男子十项全能——该项目

连续比赛了两天,结果被我们长安中学的另一位明星人物秦小刚夺得了冠军,也打破了市运会纪录。我对这位大师兄可以说钦佩之至:他竟然会所有的项目!人说:十项全能是田径之王——他这一项冠军的分量,别的冠军简直无法与之相提并论。夏训期间,我近距离地见过他练撑竿跳,他生龙活虎一次次越过高高横杆的样子,我感觉帅极了……再加上小伙本来就长得帅,听田径队里的老队员讲:他是高中女生们的头号偶像!严诗玲的绰号是"短跑女皇",秦小刚的绰号是"全能王",哦,我还忘记交代了:每周一早晨全校升旗仪式上,严诗玲与另一男生是护旗手,升旗手便是秦小刚……应该这么说吧,这时候的长安中学,公认的"校花"是严诗玲,那么"校草"(那年头没这词儿)就该是秦小刚,一对金童玉女……关于他们二人,也有一种说法:说是秦小刚很喜欢也追求过严诗玲,但严看不上秦,因秦学习不好没文化,还有点流里流气……

"大家注意了!"蔡老师高声招呼道,"全体队员,不分男女,以高矮为序,迅速站成一个方阵,准备入场参加闭幕式。"身为一名青年教师,蔡老师并不是体育教研室主任,由他出面招呼大家,估计是短跑组的成绩最好贡献最大的一种荣誉吧。

大家很快站好,我和严诗玲站在方阵的中心位置,并肩而立,本来我们的身高就差不多。

"好,站得不错。"蔡老师说,继而叫道,"严诗玲!你别站在队伍里,到前边来,跟开幕式入场式一样,还是由你担任旗手,举校旗!"

"蔡老师!"严诗玲举手道,"我有意见!"

"有啥意见?说吧。"

"当旗手举校旗的任务不能让短跑组包圆了,虽说咱们成绩最好,但其他组成绩也不错,我建议让秦小刚同学当旗手举校旗,他是'全能王',影响大,再说他本来就是咱们学校的升旗手。"

哦,严诗玲真会说话,一席话便说通了蔡老师,蔡满面笑容道:"说得好!言之有理!建议也好!秦小刚!出列!"

秦小刚个子高(据说有一米八五),原本就站在第一排,他一步出列上前,不等蔡老师将校旗授给他,便一把抓了过去——真像是在抢啊!看一眼便知道:这是个不知道谦让的家伙!

如果这时候,入场式准时开始,我们的队伍入场了,就不会有下面发生的了——也就不会出事儿了!我在事后不止一次地想到过这一点。但有时候,时间会莫名其妙地慢下来:市运会组委会给各校整队留足了时间(对纪律涣散的普通中学是适用的)。迅速整好队的我们感到有些无聊——我和严诗玲除外,我们在热烈地谈论着什么——谈的什么呢?我在事后隐约回想起来:不是林水镜就是汪嘉伟,反正是她特别崇拜的一位体坛巨星——突然,从前方飘过来一个瓮声瓮气却又不阴不阳的声音——

"严诗玲!我知道你为什么把旗手让给我:你是想跟你的这条小尾巴腻乎,对吧?我就奇了怪了,你也算大姑娘了,整天跟一个小崽子腻乎个什么劲儿呢?大家都长眼了:你是不是有点变态啊?你真以为你是'女皇'啊?非要拖上这么个小太监?"

这声音来自队伍前方手把校旗的"大师兄"秦小刚。

我虽然在说话,但耳朵特好使:他说的每一个字我都听得一清二楚,我的第一感觉是委屈:因为到现在之前,我非但对他没有丝毫敌意,且还充满敬意,甚至还主动上前向他表达过敬意:当他在高中组男子十项全能最后一项1500米跑比赛中筋疲力尽地到达终点时,我们初中组的男子4×100米跑结束不久,我还没有退场——我是在第一时间给他递上毛巾的那个"小师弟",还由衷地对他说赞叹道:"大师兄,你真棒!"——哦,他实在不该对我愤愤然!他实在不该对我出言不逊!他追不上严诗玲实不该迁怒于我!现在这一腔委屈全在刹那之间转化成一腔愤怒:你他妈的给脸不要脸,那就休怪我不给你面子了!

说时迟,那时快,我像出膛的炮弹一般已经发射到他胸前,一把抓住他运动服的衣领子:"秦小刚!你他妈说什么?再说一遍!"

所有人都目瞪口呆,他们一定觉得:就算受到了公然的辱骂,这个初二小孩怎敢跳出来向高二大个儿挑战?这个一米六五的小家伙怎么就敢一把揪住一米八五的"全能王"的衣领子?!

我用眼睛的余光看到站在一旁的蔡老师惊愕的脸——他的脸一定是在场所有人表情的缩影,最震惊的还是我眼前上方这一张布满青春美丽疙瘩痘的英俊的面孔,被我窜到面前一把揪住衣领子,他已经丢了面子,于是一边拼命挣脱,一边嘴上不软道:"小尾巴!小崽子!小太监!——我再骂你一遍,怎么着?!"

听罢我更愤怒了:他竟然把对我的三个刺激点记得一清二楚,可见他骂我时头脑有多冷静多清醒!我像头小牛怒不可遏地一头顶向他的胸部,与此同时我的手松开了他的衣领子,这一松便是陷自己于被动:他敏捷地朝旁边一闪身,伸出手把我脑袋一拨拉,于是我像陀螺一样空转了一个圈……

四周一片哄笑。

我恼羞成怒,又一头顶过去,还是一样的下场。

还是一片哄笑。

愤怒与仇恨已经塞满了我的头脑,不可能想到别的可能性,只有本能。当我第三次顶过去时,秦小刚不耐烦了,一把抱住我的头,然后将一条大长腿伸到我的身后，以摔跤的动作直接将我放倒在地。我先是感到天旋地转，然后便是仰面朝天，躺在地上，我听见他愤怒而轻蔑的声音："小太监，你竟敢先跟我动手！你也不撒泡尿照照自己，胳膊腿儿长齐了没有？"

我听见一片哄笑：在这个世界上，弱者就是俗人眼中的笑料！没有丝毫同情！在这一瞬间里，我忽然恨上了这支田径队——这些身体健康擅长运动的孩子内心是如此恶俗！我不屑于与之伍！

我躺在地上，感到自己可怜而又无助——我相信这是我14岁的生命中最悲催的一个时刻，超过了以往。就在这时候，我听见一个异样的声音响起，就像我头顶悲哀的天空中划过了一道闪电："秦小刚！你这么大个子，欺负一小孩，算什么本事！你骂人家小太监，我看你才不是个男人！"——我当然听出来了，这正义的声音来自严诗玲，她挺身冲出队伍，一边骂一边拉我起来。

"别闹了！像什么话！让外校的人看笑话！"蔡老师的声音这才姗姗来迟，"武文阁！我决定取消你参加闭幕式的资格，回帐篷待着去！好好反省自己的错误！"——我实在没想到：蔡老师竟然是这种态度以及处理问题的方法，他距事发中心的距离最近，伸伸手就可以阻止事态的扩大，但是他没有，他在等待——等待强者将弱者解决，等待事态的自然平息。现在严诗玲站了出来，"短跑女皇"的态度等于将了他一军：身为在场闭幕式入场队伍的率队老师，不能让一个女学生来终结战端平息事态，他必须站出来表态，即使当正义的声音出现之后，他还是选择站在强者一边而抛弃弱者。这一瞬间，蔡老师在我心中的良好形象彻底毁了——如果不是这样的话，这件事一定不会彻底闹大，我跟着本校的队伍进体育场走上一圈，出来时一定平静了，我毕竟还是个14岁的孩子啊……

"蔡老师！"严诗玲高声说，"你不公平，明明是武文阁受了欺负，你却不让他参加闭幕式，那我也不参加了！"说完，便大步流星，朝帐篷走去……

众人无语，一片死寂。

这一瞬间，我彻底爱上了严诗玲——是的，我敢肯定地说：这就是爱！因为我看到了她的灵魂！爱让我一定要找回尊严，爱也让我头脑变得出奇冷静……

我也朝着帐篷走去，接近于帐篷时眼前忽然一亮：我一眼看到了地上的半块红砖，显然是三天前后勤组的老师们扎帐篷时用过的，随手丢在那里，忘了扔到远处去。我经过它时一猫腰便将其捡拾在手，目光如炬，全身上下如打了鸡血一般！我猛然掉头朝回走——不，是跑！是冲！在众人尚未回过神来的时候，已经冲回到方阵最前方，我单腿起跳，一跃而起，从秦小刚背后朝其后脑勺狠狠砸去……这一刻，这一砖砸下去，我一下子回到了从前，回到了童年时代的"六号坑"——一个在中国底层脏乱差的环境中长大的小流氓的灵魂重附我体。当我面对一个流氓——一伙真正的流氓的时候，手上震裂的感觉告诉我：这一砖我砸得有多结实！已经不需要再做什么了，再做什么就是我过分了……此仇已报，我撒手扔下砖头，撒丫子就跑——打完就跑，正是"六号坑"作风——我左突右钻，穿过体育场周边一校一校整好的等待进场的队伍，跑向大街，向东——朝家的方向跑去（这近乎一种本能）。我跑了一站地、两站地、三站地，多次回头看。明知道身后无人追我，还是毫不减速地向前跑着，我就是想跑——我想跑出这个肮脏的世界，我想跑出这个庸俗的世界，我想跑出这段黑暗的时间，我想跑向光明与美好的未来……

## 第二章
## 1981

一

1981年到来了。

元旦放了三天假,我回了家。这两个月来,我忽然变得爱回家了,真的感觉到:家是避风港。收假后第一个早晨,我才骑车赶回学校,赶上了长安中学全校师生举行的新年第一次升旗仪式,当升旗手与护旗手出场时,在学生队伍中引起了一点小小的窃窃私语——我可以肯定他们在议论什么:这是秦小刚在时隔两个月后重现在升旗手的位置上,他头戴一顶藏蓝色的毛线帽,面色煞白,脸上的嚣张气焰荡然无存,有点缩头缩脑……在他们窃窃私语的时候,我注意到我们班有人回头看我,还注意到别的班有人朝我们班张望……哦,两个月前,我那一砖砸下去,令我在全校名声大噪,也令我身陷要被开除出校的险境之中,到现在还前途未卜……我苦笑了一下——但在别人看来,那一定是丧心病狂不思悔改的狞笑,要不然望我者的脸上怎会有诚惶诚恐的表情?

两个月来,我笑对一切重压,方才挺了过来——更多时候,那是一种发自心底的真实的笑意:只要一想到我在我心爱的女生面前那找回尊严的痛快淋漓的一砖头,我就不惧怕可能出现的任何后果!世上的事真是奇妙:两年前我挨过别人一砖头,到医院缝了13

针；两月前我拍了别人一砖头，听说他到医院也被缝了13针。据说他所吃的苦头可不仅仅是这13针，两个月来，他经常头疼，可能是脑震荡留下了后遗症，这便是我当时结结实实砸上去的成果……对此，我毫无怜悯之心，始终觉得他是活该，是罪有应得！

国旗升起来之后依旧是"校长训话"——与两个月前有所不同的是：林校长在我眼中再也不是一个慈祥老者、一个德高望重的教育家，而是变成了一个"坏人"。在对我这件事的处理上，他是力主将我开除出校的强硬派的头号代表，所以他现在讲什么，我压根儿听不进去。

"校长训话"结束后，各回各班，我随队步入教室前，有人叫了一声："武文阁，到语文教研室来一下。"——是班主任梁老师在叫我。我便走出队伍随她去了语文教研室——两个月来，如此情景，经常发生，犹如家常便饭，所以，我也没有预感到这一次比起以往会有什么不同。

与以往相似的情景是：梁老师坐在她永远整洁的办公桌前，我端端正正地站在她面前，听她训话："武文阁，怎么样？这两个月的滋味不好受吧？"

"嗯。"我应了一声：在她面前，我不做强硬状，并非她对我有多好，而是她没有决定权，一根随风摇摆的墙头草罢了。

"这个惨痛的教训你要永远记住，一辈子不能忘！"她说，"你的处理结果出来了，昨天晚上林校长找了我，给你记大过一次，留校察看一年，永远开除出校田径队……你对这个处理结果满意吗？"

"满……满意。"

"身为班主任，我也很满意，不管怎么说，学籍总算保住了，我们最担心的结果没有发生。"

"感谢老师！感谢学校！"

"唉！武文阁，你真是让我失望啊，我本来想让你当班长的……不说了，你回教室上课去吧。"

我不记得我是怎么回到教室的。

我也不记得头两节课上的是啥课、讲的是什么。

我暗自松了一口气，脑中只有一个念头，就是尽快让父亲——不，父母知道这个处理结果——两个月来，他们为了保住我的学籍拼尽全力也备受煎熬，这个结果会让他们得以解脱。

其实，语文教研室的办公桌上就有电话，可我哪里敢借那个电话打，就算梁老师让我打，我也不想当其面跟父母讲这件事。只有到校外到街上打公共电话，最快是在第一节与第二节的课间去打，最慢是等中午再打——前者注定迟到，后者等得太久，经过一番思考，我准备利用两节课后的课间操……

第二节课一下，我跑到班长面前说了声：有急事需要给家里打个电话，课间操请个假……就跑了。

一路狂奔。

到达校门外街对面的公用电话，先拨父亲办公室，没人接，又拨一遍，还是没人接。立刻改拨继母办公室……

"喂——"继母的声音。她的声音永远那么好听。

"是我。"我开口道，用与之打电话的习惯语：我以前称之为"阿姨"，她和我父亲结婚后，我就啥都不叫了……我忽然意识到：这是没礼貌的。

"是索索呀，这时候打电话，有急事吗？"

"我给我爸办公室打，没人接。"

"你忘了，他今天外出开会去了，有啥事给我说。"

"我们班主任梁老师找我了,说林校长昨晚找了她,学校对我的处理结果出来了……"

"什么结果?!"

"记大过一次,留校察看一年,永远开除出校田径队……不管怎么说,学籍保住了。"

"哦,处分还是挺重的,关键是你们那个老校长,心肠还是挺狠的,他是一心想把你开除……不过还好,最坏的结果没有发生——我们的最低目的达到了。"

"谢谢……妈!"

"索索你说什么?再说一遍!"

"谢谢妈,谢谢外公——这次多亏了他,谢谢外婆——她为我操心,谢谢你们!"

"谢谢你……这么叫我,你知道吗?我一直在等着一天,你不要这么客气,我们都是一家人,都是你最亲的亲人!周末等你回来,周日咱们再一起去看外公外婆,好好庆祝一下!"

"好,一定回来。我挂了,还有课。"

挂上电话,付了零钱,我穿过马路,跑进校门,一路狂奔回教室,我感到我的心都快要跳出来了:保住学籍的喜悦又加上了一重开口叫妈的喜悦——那可是后娘养的孩子心理上的一大难关啊,被我如此自然发自肺腑地越过了!

是的,一切都来得自然而然,在过去的两个月里,别人为我做出了太多的努力:父母将这长安中学的门槛都踏烂了!由于父亲是其单位的二把手——大忙人一个,继母单独跑得更多,从校长到班主任到体育老师,她都熟悉了,她不光朝学校这边跑,还带着我拎着东西跑到医院去探望受伤的秦小刚……此次学生殴斗事件,从表面上看很纷乱，从本质上说很简单：关键就是三条线上的三个关键人物在博弈：其一是我呼作"外公"的继母的父亲，一位省上在任的老领导；其二是秦小刚他爸：一位军工厂的党委书记；其三是我们长安中学的一校之长——林校长本着"从严治校"的理念，力主将我开除出校，抓个坏典型，杀鸡给猴看，以儆后效。于是后两条线合成了一股势力，将我推到悬崖边，可最终外公硬是给压下来了，我们手中的王牌起了决定性的作用！所以，我对继母这一家人充满了感激……后两节课，我的心思还是无法回到课堂上，带着一种从悬崖边被拉回来的幸存的喜悦，将两个月来起起伏伏惊心动魄的一切做了复盘，将各色人等形形色色的嘴脸都在脑子里过了一遍电影……

除了将我从悬崖边拉回来的亲人，我还想到了一个人——想起她，也是亲人的感觉！甚至是一种比亲人还亲的特殊感觉！两个月来，她就像亲人一样为我担心，甚至还主动地去找过校长一次，为我做现场目击证人……我必须尽快让她知道：我还活着，没有被打下悬崖！

不用说，她是严诗玲。

中午在食堂吃饭时，我故意吃得很慢，将吃饭的过程尽量延长，希望能够遇见她，最终还是失望了……难道蔡老师还在家里给她开小灶吗？两个月过去了，省运会都结束了，她依然是双冠军，也破了纪录……提起省运会，我真是罪恶满盈，本来很有希望取得好成绩的秦小刚被我一砖拍到医院里，错过了他在中学时代的最后一次大赛——听说也注定将要错过保送大学的机会（两项冠军在手的严诗玲注定将被保送）。凭他的学习能力，是很难通过高考这一关的……这或许加重了林校长、蔡老师和其他体育老师对我的仇恨……

　　下午两节课上，我依然心不在焉，想要告诉她的愿望变得更加迫切，等课一下，我便直奔高中部的教学楼——在这长安中学里，我们初中部的教室都是清一色的小平房，高中部集中在一座老楼上，我以往从未到教室去找过她，这一架打过之后，胆子似乎比先前壮多了，事实是：我已经不在乎别人如何看我了！我啥都没想就进了高中部的老楼，高二年级在二楼，我一踏上二楼昏暗的楼道便知道我有多冒失：一个大个子的黑影赫然戳在那里，周围还有几个小个子。我感觉那个大个子有点眼熟，但楼道里光线很暗，我一时看不清他的面目，人却已经走到他们中间，来到他的面前：哦，是秦小刚！老话怎么说来着：冤家路窄！

　　我和他同时一愣，我一时不知所措，完全是出于本能地用手指了指自己的头问他："好……好了吧？"

　　他脸一沉，支吾了一声，转身走进教室。

　　其他几个小个子也见我也如见瘟神，跟着进了教室。

　　留下一个我，傻乎乎站在昏暗的楼道里，几名高中生见了一名初中生，状若老鼠见了猫，四散而逃，连屁都不敢放一个，何以至此？暴力至此！我打小接触的孩子的世界，就是拳头说了算，如今我长大了，接触到大孩子的世界，升级为砖头说了算！说实话，我对暴力并没有多大的好感，但却打心底里相信它……这样想着，来到严诗玲所在班的门前，站在门口望进去，看见里面不剩几个人了，其中没有她……我怕再引起他人的惊恐，就没有开口问，转身穿过楼道，下得楼来……

　　高中部的楼后便是视野开阔的大操场，令我惘然想道：她会在那里训练吗？田径队还在那里训练吗？我被开除出了田径队，已经不知道它在省市运动会后是否已经恢复了训练以及训练时间,照理说她没有必要再参加田径队的训练了,她在中学时代的短跑生涯已经无比圆满地完成了(换得了被免试保送上重点大学的机会)……可我还是去了大操场,想一探究竟,正值自由活动时间,大操场上,人头攒动,没看见她,也没有看见田径队……我有些怅然若失:唉,我的短跑生涯那么快就结束了,我心有不舍。

然后,我又去了小操场。然后,我又去了女生宿舍。都没有找到她。校园里头,她常去的几个点儿,我都找遍了,她还会去哪儿呢?我忽然一拍脑袋,想起了什么……便径直走出校门,一直向西走去,一口气走了两站地,来到基督教青年教会的教堂前……

哦,我那一砖拍下去,换来的是全面的勇敢,我此前从不敢进的教堂,现在也敢进了——我推门进去,看见的是一个全然陌生的所在:高大的屋顶,像课桌一样摆放的排排座位,座位上稀稀拉拉有几个人,做默默祈祷状,我一眼便看见了那一头让我感到无比亲切的马尾辫……再往前看,猛一抬头,是十字架上的耶稣圣像,他受难的样子让我不由自主地倒吸了一口凉气,一股神秘的力量将我逼了出来……

这股力量真是太强大了!一直将我逼出了教堂门外的小广场,逼到马路边,我心想:也好也好,不要让她出来见到我的时候,太感突然,太过吃惊!更不要让她知道:我曾经跟踪过她!

没过多长时间,她便出现在我的视线上:一件火红色的羽绒服,配着一条浅蓝色牛仔裤……谁说"红配蓝,狗都嫌"?真是胡说八道!在我眼中,在她身上,就是绝配!再配上她那一头黑发,雪白的肌肤……我要不要迎上前去?我忍受住自己强烈的冲动,转身向回走,走得很快,竟然一口气走出了一站多地,直到眼前一亮:看见一家我自己曾进去吃过的川菜馆,便站定了,回头看她:哦,不愧是"短跑女皇",她走得真是快啊,几乎紧跟在我后面……我这一回头,她便看见了我,吃惊的表情夸张而又卡通:一个标准的"杏眼圆睁"……

"武……武文阁!"她惊叫道,"怎么是你?!"

"我……有事儿……有好事儿,正想自己庆祝一下。"我满嘴胡交代,用手指了指川菜馆,"你愿意……一起来吗?"

"那要看你是什么事儿,是……多大的好事儿?"

"特大喜讯!"

"是不是……那件事……"

"这么大的好事儿,我不想站在街上随随便便告诉你……"

"那好吧,咱们进去再说。"

我们一起走进这家国营川菜馆,选了一个清静的角落坐下,马上过来一个女服务员,我对她说:"等一会儿,我们过会儿再点菜。"她便走了。

"快说,什么好事儿?"严诗玲催问道,她的脸上写满了紧张,让我心中充满了感动,我知道她为什么会如此紧张!

我再也不想卖关子了,单刀直入,脱口而出:"学校处理结果出来了:我没被开除,给了一个记大过处分。"

"是吗?"她高声尖叫道,"上帝保佑!我刚才还在教堂里为你祈祷——为你的学籍祈求上帝保佑!真是灵验了啊!这叫'邪不压正'!"

哦,一高兴她竟然泄露了自己的秘密——信仰的秘密!秘密的信仰!由于其声太大太尖,引来饭馆其他顾客侧目而视的目光,反倒让我觉其很可爱!你喜欢一个人,便看她一切都是好的!

"小点儿声！"我压低声音提醒她，"都在看我们呢。"

她朝四下一望道："哦，对不起！对不起！我真是太高兴了！你先跟我说，是谁通知你的？"

"是我们班主任梁老师，今天一大早把我叫到教研室通知我的，她说是昨天晚上林校长找了她。"

"那就是铁板钉钉了！太不容易了！我知道你家人做了太多的工作！最终还是我们胜利了——是该庆祝一下！服务员，请您过来一下，我们点菜！"

服务员走过来。

我说："你来点！点你最爱吃的菜，我请客！"

她拿起菜单："那我就不客气了，服务员，来个麻婆豆腐，再来一个砂锅——好了，你再点一个，咱们就够了。"

我脱口而出："鱼香肉丝，两碗米饭，两升散啤。"

她："来一升就可以了，我不喝酒。"

我说："那我也不喝了，就来两瓶冰峰汽水吧。"

等饭菜上齐，她举起一杯汽水道："祝贺你——保住学籍！"

我说："谢谢！谢谢！"

我们边吃边聊。

"哦，我差点忘了，还有一项处分……"

"什么处分？不是已经记大过了吗？"

"永远开除出校田径队。"

"我的天！还有这一条？还是'永远开除'？好像你多留恋那个没有正气的队似的……你留恋吗？"

"有……有点儿，从今以后……咱们就不再是队友了，不能天天在一块儿训练了……"

"本来也不能在一块训练了,我也该自动离队了,毕业前我们再没有参赛任务了……"

"哦,我差点忘了:我也该祝贺你!"

"祝贺我什么?"

"省运会冠军——直接保送重点大学呀!祝贺你不用参加高考就能上好大学!"

"哦,这个嘛,现在祝贺还为时尚早,是有这种可能性——只是理论上的一种可能性,最终能不能保送成,具体保送到哪所大学,到下学期才知道呢。人家还要派人来面试,总之没有那么简单。"

"秦小刚是不是没有希望了?"

"你问他?你怎么还能想起问他?是啊,是没希望了,你那一砖把他拍到医院里,因伤错过了省运会,没有省运会冠军的成绩,连理论上保送的可能性都没了。"

"我听说……他学习不好?"

"岂止是不好?简直就是太差!"

"那他高考不就没戏了?"

"一准儿没戏。"

"我听了还是……挺不好受的,就冲这一点,我不该拍他。"

"哦,小孩儿,你还是挺善良的,本质是个好孩子。"

"在咱们这种省重点,我以为能当升旗手的,最起码应该学习好。"

"这就是咱们林校长,他在高中初中搞双重标准,高中不怎么强调学习,从你们这一级才开始狠抓学习,因为现在大形势变了。"

"林校长这次让我很伤心,他是铁了心想把我开除!"

"他是想做给上面看:长安中学究竟有多严!"

"蔡老师也让我很失望,师姐你知道:我本来很尊重他,甚至有点崇拜他。"

"蔡是一心想向上爬的人,他揣摩出林校长的心思,所以坚决支持把你开除,我估计把你永远开除出田径队就是他的主意……"

"班主任梁老师也是棵墙头草,在这两个月里,对我随时变脸,见我留校可能性大时就唱红脸,见我开除可能性大时就唱黑脸,搞得我都适应不过来……"

"你这比喻用得太准确了,随风摇摆。"

"说心里话,看着他们一个个的这副嘴脸,我已经不想在这个学校上了,有时候真希望他们把我开除算了,但一想到这会给家人带来更多的麻烦:他们还得给我找学校啥的……就决定跟他们死磕到底,不蒸馒头争口气,看谁能把谁扳倒?所以今儿个得到这个结果,就是出了一口恶气,并不是我对这所鸟学校有多舍不得。"

"遇大事儿才能看清人,我感觉你一下子成熟了,再也不是个小孩儿了,说话好深刻啊!"

"通过这件事,我发现……只有你一个好人……"

"怎么可能?你又回到幼稚了。"

"真的!"

"那你家人呢?他们那么帮你……"

"他们也是好人……师姐,我能对你说点心里话吗?"

"当然可以。"

"我继母一直对我挺好的,可我从不相信她对我的爱,这次真的感觉到了:没有她的全力以赴,她父亲凭什么帮我呀。"

"她父亲是省上领导?"

"是。"

"我这次才知道,你亲妈很早就去世了……唉!觉得你挺不容易的,所以更不接受他们开除你。"

"其实,也没啥不容易的,我记不得我亲妈啥样子,只好当她不存在。"

说到此处,我惊讶地看见她的眼圈红了,晶莹明亮的泪珠在眼眶中打了几个转,终于没有流出来……如此善良的女孩,我不知道这辈子还会不会碰上像她这般善良、公道、正义的女孩,一时间心下惘然……

"我们走吧。"她说,"该上晚自习了。"

我怕她跟我争抢,就直接跑到前台付了账。

我们从饭馆里出来的时候,夜色已经封锁了外面这条街,街上的灯火让我感到温暖,四周的黑暗又让我感到安全……这是我平生头一次请自己喜欢的女孩吃饭,心里自然有些发虚……

我们肩并肩一起走了一站地(这种感觉真好啊),走到学校大门口时,我问她:"要不要……分开走?"

"无所谓!"她回答道。

于是,我们就一起走进了学校的大门,然后各回各班上晚自习去了……

两个月来,命运未卜,我心不定,现在赶紧收回到学习上来,投入到期末考试的复习中去,我心里很清楚:有人盼着我考砸锅,我绝不能让他们得逞……结果还好:学期总评成绩位列第三,只比上学期下降了一名,考虑到中间出了这么大一档子事儿,我觉得可以给父亲交代得过去了(这似乎是我追求名次的唯一目的)。

开家长会这天,父亲外出公干,继母去学校开的——她似乎乐得如此,让我心中备感温暖。继母回来便抱怨道:"梁老师怎么那样啊，开完班里的会，我主动上前想听她说说你的情况，她竟然搪塞我说：'既然你们家势力这么大，你们就自己好好教育他吧。'——这是什么话？！像个班主任说的吗？！"

我听罢无语，但又未感到太意外。我终于保住了学籍，身为班主任的她就像受了多大气似的，一见我就把脸拉得老长（她长了一张圆脸啊），憋着劲想找碴儿整我。期末考试结果让她失望了：我依然名列前茅，她带的语文课，我是全班第一。评"三好学生"是她可以下手的机会：她先将我从候选人（由同学举手提名）的名单中拿掉，在班上解释说：犯过错误受到校方处分者，没资格评三好。

天越发冷，放寒假了，我像一条孤独的小船，抢在海面被封冻之前，赶紧回到自己不冻良港的家中，躲进小屋成一统。

一个月的寒假是温暖的，由于发生了这件事，共同面对了这件事，我与家人——尤其是继母一家人的关系反倒比从前更亲密了。过年前后那一周，我们全都去了省委大院住，一大家子在一起过年。我这个六号坑长大的"穷人的孩子"平生头一次见识了高干之家怎么过年，特供带来的物质的丰富自不必说，让我真正羡慕的是过年期间在大院里头的影院所看的几场内参电影，真是有我们小老百姓在大影院里看不到的精彩。

## 二

寒假生活充实而又温暖，让我很享受，但我总是感觉缺了一点什么：一直在心底惦记和想念着一个人，尤其是临近开学的最后一周。当春节的热闹过去，我对她的思念变得愈加强烈：我很想到她家去找她玩，和她一起骑自行车到郊外去转转……哪怕哪儿也不去，什么都不玩，一句话不说，单单看她一眼也好啊！越临近开学，这个欲望变得越强烈，有一次我已经悄悄离开家，骑上自行车出了门……但上路不久我还是终止了自己的行动，因为"做贼心虚"，因为对家庭所怀有的感恩之心而产生的"息事宁人"的想法：觉得这么放任自己，有点对不住他们为我所做的一切！

这一年，我15岁，开始懂得自律。

我只能等到开学。

开学报到日，我起了个大早，没吃早饭就出发了，不像以往：轻装上阵，我的自行车上空空荡荡的；并且还走了一条奇怪的线路：我家住东郊，不是朝着正西方向往城里走，穿城而过，到达市中心——钟楼附近的长安中学，而是先向南去，到达交通大学后面的女子监狱再往西拐，一路向西，最终到达长安大学……

经过交通大学时我想：她要被保送到这儿多好啊！我每周回家都可以去看她！

到达长安大学时我又想：她要被保送到这儿也好啊！保送到自己父母任教的学校，保送到自己长大的校园，离长安中学距离更近！

我暗自有个祈愿：希望她被保送到本城的一所大学，而不是到外地去——我把这一切想得很简单……

到达之后，我没有进长安大学而是骑向它对面的家属区——长大新村！虽然我只随她来过那么一次，但我对她家所在的那座楼的位置已经记得一清二楚，因为曾在心里无数次地复盘过；虽然没有进过那座楼到过她的家，但我通过上次她父母露头的窗口准确地判明了她家的位置所在，敲门时我心里像揣了一只兔子！

门开了，探出一个烫过的头——一头鬈发和一张与她酷肖的中年妇女的脸："你……找谁？"

"我找……严……严诗玲。"我紧张得结巴了，觉得自己很好笑。

"哦，我认得你……你是她……学弟吧？叫什么来着？"妇女脸上露出一丝笑容。

"武文阁。"

"哦，对对，她念叨过你，武文阁——这名字好记，快进屋吧。阿玲还没起床呢。"

我松了一口气。

跟随妇女进屋，客厅的沙发上坐着一位清癯的中年男人——他一头被梳得一丝不苟的银发看起来明显比我父亲老，我便怯生生地叫了声："伯伯，你好！"

"来了？坐吧。"他的口气像见到一位老熟人。

我十分拘谨地坐下了。听见妇女在敲一间房门："阿玲，该起床了！你学弟武文阁来了……"

"你们今天开学？"中年男人问我道。

"嗯，今天报到。"我如实答道，"我想……开学要往学校运的东西多，我来帮帮她……"

"你想得周到，女孩子确实东西多……"

"……"

我不知该说什么，希望"阿玲"赶快现身，打破这令我坐立不安的格局。

"听阿玲说，你打了一架。"中年男人很健谈的样子。

我又紧张起来："……嗯。"

"她说是高年级有个孩子欺负你，你揍了他。"

"老严你忘了：那孩子来过咱家的，那个大高个儿，看起来挺威猛。"中年妇女凑了过来。

"想不起来了，她同学来得多。"中年男人说，"阿玲说不光欺负了你，还侮辱了她。"

"嗯。"

"然后你就动手了，还抡了砖头。"

"嗯。"

"说实话，我很欣赏你的做法——这才是男孩子该有的性格。男孩子是要有点脾气的，士可杀，不可辱！我年轻时候也爱打架，遇上他们挑事儿找碴儿，我就用拳头对付他们——对相信拳头的人，最好用拳头对付。"

"嗯。"

"学校那边没事儿了吧？"

"学……学籍算是保住了，给了个记大过处分。"

"爸，快别提这事儿。"严诗玲从她房间出来了，"人家是好孩子，为这事儿思想压力挺大的……武文阁，你再坐会儿，我洗漱一下咱们就出发。"

"好，不提了，不提了。"中年男人——不，严诗玲她爸谈兴不减，"听阿玲说，你家住东郊，父母是哪个单位做什么的？"

"我父母都在国测局测绘大队上班。"

"哦，那个单位我知道，在交大附近，挺大的一个院子，对吧？"

"对，我父亲就是六十年代从长安大学毕业的，他读的是地质系。"

"哦，原来还是我们长大的校友啊，孩子她妈，你看，知识分子家庭出来的孩子气质、气质就是不一样……"

"爸,你又查人家户口了!"洗漱完毕容光焕发的严诗玲过来了,"每次家里来同学,你都爱查人家户口,你也不嫌人家烦……武文阁,咱们走!"

"怎么就走?你还没吃早饭呢?不吃早饭可不行……"中年妇女——不,严诗玲她妈说,"来得这么早,小武同学也没吃呢吧?你们一块儿吃了早饭再走,我已经做好了……"

"不敢跟你们一块儿吃,跟你们吃个早饭,又要查人家祖孙三代阶级出身了,我们在路上吃……"严诗玲从她房间拖出一个大旅行包就往门口走——很显然,那个满满当当的旅行包是早就准备好的。

我马上起身去帮她拎包。

我拎着包跟逃也似的冲下了楼,这时候才感觉到有点后怕:自己像个愣头青似的在星期天一大早贸然敲开了一个完全陌生的家庭的门,去找这家的女儿,这家的家长还知道我是个拿砖头拍人险遭开除的"问题学生",真是自投险境——事实上,这个家一点都不让我感到亲切,与这个年代中国长安的普通人家相比,它显得过于洋气了——这大概就是"爱国归侨"的家吧?让我产生好感的是人——那一对中年男女:与家的氛围相得益彰,他们是一对洋气人儿,真像是电影里的人物:像我两年前看过的一部表现华侨生活的电影《海外赤子》(陈冲主演),那部电影的主题歌《我爱你,中国》已经风靡一时……

我将"阿玲"的大旅行包夹在我自行车的后座上,又随她一起到楼后的车棚取了她的自行车。然后我们骑上车,往长大新村外走,村口有好多小吃店和小吃摊正在卖早点。我不觉得饿,但觉得她该吃早点,便问她:"我们在这儿吃早点吧?"

"在这儿买不在这儿吃。"她说,"熟人太多了,老要打招呼。"

"你想吃什么?我去买。"我说。

"我吃油条,你吃什么?"

"我也吃油条。"

"好啊,我来买,都到我家门口了,不让你买。"

于是我们在一口炸油条的大油锅门前停下车,我看着她去买了油条和豆浆……

我们骑车上路,骑出不久,就看见城墙,我说:"我们去城墙下吃吧?"

"英雄所见略同。"她说。

我们来到古城墙下护城河边,支好自行车,坐在一张石凳上,开始吃早点。这时候,早春的朝阳已经升起来,暖暖地照在身上,心情变得大好,我轻舒了一口气……

"你还紧张啊?"

"现在不了。"

"我爸妈有那么可怕吗?"

"一点儿不可怕,他们人挺好,主要是问起打架的事……"

"我爸不是挺欣赏男孩子会打架嘛!"

"光会打架算什么本事。"

"我不光跟他们说你打架来着,我还说你画画好呢,我还给他们看了你给我画的像,他们都说画得像,画得好……哦,走得太匆忙了,来不及让你参观一下我的小窝,寒假里我把那幅画挂在墙上了……"

"我一大早来敲门,是不是有点冒昧?"

"不冒昧啊!我还以为假期里你会来找我玩呢,放假前我不是留了我家的电话给你吗？你是不是弄丢了？"

"没弄丢，在我文具盒里放着呢。"

"那你怎么不给我打电话，你家没装电话吗？"

"刚装上不久，我还没用过一次呢？"

"呵呵，小孩，你太诚实了！我最喜欢你的诚实！"

"阿玲，你的一切我都喜欢！"

"啊哟，好肉麻呀，这个名字，不许你叫……除了爸妈，别人都不许叫。"

"是你小名吗？"

"就算是吧，不过在印尼的华人中都这么阿来阿去叫孩子的。"

"你爸妈……很爱你！"

"当然了，他们就我一个孩子，不爱我爱谁呀？"

"我很羡慕。"

"羡慕什么？你爸妈不也挺爱你的吗？你爸就不用说了，从国外回来第一个看的就是你；你妈虽说是后妈，但不是对你也挺好的，在保学籍这件事上对你是真上心……"

"是挺好的，可我还是羡慕，我总想：如果我亲妈还活着，是不是一切都会变得更好？"

"别这么想……你假期怎么过的？也不来找我玩，说明过得很充实。"

"过年前后那一周去了我继母的父母家，在省委大院里头，看了不少内参电影——都是咱们平时看不到的外国电影。其他时间都在家里做作业、看书、看电视，帮家里干点活儿，带我弟弟玩……"

"那你过得挺好啊！这么丰富！难怪不来找我玩，我可过得太沉闷了。本来不该这样，都是被这保送闹的，学也不是，不学也不是。

我们毕业班其他同学都在玩儿命学,准备迎接夏天的高考,我反倒像个没事儿人似的……"

"这多好,别人羡慕都来不及呢!我刚才在来的路上还许了两个愿,都是跟你保送有关的……"

"什么愿?怎么许的?"

"过交大门口时,我许了一个;到长大门口时,我又许了一个……"

"许愿他们保送我?"

"对。"

"哎,别说你这小孩,真挺灵的呢!你并不是在空许愿——大年初一一大早,长大校长突然上门来给我家拜年——这可是破天荒第一次,就是来说想保送我的事:只要愿意进长大,专业随便挑……"

"那你赶紧答应人家呗!"

"嘴上答应了,可心里还是有点不情愿,你想想:我是在这座校园里长大的,幼儿园、附小都在这里上,父母又在这儿教书,家就在对面,自己在这儿上大学多没意思啊,就跟没上大学一样……我是这么想的:如果有外地的重点大学要我呢,我就去外地;如果有本地的其他重点大学要我呢,我就去其他学校,把长大留到最后……"

"吃完了吗?咱们走!"

"吃完了是吃完了,话还没说完呢,再坐一会儿。"

"不坐了!我不想坐了!"

"哎!武文阁,你怎么了?怎么突然就不高兴了……我说错话了吗?"

"你没说错话,你哪里会说错话,我就是觉得你这个人……特没劲!"

"嗨!我叫你小孩,你还真是小孩脾气呀,一张娃娃脸说变就变说翻就翻……我好好说着我的话,怎么得罪你了,不许走!你给我说清楚!"

"你……你想问题……太自私了……就考虑自己!"

"你是说……我没有替父母考虑吗?他们很支持我到外地读大学的呀,说这样可以培养我独立生活的能力,再说他们现在正年富力强,也不需要我守在跟前照顾呀……"

"那你……就赶快滚到外地去吧!"——说这话时,我猛然站了起来,几近歇斯底里,后半句已经带着哭腔。

"阿玲"惊得杏眼圆睁,继而张大了嘴,绽放出恍然大悟的表情:"我……明白了:是你不想让我到外地去……"

我快哭了,说不出话,默默地点了点头。

我不敢看她,听见她说:"我知道:你对我好!你是我最好的……弟弟!就冲你这心思、你的许愿,我现在对这城墙发誓:我不去外地上大学了!有再好的学校保送——哪怕是北大、清华来要我,我也不去!我就在本地来要我的大学中选,大不了就在家门口上长大!"

我望着古城墙——很没出息的——破涕为笑了!

她也笑了:"瞧你那点出息,完全是个孩子,你快点长大吧!我等着你长大!"

我肯定是由于高兴而造成了大脑短路,出现了一段记忆空白:记不清我们是马上离开的,还是又坐了一会儿,还是又坐了很久……

我只记得她发过誓的雄伟巍峨的古城墙,还有面前的那条护城河：一条发黑发臭的死水而有点煞风景……

我只记得后来我骑着自行车在马路上飞奔，欣喜若狂！她在后面追不上我……

这天下午的情景我也记得很清楚：我们在学校小操场打羽毛球，尽情尽兴地打，一直打到筋疲力尽，一直打到暮色四合……

## 三

新学期头一天下午，两节课后，班主任梁老师驾到，召开班会，改选班干部。

我隐约感觉到了这似乎是有某种针对性，但还是不相信真的会发生。

她请全班同学主动举手发言，对旧的班委成员发表意见。

发言不够踊跃，她就叫名字点人。

被点名站起来的发言者都在说好话，对我这位体育委员的工作也是好评不少：上学期校运会上的成绩有目共睹。

梁老师多次提醒、启发大家："要讲缺点，要谈问题"，还是无法扭转这个全说好话的局面。

如此不疼不痒的发言进行了十多位之后，梁老师失去了耐心，果断终止了"民主"的程序，开启了"集中"的模式，直接宣布新的班委会成员和各个职务的任命。

我的名字不在其中——起初，我还以为自己听错了！等到各个职务任命完毕，还是没有听到"武文阁"，我原本担任的"体育委员"一职被人顶替了……新的班委会，只有我一人被排除掉，其他人都在，不过是有些职务的调整罢了。

等梁老师宣布完，台下顿时一片窃窃私语，相当多的人做出了不约而同的反应：纷纷回过头来，将目光投向我，目光多数饱含同情，也有人脸上绽放出幸灾乐祸的笑容……

"有什么意见吗？"梁老师问道。

"没——有！"底下七嘴八舌回答道。

"那就这么定了。散会！"梁老师道。

改选会就这么结束了，与往常略有不同的是：一贯雷厉风行的梁老师没有像往常那样立刻走出教室，而是一直在讲台上站着，低头看着手中的新班委名单，似乎在等待什么……我有一种直觉：她是在等我走上前去，对她提出质问，然后再有理有据十分有力地回答我——给我来个迎头痛击！

我相信我的直觉是对的！

于是我动作迅速地整理好自己的书包，赶在所有同学离开教室之前，从座位上站起，噔噔噔大步流星地走上前去，在她抬起头来望着我——以为我是走向她的时候，突然掉头转向门口，噔噔噔大步流星走了出去……

这种感觉很爽！室外的空气多么新鲜、自由！我贪婪地大口呼吸！

15岁的我，确实想不到：一位班主任老师对一位犯过错误的学生的记恨会如此之深重，处心积虑精心策划了一个并不怎么完美的"改选会"来剥夺你最后一点光荣；但15岁的我，已经无师自通地懂得了如何来反抗：我绝不给你解释的机会，我绝不听你再放一次屁，我绝不让你再伤害我一回！我惹不起你，但还躲得起！

这一幕，是一个缩影——浓缩了我日后的人生。

在新学期第一堂英语课上，黄老师宣布了一件事：要建立"英语角"——即英语学习小组，每周活动一两次，由他本人担任组长，由各班的英语尖子参加，以上学期英语课总评成绩录取前五名，我名列第二，理所当然进入名单。

听黄老师宣布名单时，我心中还想道：现在看来，被开除田径队并不是一件坏事，我课余时间多了起来，正好可以参加这样的学习小组，何况我对英语有兴趣——更准确地说是对了解外面的世界有兴趣；我对这个穿红皮鞋的洋派老师有好感。

可我又犯了幼稚病，对这个世界一厢情愿自作多情，几天以后，我在天天走过的壁报栏前，看到"英语角"全名单公布出来了，上面没有我的名字——并且绝无遗漏之可能，因为本班英语总评成绩排在第六名的同学的名字赫然在上，显然是由他顶替了我这个第二名。

没有任何人通知我。

敢去干预英语老师工作的，除了班主任还能有谁呢？校长和教导主任也可以，但他们实在管不了这么细。此事加重我对梁老师的仇恨。

然后是"英语角"开始活动了，我眼看着他们每周出来进去在活动，但就是不去问：这是为什么？——不问不在乎就是我的反抗！

就像去年这时候我所做的那样，新上任的体育委员开始准备下个月的春运会了，他显然不知道该怎么做，也不到讲台上去向大家做一番动员，最起码你得把什么事讲清楚嘛！早自习上，一张白纸从前面传到我面前……

"这……什么？"我问前面。

"运动会报名。"前面回答。

我看了一眼,便拿给同桌。

是的,我用行动拒绝了报名——一个弱者、一个小人物,也会等到反击的机会!

无言的反击立竿见影,第二天早自习上,班主任梁老师便跳了起来:"春运会就要来了,大家报名很不积极,为什么?什么原因?都在抓学习吗?学习固然重要,集体活动也同样重要,体育委员把纸发下去,重新报!我在这里等着,不报满所有项目,今天咱们不上课!"

报名纸再次传到我面前,我看都不看,马上拿给同桌。

报名纸在全班同学手中转了一圈,被体育委员交到梁老师手中。梁看着名单,脸上的表情悲欢莫辨十分复杂:"重新报名很有效果,除了个别落后分子一心想与我为敌与班集体为敌,其他同学还是积极的,心中有这个集体的,上课吧。"

话音未落,又有一片目光唰地向我投来,嬉皮笑脸者有之,谴责蔑视者有之……

从此开始,我拒绝参加所有的班集体活动,真的是要"与班集体为敌"了!

从此开始,我的课余活动仅剩下一周一次的"丹青社"以及周末与严诗玲打的一场羽毛球。

终于又等到了周末,我们在小操场一见面便抢着说:"我有好消息告诉你……"

"你先说!"

"你先说!"

结果还是她先说:"你的祈祷灵验了:交大和长大的保送全都在

这一周来了，林校长把我叫到他的办公室亲口对我讲的，他让我尽快做出选择，学校会全力配合做好推荐我的工作……"

"太好了！太好了！你想上哪个？"

"当然是交大啦，它毕竟是本省乃至全西北最好的大学，全国十大名校之一。再说我学的是理工科，正是交大的强项，上长大没劲啊，在家门口上大学，跟上幼儿园一样，何况长大的强项是文史地，不是我的专业方向……"

"好极了！我支持你上交大！"

"为什么？"

"离我家近呀。"

"你好自私啊！就考虑自己……唉，我说完了，你不是也有好消息告诉我吗？"

"跟你这个大喜讯一比就不算什么了，不过可以当作一场庆祝。"

"到底什么事儿啊？快说！"

"你可以见到你的偶像了！"

"什么偶像？哪方面的偶像？"

"体育方面。"

"你是说……汪嘉伟？他要到长安来吗？"

"那倒不是，明天晚上有一场中国男排对韩国的比赛——是世界杯亚大区的一场预选赛，在香港举行，中央电视台要直播……"

"是吗？太好了！明天晚上是星期天……咱们都回学校来看吧！一起看！"

"好！太好了！"

"我建议咱们今天不打羽毛球了，各自早点回家，明天早点回来，一起看晚上的比赛。"

"好!"

于是我们各自走散骑车回家。

严诗玲的好消息带给我一个无比快乐的周末。家庭晚饭的餐桌上,我老是向父亲咨询交大的情况,父亲在高度首肯它的同时,问我道:"你是不是想上交大?"

我回答:"就算是吧。"

父亲说:"好啊!早立志是成功的要素之一,我赞成你尽早确立一个目标。老实说,你若能考上交大的话,我便心满意足了,我相信你生母在天之灵也可得以告慰——你知道为什么吗?"

我问道:"为什么?"

父亲说:"因为你妈是上海人,她生前对这所五十年代从上海搬来的大学素有好感。"

每次当全家面说起我生母时,我都不由自主要看一眼继母的脸色,这一次她还算正常——总的来说,她还是很大气的——高干子弟嘛!

第二天下午,我早早回到学校,与严诗玲在学校食堂共进晚餐,然后到校园里转了一圈,发现平时专放电视的那间教室一片黑暗,估计是周日的缘故。于是,上哪儿去看这场排球赛成了一个亟待解决的技术问题。

"去老师家看。"严诗玲说。

"这……合适吗?"我说。

"没啥不合适的,关键要选对人家。"

"我好像是把全校老师都得罪了……"

"差不多吧,真有你的!不过,有一个人你没得罪……"

"谁?"

"谢老师。"

"对,他反倒对我越来越好了,觉得我画画有前途。"

"那就去他家。"

"好的。"

长安中学的家属区是在校外——距校区不远的一条巷子里,但教工单身宿舍就在校园里头,就在我们每周打羽毛球的小操场旁边。我随严诗玲来到教工单身宿舍的那排平房,来到一处黑灯瞎火的门前……

"完了!"严诗玲说,"谢老师好像不在家。"

我们走近仔细一看,那扇门上挂着一把明锁,果然是不在家。

"咦!蔡老师家亮着灯呢。就是东边第一间房。"严诗玲说,"你去吗?"

"他家我不去!"

"比赛快开始了,没得选择了,你就跟我走吧!他还能将你拒之门外不成?好歹你在田径队待过的……"

"我不去……我一想到他那张脸就恶心!你去吧!我回宿舍去听小收音机。"

"这多扫兴啊!说好了一起看的……"

"你快去吧,我回宿舍……你主要是看汪嘉伟,我主要是了解比赛……"

"那好吧,看完比赛我去找你。"

于是,我们在小操场分了手。

我快步走回到男生集体宿舍,那里已经聚集了几个男生在听小收音机。

这场比赛真是激烈,打得地动山摇。前后过程极富戏剧性,中国男排一上来就被对方打了一个稀里哗啦,连丢两局,大分以0∶2落后,被逼到了悬崖上,继而如梦初醒,奋起直追,连扳两局,将大分追成2∶2。比赛过程中,我从小收音机里,不断听到解说员宋世雄念叨"汪嘉伟"这个名字,想到严诗玲正在蔡老师家的电视机前凝视着她的偶像,我便有种心满意足的感觉——凡是让她感到快乐的事,我做起来便特有幸福感⋯⋯

第五局是决胜局,中国队一路领先,汪嘉伟连连得分,眼看比赛就要拿下时,宿舍门外传来一声大叫:"武文阁!"——一听就是严诗玲的声音!

我跑出去一看,果然是她站在门口的月光下,一头长发被晚风吹拂着,像一尊女神!

我有点纳闷儿:"你看比赛了吗?我们就快赢了!"

她说:"看了!当然看了!太精彩了!我偶像太帅了!第五局,10∶6领先时,电视信号中断了,现在怎么样?我们快赢了吗?"

"别说话,快听!快听!最后几分了!"

于是我们一起在男生宿舍通过小收音机听完了比赛的最后几分,中国队终以大比分3∶2战胜南朝鲜,进军下半年将在日本举行的世界杯男排赛决赛阶段的比赛!

比赛一结束,我们连同宿舍里听收音机的几个男生全都跑到外面去了,大伙在月光下又蹦又跳又喊又叫:"我们赢了!""进军日本!""中国万岁!"——这便是这天晚上发生在长安中学的庆祝活动:6男1女自发而起,前后持续了十来分钟⋯⋯我在事后才知道,这场反败为胜的比赛在北京大学引发了更大规模的庆祝活动,有人从中喊出了"团结起来,振兴中华!"这一后来响彻华夏的著名口号,聚焦成为一个时代的缩影——那是一场普通球赛的胜利便可以引发一场上街游行的时代啊！如今已经离我们远去，甚至不被今天的青年一代所相信，而在当时，我们置身其中，却又不知道自己正置身于历史的现场之中……

在此 7 人中，我与严诗玲似乎要更加激动、亢奋一些，渐渐地，不知不觉地，我们脱离了另外 5 个人，不约而同地向学校大操场的方向移动……好像那里是属于我们的地盘！

"太棒了！今晚太棒了！"严诗玲说，"小孩儿！你现在最想干什么？"

我不假思索地回答："我想跑！我想在跑道上跑！我想跟你一块儿跑！"

"我们想到一块儿去了！"她说，"那就来吧，上跑道！"

我们来到百米起点处。

"预备——起！"她喊道。

我撒丫子跑开了，沿着洒满月光的跑道，向前飞奔……

这是压抑太久的一次释放：自去年秋天的市运会之后，我再也没有在正规跑道上奔跑过。我被开除出了田径队——我奔跑的权利似乎被人给剥夺了，此时此刻全都释放出来……

我一路向前，一马当先，目中已无"大师姐"的情影，只看到一轮皓月当空，照耀我前进……

15 岁的我，是一个爱奔跑的少年，并非爱它带给我的荣誉或仅仅是虚荣，我爱的是它本身，是我的身体需要奔跑，是我在运动中才会得到最大的舒服和自由……

我一口气冲过了百米的终点，回身看时却与她抱了个满怀——抱得那么结实又那么自然，我们抱着，望着对方，她发出"哎呦"一声，然后一把将我推开，转身便跑……

我全身无力,如在梦中,没有去追她,说实话,我已经心满意足!

一操场的月光,洁白如雪,像想象中的圣诞夜……

我踏着雪,像踩在棉花上,沿着她的足迹,慢慢走回到男生宿舍……

## 四

人间四月天,活动特别多。

重中之重是校春季田径运动会,未报项目的我本来去都不想去,但班主任梁老师下了死命令:每个人都必须出席,没报项目的同学去到操场当观众,给参赛的同学加油!

我本以为让能跑能跳的我去当观众会很痛苦——事实却并非如此,很快我便从中找到了乐趣:我对本班同学谁参加了什么项目,漠不关心,手执一张英语词汇表,在那儿背单词。谁取得了好成绩,我也不会为之高兴;但谁要没比好砸锅了,我却心中暗喜,表面上还装作不关心。其实,自始至终我心中一直在算一笔账,拿今年的成绩与去年的成绩做比较,当运动会开到最后一天,当我发现今年的成绩要比去年差一大截,并且我班将肯定拿不到年级团体总分第一时,我小狐狸的尾巴露出来了——忽然表现出异乎寻常地高兴,与四周同学的沉闷形成鲜明反差。在最热闹的集体荣誉感最强的接力赛中,当我看到别的班冲到我班前面抢走冠军时,忍不住站了起来,差一点就要举手欢呼……

我的失态被人注意到了。

"武文阁,你是不是特高兴?"我后背被人捅了一下。

我恼羞成怒地转过身去,见是我们班的女班长,她是梁老师最忠诚的"跟班",长得都像梁老师,听说是梁老师的亲戚。她这么当众捅我,我准备跟她斗斗嘴皮子:"唉,班长大人,你咋能这么说呢?你咋看出我特高兴呢?你是孙悟空火眼金睛啊?"

"还需要孙悟空的火眼金睛吗?司马昭之心路人皆知!"女班长振振有词道,"你这三天在观众席上的表现,大伙儿都看在眼里,咱班成绩不理想,大伙儿都急在心头,你却暗地里幸灾乐祸!"

我顿时火起:"你是我肚子里的蛔虫啊?我咋想的你都知道!好!就算我幸灾乐祸,那我就跟你较下真,我问你:这一切究竟是怎么造成的?你可别揣着明白装糊涂哦!"

"不就是你的体育委员被撸了嘛!你心怀不满,为一己私利,就盼着集体倒霉……"

"班长,实话说吧,我思想是不怎么干净,但也没你想得那么肮脏,你把我想得那么肮脏,暴露的是你自己思想的肮脏……咱班成绩不理想,你身为一班之长不好好反思自己的工作没做好,反倒赖我这名普通群众……"

她张口结舌,继而嘤嘤哭泣。

"吵什么吵?谁在那里吵?运动会成绩这么差,你们还心情在这儿吵架!"一记刺耳的声音犹如一道晴空霹雳——那是为我所熟悉所恐惧所厌烦的班主任梁老师的声音。她在什么地方猫着,我一直没注意到,这不,立马就冲着我来了:"武文阁,班长说得没错,这三天运动会,你就是没安好心,暗地里幸灾乐祸,你的思想觉悟已经不可救药了——这笔账咱们慢慢算!"

春运会结束了,如我所愿:本班大败而归!不但丢掉了去年的年级团体总分第一名，连第二名都没有拿到，在四个班里名列第三……这充分说明了体育委员一职的必要性，组织和准备工作的重要性，我拒绝报名肯定将丢掉几项冠军失去不少分数，但还不至于丢掉团体总分第一。离开了我这个堪称模范的体育委员的组织和准备工作，才是今年大败的致命因素——会有人这么理性客观的总结一番吗？断然不会！除了我自己。

4月里第二项集体活动是春游，由于去年没组织，这便成了我们入学后的第一次春游——去翠华山。我虽未去过翠华山，但也不想和这个集体一起去，我想：春游活动总不会强求一律参加吧？非要强求，我就装病……结果，还是恨我至深的班主任成全了我，她对我的算账哪里需要等到秋后，简直是十万火急立竿见影。在布置完春游的具体事项后，冲我直戳戳地来了一句："武文阁，你就别去了，既然你如此不热爱这个班集体。"闻听此言，我非但没有受到打击，简直是心花怒放！险些欢呼雀跃起来！

春运会那三天，他们在操场上跑跑跳跳时，我在埋头背英语单词；春游之日，他们在翠华山游玩时，我在家中背英语单词——这段日子，我把所有可以利用的时间都用来背英语单词，心中有一个明确的目标——4月份的第三项活动是全年级英语竞赛，是我们入学之后的第一场单科竞赛，我要借机报仇，报"英语角"将我无缘无故拿下之仇！

天不负我！

在春游后马上进行的英语竞赛中，我发挥出色，在全年级名列第五，是前六名获奖者中我们班仅有的两位同学之一。由于是升入省重点后所招的第一批学生的第一次单科学习竞赛，学校很重视，开年级大会来颁奖，由林校长亲自颁奖。当我走上台去，从他手中接过奖状和奖品时,他抬头看了我一眼,目光中不无讶异之色——我将之解读为:"哦,你小子,不光会打架呀!"——那一刻,我心中得意极了,站在台上,环视全场,我知道我此时此刻站在此处,是在向我们年级的全体师生宣布:那个在今年运动会上消失了的短跑冠军,又杀回来了!只不过他换了个项目来玩!换了你们更加重视的学习来玩!虽说前六名中我班只占两名,但因为一个第一、一个第五,我感觉梁老师还是挺满意挺高兴的,尤其是刚刚经历春运会大败之后,但她回到班里总结时,却只表扬了那个获得第一的同学。从表面上看,你还难以说她不公正:似乎是以最高标准来要求大家。黄老师搞的"英语角"也并未因为我这个全年级第五名把我重新吸收进去。

我毫不在乎。我用自己的成绩给恨我者制造了难堪,这就是我的力量。

你被人为剥夺的东西,老天爷会出面还给你——一个15岁的少年,凭空领悟不到这些,他只有遭遇到活生生的现实:4月最后一周,我去参加我现在唯一的课外活动:丹青社。哦,我真是越画越爱画了,倒不是因为画得有多好,而是我能够感觉到画的时候我心很静。所有恩怨是非烦恼痛苦全被抛到九霄云外,从去年秋天开始我确实是在压力下度日……如此享受的两节课后,谢老师宣布了一条消息:"本周六,我问学校要了一台面包车,咱们丹青社组织一次外出写生活动,去楼观台,就算咱们社的春游吧,全体社员务必参加。"

一片欢呼,我是其中喊得最响的一个。

谢老师接着说:"还有呢,我代表丹青社特邀严诗玲同学参加咱们的活动,感谢她多次给我们义务当模特。她今年就要毕业了,据内部可靠消息说将会被保送到交大,我们借此机会向她表示一下感谢!"

一阵热烈的掌声,我反而没有鼓(是做贼心虚吗?),心中激动万分难以自抑,我意识到:这是老天爷给我的一次补偿!弥足珍贵的补偿!

4月里,活动多,不是她有事,就是我有事,我们连一周一次的羽毛球都中断了,还有一个主观因素:在那次突如其来的月夜之后,我有点不好意思见她,她似乎也是如此。有一次在校园里不期而遇,她竟然羞红了脸,莞尔一笑,低下头去,擦肩而过……肯定有什么发生了,一切都非比从前!这自然也是我所希望的!

去楼观台写生的前夜,我在男生宿舍的床上烙了饼子辗转难眠,满脑子都是对于明天的种种设想,最理想的一种模式是:我和她擅自脱队,潜入山林,做逍遥游……迄今为止,我和她还没有一起出去玩过呢,我们要一次玩个够!越想我越睡不着,直到天快亮时方才睡去,还做了一个梦:我俩在黑暗的森林中迷路了,可我们并不着急,看到前方出现星星点点的火把——那一定是他们在找寻我们,我们竟然还有点不情愿,跟他们玩起了捉迷藏……

闹钟响时我没有听见,忽然惊醒已快到8点——那是谢老师宣布的在校门口集合的时间,我翻身起床,穿好衣服,拿起画板,跑了出去……

来到校门口,看见马路边停着一辆面包车,谢老师站在车门边,招呼我道:"武文阁,快一点儿,就差你了!大家都在等你!"

"对不起!对不起!"一边猛跑几步,迅速上车,嘴里一边念叨着,"睡过了!睡过了!"——对于公正待我的老师,我素来是很客气的。

上车后我发现车里面已经坐得满满当当的，抬眼望去：只有最后一排空着，我只好一个人坐在那里。

坐下之后，我心神不宁，开始用目光寻找一个人——不必说，自然是严诗玲，头一遍竟然没有找到，我心一凉：难道她没有来吗？那可太扫兴了！

这时候，谢老师上了车，拿出一片纸说："出发前，我点一下名……"

开始点名，面包车内，"到"声此起彼伏。

最后一个点的是"严诗玲"，然后，我听到一个熟悉而又好听得让我心中一热的声音："到！"

寻声望去，她坐在第一排的双人座上，谢老师点完名，顺势坐在她旁边的空位上，对前面的司机下令道："师傅，出发！"

车子开动了，我后悔不迭：刚才上车时我怎么没看见严诗玲就坐在第一排呢！唉，那个空座位要是被我（而不是谢老师）一屁股坐上就好了！就符合我昨天晚上的最佳构想了！唉，谁让我睡过了起晚了，有时候你越想使劲却越使不上劲，甚至朝着相反的反向去了……

车子穿过半座城，朝西驶去……独自一人坐在最后一排靠窗的座位上，望着窗外的风景，我有点心不在焉。如果严诗玲不在车上，我倒是可以享受一次纯粹的春游，但现在已不可能了……

望着风景，不见美丽；不看她时，满眼是她！

最后一排高出一块，这令我观察前面很容易。一路上，我注意到她很开心，与谢老师有说有笑，甚至能听到她咯咯的笑声……她开心，我就开心了，渐渐从懊恼的情绪中自拔出来，恢复了理智：她如此开心，说明交大保送的事进展顺利——这既是她的"大事"，也是我的"大事"!

秦岭天下雄,有七十二峪,从每一个峪口走进去都是美景,但是在那个年代,即便是土生土长的长安孩子,也很少涉足于此。由于交通条件所限,以及安全隐患所引起的家长的严格管束(长安娃没爬过华山构成了一大现象),拿我来说,本班春游所到的翠华山,以及此次要去的楼观台,我都从未去过。于是当车子开进山去之后,一个孩子被大自然所感染的兴奋,便暂时取代了我心中的私欲,以及私欲无法满足所带来的种种不快和压抑感……

上午10点钟,车子停在半山腰的一座寺庙前,谢老师站起来回身介绍说:"这是老子讲经台,是春秋战国时代伟大的哲学家老子当年讲经布道的地方,大家先下车参观一下,然后在四周各自找一个落脚点,开始写生,画群山的风景……"

下了车,进庙参观时,我拼命超前挤,其实是朝严诗玲身边蹭,她看见我时笑问道:"怎么迟到了?"

我连忙如实交代道:"上床挺早的,就是睡不着,天快亮才入睡,结果没听见闹钟……"

"别说话了!"谢老师呵斥道,"大家静一静,排好队,听我讲……"

于是,在谢老师的导游下,我们参观了这座古寺的每一个角落……

离开古寺时,我上了一趟厕所,等我从厕所出来,便两眼一码黑——找不到严诗玲了,也没有看到谢老师,只见其他社友在山崖边各自找好落脚点,有人已经画上了,我也找到一处,赶紧画了起来……

这一画我就陷进去了,完全沉浸在对雄伟群山的描摹之中,再加上还有强烈的好胜心让我很努力：我想画好，我想画到最好，我想得到谢老师的表扬，让身在现场的她为我而骄傲……

中午 12 点，我完成了第一张写生，自己很满意。默不作声地到社友们的画板前去侦察了一圈"敌情"，心中更加得意，客观地说：我明显画得最好……这时候，我忽然感到又渴又饿，刚才侦察"敌情"时发现：社友们几乎全都自带了水壶，还带了面包、馒头、榨菜、香肠之类的东西，已经吃上了。他们是按照谢老师的建议做的，我本来是准备在学校食堂吃早餐时购买这些东西的，但因为起晚了，一切计划全都泡了汤，连早餐都没吃上，起床后连一口水都还没喝呢。好在我裤兜里装着足够多的钱，好在古寺门前有很多小摊贩卖吃的，我跑过去在一个小摊上要了茶水、凉皮、茶叶蛋，狼吞虎咽，一扫而光！肚子吃饱了，人便踏实了，我想起阿玲，便在半山腰的这一片空地周围找了一圈，还是不见其踪影……不知她带吃的没有，不知她肚子是否饿了，如果这时能见到她，我一定请她吃顿饭，那该多好！

找不到她，我只好快快回到自己的落脚点，重新选了一个地方，开始画第二张写生，一画又陷进去了……长大后我才懂得：这是一种禀赋：小时候，祖母带我的那段日子，我只要一画上画，连赶都赶不出去，再有小伙伴诱惑我也不出门，惟有才者才会痴迷！如此说来，我该为在绘画之路上没有走下去而感到遗憾！此时此刻我也不知道这是我此生所画的最后一张写生！一切都是不可预料的，一切要发生的终将发生，一切像是被谁安排好了似的。

在我平生所画的最后一张写生中，我似乎一下开了窍，我用粗重的 2B 铅笔将群山画得像一根根黑乎乎的勃起的阳具——它非常符合我对秦岭的视觉印象：中国的中央山脉是雄性的！是男人山！时年 15 岁的我对此还上升不到认识的层面上，但我的直观感觉好（长大后将被很好地利用在其他方面），体现到笔下……这一幅画完，我没有再去侦察"敌情"，因为从中获得了真正的自信！

此时已到了下午 3 点钟，大家似乎都画累了，纷纷停止作画。三三两两，结伴而行，去附近爬山，还是不见严诗玲，也还是不见谢老师。我忽然感到很不安，没心情爬山，稍微爬了爬，便回到了寺庙前的空地上。又过了一小时，社友们纷纷回到此处，聚在一处等，连司机都在那里等，可还是不见谢老师和严诗玲……

我等得焦躁不安，今天眼前的现实，与我昨晚的构想边儿都不沾，如果早知如此，我还不如不来……

就在我等得快要崩溃时，有人悄声道："回来了。"

我抬眼望去，第一眼便看见他俩手拉手从山路上走下来——对，没错儿，是谢老师及其女学生严诗玲亲昵地手拉着手走来了，进入这一片空地时，才将手分开……这个细节像电影中的特写镜头，在我眼中放大了，让我看得一清二楚！我妒火中烧，恼羞成怒，像只猴子一样从寺庙前的石阶上一蹿而起，迎着他们二人——不，是严诗玲走了过去，待到近处，我声嘶力竭劈面问道："你跑到哪儿去了？我到处找你！"

她一愣，顿时收敛起满面春风，冷冰冰对我道："你个小孩儿……管得着吗？莫名其妙！"

我被她这一句给噎死了，张口结舌，半天吐不出一个字来。更加残酷的是：我怎么也想不到这是她对我亲口所说的最后一句话！

"你个小孩儿……管得着吗？莫名其妙！""你个小孩儿……管得着吗？莫名其妙！""你个小孩儿……管得着吗？莫名其妙！""你个小孩儿……管得着吗？莫名其妙！""你个小孩儿……

管得着吗？莫名其妙！"……我满脑子都是这句话，循环播放，让我脑袋快要炸了！我们一行人是怎么上的车，车是如何下的山……我毫无印象，记忆为零，只是到了公路上，车子不再颠簸了，我才看见谢老师站起身来，回过头来对大家说："今天我们在山上待的时间很充分，大家画够了吧？现在全都交上来，我看看你们画得如何……"

一位社友到最后一排来收画，我犹豫了一下，还是交给她了。

望着窗外残阳如血的黄昏景象，我心乱如麻……

时间不知过去了多久，车子快进长安城时，谢老师又站了起来，回过身来对大家说："我把大家的写生作业看完了，非常不错！比我想象的好多了！人人都不错，但我还是选出了最好的三张，看看都是谁的哦。"

谢老师举出了第一张，我几乎没看就认出是我今天所画的第二张——就是把秦岭群山画得像一组勃起的阳具的那一张。

"谁画的？"谢老师问。

我不回答，不想回答他的任何提问——我今天看他不顺眼：竟敢拉我女神的手！

"到底谁画的？"

我还是嘴唇紧咬不回答。

"这位同学怎么这么低调呢！有啥不好意思承认的！好就是好，不管谁画的，这是今天所有作业中最好的一张，好在哪里？不光有形，而且有神；不光形似，而且神似，形神兼备，画出了巍巍秦岭的精气神！好，再看这一张：谁画的？"

"老师，是我画的。"一位女生举了手。

"这张一看就是女同学画的，描摹非常细腻，基本功扎实，画得很有耐心,画画是需要耐心的。好,再看这一张:谁画的?"

我一看,有点傻,又是我的!是我画的第一张!这一刻,我对谢老师的满腔妒火瞬间熄灭,化为一片蓝色的湖水:如此有眼光而又公正的老师不常有,在我眼下的生活中仅剩下这一个……一种感恩之情袭上心头,我忽然有点冲动似的举起手来,大声回答:

"老师,是我画的,刚才第一张画就是我画的,今天就画了这两张……不好意思,刚才我走神了!"

车内一片哗然,继而谢老师带头鼓掌,响起一片掌声……大家一边鼓掌,一边回头看我,我注意到:只有一个人没有回过头来——只有我最在乎的那个人没有回过头来……

车内重归于静。

车入长安城,天已经黑了,华灯初上,万家灯火,我心却冷……

一个为我所熟悉的声音响起:"师傅,咱们这车从长安大学门口过吗?"——是严诗玲的声音!是那依然令我心痒的声音!

"不从正门过。"司机师傅回答,"从它屁股后面过。"

"师傅,麻烦您绕一点路好吗?我家住在长大新村,我想顺便回家一趟。"

"师傅,您就绕点路吧,沿着长安大学绕半圈。"谢老师帮腔道。

"好咧,没问题!"司机师傅热情回答道。

于是,车子绕行至长安大学正门口对面的长大新村,停下了。

"严诗玲同学要下车,"谢老师站起来面对大家说,"还有没有家住附近的同学想回家的?也可以在这儿下车……"

无人应答。

我看见严诗玲站起身来,低头下车——我看得很清楚:她朝车后我所在的位置一眼都没看——也就是说，她没有最后再看我一眼！

谢老师也跟了下去，我透过车窗，看见他们在长安大学正门口面对面站了一会儿，热烈地交谈了几句，然后分开……

谢老师重新回到车上，而我绵弱无力的目光则一直追随着严诗玲的背影——多么姣好的背影！消失在长大新村的黑暗中……

谁能想到：这是我最后一眼看她！

## 五

我虽然只有15岁，但我是有尊严的：非常自尊——这大概与我母亲死得早自己是半个孤儿有关。既然严诗玲对我说过"你个小孩儿……管得着吗？莫名其妙！"的绝情话，我也不好厚着脸皮去找她了，眼瞅着周末（我们原来约定打羽毛球的时间）从我眼前溜走……我也不会幼稚地以为，在她说了这话之后，还会到羽毛球场等我。

也许是：因为有爱，所以自尊；爱之愈切，自尊愈强。

因为有这强大的自尊在，对于不见她倒没有太难过，偶尔在一瞬间里会想到：难道永远不去找她，永远不再见面了吗？——想到极端处，内心里竟然有个粗声大气的公鸭嗓子（那正是我这个阶段的嗓子）爆发出声："不见了就不见了，有什么大不了的！"

就这样，又过去了一周。

这天下午两节课后，是丹青社每周一次的活动时间。我们到校园里自选一处画写生，画完之后回到教室由谢老师做总结。我和那天车上被表扬过的那位女同学又受到了表扬,下课后,谢老师对我俩说:"到我住处来一趟,我想跟你们私下聊聊。"

我们跟随谢老师来到小操场边的单身男教工宿舍。穿过小操场的羽毛球场时,我心头掠过一缕伤感的情绪,留在头脑中的那些羽球翻飞欢声笑语的情景恍若梦境。我有点熟门熟路(谢老师难道不感到吃惊吗?),因为在阳春三月那个令我意乱神迷永生难忘的夜晚,为了找到一台电视机收看男排比赛,严诗玲曾带我来过……

进得小屋,我一看便看见了置于墙角的一台12英寸的熊猫牌电视机,脑子又乱了一下:严诗玲知道这间屋里有电视机……

"随便坐吧。"谢老师说,"我这儿太小太乱。"

谢老师拉过屋内唯一的一把椅子坐下来,我和同来的女同学坐在一张凌乱的单人床的床沿上……

谢老师开口道:"丹青社成立也快半年了吧?通过这小半年的活动,我对每个社员的情况也算摸了底,基本掌握了,实话说,你俩是比较突出的,属于社里的尖子:你——"他一指我身边的女同学,"学画早,画龄长,基本功扎实。"又一指我,"你——虽然画龄短,基本功不扎实,但有天赋、有想象力、有艺术家气质。我希望你们认真考虑一下:是否从丹青社出发,走上一条专业绘画的道路,将来力争成为一名画家……"

"老师,我就是这么想的。"女同学激动起来,"成为一名画家,就是我的理想!"

"那可太好了!"谢老师说,"家长支持你吗?"

"支持!尤其是我爸,特别支持我!"

"那好,从现在开始,你就准备中考时去考长安美院附中。长安美院是我的母校,我的老师和同学很多,到时候,我会帮你……武文阁，你是什么想法？"

"……"

"武文阁！你怎么……发什么愣呢？"

哦，我走神了！赶紧回过神来："什……么？"

"我问你对走专业绘画的道路有什么想法？想不想成为一名画家？"

我如实答道："小时候想过，现在不想了。"

"好，人生的路得自己选自己走，绝对不勉强。"谢老师说，"不过，凭你的天赋，不搞艺术有点可惜……"。

短暂的谈话很快便结束了，我们起身告辞。

来到室外，信步走在校园里，我还是神思恍惚。女同学跟我说什么，我都听不见，像个傻子似的只是呜呜点头，直到在岔路口分手，我如行尸走肉一般回到男生宿舍，感到头重脚轻全身上下瘫软无力，就像以前在田径队上了一堂大运动量的训练课一般。我顺势躺倒在床，闭上双眼，脑海中的黑色屏幕上顿时浮现出刚才在谢老师小屋中所看到的惊心动魄的一幕（正是这一幕让我走神了）……

我看见了一幅裸女的油画！尚未完成，架在屋子的一隅……

我并非头一次见到裸女油画（已经在画册里见过），但是这一次不一样，倒不是因为它是真正的油画，而是因为……谢老师不是表扬我"有天赋、有想象力、有艺术家气质"吗？他说得也许没错：我一眼便看出画的是严诗玲！尽管这幅油画尚未完成，画中女人的面孔涂抹得很粗疏；尽管我从未见识过严诗玲的裸体，但我可以百分之百地肯定：画的就是严诗玲！我就是能够通过其形捕捉到神！谢老师欣赏我一点都不奇怪，因为我也能够反过来欣赏他，他画得真好，让我一眼就看懂了，看透了……欣赏往往就是相互的！毫无疑问，这是一个天赋很高的青年画家，让他到中学里来教美术真的是屈才了！

但显然，这不是一场单纯的艺术欣赏，它令我感到恶心！同宿舍的同学喊我去吃晚饭，令我恶心欲吐，起身冲向宿舍外，在门前的一棵树底下，干呕了一阵子，但什么都吐不出来……食欲全无，我便到校园各处去走走，当我来到大操场，看到跑道上有人在跑步，我忽然心生恐惧：我怕撞见她！我第一次怕见她！一个我以为很熟悉很可亲很可近的一个人，忽然变得全然陌生，深不可测，令我感到极为恐惧！是的，或许我压根儿就不了解她，在她面前，我也就是一个"小屁孩儿"——一个啥都不懂的"小屁孩儿"！

一周后，我退出了丹青社——也未声明，不去参加活动就是。我也怕再见到谢老师，我只想从他们的世界中全身退出，回到一名初二男生正常的生活中去……

在某个瞬间，我也曾想到过：是她变了，一定是交大保送之事已经铁板钉钉，让她提前获得了一名名牌大学大学生——"天之骄子"的身份感，开始对我这名中学生（还是初中生）不屑一顾……

平淡无奇的生活照样过得很快，转眼到了5月末，这天早起，我心神不宁，右眼皮狂跳不止……也不知是心神不宁带来的右眼皮狂跳，还是右眼皮狂跳带来的心神不宁，我当然早就听说过"左眼跳财，右眼跳灾"这句谚语，记忆中似乎并没有什么个人亲身体验，但愿是我过敏了……但是，当早操过后，班主任梁老师黑着脸让我到语文教研室去一趟时，我已完全信服了这句伟大的民谚：铁打的事实早已证明：梁老师找我，绝没有好事！上课时间找我去，祸事一定还不小！我脑子里飞速转动起来：我最近都干啥坏事了？没有啊！我啥都没干啊！恰恰是最近，我把一名初二学生最正常的学习生活过得很踏实、过得很平静、过得很自足。退出丹青社后，对我来说，任何课外活动都取缔了……想自己莫须有的罪，想得我脑瓜生疼，疼痛欲裂，好在从教室到教研室的路并不远。

"报告！"我尽量做个有礼貌守纪律的学生。

"进来！"先我一步到达的梁老师回答道。

门开着，我一挑竹帘进去了。

"把门关上。"梁老师说——她的这句叮咛顿时让屋子里的空气变得凝重起来。

我心里很清楚：今天的事儿绝对小不了！

"你去搬把椅子，咱们都坐下来，慢慢谈。"梁老师命令道。

这是上课时间，教研室里其他老师都不在，我从最近的一个办公桌前搬了一把椅子，搬到梁老师桌前，摆好了，刚要坐下……

"搬过来，坐近点，好说话。"梁老师又命令道。

我瞅了一眼她的表情，似乎还有一点暧昧，叫我更加不明白了，我将椅子搬到她办公桌侧面，摆好，坐下。

"武文阁，听好了，今天我不是以班主任的身份找你谈话。"梁老师说，"而是受林校长之托、代表学校找你谈话，你明白吗？"

"嗯。"我还能说什么呢，只能怀着巨大的好奇心，听她解开一个巨大的悬念。

"今天的谈话内容，我需要做笔录。"梁老师说，"谈完后，我会让你看笔录，如果准确无误，就请你签上自己的名字。"

这不是审犯人呢嘛！我干啥了？至于吗？我终于有点不耐烦了："行行行，您快问。"

"武文阁，我希望你能够耐心地平静地回答我的问题，不要感情用事。"

"……"

"还有一点我必须事先叮嘱：今天的谈话是保密的，谈话内容不得私自外传，一旦外传所造成的后果，由你负责，身为老师我是绝不会说出去的。"

"……"

"你必须做出保证。"

"我……保证，您问吧。"

"那我开始问了。"

"……"

"严诗玲——认识吧？"

我一惊，回答道："认……认识。"

"怎么认识的？"

"不是……您……介绍的吗？"

"我介绍的？我啥时候介绍你们认识的？"

"去年开运动会的时候，她在跑道上跑，您给全班同学介绍她……"

"别打岔！我是问，你个人是怎么跟她认识的？"

"在校田径队，我们都在短跑组，经常在一起训练。"

"听说……你们私下来往密切……"

"谁……谁说的？"

"据群众反映，人民群众的眼睛是雪亮的。"

"不算往来密切，也就一周打一次羽毛球吧，她是印尼归侨，喜欢羽毛球，碰巧我也喜欢。"

"不那么……简单吧？"

"就这么简单。"

"听说你们……关系很好。"

"是很好，怎么啦？"

"好到……什么程度？"

"没到什么程度。"

"是……是……是男女朋友的关系吗？"

"不是，正常友谊。"

"你们……你们……发生过……那种关系吗？"

我震惊，望着她，嘴上道："哪种关系？"

梁老师的脸憋得通红，一双鹰眼死死盯住我（我感觉目光中满含淫荡）："肉体关系。"

我听罢怒不可遏，却又十分冷静："梁老师，您觉得您问我的话像个老师在问学生的吗？"

她气得差点跳起来："武文阁，你不要倒打一耙，你不好好反省自己，回答问题。你如果没有蛛丝马迹留下，我今天怎么会找你谈话？你现在必须端正态度，老实回答：到底有没有？"

"没有！"

"好吧，作为你的班主任，这是我希望听到的回答，你以为我希望你再犯错误啊？再犯错误你的学籍肯定不保了，我想你小小年纪还不至于那么坏……"

"到底出啥事儿了？您啥话都敢问，我有权利知道到底发生了什么吧？犯人也有权利知道，何况我不是！"

"你想知道？我可以告诉你，不过你要答应我：全力配合学校做好对这一恶性事件的调查工作。"

"配合。"

"好，那我告诉你，你可别激动：上一周，省教委组织今年高考免试保送生统一检查身体,经妇科医生检查发现严诗玲……怀孕了,已经怀有三周的身孕……此事件影响极为恶劣,让长安中学蒙羞,让全省中学生蒙羞,省教委勒令学校迅速查清这起事件的真相……"

我一听便傻了,有好半天听不到梁老师的声音,只看见她的嘴一张一张的——像鱼缸里吐泡的金鱼,她的脸上一派狰狞之相,像故事中的狼外婆……

"武文阁!能听见我说话吗?"梁老师的声音再次传入我的耳鼓。

"能听见。"我木然回答。

"知道是咋回事了吧?"

"知道了。"

"你不感到震惊吗?"

"震惊。"

"发生这样的事,谁听了不感到震惊呢?"

"你们怀疑是我干的,也让我感到震惊!"

"不是我们一定要怀疑你,所有与之来往密切的男性都是可疑的。"

"……"

"好吧,身为班主任,我就护一回犊子:暂且把你排除在外,那请你告诉我,你觉得是谁干的呢?"

"谁干的……我怎么知道?你们去问她本人不就得了!"

"我们当然问过她本人,可不瞒你说,这个严诗玲,铁嘴钢牙,一字不吐,显然是在保护这个人面兽心的流氓……你在田径队待过,你觉得那个……蔡老师有没有可能?"

"不知道。"

"另有女同学反映,他在给女队员做身体训练时,手脚不干净……"

"没看见。"

我虽然对那个将我开除出队的蔡老师有意见,但也绝不干落井下石的事,何况凭我的观察和感觉:不是他干的。

"她身边还有什么可疑的男性,请你如实向组织反映。"

"不知道。"

"你的态度不大好。"

"我真不知道,说老实话,其实我对她并不了解。"

"我就姑且再相信你一回吧,不论是校长还是她的班主任,还有其他代课老师,加上我这个初中带过她的班主任,得知这一事件,竟然都是这种感觉:并不了解她!她是我们教育工作的一大失败!"

"……"

"你还有什么话要对组织讲吗?"

"以后别把什么屎盆子都朝我头上扣!"

"那你自己先要做到洁身自好……好了,你仔细看一遍我做的笔录,看看有什么差错。"

我迅速看了一遍,在一大片文字中,"肉体关系"四个字是最刺眼的。

"有差错吗?"

"没有。"

"那好,你在下面签上自己的名字。"

我签了,签得很潦草。

"来,再在这里摁个指印,伸出大拇指!"

在她的指导下,我用右手大拇指在印泥盒里摁了一下,然后摁在笔录纸上自己的名字上,她在笔录中写错涂抹的地方也让我摁上手印。

我回到本班教室,大脑一片空白,人如行尸走肉,老师讲课的内容,一句都没听见。好容易熬到第四节下课,我一步蹿出教室,直奔高中部的楼而去,来到严诗玲所在班。这时候,他们刚好下课,学生蜂拥而出,我等到最后一个人,也没有看见她,便问走在最后的这位女生:"请问:严诗玲呢?"

"没来上课。"女生回答,"有一周没看见她了,听说请了病假。"

"谢谢!"

我闻听此讯,如获至宝,转身下楼,连宿舍都没回,便直奔校门口的自行车棚。取了父亲传给我的老红旗,推出校门,骑上车,朝着城南猛蹬……大中午,路上车不多,在空旷的马路上,我骑得飞快,不到半小时,便骑到了长大新村严家楼下。

我锁好车,上了楼,小心翼翼地敲门——也许是敲得太轻了,敲了三下才敲开,门也只开了很小的一个缝儿,小到我看不清里面的人影……

"严……诗玲……在家吗?"我怯生生地问。

"在……你是谁?"门缝里传出成熟的女声,我听出来了:是严母的声音。

"阿姨,我是她师弟武文阁,我来过的……"

"有什么事?"

"没什么事,我想看看她……"

"嗯,不过……她现在不想见人。"

"阿姨,劳烦你通报她一声,就说武文阁来了。"

"她说过,她不想见任何人,她现在身体很虚弱……"

"滚开！滚！"——门缝里忽然传出一个男声的咆哮，我听出了：是严父的声音。

门随之砰的一声关死了。

我呆立片刻，束手无策，只好离去……

## 六

一转眼三个月过去了。

8月中下旬，高考发榜日，长安中学大门口摆放了几块大黑板：所有录取者的名字及其学校都被教导主任用五颜六色的粉笔写在上面，来一个录取通知就写上去一个。我一个刚念完初二的"小屁孩"，本来与此无关，并且放暑假在家，但却天天骑着自行车从家里跑来看，我不是在为四年后做演习，我是在等待"大师姐"金榜题名。可是最终一直等到这个"光荣榜"上不再添加新的名字与学校，我也没有看到我盼望中的"严诗玲"三个字……

一转眼又四个月过去。

1981年12月31日这天，上早自习时，班主任梁老师宣布：下午停课，各班开迎新年联欢会，每位同学都必须表演一个节目。先是引来一片欢呼，继而一阵窃窃私语……

生活委员从老师手中领了班费，带着两个同学外出去采购下午联欢会所需要的瓜子、花生、水果之类的东西。回来时正值课间，生活委员朴实而友好，径直走到我面前说："武文阁，校门口传达室小黑板上写着你的名字——有你的信，快去取吧。"

这种情况我是首次遇到——谁会给我写信呢？我想不出来。好奇心驱使我毫不迟疑拔腿跑出教室冲向校门口扑向传达室的小窗口,上气不接下气地问看门老头:"是……不是……有我的信?"

"你叫啥?"看门老头问。

"武……武文阁。"

"有,好像还是从外国寄来的。"

一封精美的信封从窗口递出来,一看就不是国内寄来的,还有那漂亮的充满异域感的邮票,信封上是一笔我似曾见过的娟秀的字迹。当我看到寄信人的地址和芳名,便顿时热泪盈眶了:印度尼西亚大学经济学院严诗玲!

我舍不得把它立刻拆开,我觉得不应该随随便便把它拆开,我觉得应该找到一个神圣的地点再把它拆开,不用费脑筋去想,我的脚步自会找到那个正确的地点——转眼之间,我已经走到了小操场的羽毛球场——那是我和阿玲一起度过多少美好的周末下午的地方!我在场边的石凳上坐下来,深深地呼吸了一口空气,开始小心地拆信。拆信的手抖个不停,刚拆开信封,一件硬卡状的东西便滑了出来,掉落在地。我赶紧捡拾起来,见是一张明信片,上面是一位黝黑而又英俊的羽毛球健儿击球的英姿——我一眼便认出:林水镜!明信片上写有一行娟秀的字迹:我们共同的偶像!我的眼睛又一次湿润了!用颤抖的手指急不可耐地在信封中找信,找到了!信被叠成了一只纸鹤,叠得那么精心、细致、难拆,待到完全拆开,已有两处破损,我顾不得心疼了,全神贯注阅读起来:

亲爱的弟弟:

你还好吗?

突如其来的重大变故,让我以为我已经忘记了长安中学的一切——像我希望的那样忘得一干二净,但却发现还有一人没有忘记——那便是你!最终是你给了我关于母校的最美好最难忘的记忆!

世事有多难料!命运有多难测!此时此刻,当我在印度尼西亚大学经济学院一间幽静的教室里写着这封信的时候,我惘然想到:这根本不是我原本的设想和安排——这你是知道的。

一切的变故只因我犯了一个错误,我不怪罪任何人,我的错误只与我自己有关,我已经受到了应得的惩罚,我已经无数次在上帝面前做了忏悔!

我永远不会忘记:在我人生最黑暗最艰难的时刻,你是长安中学唯一一个到我家来看望我的人,是的,我听见了你的声音……但在那时,我没有勇气见你,虽然我知道:我的好弟弟绝不会让我解释什么,但我还是没有勇气见你,你的心,我懂!我的心,你也懂吗?

我到现在才明白:我们之间所发生的是人世间最美好的!

快写信给我吧,让我在天涯海角感受到你的存在,对我来说,你和我仍在中国的父母一样——你们等于祖国!

谨祝

新年进步!

姐:阿玲<br>1981.12.20 雅加达

我的眼泪夺眶而出,泪珠一颗一颗落在上面……

我连看两遍,回到班里,在课堂上,用书本盖着,不知又读过多少遍,结果是:将一封回信写成了平生第一首诗:

**当暴风雨袭来**
——致阿玲

我去你的班里
找你
空空如也的桌椅
残存着你的气息

我在羽毛球场
想你
一个羽毛球飘过球网
像一只蝴蝶飞过院墙

我在青年会的教堂前
等你
等到夕阳没入终南山
等到你成了我的信念

我在苍莽的秦岭山中
画你
画你满面春风
画你风情万种

我在故国的古城墙下
喊你

当你浪迹天涯

当你泪如雨下

当暴风雨袭来

卷走我们的故事

我还拥有你的名字

为你写下平生第一首诗

  当天下午，在班级迎新联欢会上，当主持人——文娱委员点到我的名字，让我出个节目时，我毫不推辞地走上台去朗诵了这首诗，当我说到"我朗诵一首自己写的诗"时，众人已惊；当我读完全诗，一片轰动，成为整台联欢会最轰动的一个节目……

  我不想生事儿，所以在朗诵时隐去了副标题。

  当天黄昏，我在回家途中，去了位于城中心的钟楼邮电局——那年头，全市只有这一个邮局可以寄国际邮件，我将此诗装入一个航空信封，按照来信填上地址，寄了出去……

  信封中，只有这首诗。

# 第三章
# 1982

一

  元旦一过，父亲又出国了，这次去的是美国——在我眼中，那是牛仔裤的故乡，临走之前，我对他提出的唯一一项要求是：再给我买条牛仔裤，买一条最正宗的美国苹果牌牛仔裤！父亲爽快答应道："没问题，给你买。"

  今生今世我都忘不了：我和阿玲是长安中学最早穿牛仔裤的少男少女，男也当为悦己者容，尽管她已经不在眼前了！

  父亲这一走，家长会又得拜托继母去开，虽然现在，我已经可以十分自然地开口请求道："妈，给我去开下家长会吧。"可心里还是感到委屈：如今的父亲，已经不是天天朝外跑，可为什么总是在我开家长会时出差呢！已经连续让继母去开过两次了。但很快，我感到的就不再是委屈而是庆幸了。

  继母去给我开家长会的这个下午，我殷勤地帮继母的母亲——我称之为"外婆"的老太太带弟弟。我带他到地质队办公区去玩，教他踢足球，他到底与我是同父异母所生有着相同的血脉与基因，似乎天生就爱踢足球，一踢就踢得不错，让我教得更起劲了。我们踢了快一下午，在这一下午的疯玩中，我恍若回到了过去，回到了小时候，真切地感到那时候的我要比现在幸福——那时候虽然更贫穷更窘困，但却没有这么多的苦恼！过去的一两年中我经历的人事太多太复杂了,让我不堪其重!偶尔我会惦记去开家长会的继母是否归来,她会带给我一个怎样的信息:我关心的是我期末考试的成绩,关心的不是总分,而是除去物理、化学两科之外的其他成绩,除了成绩,我没有想到别的。

下午5点钟,我带弟弟回了家。"外婆"正在做饭,等她将饭菜摆上桌时,继母回来了,出乎意料的是:她的神情有些凝重,她将本学期的成绩单递到我手里,然后奇怪地问我:"索索,饿不饿?"

"……还行,不是很饿。"我纳闷不解地回答。

"那好,到你屋里,咱们谈谈。"她说,好像出了什么大事。

"好,您不饿吗?"

"不饿,不跟你谈谈,我吃不下饭。"

"……"

我将继母引进自己的房间,房间里出我意料地整洁——一定是我和弟弟在外头玩时,"外婆"整理的。平日里继母很少进入我的房间,像一个熟悉的陌生人,站在房门口,我先进去,还说了一声:"请进!"

我坐在自己书桌前的椅子上,请她在旁边的另一把椅子上就座,坐下之后,我低头看着手中的成绩单,总成绩在班上排第12名——但我毫不在乎,我语文第1、英语第2、数学第7、政治第10、只是被高考文科不考我也不好好学的物理、化学拖了后腿,而高考文科要考我也很感兴趣的历史、地理没有排名次,我都考得不错,连生物、体育、美术、音乐、生理卫生等副科我也同样考得不错——面对这样的成绩,我似乎不该得到被家长严肃谈话的待遇啊!心里这样想着,我也就释然了,坦然面对继母。

"把门关上可以吗?"继母问。

我马上起身去关门。

门外正在招呼弟弟上桌吃饭的"外婆"说:"都先吃饭吧,吃完饭再谈话也不迟。"

"妈,你和拉拉先吃吧,这个话不谈,我也吃不下。"继母回答道。

我知道自己又摊上大事儿了,便重重地将门关死。

回到自己座位上,我继续低头看成绩单,摆出一副听天由命的架势,等候谈话。

"你成绩没问题,要不是物理、化学两科拖后腿,你总成绩肯定进前三。"继母说。

"这两科我没使劲,反正高考文科类也不考,我肯定是要学文科的。"我解释说。

"我知道,你忘了:你跟你爸说时我在场……总之你成绩没问题。你的问题不是出在学习上……"

"出在哪儿?"

"思想上。"

"思想上?"

"梁老师是这么说的……"

"她是谁呀?能看穿我的思想?"

"她说……你在班级迎新会上,当众朗诵了一首自己写的……情诗。"

"……没错,有这事儿。"

"你那情诗……写给谁的?"

"没写给谁,自己写着玩的。"

"是不是写给一个姓严的女生?"

"……"

"梁老师说……你们关系不错，还讲了她毕业前出的那些乱七八糟的事儿，又怀孕又打胎啥的，这女孩听起来可不怎么好啊！"

"别说了！"

"不，我得说，既然你已经叫我妈了，我就得负起母亲的责任。你告诉我，你是不是在谈恋爱？"

"没……没有。"

"索索，你还不满16周岁，高中还没上，谈恋爱可是太早太早了呀。"

"我没谈，就算我想谈，我跟谁谈去呀！就算我想跟你说的人谈，人家现在远在天边——在印尼读大学呢！我怎么谈？"

"你这么说我就放心了……不过，梁老师说得也没错，是思想上出了问题——你思想上也不许开小差……"

"我没有！"

"好，我相信你，咱们出去吃饭吧。"

说完，继母起身朝门走去。

我心绪难平，忽然喊出一声："妈！"

"还有事儿吗？尽管告诉我。"已经起身的她，转过身望着我说。

我沉吟片刻道："这件事……能不能……别告诉我爸？"

"能。但你要答应我一件事。"

"什么事？"

"上大学前不谈恋爱专心学习。"

"我……答应。"

"好，你爸永远不会知道这件事的。"

谈话结束，坐上饭桌，我竟然感到一身轻松，肚子顿觉饿了：咕噜咕噜叫起来，我便狼吞虎咽大快朵颐……

这次谈话带来的一个结果是：等到严诗玲再有信从印尼寄来，我就不再回信了，连续两次不回，她也就不再来信了……

我与严，就这么"断"了，今生永远地"断"了。我之所以做得如此决绝——如此"恩断义绝"，肯定是出于相当复杂的心绪与情感（复杂到我自己都难以辨析），但在表面上也有一个最简单的理由：我的继母是个守信的人！我也必须守信！

农历年前，父亲自美归来，像个圣诞老人似的给每个人都带回了礼物。我的礼物就是一条正牌的苹果牛仔裤——摸着这条牛仔裤，我的心中立马伤感起来，穿它的欲望荡然无存……

父亲一回来，我不免有点紧张不安，倒不是我有多怕他——我怕的是让他失望！没娘的孩子早知大人心！我怕他突然找我谈话，谈我的"思想问题"，但始终没有。在大年三十一家人围坐一桌吃年夜饭的时候，父亲多喝了两杯西凤酒，展望新的一年，春风满面，豪情满怀，竟主动与我碰了一杯酒："索索，今年是你的中考年，有什么目标？"

"尽量考好呗，保住省重点——继续留在长安中学上高中。"我回答道。

"依你实力，目标定得太低了吧？这个目标现在考，你就能实现。"

"这是最低目标，我心里还有一个比较高的目标：除了物理、化学这两门高考文科不考的，其他几科争取拔尖，不只在班里，力争在全校。"

"好！有志气！我喜欢听你这么说！你记住，在学业上，包括将来在事业上，只有将目标定得高一点，才会产生奋斗的动力。我和你妈全力支持你，有什么要求你尽管提。"

我想了想，准备顺杆往上爬："拉拉在家，有点吵，晚饭后我可以去你办公室学习吗？我看准备参加高考的孩子都去他们父母的办公室学习……"

"好啊，办公楼里有这现象。"父亲爽快答应道，"我赞同你去，学习晚了，住那儿都可以。我办公室里有一张军用行军床，你抱床被褥去就可以了……"

"太好了，我明天就入住。"

我这么顺杆往上爬，本意是向在场的继母表现：只要你信守承诺，我自会好好学习。没承想，一下子把自己逼到高考一般全力备考的节奏中，不过我还是乐于接受的：在初中阶段最后一个学期里，我真想大学一场，考得漂亮，为了我在永远不待见我的班主任梁老师面前挺起腰杆……

君子一言，驷马难追。第二天——旧历新年的大年初一，我就抱着一床被褥入住办公室了。在那座下班之后寂静无人的办公楼里，学习效率果然大大提高，除了提前完成寒假作业外，我还兀自抢先进入中考复习，以至于一开学，我明显感到占了先，学习起来更加轻松了……

## 二

开学第一周的一个下午，全年级提着条凳到小操场集合，召开中考动员大会。

我轻易不敢来的小操场——尤其是那一块羽毛球场，是令我睹物思情的地方，呆呆地望着它，我不由自主地在心中默诵起了我平生写下的第一首诗……

是一瘸一拐走上舞台开始训话的林校长，用其拐杖戳击地面的嗒嗒声将我从恍惚的情思中拉回到眼前："同学们，我的心肝宝贝们！时间过得多快啊！还记得两年半以前你们刚入校的情景吗？真是如在昨日啊！一转眼，已经到了初三第二学期——也就是你们初中阶段的最后一个学期，再有半年——不，哪里还有半年啊，也就是短短四个月不到，你们就要初中毕业了！我希望到9月份我们再开学时，我站在这里面对高中新生讲话时，台下的诸位同学一个不少全都在——但是，要做到这一点，靠什么？理想的蓝图要靠什么实现？请你们回答我：靠——什——么？"

"成——绩！"台下一部分人喊出了这两个字。

"我人老耳朵不好听不见，靠——什——么？"校长又大声问。

"成——绩！"台下所有人齐声喊道（我喊得也很起劲）。

"回答正确！100分！靠的就是成绩——具体地说，就是大家的中考成绩！中考对诸位同学意味着什么？咱们实话实说，丑话说在前头，对成绩居于下游的同学意味着你们能否在全市唯一的省重点——长安中学读高中；对成绩居于中上游的同学则意味着一次'小高考'，小试一下牛刀。同学们！我的心肝宝贝们！你们是我校被定为省重点中学后跨学区招的第一届学生，既然是全市唯一的省重点，中考总成绩不拿第一就是失败！个人成绩不拿状元就是失败！是不是这么个理儿？所以全体同学既要对个人未来的前途负责，也要坚决捍卫母校的荣誉——这其中的道理很朴素很简单：你们自己考好了，母校也就光荣了！"

台下响起一片热烈的掌声，甚至能够感觉到有些群情激昂，我也被煽动起来了：虽然这位林校长不待见我，甚至想把我撵走，但此时此刻我打心底里承认他是当之无愧的教育家。短短一番动员令就能把火点燃——拿我个人来说,此时此刻,望着距我不远的那块承载了青春期最美好记忆的羽毛球场,回顾过去两年半的初中时光,我好像啥都没干,一无所成,一无所有,甚至于班里的同学到现在都还认不全,除了这一段模棱两可且以奇耻大辱告终的单相思……想到这里,我羞愧难当,知耻而欲后勇,准备用最后四个月不到的时间把前面两年半的损失夺回来,"人生能有几回搏,此时不博,更待何时?"——这一刻我的耳畔真的想起了容国团的这句名言,还有表现中国女排的电影《沙鸥》中的一句台词:"爱荣誉胜过爱生命"——是的,我后顾无忧的水平只需要为荣誉而战,为三年后的高考打下一个坚实的基础而拼搏一番!

带着这种打了鸡血的情绪回到班里,梁老师的班内动员令我竟也听得进去了——不光听得进去,还听得十分入耳,甚至于有点佩服她的发言思路与语言艺术。等全班同学回到班中坐定,她动作缓慢地将门关死,十分沉着地缓步走上讲台,铃铛一般大的牛眼珠骨碌碌环视四周,只见一道寒光闪过,恰似一道闪电划过下午时分阴暗的教室,班里顿时陷于一片空前的死寂,令人窒息,继而一个老妇人冰冷的声音像从坟墓里传来:"同学们,林校长把你们叫作'心肝宝贝',我可没有好听话,我今天全是丑话:在座的同学中有班干部、团干部、各级三好学生、优秀学生干部,学习尖子——即我们平时认为表现好的同学;也有犯过大大小小五花八门错误甚至于受过行政处分者——即我们平时认为表现差的同学。从现在开始这所有的一切都在我眼中一笔勾销,谁是好汉?谁是孬种?咱们6月下旬中考见分晓!下课!放学!"

这个班内动员令真是太牛了!不知道是不是我做贼心虚之故,当她说到"也有犯过大大小小五花八门错误甚至于受过行政处分者——即我们平时认为表现差的同学"时,我感觉她那闪电般的目光像刀子一样在我脸上一划而过,让我下意识地伸手摸了摸自己生疼的脸蛋,看看有没有出血……

更牛的是:她说了"下课!放学!",自己却不走,一直站在讲桌后面,死盯着从她面前走过走出教室的每一个人,似乎是在从每个人脸上的表情检验自己动员令的效果,又像是在判断:究竟谁是可以信任的人,我从她面前经过时,用无比坦然不卑不亢的目光迎击上去,心中响彻一个声音:"是骡子是马,咱们到时候瞧!"

走出教室,回到宿舍,是 4 点半,距晚饭开饭时间还有整整一个钟头,我觉得可以利用这段时间做一件必做之事,便从听课用的笔记本上撕下一张空白页,取了钢笔,来到桌边,奋笔疾书起来:

### 迎中考作息时间表

(1982.3-1982.6)

6:00 起床(宿舍)

6:00-6:45 跑步(大操场)

6:50-7:00 洗漱(宿舍)

7:00-7:20 早餐(食堂)

7:30-8:00 早自习(教室):周一三五:背英语;周二四六:背语文

8:00-9:50 上课(教室)

9:50-10:10 课间操(教室门前空地)

10:10-11:50 上课(教室)

12:00-12:20 午餐(食堂)

12:30–13:50 午睡（宿舍）
14:00–15:50 上课（教室）
16:00–17:00 踢球（大操场）
17:10–17:30 洗澡（澡堂）
17:40–18:10 晚餐（食堂）
18:20–18:50 散步（校园内外）
19:00–20:50 晚自习（教室）
21:00–23:00 自己复习（宿舍）
23:30 睡觉

周六下午课后回家，享受家庭晚餐。晚上在家休息、看电视、陪家人。

周日全天在父亲办公室复习，晚饭后或第二天早晨返校。

复习阶段注意事项：

上课时思想爱开小差的毛病，要改。提高听讲质量，老师所讲，当堂消化。

不爱向别人请教的毛病，要改，有自己解决不了的问题，马上向老师、同学请教。

自习课上，不做他事，提高自习课的学习效率。

当日复习情况当晚要做小结，要制订第二天的复习计划，每周要有周小结和第二周的计划。

向毛主席保证，坚决照此表严格执行，做不到是孙子！

武文阁制订

1982.3.1

看来真是发狠了用心了，如此小小的一张作息时间表，竟花去了晚饭前整整一个钟头。完成后我找来一枚图钉将其摁在我床边的墙上，别人不一定看得到，但自己天天都能看得到……

做完这件事，我踏踏实实去吃晚饭了。

开了一下午动员会，从校长到老师，并没有人要求我们制订个人作息时间表，但我相信：私下列此表者，绝非我一个，一定大有人在，对于我们那个年级的同学来说，几乎人人都有觉悟和能力列出这样的一张表。即便如此，多年以后回头看，我所列此表还是有不少可取之处——那便是有着鲜明的个人特点和极强的针对性：比方说，大考在即，很多同学恨不得放弃一切，将全部的时间都用来复习，但我的一天却是从到大操场跑步开始——从被校田径队开除后，我已经没有早锻炼很久了，迎中考时反而增加此项，不光如此，还在下午课后，增加了一小时踢球——16岁这年，我似乎很了解自己：运动会让我整个身心振作起来昂扬起来兴奋起来，还有中午一个多小时的午睡是我一天状态的中途加油站，确保我全天的精力都处在一种十分饱满的状态下，大大确保了学习效率。除此之外，我针对自己弱点所列出的四条注意事项，也起到了很好的效果。实话实说，短期之内，彻底改正断不可能，但有所改进还是能够做到的，起码做到了让弱点不要太显其弱。

当年，我还没有听说过现在盛行的一个词："执行力"——但却已经很好地做到了，我完全照着作息时间表来做，甚至于比它制订得更好：因为做得更多更有效率。很快，我对此表有了严重依赖，离了它反倒不会过日子了似的。事实是，一匹脱缰的野马已经厌倦了在原野上漫无目的地驰骋，它对马圈中的生活心生依赖甚至满含激情，比没有出去跑过的马儿更加热爱和珍惜圈内的生活。在学习上,从来就没有一蹴而就的事情,在我们这所省重点中学里,在迎接中考的这个学期,周周有小考,你只要用心用力一分,立马就会体现在成绩上。4月底举行的期中考试则是中考前的最后一次大考,我这两个月的努力全面见效,总成绩在班里前进了两名:第10名,除物理、化学外的多科成绩均名列前茅,语文成绩全年级第一……代语文课的班主任梁老师对我的态度明显改观:期中成绩揭晓的早自习上,她笑容满面地来到我座位前,当着全班同学的面说:"武文阁,你总成绩不够,没有进入状元突击小组,但你语文课的成绩很突出,你可以考虑在中考中冲一冲语文单科的状元——是全市的状元哦,怎么样?"我毫无思想准备,便愣了一下,然后回答道:"我……努力。"我知道她说的"状元突击小组":由各班总绩前5名的同学组成,在下午自由活动或晚自习时间集中到老师办公室另开小灶,他们的任务就是冲击中考全市前十、三甲甚至状元。现在梁老师嘴里说出了一个"全市语文单科状元",倒是给我树立了一个新的目标——说老实话,我需要新的目标,那会产生新的动力。梁老师此举,造成的动静可是不小,让一些所谓"平时表现好的同学"向我纷纷投来异样的目光,面露怪怪的表情,他们一定在暗想:看来梁老师真不是说着玩的,现如今真的是以成绩论英雄了。

## 三

五一劳动节到了,放一天公假,加上星期天,总共有两天时间可以在家休息。我准备乘着期中考试的强劲东风,将这两天全部用来复习——父亲却说:"不要!你好好休息一天,再好好复习一天,足矣！距中考还有50多天呢，还不到最后冲刺的时候！索索，期中考试考得好，我知道你来劲了，越是这样，越要悠着来稳着来。明天五一节，咱们一家人到兴庆宫公园玩一天——听我的，不懂得休息的人，不懂得学习和工作。"

父亲说得在理，我便同意了。确实是这样：远的不说，放眼我们班，成绩好的反而不是每时每刻都在闷头学的，而是那些很懂得劳逸结合抓效率的同学，我也算在此列吧。

"五一节"一早，我们一家四口步行来到距家不远的兴庆宫公园（"外婆"回她自己家照顾"外公"去了），先是租了一条小船，在兴庆湖面上划了两个小时；又在湖畔的一块大草坪上踢足球，父母惊喜地发现弟弟非同一般的足球天赋：我就教过他一下午，他竟然就会踢了，主要是见着球的那股子兴奋劲儿实在叫人刮目相看，他踢着球比没有球还跑得快呢——这明显是踢球的胚子！大概天下父母都希望自个儿的孩子是天才，不管是在哪方面。相比之下，继母更是高兴得不得了，瞧着她一脸惊喜的样子，我心中更踏实了：看来她是笃定不会出卖我了。午饭就在公园里的沉香阁吃的，父亲让我点一个自己喜欢的菜，我照例点了鱼香肉丝——还和小时候一样，而与小时候不同的是：这个家已经从两人扩大到四人，尤其是有了不可缺少的主妇，于是便更像一个家了——这是在过去的两年半中为我所忽略的一大存在，其实对于一个打小死了娘的孩子来说，我更渴望一个完整的正常的家庭所带来的温暖、关爱与呵护。

欢声笑语热热闹闹的午餐过后，我们接着游园，主要是去儿童游乐场，陪着拉拉，我补玩了很多小时候没有的项目，仿佛在重度童年。回到家中，已是下午，一家人又享受一个家庭晚餐，餐后，我又想去父亲办公室复习，继母说："索索，今天就别复习了，你看拉拉有你带着玩,多开心!咱们一家人好好玩一天,这种机会并不多。"

继母说得对,我也就作罢了。晚上一家人坐在一起看电视、聊天,其乐融融,我也从中得到了很好的休整。

第二天,我一早起来便去了父亲办公室,进国测局地质大队大门时看见了刘虎子——与我同龄的他已被照顾性地安排在单位工作了,在传达室看大门,他连初中都没有读,我们先是相互点了个头,继而寒暄了几句。人的命运真是难测,当年威风凛凛经常骑在我头上的那个"孩子王",却因一次意外的伤残事故沦落到这步田地……这个早晨,从撞见他开始真好——我又平添了一股子强大的学习动力,感谢当年将我赶下车去的司机小鲁叔叔,让我免遭那次劫难,让我健康成长,正常地上学读书,直到今天。同样很有意思的是:小鲁叔叔现在给我爸开车。真的应该感谢命运,珍惜现在读书的机会,带着这一股子新增的动力,我高效地复习了整整一个上午,直到电话铃响起,是父亲从家中打来的,喊我回家吃午饭。

吃过午饭,我在家里午睡了一个小时,又在办公室中复习了一个下午,两相比较:在办公室的学习效率明显要高过学校(可见安静的环境对于学习是多么重要),我便决定将晚饭后返校的计划变更为明天一大早。晚饭后我将所有东西收拾好全都带到办公室,准备再学一晚上,然后睡在这里,睡在那一张军用的行军床上,明天一早骑车去学校。

学到晚上9点多钟的时候,似乎已经学不进去了,头脑中能够吸收进去的东西已趋饱和,我便站起来活动活动,四下走走,翻翻书架上的书,全都是地质测绘方面的专业书,除了两本地图集,我都看不懂……回到办公桌前,我完全是出于下意识地随手拉开抽屉,看看里面有什么，拉到左手边第二个抽屉时，我眼前忽然一亮：我的天哪！一个半裸的金发碧眼的性感洋妞跃然纸上，刺入我的眼球……是一本纸质极度顺滑的画报，封面上有几个大写的英文字母：PLAYBOY——玩男孩？什么意思？我一把将它从抽屉里抓出来，放在桌面上，开始翻阅起来，我的天哪！里面全是裸体的洋妞：有白妞，还有黑妞。还有一丝不挂全裸的，还有私处的特写镜头，我的心狂跳不已，全身上下热血沸腾！这是我平生第一次看到女人的裸体照片，并且还是清一色的洋妞！这是什么东西啊？这么好的东西怎么会出现在父亲办公室的抽屉里？我动作迅速地从书包里拿出自己的《英汉小词典》，查了 playboy 一词，汉语意思是：花花公子，亦是美国当代著名色情杂志名。哦，这下明白了！一定是父亲刚从美国带回来的——他从花花世界带回了《花花公子》！他把这好东西带回来，为什么会放在办公室的抽屉里？为什么不带回家？怕继母看见吗？八成是！他既然已经再结了婚，有了新的老婆，还看一丝不挂的外国女人，就不应该了吧？他自己都觉得丢人不是？所以才不敢带回家，又舍不得扔掉，索性就放在办公室抽屉里……这本"美国当代著名色情杂志"的来历是这样的吧？此时此刻，我像是掌握了父亲的一大秘密，哦，继母掌握着我的秘密，我又掌握着父亲的秘密，在这个世界上，在人与人之间，有多少秘密隐藏呢？不过，这个秘密的发现并未令我对父亲产生不好的感觉，反而觉得我对女人越来越浓的兴趣是有来历有出处的——都是他遗传给我的，这大大降低了我自身的罪恶感。就像现在，我目不转睛地一页一页翻看着这本画报，自己也并不觉得这很可耻……

1982 年，在中国内陆腹地一座古城之中，一名 16 岁的少年偶然得到了一本 PLAYBOY（《花花公子》）——这是一件极其危险的事情：

他所遭受的冲击力之强大几乎是带有摧毁性的，足以令其在一瞬间里变成一个危害社会与人群的危险分子！当时我全神贯注面红耳赤地盯着这本精美绝伦艳光四射的色情杂志，完全沉醉其中，不知时间过去了多久，直到发现自己裤裆中已经黏糊糊的湿热一片……幸亏我将一周的换洗衣服都带到了办公室，我赶紧换了一条干净的内裤，并感到全身上下疲乏至极瘫软无力，一看时间：已经过了12点，只好将那个宝贝收回到抽屉里去，将书包收拾好，去了一趟办公室隔壁的厕所，熄了灯便睡了……

一觉睡到闹钟响。

穿衣起床后，我又将办公室仔细检查了一遍，生怕自己昨晚的罪恶行径留下什么蛛丝马迹，被上班来的父亲发现……然后，锁门，下楼，来到单位的自行车棚，取了父亲传给我的那辆老红旗，骑出了国测局地质队的大门……此时才6点来钟，天已大亮，只是路上车辆、行人还很稀少，我骑上车子，一路狂奔，朝西猛骑……

我的心里装着那个宝贝——PLAYBOY！让我联想起1978年我12岁那年初看日本电影（《追捕》和《望乡》）的那种震撼之感：觉得我正在走向的世界充斥着我无法预料的诱惑力，无比美好而又凶险万状……激起我想去一探究竟的欲望，也激起了我奋斗的动力，我冥冥之中有种直觉：只有学习好，上大学，找到一份好工作，并且将来工作好，才会像父亲那样得到出国的机会，才有机会去到花花世界看《花花公子》……反之，则只能像儿时伙伴刘虎子那样，当一辈子看门人……

想到这里，我全身是劲儿，奋力向前，半小时不到，便已穿越了半座城，来到长安中学……

从此以后，我加倍努力地复习，满满地学上一周。每到星期天，在父亲的办公室里,用那个宝贝将自己犒劳一番,也让自己日益成熟欲望勃发蓄满汁液的身体得以合情合理地释放……

我很幸运,当成长中最危险最致命的诱惑出现时,我靠自己很好地化解了它,将坏事变成了好事……

有这个宝贝陪着我,转眼又是几周过去。

再稀罕的玩意儿,也有玩腻的时候。我发现,我已经不能再看它一眼了,一看就想吐!

我又开始翻箱倒柜,果然又搜出了一件宝贝:一个硕大的军用的高倍望远镜!

我端起它,先朝室内看,书架大得要向我倾倒下来!门大得要向我猛扑过来!直看得我头晕眼花!

我赶紧"调转枪口"——将望远镜朝向窗外看,感觉咣的一下,马路对面的一幢大楼已经移至眼前,整幢大楼的每个窗口都像一个打开的电视机,里面上演着不同频道的内容:哦,我看明白了,这幢六层高的大楼是供电局的办公楼兼集体宿舍。到了晚上,所有办公室都熄灯了,亮灯的都是集体宿舍,男职工宿舍全都在五楼,女职工宿舍全都在六楼。我的"枪口"便本能地瞄准了六楼,一个窗口一个窗口瞄过去,很快便锁定了:时间已到6月,天气分外炎热,这间宿舍里的青年女职工全都穿得很单薄,在房间里走来走去,看得我面红耳热,心跳加速。

青春期里躁动的夏日——充满致命诱惑的季节。

从6月中旬开始,又有一项诱惑出现在我的生活中:第12届世界杯足球赛在西班牙开幕了,这是中央电视台全面报道此项赛事的第一次。电视忽然变得对我这个足球少年很有吸引力,为了抵御这个不小的诱惑,我在父亲面前发了毒誓(其实是对自己发的):中考不结束,不看世界杯;中考一结束,夜夜世界杯!

## 四

中考前一周,学校停了课:可以回家自己复习,也可以留在学校里复习,随时请教老师。我在学校度过了前半周,回家度过了后半周。

家里人把中考当成了大事儿:我在家里的这半周,伙食都比往常回来好,"外婆"真是受累了。父亲还专门请了一天假,带我去大差市白玫瑰理发店理了发,去珍珠泉洗了澡……仿佛回到了小时候:这么多年过去了,这依旧是长安人对自己的最高礼遇。父亲到底是过来人有经验,他反复劝我这时候就不要再复习了,干脆看两场世界杯,彻底放松一下。也是从他口中,我了解到世界杯踢至目前的战况,我关心的是阿根廷神童马拉多纳的表现,父亲的回答令我失望:阿根廷揭幕战就输球了,0∶1输给了比利时,在那场比赛中,马拉多纳一筹莫展。"我还是等考完再看吧。"我语气坚决地对他说。

我在心里给自己制定了最后两天冲刺的日程表:周一开考;周日返校;周六全天复习,将各门课程残留的疑难问题再解答一遍,于是周六晚上成了我在父亲办公室度过的最后一晚。到了晚上10点钟左右,所有难题都做完了,整理好书包,我准备早早睡觉,明天上午返校。临睡前,我上了一趟隔壁的厕所,走出办公室,楼道里很黑,只有楼道尽头楼梯拐弯处有一盏廊灯亮着。我解完手从男厕所出来时听到背后有嗒嗒嗒的脚步声,猛然回头一看,我被吓得魂飞魄散:一条白色连衣裙,自灯光下一下闪进我身后的黑暗中,高跟鞋嗒嗒嗒的脚步声依然持续着，越来越大。说时迟，那时快，我完全出于本能地一个箭步蹿向前方，冲回到父亲办公室，将门从里面锁得死死的……

嗒嗒嗒的脚步声，由远及近，越来越响。

在办公室门背后，我将耳朵紧紧贴在门板上，仔细谛听着……

昏暗中，我的眼前不断回放着刚才猛然目击到的那一幕：那一条白色的连衣裙……

没听说这楼上闹过鬼啊！——哦，心中一想到这个"鬼"字，我的后背嗖嗖直冒凉气……

脚步声越来越响，来到近前，忽然停住——听动静像是停在了这间办公室的门口，此时此刻我已浑身冰凉！

寂静，死一般的寂静！

时间不知过去了多久，我耳朵紧贴的门板突然震动了两下，接着传来了两记敲门声——就像闪电过后才是雷声！

我凝神屏气，紧咬牙关。

过了片刻，又是两记敲门声……一切都不是幻觉，而是眼前冰冷的现实！

看来我已无路可逃，我不知不觉间已经抓到了门背后的拖把……

紧接着，又是两记加重的敲门声，伴随着一串悦耳的女声的轻唤："索索，你在吗？"

这声音给我以似曾相识之感，我一时想不起在哪儿听到过，但有一点可以肯定了：门外站着的这条白裙子是人而不是鬼！即便如此，我还是很谨慎地问道："你……谁呀？"

"我呀！我是你小薛阿姨啊！"悦耳的声音爽朗传来，"索索，快开门,我有事求你。"

小薛阿姨……我恍然大悟她是谁了。如你所知,我爹目前不是这个单位的副头儿吗,正头是个三八式老干部——老红军的资历类似于刘虎子他爹,也是刘虎子他爹的继任,这个小薛阿姨就是他的女儿,在大队办公室当打字员,是这个单位心高气傲的"公主"。在我记忆中,她是和继母同一批来的,她和继母的关系不好也不坏——听说以前很好,后来不那么好了,我隐约听到一种说法:这一批进来的女青工,有好几个都瞄上了我爹,被我继母抢了先,其他几位从此就疏远了我的继母,这位心高气傲的"公主"也在其列,所以,她们都来过我家,但次数有限……

"怎么还不开门啊?你睡了吗?"

"没……还没睡。"我这才丢下手中的拖把,将锁死的门打开。

在打开门的一瞬间,我被眼前的景象袭击了:这晚风大,随着此门打开,窗与门之间形成了一股强烈的对流,将门外的白裙子吹得迎风飘起,像一朵白玉兰在黑夜中盛开,目睹此情此景,我完全呆住了……

"我可以进来吗?"她问。

"可……可以,请进!"我说。

她嗒嗒嗒走了进来,我注意到她的脚上穿着一双白色的高跟凉皮鞋——正是它造成了刚才走廊上全部恐怖的声响……

"我可以坐下吗?"她又问。

"可以,坐吧。"我回答。

她矜持地坐在了我父亲平时办公坐的位置上,说:"这是你爸爸的座位吧?这间办公室我进来过。"

我回答:"是。"然后,坐在她对面。

"有好几个月了吧？这间办公室星期天老亮灯，大家传说是武队长的儿子在里头学习，准备参加中考，参加中考的人比参加高考的人都用功，你是咱们队里最用功的孩子。"

"算不上吧，参加高考的人肯定更用功。"

"我跟你……后妈说的事儿，她告诉你了吗？"

"没有，啥时候说的？"

"上个星期说的，她没告诉你？"

"没……还没有。什么事儿？"

"唉！我真是羡慕啊，你们这代孩子真是赶上了好时候，我们这些老三届当年学未上完就去下乡。现在国家要我们重新参加考试来确定学历，你后妈是高老三届，就要参加高中考试；我是初老三届，就要参加初中考试……我当年没好好学，复习起来比较困难，想让你帮我补习补习。"

"我……我初中还没毕业呢，我这水平给你……补习不了。"

"一定可以的，我都听说了：你是长安中学的高才生，长安中学是全省最好的中学，你给我补习绰绰有余。何况我们参加的考试，国家也就是走一个形式，出题的难度会远远低于中考。"

"那，试试看吧，等我参加完中考。"

"好孩子！比你后妈痛快！一言为定！我先走了。"

我起身将白裙子送出门去——其实，门并未关死。

"我打字室就在四楼，等你考完咱们每天就在那儿补习吧。"她转过身来对我说。

"好。"我说。

她转过身，嗒嗒嗒向着走廊尽头楼梯拐弯处的灯光走去……她的背影形成了一个黑色的剪影，我一直望着那剪影逐渐变小，在灯光下变白,变回到白裙子。那是多么女人的身影啊,风摆杨柳,婀娜多姿,难怪让我疑神疑鬼……我一直望着那条白裙子消失在楼梯拐弯处,才将门关死,反锁好,上床睡觉……

竟然半天睡不着:这位忽然冒出来的小薛阿姨的面影一直在我眼前晃着。说实话,对于这张面孔,我并未有太多的印象,在同一批进队的那拨女青工中,她一定不是最漂亮的(最漂亮的是我继母呀),但她似乎是最活跃最开朗的一个。她的身上脸上都有一股子强烈的女人味儿,她这么来一下子,这间办公室便留下了她的气息,久久不散……我嗅着她的香气,就像中了毒,昏昏睡去……

一直睡到天大亮,起床已经十点钟,我干脆回家吃了午饭才返校。到校后又接着睡,一直睡到晚饭前。吃过晚饭,我到班里去上自习,发现住校生都回来了,这时候已经没啥可复习的了,或者干脆说复习啥都没用了,其间有两个学习比较差的向我请教问题,我都极其耐心地一一解答,很快我就要给人家当老师了。晚上10点钟,我回宿舍睡觉,倒下便着,我后来才听人说起:大考前,能睡者,考得好——凭我经验,信哉!

次日清晨6点钟,闹钟一响,我便起床,照例到大操场跑步,一口气跑了五千米。大汗淋漓,到露天水龙头上用凉水擦了身,回宿舍换上一身干净衣服。然后去食堂吃早点,考试期间不宜吃得太饱,我是知道的,所以,只喝了一碗稀粥……

7点半钟,全年级先到小操场集合,按班整队进入考场——中考考场就设在我们学校高中部的那座楼上,进入我班所在的考场时,我暗自吃了一惊:这么巧!竟然是在严诗玲当年所在的那间教室,这让我大考之前心中起了一点波动,历历往事袭上心头,令我猝不及防,直到头一门的数学卷子发到手中,我的心才不得不收回来……

第一门数学，我自觉考得很好，满分120分，最低也该在百分以上吧。

数学、英语、政治、理化、语文，总共五门课，分成两天考。

第二天下午——最后一门考的是我的最强项语文，答完所有的题（无一不会），做完作文，又检查了两遍，我抬腕看那块父亲送给我的日本电子表：还有20分钟——我没有提前交卷，这20分钟，是我初中岁月的最后20分钟，我任由自己思绪飞扬，从严诗玲所在的这间教室，联想到我命运多舛太不容易的初中时代，一时感慨万千：别了！我的初三（1）班！我希望即将到来的高中时代过得平顺、安稳、幸福！不要有这么多的故事！经历了这么多，我真的有点怕了！

电铃嘎的一声响——收卷时间到。我感觉这一声电铃比前四科考完时都来得刺耳，刺耳而又痛快，它宣告着我初中时代的终结！

我将卷子留在课桌上，抬头环视了一下这间教室，然后起身，故作镇定地一步一步缓缓走出教室，来到走廊上，望着朗朗乾坤，将手中的一支圆珠笔扔了出去，心中恶狠狠地骂了一句：去你妈的！

我快步下楼，经过小操场也未停步，迅速走回集体宿舍，将光秃秃的床板上已经打好的一卷铺盖和一件行李拎起就走——是的，我要跟这间住了三年的集体宿舍告别了，开学后，能否住回来，完全取决这两天的考试成绩。我没有跟任何人告别，过去三年中，我在这间宿舍里没有交到一个真正的朋友，我扛着铺盖，拎着行李，穿过校园，来到学校大门口的自行车棚，取了我的老红旗，将铺盖与行李绑在车上，然后骑上车子，出了校门……

我回头朝校门口写有"长安中学"四个大字（舒同体）的牌子

望了一眼，我毫不怀疑很快我就会杀回来，进入它的高中部。然后便马不停蹄地朝着家的方向骑去，这是下午4点钟光景，路上车还不多，我越骑越快，越骑越有劲，好像我离学校越远，我的初中时代就被抛弃得越远似的……大约半小时，我便到了家，敲门，来开门的竟然是父亲（这很少见），他一脸紧张张嘴便问："考得如何？"

"还好！题没有想象的难。"我回答道。

"那我就放心了。你不会轻易说好。"父亲说，"快放下东西，来看世界杯，阿根廷对匈牙利，你崇拜的马拉多纳刚进一球！"

我听罢扔下铺盖和行李，一个箭步蹿到父母住的那间大屋，我们家的大彩电是放在那里的，电视中正反复播放马拉多纳进的一个头球……

"我一直在看，他就是很厉害呢，盘带特别好。"父亲点评道。

"他只有一米六五，这么小的个子，能进头球，说明意识有多好。"我也点评道。

"坐下看，坐下看。"父亲招呼我。

我一屁股坐到沙发上："很少见你提前下班，就为了看这场球？"

"哪里啊！不都是中考闹的嘛！"继母的声音从外屋传来，原来她也在家，"你爸今天上不下去班，他在等你回来，你们先看球吧，晚饭有好吃的。"

话音未落，马拉多纳又用他的金左脚踢进了一个球……哦，我今生今世永远难忘这一天，这个时代呼之欲出的新球王，用两粒精彩的进球来庆祝我的初中毕业……

我和父亲一起欢呼起来。

为了告慰他，在接下来的看球中，我说了一些考试情况，一言以蔽之:"除了理化,没有碰到一道我不会的题。"

比赛结束了,阿根廷2∶0胜匈牙利,马拉多纳独进两球。

"上桌吃饭吧。"继母招呼道。

我们三人上了桌——哦,此处须补叙一句:为了给我在考前创造一个彻底安静的环境,"外婆"带着拉拉回省委大院"外公"那里去住了。

一桌子菜,继母又端上来一个砂锅:"这是今晚的主菜——我记得是索索最喜欢的菜,我炖了大半天。"她猛然一揭盖子,一股子强烈的肉香一下子弥漫开来,替代了四周的空气,等白气散尽我方才看清楚:是冰糖肘子。

"是你最喜欢的吧?"继母问道。

"……是。"我勉强作答。

因为她记错了:这不是我最喜欢的菜(我最喜欢的菜是馆子里做的鱼香肉丝),而是父亲最喜欢的菜,她在迎接我考试归来的精心准备的家宴上,将父亲最喜欢的一道菜当作主菜,说明她对父亲的爱!同样是出于对父亲的爱,我乐见于他们相亲相爱,而他们确实是相爱的。只是有一点,继母有所不知而我全知:父亲为什么最喜欢上海风味的冰糖肘子?因为那是我生母生前最拿手的一道菜,也便成为我们家的保留菜目……就这么简单的一道菜里竟然寄托着这么多这么复杂的人类情感,叫人不胜唏嘘!

"这么好的菜,那得喝点儿啊!"父亲果然兴奋起来。

"我早就准备好了。"继母转身去取来一瓶茅台酒,"索索也喝点儿,庆祝你初中毕业!"

这是我头一回喝茅台国酒——我初中毕业的味道便成了茅台酒香香辣辣的醇厚味道。

父亲敬我，继母敬我，我又分别回敬他们——酒过四巡之后，继母说："索索，有件事我一直没敢告诉你，怕影响你考试……"

"什么事儿？您尽管说。"

"国家要对我们这些老三届统一考试来定学历……"

"是不是给小薛阿姨补习的事儿？"

"咦！你怎么知道？"

"她到我爸办公室找过我了，上周六晚上。"

"你……答应她了吗？"

"答应了，不过我怕我给她补不了。"

"你可以的，能帮就帮帮她吧，我们老三届太不容易了，我也得重考高中文凭，你爸已经答应给我补习了。"

"什么时间考？"

"就在8月底。"

"那时间挺紧的。"

"给你假期找事儿了。"

"没事儿，不过我现在一看书本就想吐，让我先看三天世界杯吧，然后开始。"

"好啊，我晚上去告诉她，那就从本周末开始补习吧。"

"好。"

这顿饭吃得其乐融融。饭后，继母去小薛阿姨家串门，我洗完碗后跟父亲继续看球。父亲喝了不少酒，有点醉了，突发感慨："你妈没福气啊！国家好了，日子好了，她却无福享受，唉！"

我赶忙将话题岔开了——拉回到球赛上去。哦，我就像我的生母留在世上的代言人似的，父亲能够念着她，我就很感激了，又不希望这份思念破坏他今天的幸福，哪怕是一时的情绪。

接下来的几天中,我将自己完全导入到西班牙世界杯时间,只要电视台有转播,任何时间我都要看,包括电视台制作的综述节目和体育新闻,没有转播和节目的时间,用来补觉。我还利用儿时伙伴刘虎子看大门的便利,到单位传达室一览所有报纸,只看世界杯的内容。中国时间的下午是西班牙的上午,没有比赛,那时候我也睡足了,就拿着我的足球跑到附近的跳伞塔——市军事体校里面去踢,有时自己练技术,有时和不认识的人一起踢野球,一边看球一边踢,看世界上最好的球赛学着踢。这个暑假过去,我的足球技艺明显长了一大块。

我之所以一下子陷入世界杯中去,一方面当然是因为酷爱足球,打小就爱踢;另一方面是整整四年前,第11届世界杯在阿根廷举行期间,我看了中央电视台转播仅有的两场比赛(看的还是单位里的露天电视):巴西-意大利的三四名决赛,阿根廷-荷兰的冠亚军决赛——尤其是后一场比赛,阿根廷球星肯佩斯两粒摧枯拉朽回肠荡气的史诗般的进球直接射进了我心里,还有他那头迎风飘扬的长发以及满场观众从看台上抛撒下的彩带,以及金光灿灿的大力神杯……通过世界杯,我看到的不仅仅是足球,而是看到了辽远世界的一角,窥一斑可见全豹,它激活了我对世界的想象力。如今,四年过去了,16岁的我通过中央电视台此次全面转播看到的东西更多,看到的世界更大……

我做了几天职业球迷,感到无比幸福,不希望被打搅,以至于在周末晚饭时,"外婆"带着拉拉回来了,家里一下子热闹起来,搞得我极不适应。当继母提醒我说:"索索,今天星期六,该给小薛阿姨补习了,她7点钟在办公楼四楼打字室等你。"我听罢是一肚子不高兴,因为晚上黄金时段播出的赛事综述节目看不成了。闷声不响地匆匆吃罢晚饭,我就去了。

走出家属楼,走进单位大门,还是刘虎子在看门,我抬腕看了一眼自己的电子表:还有一刻钟,我就又去浏览了一会儿报纸,直到7点到了,我才放下报纸,走进办公楼。

一走进空空荡荡的办公楼,我便从遥远的西班牙世界杯坠入了中国的现实生活中了。这座楼让我回到了这个学期为中考备战的峥嵘岁月中,隐隐地感觉到我真的考得不错,便产生了一种实实在在的满足感。踏上楼梯时,临考前那一晚鬼魅的氛围又回到了我的心间,哦,那个满身狐媚之气的女人此刻正在楼上等我,让我后背直冒凉气,又被一种神秘的力量牵引向前……

从东到西,我走完了四楼的整条走廊,一直走到大西头,在另一端下楼的楼梯拐弯处,才看见"打字室"的牌子,这层楼上也只有这间屋子里的灯亮着……

我敲了敲门,尽量轻一些。

里面没反应。

我加重了再敲……

"请进!"里面传出悦耳的女声。

我一推门,门就开了——原来只是虚掩着,并未锁死……

"是索索吗?"

"是……"

"快进来!快进来!"小薛阿姨迎了过来,一股子雪花膏的香气扑面而来,还是那一身白色的连衣裙,脚上一双白色的高跟皮凉鞋……她穿这一身就好像怕我认不出她似的,她穿这一身便让今晚与那个大风之夜连上了……

灯火通明,我环顾四周,发现这间打字室并不大,比父亲办公室差不多小了一半。屋子里头十分凌乱,堆满了各种打印好的文件资料,散发着油墨的气息——这气息自然没有女人身上的香气那般令人愉快……

"索索,从现在起,我叫你武老师。"小薛阿姨笑盈盈地说,"武老师请坐!"

这狭小的打字室里唯一的一张办公桌被一台打字机占去了一半,另一半空出来,可以用来看书、做题,办公桌前已经摆放了两把椅子,显然她已经提前做好了准备……

我们一起坐下来,我这才知道她用的什么课本:是"自学丛书"中的数学课本,我大致翻了翻,心里有点踏实了。我小学毕业的那个暑假用过这个课本,自学到初二的内容,它的难度低于我们用的"十年制全日制中学课本",与省重点长安中学的高要求更是没法比。翻完课本,我又翻了翻她的作业本,错误不少,有些题她不会解,就空在那里……这让我心里更有底了:没问题,这个老师我是当得了的。我从她解错的题入手,告诉她错在何处,正确的解法如何,她不懂的原理何在,让她茅塞顿开……

就这样,我一口气纠正了她所有的问题……

转眼两个小时过去了。

我想回家看10点钟的体育新闻。

便总结说:"今天就到这儿吧。太多了我怕你消化不了。你自己把这些错过的题再重解一遍,解题的方法要牢牢记住,保证下次遇到同类题时不犯错误。"

"谢谢武老师!今天收获太大了!关键是我对自己有信心了,看来还是得有人辅导啊,自己瞎琢磨没效果。"她说。

"那我先走了。明天讲你不会做的那些题。"

"你快回家休息去吧。我再继续用会儿功。"

晚上 9 点来钟,我离开打字室,下了办公楼,心中竟有一丝成就感:第一次给人当老师的成就感!能够帮助别人总是令人愉快的。

回到家里,继母见我就问:"怎么样?今天的补习有效果吗?"

我汇报工作一般回答道:"还可以,她学东西挺快的,这样补习两个月,我保证她能过关。"

"那太好了!跟我同一拨进队的青工,现在都急着找人补习,找你补习还是小薛阿姨自己想出来的呢:她人聪明,找得对。"继母说。

我注意到:父亲也正在给继母补习高中课程。

第二天晚上,同样的时间,同样的地点。

我给小薛阿姨一一演示她不会做的那些题,这就不那么容易了,因为许多原理她不会,需要现做现补,最终花了一周时间才演示完——也就是说,花了一周时间,我们解决了她自己复习时所遇到的所有问题,下面还有充分时间,来增加难度与巩固原理,形势的严峻有所缓解……她顿显轻松起来,有心说闲话了:

"武老师……哦,我又得把你叫回索索了。"她说,"阿姨可是看着你长大的,还记得我们头一次见面是在什么时候吗?"

我如实作答:"不记得了。"

"你人不大忘性不小,那你还记得队上的露天电视吗?"

"记得,四年前的世界杯我就是在那儿看了两场。"

"四年前……哦,那应该是在五年前吧,1977 年,我们这一拨青工刚进队的那一年,记得吧?"

"不……记得了。"

"看《瓦尔特保卫萨拉热窝》那天晚上还记得吗?"

"记得！太记得了！我紧张得老要去撒尿。"

"就是那天晚上，我第一次看见你。"

"好像……是……"

"我们那拨进队的青工差不多全是女的，也都是插队刚回城的。大家一进队，有个人让我们眼前全都一亮：我的天哪，这不是王心刚从银幕上走下来了嘛——你知道我说的谁吗？"

"我爸。"

"咦！你怎么知道的？"

"你们在背后叫他'王心刚'，都传到我们小孩的圈子里了。"

"看来真是没有不透风的墙啊，还说看《瓦尔特》的那天晚上，有个男青工为了讨好我们这帮女的——准确点说，主要是为了讨好你后妈，一惊一乍说：'瞧，那个小男孩就是你们的老白马王子——王心刚的儿子。'当时，我循着他手指的方向望过去，一眼就看见了你，在一帮脏兮兮的小男孩中间，不需要分辨，你跟你爸长得太像了，活脱脱一个小'王心刚'！"

"我没他长得好。"

"嗯，暂时还没有，将来可难说。没人夸你长得好吗？"

"没……没有。"

"这么标准的英俊少年，就没有一个女同学夸过你？"

"没有。"

"会有的，等着吧，我不就夸了你吗？你要记住哦，阿姨是第一个夸你的。"

"哦，今晚就到这儿吧，我得回家去看世界杯了。"我装作忽然想起的样子，说了一句虚伪的假话。

是的，我是要看世界杯，成了每天的功课，但这绝不是我忽然终止这番谈话的理由。事实上,我很享受今晚的交谈,恨不能一直持续下去,那为什么要忽然终止它呢?

我比往常更快地离开了打字室,比往常更快地下楼,比往常更快地走回自己家,敲门,依然是继母来开,说是"外婆"和拉拉都睡了,与往常不同的是:进屋之后,我没有一头扎进自己的小屋,马上打开电视看世界杯,而是跟随继母来到她与父亲的卧室,看情形父亲正在里面给她补课……大概是我平时很少主动来到这个房间,他们竟然客气地请我坐下,我却并未坐下,而是在房间中央的空地上晃来晃去……

"你给小薛阿姨补课一周了,效果如何?"父亲问。

"还行。"我心不在焉地回答。

"索索是不是有啥事儿要给你爸说啊?我要不要暂避一下?"继母问——在一个有后妈的家庭中似乎难以避免这样的发问。

"没有,没事儿。"我回答。

"中考什么时间出结果啊?"父亲问。

"还有一星期。"我回答道,但并不看他,而是朝着半截柜上方的大镜子狠狠看了一眼,那一看恨不得将镜中的自己吃下去,然后说:"你们继续补习吧,我回屋看世界杯去了。"

"好。"他们异口同声道。

回到自己小窝,我并没有急于打开电视,而是借着窗玻璃的反光再次端详自己——其实,刚才在父母卧室半截柜上方的大镜子里我已经看仔细了:我长得确实酷肖父亲,标准的英俊少年一个!我刚才在打字室忽然终止谈话,急于跑回家来,就是为了照镜子啊!而在我的家中,只有那间屋子里有两面大镜子,除了这一面,另一面是镶嵌在大立柜上的,从我刚才站立的地方,照不到那面镜子……

此前怎么没有任何人告诉我呢？我心中尤其嗔怪一个人：她怎么也不告诉我？难道她就没有看出来吗？！

我怪的是严诗玲——忽然想起她来，竟然已有故人之感：也许，她从来没有真正喜欢过我？也许，我后来再不回她的来信是对的！

这天晚上，一个16岁少年的自我被唤醒了：他蓦然回首，发现自己是个有模有样的英俊少年！

我心中充满了对小薛阿姨的感激，只有女人能够唤醒男人的自我与自信！我暗自发誓要给她好好补习，帮她考过去！

这天半夜，有一场极其重要的比赛：阿根廷-巴西——是两大热门在复赛中的提早相遇，是我支持的卫冕冠军与踢得最华丽最艺术的球队的较量，是火星撞地球一般重量级的赛事。结果却令我十分失望：阿恨廷1：3输了，输球还输人，在落后的局面下，我的青春偶像马拉多纳气急败坏地蹬踏对手而被裁判出示红牌罚出场……但是这一切却并不令我沮丧，并没有让我产生满盘皆输的感觉，今夜，我的内心忽然变得强大起来：我知道——我是一名英俊少年！

## 五

一周后，中考发榜日。

我一大早便骑上自行车赶到学校去，去了便知道最终的结果：学校发布告用的橱窗里有长安中学高中部1982级的录取名单，对于我们这一级初中生而言，名单上有的就可以继续在此读高中，名单上没有的就是没考上，只能去别的学校读高中了。我很快便找到了自己的大名：武文阁！心里便踏实了，布告橱窗前几家欢乐几家愁的残酷景象叫人不忍多看，我便到大操场去转了转，在百米跑道上来了个往返冲刺：曾经一度，我差点被开除，现在我终于可以上到底了！

上午 9 点，回到班里开会领成绩，全班同学各坐各位，一起来做三年初中学习的最后一件事：由班主任梁老师按学号叫名字，然后走上讲台。三年前我入学时小升初成绩全班第一名，所以学号排第一，于是便第一个被叫上去，梁老师将成绩条发到我手中时，声音不小地说了一声："考得不错！"我很有礼貌地回了一声："谢谢！"便走下台来，回到座位上。

毕竟是中考，此前我没有细估过分，这个结果与我大致的感觉差不多，甚至还略好一点，最让我满意的两科成绩当然是接近于满分的语文和英语。

所有的成绩条发完之后，梁老师做了总结："全班 52 名同学有 41 人升入本校高中部，这个比例高于全年级的录取率，我基本上满意——武文阁同学的语文成绩是全市最高分，他的卷子我调看了，只有作文扣去了 1 分，基础知识全对，作为语文老师，我是特别满意。武文阁同学不仅语文成绩出色，他的英语也考了高分。这说明他的文科底子很厚，上高中后应当方向明确，就是学文科，目标北大中文系或是人大新闻系！"

我目瞪口呆地望着讲台上的梁老师，惊愕压倒了欣喜——我实在想不到：我的初中时代会这样结束：一个最恨我的班主任竟然是以对我个人的表彰与指引做了初中三年的结束语！这究竟是怎么一回事呢？

"好！散会吧！"梁老师戛然而止，"同学们先走，我目送你们离开。"

大家纷纷起立,鱼贯而出,每一个从她面前经过的同学,都向她鞠了一个躬,有的问候两句,有个别女同学已经开始抹眼泪了。我有意慢些,尽量等到最后,走上前去,深深鞠躬,还问了一句:"梁老师,上高中您不教我们了吗?"

"不教了,高中部的老师全换,学校给你们配备了最强的老师。"梁老师说,"武文阁,你这学期的冲刺很见成效,上了高中你要继续努力啊!"

"我会努力的,感谢梁老师这三年对我教育培养。"我说,竟然有点想哭的感觉。

"快回家去给家长报喜吧。你继母很关心你的,每次家长会她都主动到我这儿了解你的表现。"梁老师说——这一刻,我看见了她两鬓的白发,好像就是在这半年白的,白得刺目!

我大步走出教室,那根根白发像积雪一样堆积在我的头脑中,梁老师没有食言:她真的是既往不咎,以中考成绩论英雄……实在想不到,在我初中毕业,暂时跨出校园的这个时刻,竟是怀着一腔对老师的恋恋不舍!

脑子里装着梁老师,转眼便来到存车棚,取了自行车便向校门口推去……

校门口好热闹,有路边群众围观,我循着他们的目光望去,见学校门外放了一个大黑板,上书三个红色大字:光荣榜。下面简要罗列了长安中学业绩,再下面是一个名单:总成绩列全市前十名的我校同学,以及单科成绩列全市前三名的我校同学,"武文阁"三个字赫然列在语文第一名的位置上……

"武文阁,快过来!"人丛有人叫我,我转头一看,是教导主任,"快过来照相,派人到你班去通知你,你们班那么早就散会了……"

光荣榜上有名字的同学已经到了几个,我把自行车锁在路边的一棵树下,加入他们中去……

我注意到:林校长拄着拐棍来了。

等人到齐,便是分组照相。

合影之后,林校长与大家一一握手,握到我时,他说了一句话(差点让我笑喷):"你语文和打架一样厉害,你说你该怎么办?"说着,他狠狠地握了一下我的手……

"林校长放心。"我说,"我再也不打架了。"

"再打我开除你!"校长说,不过语气里还是充满了爱意。

我实在没有想到:我的初中时代最终定格在这样的一个握手!我奋战四个月拼出来的成绩——尤其是这个"语文状元"竟然起到了扭转乾坤的作用……现在,俱往矣!我该回家去了,我的亲人们在翘首企盼。

我走到树下去取车。

"武文阁!"背后有人叫我,我回过头,眯缝着眼,辨认是谁在叫,那人又喊了我一声:"武文阁!"——我看清楚了:是"大状元"在叫我!是本年度中考全市总分第一名肖长友同学在喊我,这有点意外:这三年中我们并不在一个班,且无任何交往,甚至连一句话也没说过……

我愣住了,不知该如何应答,支支吾吾道:"有……有事儿吗?"

"没什么事儿!"他满面笑容道,"很想跟你认识一下,聊聊。"

"我……也很想认识你,不过……我现在急着赶回家,家里人在等成绩呢。"

"可以理解,我家人也一样,也在等成绩……你家在哪边?"

"东边,正东,东关外,地质队。"

"那咱俩一路啊,我家在发电厂,比你更往东。"

"那一块儿走吧,你骑车了吗?"

"骑了骑了,你稍等一下,我车还在车棚呢,我去取来咱就走。"

"好。"

肖长友进校门取车去了,我在心里整理了一下对他的印象:初一初二时他并不怎么显山露水,一到初三声名鹊起。他这次当了全市"大状元"一点都不意外,在学习上我们长安中学算是巨无霸,我们学习最好的同学理应成为"大状元"。唯一的意外是他主动来跟我打招呼,还要跟我"聊聊",我的总成绩不值得他如此厚待,在他面前我也只能算是一名"特长生"……这样想着,他已推车走出校门,我们骑上车,向东而去……

一路上,我们并排而骑,边走边聊——

"武文阁,听我们班主任说,你语文考了119分,就作文扣了一分,这也太太厉害了!叫人不敢相信!"

"你也低不了吧?"

"114分,跟你差5分。"

"那也够高的,我估计你每门课都接近满分吧?"

"差不多吧,但没有一门拿单科状元。"

"你这才是真厉害!就像田径比赛中的十项全能。"

"不过,今天发榜日,谁都没你轰动,你简直快成新闻人物了。"

"我没觉得呀,就是班主任对我态度比平时能好点。"

"也许是他们当你面不好意思表现出来,你成了我们班最大的话

161

题了：都在议论你！"

"那为什么？比我考得好的人大有人在啊，大状元就出在你们班。"

"我说了你别不高兴啊：你想想你平时留给大家什么印象……"

"什么印象？"

"初一时你是短跑冠军，在市运会都得过名次；初二时你拍高中生的砖背了处分，听说险些被开除；还听说你给一位师姐写过情诗，在班里的联欢会上公开朗诵……"

"那又怎么了？"

"反正在一般同学心目中，你是个野蛮的粗人、一个问题学生、落后分子……结果，忽然放了一颗大卫星，把大家吓了一跳！"

"你呢？也这么看我？"

"我嘛，能比他们强点，但也强不了多少，你会写诗已经把我吓着了，这回一把拿下语文状元，我觉得也是必然的。总之，在我眼里，你是传奇，是个神人，所以特想认识你，跟你交个朋友。"

"哪里啊，你太谦虚了，你才是同学嘴里的传奇呢，从来靠的不是勤奋而是天才，课堂上的东西老师不教就会，自学已经学完了高中课程……是这样的吗？"

"不可不信，也别全信。"

……

我们一路聊着，穿过半座城市，一转眼已经骑到地质队所在的兴庆路，老远我便看见父亲站在单位门口张望着，我对肖长友说："我家到了，那是我父亲，我家住在家属楼1号楼2单元201，暑假没事儿你就过来玩，咱们再好好聊聊。"

"好嘞！我一定会来的。"肖长友回应道，然后猛然一蹬，向前骑去。

我则拐到父亲面前，翻身下车。

"那是你同学？"父亲问。

"是，他就是这次中考的全市状元。"我回答。

"状元！了不起！你怎么样？"

"我也是状元——语文单科状元。"

"总分怎么样？"

"还不错，反正可以留在长安中学读高中了。"

说着，我把口袋里的成绩条掏出来给父亲看，看着满意的笑容渐渐堆满他英俊的脸庞……

"我去车棚存车，你先回吧。"我说。

"嗯。"他应了一声。

等我去单位的车棚存好车回来，发现他还站在原地低头看……

"回家吧。"我说。

他缓缓抬起头来，热泪已经盈眶，有点哽咽地说："索索……你很争气！你妈妈……在天之灵会感到欣慰的。她自己学习好，学得特别好，所以她一定会要求自己的孩子学习好！"

他这一番话，说得我也快哭了——我知道我生母是留过苏的，学习不好能被选派去吗？学习不好能被分配到上海的研究所工作吗？掐指一算，她已经去世 12 年了，英年早逝令她没有见过我一路挺好地学过来；12 年来，已经再娶他人重组家庭的父亲还对她念念不忘时时想起，让我心中感动也更加尊敬父亲……

"回家吧。"我又说。

"走！回家！"他一把搂住我的肩膀，我们一起朝家属楼走去，"哈！啥时候已经跟我一样高了？好好好，你这个初中过得真

163

不错,个子也长够了,身体也练好了,学习这么好……就是有一点欠缺……"

"什么?"

"你刚和那个同学一块儿骑过来我想到的……"

"想到什么?"

"你初中三年好像没交到朋友?"

"……是。"

"他算是你的朋友吗?"

"不算,初中我们没在一班,一点都不熟,刚才一块儿照相才算认识。"

"你应该主动跟他交朋友,不要太清高,近朱者赤,近墨者黑,跟学习好的同学交朋友,学习会更好。"

"……是。"

"你小学时朋友挺多的啊,怎么初中住了校,反而没朋友了?"

"……"

我无言以对,我当然知道是为什么:唉!要怪只怪我过早地有了一个疑似"女朋友",便失去了交到"男朋友"的机会。结果,"女朋友"没有成为真正的女朋友,"男朋友"也没有交到……

说着话,我们已到家。

"外婆"做了一桌子菜,香气扑鼻。

继母急着要看我的成绩条,随即一脸惊喜。

拉拉扑上来跟我亲昵……

又是一顿欢乐的家庭晚宴。

继母惊叹了我的语文成绩之后说:"索索成绩这么好,让我对拉拉的将来有信心……"

"外婆"附和道:"当然啦,他们是亲兄弟。"

我真诚地说:"他将来肯定比我学得好,我从教他踢球看出来的,一教就会。"

继母说:"那可太好了,暑假里你多教教弟弟,不光教足球,开始教他识字。我跟你外公、外婆商量好了,想一开学就把他提前送到省委幼儿园去……"

我回答:"嗯。明天就开始教。"

父亲说:"我赞同。学前教育是个大趋势,早进幼儿园有好处——这是起跑线上的竞争。"

"外婆"说:"拉拉过去上幼儿园,我肯定是要跟过去,索索平时住学校,你们俩怎么办?没人给你们做饭了……"

继母说:"我们俩好办,想偷懒去单位食堂吃都行——我们可以中午到食堂吃,晚上自己做……"

父亲说:"有件事我还没有跟你们商量,是这样:索索他外婆——就是我前妻的妈写信说想来给索索做饭……她不是之前从上海被赶回崇明岛的嘛,七九年落实政策回了上海,和老伴一起住在儿子(索索的舅舅)家。前不久老伴(索索的外公)去世了,她一个人很寂寞很苦闷,写信说想来给外孙做饭,索索倒是不需要她做饭,但我理解:她主要是想来看看外孙子,在长安住上一段,换个环境也能换换心情……"

这一个"外婆"说:"是啊,人家女儿走得早,现在老伴又去了,一定是想外孙子了,她在世上还有几个亲人?你们一定要理解老人的心,让她来,你们也尽点孝心!"

继母说:"妈说得对,你就快写信让她老人家来吧。"

父亲说:"索索,你觉得呢?"

我没有回答，只是问道："外公啥时候去世的？"

父亲回答："两个月前。"

我追问道："怎么不告诉我？"

父亲回答："那时候你复习正紧张，我怕影响你情绪。"

我陷入沉默，四周的空气顿时凝重起来。

"外婆来跟我们住，好吗？"父亲问。

"好，我有五年没见她了。"我说。

"好，大家都同意，今晚我就写信。"父亲说。

继续吃饭，我有点吃不下去了，忽然想起什么："哦，晚上我还要给小薛阿姨补课呢，差点忘了。"

"不想去就别去了，今天发榜，休息一天，我去跟她说。"继母说。

"不了，还是去吧，你们这考试也不远了，时间还是挺紧张的。"我说。

不知为什么，我忽然很想见到小薛阿姨。

我很快便离开家，走出家属楼，走进办公楼，穿过四楼幽暗的长长的走廊时，我很怕走到尽头看不到她打字室的灯光……

最终，当我看到那灯光从门上的气窗倾泻而出还像往日般明亮时，就像日暮时分海上的归船望见灯塔，一激动我忘了敲门，一推门就闯了进去……

小薛阿姨伏案读书，还是一袭白裙一脸白净，见我闯入，猛然抬头，嫣然一笑："这么兴冲冲的，一定是急着给我报喜呢吧？"

我回答："就……就算是吧。"

她急切地问："具体考多少？"

我一一报了成绩（我已经背下来了）。

"我的天！"小薛阿姨一下站了起来，"这么高！全市第一！那你不是状元了吗？"

我说："只能叫单科状元。"

"太了不起了！我得好好祝贺一下我的武老师！"她说着便朝我走来，走到我面前，伸出修长的玉臂，"拥抱一下吧！"

这一切发生得太快了，我毫无思想准备，有点手足无措，便已被她抱住了，挺紧地抱住了。一股强烈的香气顿时笼罩了我，令我大脑一片空白，只有一个意识：我比她高出半头，这让我有了自信……

"祝贺你！真厉害！"她抱着我说，"我找老师找对了。"

我记不清她抱了我多久才松开，只记得我被这突如其来的一抱给抱傻了，有那么好一阵子，她对我说什么我都听不见，眼前的一切如同哑剧。我重新听到她的第一句话，是在我们都坐下来准备开始今晚的补习时，她说："你比我想象的考得还要好，尤其是语文，太吓人了！但你没有我想象的那么高兴，还有什么不满意的吗？"

我直愣愣地脱口而出："我外公死了！"

她一愣："什么时候？"

"两个月前。"

"你才知道？"

"是，刚才在饭桌上，我爸才讲……"

"怎么那么晚才告诉你？"

"那时候复习正紧张，他怕我分心。"

"是啊，他这样做是对的，你要理解你爸的一片苦心。"

"我理解。"

"你跟外公很亲吗？"

"不算很亲，就五年前在崇明岛见过一次，我去和他们过了一个年，相处了一个月。"

"那就别太难过了，人总是要死的。"

"还好，可能是相处太少吧。不过还是挺堵心的，让我一下子回到小时候，四五岁刚记事的时候，先是我妈死，后是我奶奶死，我奶奶就死在我面前……那种叫人害怕的感觉经过十多年我以为我已经忘记了，刚才饭桌上这一个消息就把它唤醒了，与其说悲伤，不如说害怕，就是害怕，害怕自己的亲人一个接一个地离去……"

我像在倾诉，又像在自言自语。我为自己说出的话感到惊讶，也为我对倾听者的信任而感到惊讶：刚才我在饭桌上一听到这个噩耗就急着来找小薛阿姨大概就是为了这番倾诉！

"你长大了！太成熟了！"她说，"你是不是在作文里就写这样的话？"

"应该是吧，我也不知道。"

"难怪语文会得那么高的分。你比同龄孩子成熟多了。"

"也许是母亲死的早的缘故。"

"是的，今天不补习了，咱们随便聊聊天。我知道你心里挺郁闷的，感谢你对我说这些——这是一种信任，一种朋友间才会有的信任，谢谢你！"

"谢谢你有耐心听我唠叨这些，我无人可诉，父亲都看出来了，我没有朋友。"

"咱们是朋友！"她说着，伸出手握住我的手，她的手那么柔软，激起我用力一握。

"哎呀,你太有劲了,都握疼我了。"我赶紧松开。

"索索……你想象一下:如果是我做了你的继母,会怎样?"

"我……不知道,不敢想象。"

"这是完全可能的,我和你现在继母只差一次出差。"

"出差?"

"对,出差。那时候我们刚来,还没分具体的部门,应该跟着老同志跑野外去锻炼,全都去了,唯独我留在单位。你知道我父亲是单位的一把手,他对我的特殊照顾让我失去了一次称心如意的姻缘……我是最先追你爸的,出差前我给你爸写了一封信,亲手塞到他手里的,他一直没有回复我,到现在都没有。那次出差回来,他和你现在的继母好上了,还在野外为你后妈跟男青工打架……所以说,我和你现在继母只差一次出差。"

"我不知道这件事。"

"你不可能知道。我相信如果是我做了你的继母,会比现在的继母对你更好……"

"……"

"唉,命运中有很多阴差阳错,要怪只能怪机缘未到吧。"

"你一定会找到一个更好的。我觉得我爸……配不上你。"

"你在安慰我吗?"

"不是,我说的是……真心话。"

"但愿吧。给我介绍对象的也不少,可我对别人没感觉。"

从一个悲伤的话题逃到另一个感伤的话题,我想换个话题便说:"你怎么不让我给你补习语文呢?"

她笑了:"不瞒武老师,和你一样,语文是我强项,本来基础就好,又看了太多的文学书,甚至可以不复习……"

169

"那太好了！"我说。

……

这天晚上，我们没有补习，只是聊天，一直聊到很晚，就像是两个命中注定的好朋友突然相遇，有满肚子的话要说……

## 六

我初中时代的最后一个暑假开始了。

给小薛阿姨补课延续了整个假期，除了少有的几天休息，每晚持续不断，将其数学水平提高到我觉得肯定可以通过这次考试——最终的结果比想象的还要好：她竟然考了 85 分，加上语文的 87 分（她语文基础果然好），她的总分在所有参加初中考试的青工中名列第一。我继母在所有参加高中考试的青工中名列第一，是父亲悉心辅导的成果……

这个假期我真是当老师的命，除此之外，还给弟弟当了足球启蒙老师，让一个 4 岁的小男孩跨出了他足球生涯的第一步，当时我岂能料到他在这条路上会走很远……

暑假里最大的一件事是外婆来了——我的亲外婆来了！我和父亲跑到火车站的月台上接她，她一见到我眼圈就红了，在大庭广众之下，对我又抱又摸的，见到我她一定是又想起了我妈！与我五年前在崇明岛见到的外婆相比，她并未变老，而且洋气了很多，她本来就是属于城市——属于大上海的……

暑假里最意外的一件事是"状元上门"——肖长友真的来找我玩了。那是在暑假将尽的一个下午，这个疯狂的家伙把我吓坏了，他说利用这个暑假已经将高一第一学期的数理化预习完了！我们骑着单车出去转，他带我去了东郊距发电厂的家很近的一个大墓——是秦庄襄王也就是秦始皇他爹的墓地：是平地上鼓起一个超大的坟包，大老远就能看见，我可以说是望着它长大的，但却一次都没有上去过。这一次，我们俩骑单车靠近它，将单车放在坟包下，然后徒手爬了上去，一直爬到墓顶。在那里，长安东郊一带的楼群尽收眼底，我们看见了他家所在的发电厂，我家所在的楼，都被黄昏时分的夕光所笼罩而显得十分壮美……

他说："我看见咱们学校了！"

我说："不可能，咱们学校在城中心，距离太远了！"

他说："你想看见就能看见——那是我们美好的未来！"

## 第四章
# 1983

# 一

上早自习时，班主任上官老师拉着他那永远惨白的长脸走进高一（1）班教室，以其永远睁不开的细长的眼睛望着全班，用其永远硬生生的口气命令道："安静！安静！安静！"班里顿时安静下来（谁敢不安静），朗朗的读书声顿时被收住，他接着说道："宣布一件事情：今儿个是1982年最后一天，接学校通知：下午全校停课，各班自行组织迎新年联欢会——大家都知道，这是咱们长安中学的传统，每到年底，让大家吹拉弹唱放松一下，然后以更加饱满的精神状态投入到新的一年的学习中去……"

此言一出，立即引来一片叽叽喳喳的议论——很显然，大家闻听此讯是十分兴奋的。在这所全市唯一的省级重点中学里，大家被日复一日按部就班的埋头学习憋屈坏了……

"安静！"上官老师一声断喝，"别着急，到了下午，再由着你们吵吵，每位同学都出一个节目，不出都不行……"

这个"任务"的布置引发了更为热烈的议论……

随即课桌上传来啪的一声——是用黑板擦金属的一面拍击课桌桌面的声音，班里又重于安静……

"班长！"上官老师一声厉喝，"站起来！"

在我座位左前方的位置怯生生站起来一位同学——他的背影让

我觉得分外眼熟，尽管我们真正认识才只有四个月……没错，站起来的人是肖长友，如其所愿：升入高中后我们被分在了一个班，其中暗藏的逻辑是学校把中考总成绩或单科优异者全都分到了我们现在所在的高一（1）班，师生们私下称其为"火箭班"，由以严厉著称、语文教得最好、公开发表过小说有"作家"头衔的上官老师担任班主任，搞得我们时刻处于一惊一乍的紧张之中。这位上官老师有点神经质，经常无来由地大光其火，比我初中班主任梁老师还要可怕……此刻，我替我的好朋友捏了一把汗……

"大课间到语文教研室来一趟。"上官老师对肖长友说道，"领点班费，中午你带两个同学去买点瓜子、糖果啥的，迎新班会就要有点迎新的气氛！"

哦，即便说出这番该带喜气的话，上官老师也是气鼓鼓，不知道为什么，他总是难以找到与语言相匹配的语气。不管他的面目如何，整个上午全班同学都喜气洋洋的，还被上课的历史老师调侃道："你们怎么了？是不是吃了喜糖？"

在一二节课与三四节课的"大课间"，肖长友从老师办公室领回来一笔班费，把班干部召集到楼道里开了一个简短的班委会，让我这个宣传委员（是的，上高中后我又当干部了）午饭后随他一起去采购瓜子、糖果，让文艺委员许春丽带领其他几位班干部留在本班教室布置会场，迎新班会的两位主持人也确定下来了：由肖长友和许春丽担纲……

中午我和肖长友一起在学生食堂草草吃了饭便骑上各自的自行车上了街。为了省钱，我们去了较远的一个批发市场，等反复比较采购完毕，时间已经有点紧张了。在骑车返校的路上，肖长友问我："你节目准备好了吗？"

我实话实说道:"还没呢。"

他又问:"大概是哪方面的?"

我随口回答:"随便唱首歌吧。"——我说的是心里话,升入高中后,我有一个明显的生理变化:我的嗓音忽然变好听了,过去的公鸭嗓子一下子变了,在音乐课上,从一张嘴全班都笑,到一张嘴全班皆惊,被音乐老师——还是我们的林校长表扬过两回,所以才敢这么说。

他说:"你就别唱歌了吧,选择唱歌的人肯定多,不新鲜,初中时我就听说你在班里的迎新会上朗诵过一首你自己写的诗,还是一首情诗——那可是轰动全校的新闻,干脆,你再朗诵一首你自己写的诗吧!诗代表档次!"

我笑了:"还朗诵情诗吗?那咱们凶神恶煞的上官老师不得吃了我?"

"绝对不会,傻子都能看出来,他欣赏你。"他一边骑车一边说,"如果你能朗诵一首自己写的诗,他一定会高兴的,不信咱们打赌!"

我必须承认:肖长友说得没错,上官老师对别人狠凶,对我着实不错。这学期已经上过三堂作文课,我都得了全班第一,被他三次叫起来朗读作文。这位老师一点都不庸俗:给我打 90 以上的高分,其他人最好的成绩也要比我要低 10 分左右,换一个老师,即便实际情况如此,也不会这么干:这等于是打击了绝大多数啊!是的,如果我在表演节目时真的朗诵了一首自己的诗,感觉他应该会高兴的……也许正是在这一瞬间,我开始心有所动。

"状元!"——不光我一个人,大概全年级同学都这么公开叫肖长友,"你出个啥节目?"

肖长友骑着车，昂着头，面带永远自信的表情，目光坚定地望着前方，回答道："临时再看吧，演啥都可以，不过我现在考虑是如何主持好，尤其是一开场，怎么迅速把气氛调动起来。"

"你啥都不用想。"我劝其道，"你不是和许春丽搭档主持吗？她多老练啊，参加演出多，舞台经验丰富，你跟着她走就得了，再加上你又不缺机灵……"

"你好像对她很了解嘛！"肖长友故作调皮地冲我挤了挤眼睛。

我上当了，正儿八经地回应道："这不明摆的嘛，咱班还有比她更能说会道的吗？没有了吧？你跟她搭档主持，我倒是担心你有嘴插不上话，成了多余人。"

"那才好呢。"他说。

……

我们一路说着话，感觉很快便回到了学校，但其实已经接近了下午开会的时间。一进教室，小吃一惊，真有点张灯结彩的意思，是许春丽带领其他班干部的劳动成果。我和班长肖长友的归来赢得了一片鼓掌，他们欢迎的是我们买回来的瓜子、花生和糖果。肖长友让我负责分发，他去和许春丽碰头研究节目单，没过多会儿，随着班主任上官老师陪同林校长走进教室，迎新班会开始了……

肖、许二人双双出场，说不上"金童玉女"，但也是看起来挺般配的一对儿。他俩都有一副高挑修长的身材，两人一起向大家鞠了一躬，同声道："敬爱的林校长、上官老师！亲爱的同学们！新年好！"

引来一片噼噼啪啪的掌声。

肖主持道："首先，请允许我代表全班同学感谢林校长的光临，并请林校长训话！"

林校长坐在前排的一把椅子上，没有站起来的意思，只是冲主持人摆摆手道："今天我不讲话，我一讲话气氛就凝重了，我就是来看看大家，不过请大家原谅，我只能坐上一会儿，还要去其他班转转……"

肖反应很快道："感谢林校长最先来我们年级我们班。"

林校长笑着说："你们是重点年级的（1）班嘛，谁让大家都叫你们'火箭班'呢……"

肖："谢谢校长！"

许主持道："那咱们接下来就请上官老师讲话。"

上官老师闻听此言，顿时横眉立目道："林校长不讲话，我怎么敢讲？"——这个场面貌似有点尴尬，但在我们班是正常的——一切正常……

许继续主持道："同学们，我们的校长，我们的老师都这么谦逊。好，那咱们就直接进入表演节目的环节，看同学们的！刚才我和我的主持搭档——咱们的状元、咱们的肖班长商量好了，我们俩分了工：一个带头、一个压轴……"

肖严丝合缝地接话道："第一个节目，女声独唱《我爱你，中国》，表演者：许春丽——众所周知，她凭借这个节目获得过全市中学生红五月文艺会演独唱类二等奖。大家鼓掌欢迎！"

大家噼噼啪啪地鼓掌。

肖走下台来，许留在台上，等待台侧同学用录音机放出伴奏带，开始演唱《我爱你，中国》……

百灵鸟从蓝天飞过
我爱你中国

我爱你春天蓬勃的秧苗

我爱你秋日金黄的硕果

我爱你青松气质

我爱你红梅品格

我爱你家乡的甜蔗

好像乳汁滋润着我的心窝……

这首歌是陈冲主演的电影《海外赤子》中的插曲,已经十分流行,还是我们音乐课上学过的曲目(就是由代音乐课的林校长亲自教给我们的),在座者人人都会唱,但却没人有她唱得这么专业这么好。她完全是准专业水平,是我们班的文艺委员兼音乐课代表,是我们班、我们年级、我们学校无人能敌的"歌后"(当年还没有这个词儿)。她在台上演唱时,我才注意到她今天特意换了一件鲜红的新毛衣,跟这首歌很搭。许春丽是那种长得很正十分标致的美女,浓眉大眼,又不乏清秀,很符合那个年代的审美,那个正在经历变革的年代……我被她字正腔圆引吭高歌的强大气场所吸引,完全沉醉在这首歌的意境之中,心绪涌动,浮想联翩……

我爱你碧波滚滚的南海

我爱你白雪飘飘的北国

我爱你森林无边

我爱你群山巍峨

我爱你淙淙的小河

荡着清波从我的梦中流过

我爱你　中国

我爱你　中国
我要把美好的青春献给你
我的母亲　我的祖国

如果说在这首歌的前半段，我还停留在对于歌者的欣赏之中；那么在它的后半段，我的思绪一直朝着南方飞扬，漂洋过海，飞到我想象中的南洋、想象中的天涯海角、想象中的印度尼西亚大学的校园里，我的师姐、我的初恋严诗玲的倩影出没其间，令我心驰神往，黯然神伤……整整一年前，也是在迎新班会前，我收到了她寄自印尼的来信，写下了平生第一首诗；一年过去了，我从初中升到了高中，我发现自己并没有忘记她，我虽然坚决地不再回她的信，可我一点都没有忘记她！不知怎么，我总感觉这首歌是为她写的，从她的角度唱出来的，是她唱给祖国、故乡、亲人的情歌，于是当这首歌被许春丽唱至尾声的高潮处时，我哭了……

"唱得太好了！"歌声落处，肖长友上台主持道，"歌好，唱得也好，都把武文阁同学唱哭了！"

这个肖，真不把我当外人，就这么把我当众"出卖"了。我感觉"唰"的一下，全班同学四十双目光全都落在我脸上，让我来不及掩面，我脸上的泪花也来不及擦去……

"大家看，我没胡说吧？"肖长友来劲了，"是把他唱哭了吧？"

"是——！"全班同学齐声回答。

"唱得这么好，再来一个要不要？"

"要！"

……

于是，许春丽又演唱了第二首歌：《塞北的雪》。至此，迎新班会的应有的喜庆气氛全有了，肖长友以"出卖"我为手段达到了他主持的效果……

下得台来，回到我旁边的座位上，肖有点心虚，对我悄声耳语道："对不起，拿你打趣了！"

我满不在乎道："没事儿。"

"家里没出啥事儿吧？"

"没有啊。"

"那你怎么……哭了？"

"被歌感动的。"

"真的？"

"真的。"

"你的诗准备好了吗？"

"什么……诗？"

"出节目朗诵的诗啊！"

"还……还没有。"

"那你抓紧准备，我把你放在我前头，倒数第二个表演，你还有充分的时间准备。"

"……好吧。"

这时候我已经完全想通了，在许春丽之后谁还敢再唱歌啊，我那刚从公鸭嗓子变声过来的歌喉还是算了吧。除此之外，我也只会念念诗了，问题是：读别人的还是读自己的？开始写诗这一年来，我自觉地读了不少好诗，并抄录在一个小本上，那个小本现在就在我的书包里，其中不乏中外大诗人的经典作品。我是在其中选一首来读呢，还是像一年前那样，干脆读一首自己写的？这一年来，我写了十来首诗，集中抄录在一个小本上，那个小本也在我的书包。

我思忖道：读别人的，诗再好也是别人的；读自己的，诗再坏也是自己的，在自己的同班同学面前朗诵，前者不讨好，后者受欢迎。于是便从书包中掏出自己的诗本，但是翻了翻，已经写出的十来首差不多都是写给严诗玲的秘密情诗，太私人化了，不宜朗诵。时间紧迫，事不宜迟，我决定临时写一首，从此以后，台上同学的表演我都看不见了。只约略记得林校长告辞而去，只大致感觉迎新班会开得越发热闹，我却一直没有灵感，不知道些什么，直到倒数第三个节目开演，肖主持走到身边来催我时，灵感才忽然降临。我在小本上，在肖主持的眼皮下，一气呵成一挥而就……

"天才！"他小声赞叹了一声，便上台主持去了，"同学们，回想一年前，我们还是初中生，大部分人都不在一个班，去年迎新晚会开完，你们有没有听到一条传遍全校的爆炸性新闻：有位同学在他们班的迎新晚会上朗诵了一首自己写的诗？"

"有！"众口一词回答道。

"那位同学是谁呢？"肖主持很会调动大家情绪。

"武文阁！"众口一词回答道。

"说得对！正是全市中考语文状元武文阁同学！"此时迎新晚会已经临近结束，肖主持已经玩得随心所欲游刃有余，"新年即将来临，今天他诗兴大发，刚在晚会现场即兴写了一首，有请武文阁同学为大家朗诵他的诗。"

我定了定神，站起身来，走上台去，站在麦克风前开口道："其实，今天我本来不准备念诗，准备唱歌来着，一听完许春丽唱歌，我改主意了，不敢唱了……还是念诗吧！"

台下传来一片笑声，我清了清嗓，开始朗诵：

### 麦田吟

少年的夏天
我在郊外的麦田
金色的麦浪中
匍匐前进
小心翼翼地躲过
农夫高度警觉的
探照灯的目光
一直匍匐到
稻草人脚下
我的伙伴
全都不见
只剩下这一个
孤独的战友
在我们头上
天空飞旋
将太阳
甩了出去
黑夜降临大地
收割金色麦田

读诗过程中，我感到台下很静，出奇地静——那种静是很鼓励人的，我一字一句，读得很慢，让自己完全沉醉在诗的意境之中，读完之后，全场爆发出热烈的掌声……即便是身处年少轻狂的阶段，我也不会会错意——我心里明白：台下能够听懂本诗的没有几人，甚至于一个都没有，他们是在为诗歌这种高贵的文学艺术的形式而鼓掌！是在为本班的迎新晚会上有诗歌的存在而鼓掌！这个时代的这个时期，正是全社会最热爱诗歌最尊重诗人的所谓"黄金时代"……

我在热烈的掌声中走下台去……

"武文阁！"有人叫我——是坐在台侧的上官老师，他冲我一招手，以命令的口气道，"拿过来我看看！"

我走向他递上去，毕恭毕敬地站在身边。

跟肖主持一样，许主持的反应也很快，马上站过来说："我估计咱们好多同学跟我一样，还没有完全听懂这首诗，咱们请上官老师现场点评一下好吗？"

"好！"众口一词道。

许主持迅速将移动麦克递到上官老师手中，上官老师接过麦克站起身来，看了我一眼，开口道："武文阁，今天念的这一首好像不是情诗……"

台下一片笑声。

我的脸顿时发烫——一定是红了！

上官老师继续说："一年前我也听到过那条轰动全校的爆炸性新闻，没想到这位色胆包天的同学进了咱班，一年后竟敢又念诗……不过今天这首显然不是一首情诗，让我略感失望……"

台下又是一片笑声。

上官老师继续道："这首诗写的是你少年时代的经历吧？"说着，看了我一眼……

我点点头："是。"

上官老师:"老实说,我感到很震惊,为这样的句子:'小心翼翼地躲过 | 农夫高度警觉的 | 探照灯的目光'——'探照灯的目光',不太符合修辞规范,但却很见才气,怎么想出来的?"

我照实回答:"从朦胧诗那里学来的,主要是从顾城的诗里。"

上官老师:"用得好!还有这三句:'天空飞旋 / 将太阳 / 甩了出去'——这是在写生活中遇到的困难吧?"

我忽然有一腔被人读懂的激动:"对!对!"

上官老师:"那我就完全读懂了,这首诗写的是一个少年的迷惘和忧思。真是不敢小看我们的同学,本诗意境深远、立意很高,并且很有诗歌技巧,寥寥数行,胜过很多杂志上发表的伤痕小说……祝贺武文阁同学,你没有白叫这个名字,你很有写作天赋,很有文学才华,我希望你要敢于立下壮志:给咱们当一个诗人看看!我的学生里如果出上一个诗人,我此生足矣!"

我顿时热泪盈眶——今天的我好像特别容易哭!

拿着诗本,回到自己的座位上,我心绪久久难平,以至于肖长友表演的压轴节目,我都没有好好欣赏,只约略知道他表演了一个自己创作的单口相声,把好多同学好多老师都编排进去,全都是一些生活中真实发生过的好玩的趣事,逗得大家前仰后合好不开心……

主持人宣告:"迎新晚会圆满结束!"

我瞅了一眼手腕上那块父亲从日本买回来送我的电子表:17:45,将近四个小时,却一眨眼就过来了,说明开得很成功……

元旦放假一天,加上星期天就是两天,我收拾好书包准备回家,用目光搜寻着可以同路回家的肖长友,只见两位主持人还站在台上,许主持对肖主持说着什么……这点眼色我还是有的,我想:等他们说完话，我再招呼肖也不迟，不料，肖却先喊了我："诗人！过来一下，有事商量。"——乍一听我愣住了，这是喊我吗？似乎……也不可能是别人了，于是我就这么着——平生第一次被人呼作"诗人"，有一种血往上涌的感觉。见我迟疑，肖又喊了一声："武文阁，快过来呀！"

同学们正纷纷撤退，我从课桌后起身，穿过人丛，来到讲台上，与两位主持人会合，肖长友招呼道："过来，咱们商量个事儿。"

我本能地反问道："什么事儿？"

许春丽问我："你这是要回家吗？"

我回答："是。"

许春丽说："这么回家多没劲哪，迎新班会开完了，可现在还是1982年啊！"

我马上附和道："是啊，我也觉得怪没劲的，迎了一下午新并没有把新给迎来。"

肖长友对许春丽说："瞧，我说什么来着？他一准儿跟咱俩感觉一致。"

许春丽说："我有个建议哦，咱们仨今晚不回家了，留在学校迎接新年，怎么样？"

我表示赞同："好啊！"

肖长友也说："响应！"

许春丽快人快语，说话像打机关枪一般："咱们别去学校食堂吃饭了，天天吃腻味死了。到街上随便找个小饭馆吃个饭，然后步行到人民剧院看场演出或电影，有演出看演出，有电影看电影，怎么样？最后去钟楼听新年钟声……"

"太好了！"

"很完美!"

"那好,咱们说走就走!"

……

就这样,我们仨穿过校园来到校门口,看见了1982年最后一轮夕阳,淡淡的,水墨画般,十分漂亮!校门口很热闹,同学们都在向家撤退,许春丽小声嘀咕道:"他们好可怜啊!这就回家去了,新年还没到来呢!"

我呵呵笑了两声,她的话说到了我心坎里,她的建议让我觉得今晚——这公历除夕之夜一下子变得分外美好,为了让自己过得更心安理得,我想到一件事,便说:"你们稍等一下,我去给家里打个电话。"

"我也得打一个。"肖长友说。

"你们去打吧,我不需要。"许春丽说。

我和肖来到距校门口最近的一家杂货店的公共电话,各给家里打了一个,都是说明早再回家,今晚要跟同学一起在校迎新。

打完电话找饭馆——本来以为是件麻烦事儿,三口难调嘛,其中还有一位女生——不想正是因为有此一位女生,一切变得简单了,许春丽快人快语道:"我想吃凉皮,你们两位绅士都将就我吧?"

"好的。"

"没问题。"两位"绅士"马上附和道。

我们跟着许春丽来到路边一家卖凉皮和肉夹馍的小店,在靠近墙角的一个小桌边坐下来,三人各要一碗凉皮,我又加了一个肉夹馍,肖长友加了两个肉夹馍……

"状元,你也太能吃了!"许春丽赞叹道,"我现在明白了,聪明的头脑是来自更多的营养!"

肖长友大口咬着肉夹馍,支支吾吾想说什么。

"你就别说话了。"我说,"专心吃你的吧。"然后转而问许春丽,"你们女生咋都爱吃这凉皮?"

许春丽很秀气很优雅地吃着她的凉皮反问道:"你怎么知道?是不是经常请女同学吃?"

我回答:"没有没有,从来没请过。"

"不会吧?"许春丽说,"我们上初中时,就听说过你的故事,是不是状元?你是咱们年级第一个有情况的人……"

肖长友大口咬着肉夹馍,支支吾吾点点头。

唉!都怪我自己出言不慎挖了个坑,结果把自个儿给埋了进去,现在我本能地挣扎着从坑里往外跳:"别听他们瞎掰,我能有啥情况?你知道附近有家卖凉皮的店——特别火!需要排长队,知道吗?"

"知道呀!已经被查封了,老板给凉皮里掺罂粟壳,人一吃就上瘾……"

"你吃过没有?"

"没有,好几次路过都想吃,一看那长队就放弃了,那长队排得呀,都拐到另一条街上去了……"

……

边吃边聊,感觉没过多久,许春丽吃完了她的一碗凉皮,我用她吃完一碗凉皮的时间吃完了一碗凉皮加一个肉夹馍,肖长友吃完了一碗凉皮加两个肉夹馍。我站起来去找老板付账,肖长友一跃而起将我一把推到一旁,嘴里还在嚼着肉夹馍,支支吾吾道:"……这……不公平……我……吃最多……"

随后,我们便离开了那家小店,朝着钟楼的方向走去……

这时候，正值下午下班的高峰期，又恰逢放假的前一日，路上行人很多。我们仨不断穿过人群，从小街来到大街，经过钟楼时，晚上7点的钟声正在敲响，许春丽说："多好听！我最爱听新年的钟声了，还有五个小时，新年就到来了，我们再回到这儿，听1983年的钟声！"她抒情般的声音，让我这个潜在的诗人一下子感奋起来……在后来的日子里，我无数次回忆起这一幕：那个公历年除夕的傍晚，华灯初上，钟声悠扬，两位少年和一位少女来到市中心，只为迎接新年的到来，这是多么美好的景象啊——人的一生中，要是没有经历过这一幕，那可真是白活一场！

绕过钟楼，经过邮局，来到人民剧院，一看售票窗口上的告示牌，许春丽便欢呼起来："《青春万岁》！《青春万岁》！"我定睛仔细一看，果然上书四个大字：青春万岁——再一看，最近的场次是19:40，便问他俩："看吗？"

"看！当然看！"许春丽难掩兴奋地说，"我从《大众电影》杂志上看到《青春万岁》拍成电影了，我一直在等，怎么提前上映了……"

"看吧。小说我看过。"肖长友说。

"好，我来买票。"我说完，便挤进一列不长不短的买票队伍。

等我三张电影票到手，时间也差不多了。我们三人迅速入场，入座时我和肖长友像有默契似的，主动把许春丽夹在中间，这样的话，她跟我们俩说话都方便。我们这代孩子一进电影院就高兴，并且还带着几分肃然，更何况今天旁边坐着一位高挑、端庄、秀丽的女生……

"诗人，你看过《青春万岁》小说吗？"许春丽问，于是她成了这世上第二个叫我"诗人"的人。

"没看过，听过。"我如实回答。

"听过？"

"对呀，中央人民广播电台午间半小时的《小说连播节目》。"

"那节目我也常听……"

……

我和许春丽正聊得热闹时，电影开演了，片头上出现的是上海电影制片厂的厂标，电影却是从1952年北京某女中的一场篝火晚会开始，女主角在表演诗朗诵："所有的日子，所有的日子都来吧，│让我编织你们，用青春的金线│和幸福的璎珞，编织你们……"

"有那小船上的歌笑，月下校园的欢舞，│细雨蒙蒙里踏青，初雪的早晨行军，还有热烈的争论，跃动的、温暖的心……"我在下面在我的座位上悄声接茬儿道。

在黑暗中，许春丽惊讶地侧过脸来望着我，在黑暗中，她的气息清香、双眸格外明亮，令我怦然心动！

我受到了巨大的鼓励，当女主角继续朗诵："是转眼过去了的日子，也是充满遐想的日子，│纷纷的心愿迷离，像春天的雨……"我立马接茬儿道："我们有时间，有力量，有燃烧的信念，│我们渴望生活，渴望在天上飞……"

"太棒了！你竟然会背！"黑暗中，许春丽赞叹道；黑暗中，她明亮的双眸似有泪光闪烁……

"嘘——！"许春丽那边的肖长友坐不住了，在黑暗中伸过头来，向我发出抗议的嘘声。

我们看得很投入，很激动，很感奋，这大概是中国内地第一部青春片吧，我们完全被吸引住了。在影片的尾声，在那所女中迎接1953年的晚会上，女主角又朗诵起那首诗："是单纯的日子，也是多

变的日子，|浩大的世界，样样叫我们好惊奇，|从来都兴高采烈，从来不淡漠，|眼泪，欢笑，深思，全是第一次。|所有的日子都去吧，都去吧……"

"在生活中我快乐地向前，|多沉重的担子我不会发软，|多严峻的战斗我不会丢脸；"我又接茬儿道，这时候银幕上演职员表的字母拉上，全场灯光大亮，我不需要再顾忌什么了，背到最后两句竟然放声朗诵起来，"有一天，擦完了枪，擦完了机器，擦完了汗，|我想念你们，招呼你们，并且怀着骄傲，注视你们。"

朗诵声落，竟然激起一片掌声，周围退场的观众纷纷侧目，向我投来欣赏赞许的目光……我早就听说过：全市最豪华的人民大厦，在这里观影的观众素质很高，这回算是领教了！要换作别的场合，譬如我儿时住在太平巷那会儿常去的东关红光电影院，我要这么干，肯定会立马遭到起哄……

"太厉害了！你竟然全诗都能背下来，不愧是诗人！"许春丽一拍我的肩膀赞叹道。

"确实很厉害，不过下回你可别这么干了，得讲点公德。"肖长友似乎不大高兴，他的话扫了我的兴。

跟随退场的人流走到剧院门外，我们听到了钟楼传来的十记钟声……

"10点了，还有两个小时，我们到哪儿去溜达溜达。"许春丽说。

"先去电报大楼，再去新城广场。"我说。

"状元，行吗？"许春丽问肖长友。

"行，随便。"肖长友闷闷不乐作答。

看来许春丽也注意到了肖长友情绪的变化，所以才特意征询他一下。我没想到肖这么小气，我不就背了几句诗嘛，不就在女同学面前显摆了一下嘛,不就在人民剧院的一小撮观众中出了一点风头嘛,何至于让他不高兴了呢?难道他喜欢上许春丽了?我一时理不清头绪,只是暗自收敛起来,在路上不怎么说话了……

我们走到电报大楼时,听到了《东方红》的悠扬乐曲:10 点半了。

我们来到新城广场时,听到钟楼的钟声与电报大楼的《东方红》同时响起:11 点了。

广场上,空空荡荡,杳无人迹,月光朗照,虽未说话,我的内心却是充实而美好……看他俩都不说话,我便硬找话题(却也是我心中想说的话),问许春丽道:"你们家是搞音乐的吗?"

许回答:"不是呀,怎么问这么个问题?"

"你歌唱得那么好,那么专业,一定是有人教你。"

"你说对了,我爸教的,不过他可不是专业的,就是一个业余爱好者。他过去是工人,因为样板戏唱得好,调到厂工会当了干部,我小时候他就教我唱样板戏,我们父女俩唱的《红灯记》选段是每年厂联欢会上的保留节目。"

"真好!"

"什么真好?"

"今晚真好!"

"我出的主意好吧?"

"太好了!谢谢你!这会儿要是和家人一起看电视多没意思啊!"

"是啊!我正是想到这一幕,才出了这个主意的。"

……

"你俩快别啰唆了,再不赶回去,要错过新年钟声了!"今晚,肖长友成了专门扫兴的人。

我们便朝回走，走回到电报大楼时，又传来《东方红》的悠扬乐曲：11点半了！

向南拐弯，朝着钟楼的方向继续走，肖长友提议道："时间有点紧了，咱们跑步前进吧！"

"我不反对。"我说。

"好啊！开始跑！"许春丽说。

三人一起跑了起来，在这临近午夜的市中心空旷的大街上狂奔，呼吸着北方冬夜凛冽而又清新的空气，感觉真舒服！钟楼在望时，肖长友率先冲刺，我也不由自主地冲了起来，几步便超越了他，第一个冲到钟楼脚下……

肖、许陆续到达……

许喘着香气说："诗人……跑得真快……我想起来了……你是咱们年级……百米老冠军啊……在市上拿过名次的……"

肖又扫兴了，干喘气，一言不发，要怪只能怪他今天运气不好，尽赶上我的强项，又碰上一个不知收敛的我——不过，我好像也没有做错什么吧，但凡正常的男生，都爱在女生面前显摆，何况是自己喜欢的女生——我承认，在这第一次近距离的接触中，我迅速喜欢上了许春丽，我发现她不像一般的女生，很容易交流沟通，而且我们似乎很有共同语言，她对我的欣赏也是显而易见的……

这时候，钟声忽然响了——1983年的钟声在我们身后的钟楼上厚重有力地发出隆隆巨响。不远处，鼓楼的鼓声也敲响了，电报大楼《东方红》的乐曲也奏响了，与之形成此起彼伏的交响诗……

两位少年和一位少女，转过身去，面向巍巍钟楼，抬头仰望……

我不知他俩在想什么,此时此刻,我想到的是:看来高中生活是要比初中生活有意思,似乎在一夜之间,身边的男同学女同学全都长大了,一定会有故事在班里发生,我对新的一年充满向往与憧憬……

十二记钟声敲完之后,我们开始返校,今晚的扫兴专家肖长友说:"咱们走快点吧,我估计学校已经关大门了。"

于是我们加快步履走在东大街上。行进中,我忽然感到脸上出现了一粒凉意,便脱口而出:"要下雪了!"

"你怎么知道?要是下雪多好呀!今晚就太完美了!"许说。

"听他胡说!雪在哪里?长安的冬天,本来就下不了几场雪。"肖说。

我忽然站住了,伸长脖子,把头举向天空……

他俩也站住了,也学我的样子……

"没有雪呀!"许失望地说。

"武文阁,你别装神弄鬼好不好?学校肯定关大门了。"肖很不耐烦地说。

"你们听!"我凝神屏气地说,"听到什么没有?"

"没听到呀!"许说。

"你歌唱得那么好,还没我的听力好呢!"我说,"你再听!"

说完,我大步向前,穿过空无一人的马路,循着歌声,向前疾走,走着走着,我便释然了:那是青年基督教会所在的教堂传出的圣歌之声……

我穿过教堂前的小广场,朝着教堂的大门走去……

身后的肖长友喊了一声:"武文阁……"——别的话我没有听见……

那歌声像水一样漫过我的身体,我感觉自己是在一条音乐之河中游进这教堂的码头,里面的景象令我大吃一惊:一支合唱队在演唱圣歌,台下的信众济济一堂……

我很久没有来过这里,自打我的初恋严诗玲在我的生活中消失之后,我再也没有来过这里。偶尔从它门口经过时,我甚至不愿意多看它一眼,就好像多看一眼就会把我心中的伤疤看破,会疼,会流血……今天,我却在圣歌歌声的引导下,义无反顾地进来了……

在这跨年的时刻,这座城市的中心一片死寂,而在这里却有这么多人聚在一起,脸上呈现出肃穆、庄严、圣洁的表情,令我暗自吃惊……

从眼前的这些人,我想到了严诗玲,在经历过那场痛苦的磨难后,她还相信上帝的存在吗?在那个普遍信仰伊斯兰教的国度里,她还会去基督教堂吗?此刻,她在做什么,在新的一年到来时,她会想念过去吗?她会想念中国吗?她会想念长安吗?她会想念我吗?——想到这里——于是,在全场一片"哈利路亚"的圣歌声中,我已经泪流满面……

有人触碰了一下我的胳膊,向我递过来一块手绢,我侧脸一看:是许春丽!我摆摆手,没有接她的手绢……

"走吧,真进不了校门了。"她说。

"走!"我转身向教堂的门口走去。

刚一出门,只听有人大叫:"下雪了!下雪了!"——是肖长友在从天而降的飞舞的雪花中手舞足蹈……

"真的下雪了!诗人,你也太神了!"许春丽嚷嚷着。

后来,我们迎着越来越多的雪花,走完了返校的最后一段路。学校的大门、后门都已关死,我们只好翻墙进去,他们俩不知道这所学校的那段围墙最好翻,但是我知道——是在我当年与严诗玲打羽毛球的小操场的西侧围墙……

这一天,这个跨年之夜,用许春丽走进女生宿舍前的话来总结:"今晚是完美的!"

## 二

完美的跨年之夜,唯一的缺憾是肖长友不开心,不过很快他就会开心的,因为本学期的期末考试到来了——对于这个中考市一级的状元来说,那可是他的长项。果不其然,在我们升入高中后的这第一次期末考试中,他继续保持领先地位:获得全年级总分第一名。于是,笑容重新回到他的脸上。我考得也还行,总分在班里排名第14,主要还是我并未全力去学的理化两科拖了后腿,其他成绩都很高。在我目前所在的这个班里,我关心的另外一个人——许春丽总分考了第 25 名,这是一个中等成绩,看来学习并非是这位文艺委员的长项,但也只是在我们这个全市唯一的省级重点中学的"火箭班"内部比较而言,参加高考还是绰绰有余的,是可以稳稳考上重点大学的成绩。

放寒假了。

寒假前半段——也就是春节之前,我在家里待得很踏实,主要是放假前领受了一项任务:写一篇文章,参加全省中学生征文大赛——林校长在全年级最后一次集合时动员大家都来写,上官老师回到班里又私下召集了七八位作文尖子,其中包括我、肖长友、许春丽,作为一项必须完成的任务强行布置给了我们。布置完后,还专门将我一人留下,叮嘱道:"武文阁,一定要好好写,你最有获奖的实力。"——上官老师的话我是听得进去的(因其有水平又偏爱我),一放假便扑到这篇文章的写作中去了。一般是:上午写作业、写文章,下午教弟弟踢球,还帮助外婆——我的亲外婆干家务活儿,晚上看看电视或文学书籍,过得有序、充实、愉快,一转眼便到了春节。

按照中国人过年的风俗,大家除夕与初一都是关起门来自家过的,大年初二是走亲戚的日子,按照事先安排:继母要回省委大院娘家去,带着弟弟去,父亲陪他们去;外婆则要去看望她的亲弟弟——也就是军工城的舅爷,我陪着她老人家去。这天早上,我手提事先备好的礼物,带着外婆乘坐8路公共汽车前往东郊军工城——军工城相当于长安城的一座卫星城,路途遥远。我们到达那里时已经是上午了,下了公车,爬上我童年时代上来下去无数遍的一面大坡,走过我爱上足球的足球场,一边走,外婆一边问:"索索,你小时候寄养在舅爷家那一段,舅婆对你怎么样?"

我在心里一笑:外婆只问舅婆对我怎么样而不问舅爷,她不相信她的亲弟弟会对我不好,我实事求是回答道:"挺好的,他们一家都对我挺好的,我在他们家过了一段好日子。"

"那就好。"外婆说着,叹了口气,"我那可怜的女儿真是太没福气了!她要是活到现在该有多好啊!看到你已经长成大人了,她该多高兴啊!还有你外公,走前说,最大的遗憾就是不能到长安来看外孙了……"说着,她的眼圈红了。

我有点无动于衷,不是我对他们没感情,而是自打我记事起,无母已成事实,外公远在天边……他们的离去,似乎并未让我失去什么。我正愁如何劝慰外婆呢,正前方的那幢楼上二楼窗口探出一个脑袋,喊道:"大姊!"

"是舅婆叫你呢。"我嘟囔了一声。

接着又换了一个脑袋,喊道:"大姊!"

"是舅爷……"我又嘟囔了一声。

"我眼花了看不清……"外婆说,"是他们吗?"

"没错,是他们。"我说。

外婆立马破涕为笑,喜上眉梢。

接下来的场景有点叫人吃惊,等我们走近那座楼一门洞的门口时,这一家人全都跑下楼来迎接:舅爷、舅婆、他们的一对儿女——我叫舅舅的,我叫娘娘的,他俩分别都已结婚成家,于是又多出了一对男女,女的我叫舅妈,男的我叫姨夫……老风度的舅爷张开双臂,当众拥抱了他的亲姐姐——我的亲外婆,他俩长得很像,一看就是姐弟俩……如此隆重的迎接,引来不少路人围观……

随后,我们一起上楼,我作为唯一的孙子辈儿,自觉走在最后。娘娘走在我前头,回头陪我说话,问我升入高中后的感受。上到二楼,鱼贯入门时,发生了一个意外的情况:有人正从三楼走下来,忽然怔住了,惊叫一声:"武文阁!"

叫得我愣住了。楼道里有点暗,喊我者又是从三楼逆光而下,我一时没有看出是谁,只是觉得那高挑修长的少女的倩影,那喊我名字的好听的声音,我是那么熟悉……

"武文阁,怎么是你?你怎么在这儿?"少女继续嚷嚷道,说话间她已来到我面前。

我这才认出了她,惊诧道:"许春丽!你……你怎么在这儿?"

"我家在这儿呀!"她回答,"在三楼。"

"我舅爷家在这儿。"我说,"我陪外婆来拜年!"

"到我家坐会儿吧,我还有问题向你请教呢!"她说。

"过……过会儿吧,我先到舅爷家……"我说。

"那当然,你先看舅爷。"她说。

"你们认识啊?"娘娘插问。

"我们是同学。"我们异口同声地回答。

"姐,我先出去一下,你过会儿带他到我家。"许春丽说。

"吃过午饭吧。"娘娘说。

"好,回头见!"许春丽说,然后下楼去了。

入得舅爷家门,听三位老人用上海话叽叽呱呱唠家常,大部分我听不懂,便觉得兴味索然。

幸好娘娘问起我喜欢的话题:"你和楼上的丽丽是中学同学?"

我回答:"对,初中不在一个班,升到高中才在一班。"

"哦,这么巧!世界好小啊。"

"我小时候在这儿住的那年,没有她呀!"

"没有没有,她家是刚才搬来的,这幢楼住的都是厂领导。她爸是刚提拔的工会主席,刚有机会住进来。"

"她跟我说过,她爸原先是工人,因为样板戏唱得好,被调到工会当干部了。"

"对呀,这都多少年了,也该当工会主席了。丽丽他爸长得好,一表人才,人也有才,原来是唱《红灯记》中李玉和的。丽丽身材长相都随他爸,自打这家人搬来,我们这座楼上就有琴声有歌声了。"

"她在我们长安中学算是头号歌星,在红五月全市文艺会演中获过奖。"

"好了,快到中午了,大家上桌吃饭吧,边吃边谈。"舅婆招呼众人道。

于是所有人都到餐桌边就座,看能干的舅婆变戏法一般变出一桌好菜:腌笃鲜——我最喜欢的母亲家乡上海菜;红焖羊肉——我生性怕膻,从不吃羊肉,舅婆做的红焖羊肉除外;蛋饺——娘娘的手艺,她心灵手巧,继承了母亲的一手绝活儿……听外婆说,舅爷与舅婆的姻缘是崇明岛上两大地主定的娃娃亲。舅婆嫁给舅爷时只是一个长相平平没读过多少书的家庭妇女,而舅爷却是一位留洋归来的美男子,五十年代援建大西北,他们小夫妻俩响应国家号召随厂从上海迁来长安。舅爷在厂里一路从技术员干到工程师、总工程师,舅婆从工人干起,成长为各级劳动模范,被提拔成车间主任、人事科长。两人十分恩爱、生儿育女、婚姻幸福。我在几年后才听到这句俚语:要想拴住男人的心,你得先拴住男人的胃——舅婆在厨艺上的卓越才华,足以拴住舅爷的胃。小时候我在他们家住过一年,印象最深的就是吃得好,而今天,此时此刻,面前这一桌,就是他们私家菜的精华展示。过年的因素是一方面,另一方面笃定是舅爷要款待他的亲姐姐,只好让老婆、女儿辛苦一场了。

可是,面对这么好的一桌菜,我忽然没了胃口,我的这点小心思被娘娘看在眼里,笑着开导我说:"索索,好好吃你饭,别想女同学。"说得一桌人都笑了。

"索索,快吃啊,多吃点,我晓得你最喜欢吃舅婆做的饭菜了。"舅婆也来招呼我,还帮我夹菜。

"我吃,我自己来。"我说。

"阿拉最喜欢这个小囡,因为他聪明,他在这里住的那年才几岁? 1972年,才6岁吧,整天盯着墙上的中国地图和世界地图看,各省的省会、各国的首都他都能记得住,还看阿拉书架上的《世界通史》,也不晓得他从那里认了那么多字。"舅爷对外婆说。

"他妈妈要是活着,看着他现在这个样子,不知该多高兴呢!"外婆说着便哽咽了,"我到长安来,就是想替我那可怜的女儿给我这宝贝外孙做三年饭,等他考上大学再回上海……"

"大姊,吃菜!吃菜!过大年的,不提不开心的事体。"舅婆一边给外婆夹菜,一边劝慰道。

"大姊,侬应该开心才对呀,之前侬被发配到崇明岛,受了嘎许多苦,不还是活下来了。儿子跟侬不亲近,现在不还是侬的孝顺儿子。打小没了娘,索索不也长大了,这小囡将来会有大出息……侬的好日子在后头呢!"舅爷也劝慰道,然后继续说,"阿拉提议:为我的大姊,为你们的大姑、外婆,为她生活幸福、健康长寿、长命百岁干一杯!"

众人纷纷响应,向外婆举杯敬酒。

这一顿饭吃得不无沉重,我的胃口便不得全开,好容易熬到尾声,还是娘娘知我,笑盈盈问道:"索索,吃饱了吗?"

"吃饱了!吃饱了!"我回答。

"那好,我带你上楼去找你的女同学,人家不是还有问题要请教你嘛。"娘娘说。

我起身,向大家告辞,随娘娘去了楼上。

许春丽家还真就在舅爷家的正上方,娘娘在我身前敲门时,敲得我心咚咚直跳,不知怎么,我有点怕见其家人。

"来了!"门里传来许春丽好听的声音。

门开了,一股香气扑面而来,两小时后再度见到她,变得容光焕发,显然经过一番收拾打扮……

"请进!进来吧。"她说。

"我就不进去了,你们同学聊。"娘娘说。

"姐你进来坐会吧,家里没别人。"

"不了,家有贵客,我帮爸妈招呼呢。"

"好吧,以后闲了来玩啊。"

"好的。"

娘娘走了,下楼回家。我随许春丽进了她家门,家里空空荡荡,没有其他人。

"你……家人呢?"我随口问道。

"我爸我妈,各找各妈,拜年去了,两个弟弟,各带一个。"她回答道。

"你怎么不去?"

"不想去,我最怕走亲戚了……一个人待在家里,多好!"她说,"请坐,坐吧。"

我遵嘱在客厅的沙发上落座,环视四周,与楼下舅爷家完全一样的格局,但要简陋不少,简陋但很整洁。

许春丽动作麻利地给我沏了一杯茶,并且落落大方地坐在我身边,像是对我又像是自言自语道:"怎么这么巧呢?你怎么会在我家楼下有亲戚呢?什么亲戚呀?"

我如实回答:"我舅爷。"

"亲的?"

"当然是亲的,我亲外婆的亲弟弟,你说是不是亲的?"

"那绝对是亲的,咦,刚才楼道里见到的那个瘦老太太就是你外婆吗?"

"对呀。"

"好有气质的老太太,像是民国老电影里的人。"

"你说对了,大资本家的太太。"

"可见气质这东西是改不掉的,这一家人气质都好,属于海派。这个厂的职工基本都是全国各地迁来的,以海派势力最大,厂长、总工(就是你舅爷)都是上海人。"

"你们家属于……哪个派?"

"东北派,也是厂里的大系,这个厂的工人主要是东北人,技术人员主要是上海人。我们家是从沈阳迁来的,我就是在沈阳出生的……"

"难怪你说话有点东北味儿。"

"有吗?"

"有一点,不像陕普那么土。"

"这话我爱听,陕普是挺土的,口音真挺重要的。你不觉得在咱班咱年级,口音把同学划分成了两个阶级:说标准普通话的是一个阶级,说陕西话或陕普的是一个阶级。"

"是这样的,很明显,前一种都是政府机关、科研单位、高等院校、国营大厂子弟,后一种都是来自本地土著老市民的孩子。"

"对,我和你和肖长友能够玩在一起,大概因为我们属于前一种,气息比较对路。"

"在前一种里,像我们仨这种情况大概也属于极少数吧。"

"是的。"

"我想问你……"

"问什么?"

"1972年你在哪儿?"

"1972年……咱俩不是同一年生的嘛,都是1966,1972年我6岁,还在沈阳啊。我们家是1974年从沈阳迁来的,一来就上小学……干吗问这个？"

"1972年，我在舅爷家住过一年，熟悉这个厂的每个角落……"

"比我还熟悉吗？"

"真没准儿比你还熟悉，有些地方，你们女生不敢去，防空洞你下过吗？"

"没有，不敢下，听说里面死过人闹过鬼。"

"还有比闹鬼更刺激的事儿呢。"

"是的，是的，我听他们讲过一些。"

"哦，对了，我当年还在足球场东侧球门下面埋了一个宝贝儿，找时间把它挖出来……"

"不说过去了，再好玩也过去了。你寒假怎么过的？过年前这一段……"

"把寒假作业做完了，每天下午教我弟弟踢踢球，晚上再看看课外书，主要是文学类的。"

"没写诗吗？"

"诗？不止一次想写来着，发现诗本不在身边——不是在你手里嘛。"

"对不起！对不起！我耽误大诗人写诗了，你等一下，我取来给你。"

许春丽起身去了另一个房间（她的闺房？）。我端起茶几上的茶杯喝了一口，好香的茉莉花茶，座钟敲响了三下——下午3点钟了，唉，愉快的聊天，总令时间飞逝！

过了一会儿，许春丽回到客厅，怀抱我的诗本，站在茶几前面……她的样子如此可爱，令我心中怦然一动！只见她羞怯地笑着，说："对不起！没有征得你的同意，我就在你的诗后面写了……一点东西,你看了可不许笑话我!"

放寒假的前一天,临别时许春丽说想借我的诗本,利用假期好好学习一下,我便给她了。我想:她读了半个寒假,一定是在我的诗后面写了点学习心得啥的吧,便说:"我不笑,我不笑,快让我看看!"

她忸怩了一下,还是递给了我。

我接过我的诗本,翻到我的诗后,我的天!哪里有什么学习心得?那是一首接一首诗,一共有七八首,全都是许春丽的笔迹,我忍不住问道:"这是你写的?"

许春丽仍站在茶几前,满面通红,嗯了一声,她的样子煞是可爱,像个小学生……

我一首首读起来,心中暗自吃惊……

过了好一阵儿,她怯生生问道:"我第一次写……是诗吗?"

我十分认真地读完了,万分肯定地回答她:"当然是诗,还是不错的诗!"

她杏眼圆睁:"真的吗?别骗我!"

"真的,不骗你,真写得好,比我写得好。"

"你这就是骗人了,你才是写得好,我比你差远了。"

"我没骗你,你至少不比我写得差。"

……

于是我们开始聊诗,主要是我在讲,她在听。这是我平生第一次跟人聊诗,似乎有满肚子的话要讲,我也不知道,关于诗,我竟有这么多的话好讲……也才意识到:聊诗之时才是我最幸福的时刻,在这个时刻里我进一步发现了自己!

时间在话语飞扬中流逝,我们正聊到兴头上时,门开了,一个高大的身影闪了进来，是一个颀长英俊的中年男子，感觉很像老一些的周润发，随即，一个少年蹿了进来……

"爸！"仍然站在茶几前听我狂喷的许春丽叫道，"你们回来了……"

"回来了。"男人说，"你妈他俩还没回来吗？"

"还没有。"许说。

男人——应该说许父，打量我一眼："这位是……"

"我同学。"许说，"哦，楼下住的总工伯伯是他舅爷，他今天来给他舅爷拜年，我们刚巧在楼道里碰到，我请他上来坐坐……"

"叔叔好！"我从沙发上站起身来。

"好！好！坐吧。"许父说，"这位同学怎么称呼啊？"

我赶紧回答道："我叫武文阁。"

许父马上反应道："这名字我有印象，你是不是语文成绩特别出色？"

"还……行吧，您……怎么知道？"

"不是刚开过期末家长会嘛，班主任老师在学期总结中提到你了，说你是中考全市语文状元，作文尤其好，还说大状元也在你们班，叫肖什么来着……"

"肖长友。"我和许春丽异口同声道。

"爸，他俩正好是我在高中这个班里关系最好的同学。"许春丽说，"我们同学厉害吧？"

"厉害！真厉害！你也要争取像他们这么厉害。"许父明显是个可亲可近的人，"你们接着聊，我去做饭去，武文阁，你就留下吃饭吧。"

"不了。"我说，"我得下楼去了，我今天主要是陪我外婆来看舅爷的,过会儿还得回去呢。"说完起身告辞。

许春丽把我送到楼梯口,意犹未尽道:"等过完年,开学前你再过来一趟吧,我带你到你小时候常玩的那些地方去转转……"

我满心喜悦回答道:"好的,我一定来。"

回到舅爷家,又吃了晚饭。舅爷利用其总工程师的身份,在大年初二从厂里调来一辆吉普车,将我和外婆送回家去。离开的时候,夜幕已经降临,车窗外的军工城华灯初上灯火辉煌,那灯火将我的心照得一片通明,我竟情不自禁地吹起口哨来,外婆笑着说:"索索,啥事体嘎开心啦?"

叫我不知该如何回答。

年过完了,大年初八,父母上班第一天。午后,我正在厨房洗碗,用眼睛的余光看见一个熟悉的脑袋从窗外一闪而过,继而听到敲门声。我跑去开门,见是肖长友,便将他迎进来,一直迎进我的小屋。放假前说好了到我家来玩,我估摸着他会在年后来找我——大状元嘛,总是要先安排学习的——但我没想到他把日子掐得这么准,估计是在家里憋坏了。

"假期过得如何?"他一坐下就问。

"还行吧。"我回答,"把寒假作业做完了。"

"光做了作业?"

"是啊,那还干吗?"

"我把下学期的课程都预习完了。"

"你太恐怖了!还是人不是人?状元就是这么当成的吧?跟你做朋友太累了,做得再多都做得不够。"

"你征文写了吗?"

"啥征文?"

"参加全省中学生征文大赛的呀！林校长在大会上动员过的。"

"写了，还没有定稿，想先放一放，年后再把它改定。"

"能让我看看吗？"

"不能，我作文初稿不给人看的。"

我看肖状元面露不悦之色，忽然想起了什么，便说："不过，有个东西可以给你看。"

"什么？"

我拉开抽屉，取出我的诗本——从许春丽手中取回来这几天，我已经在上面添了两首新诗了——我把他交给肖长友，说："你慢慢看，我去厨房把碗洗完。"

等我把碗洗完，将厨房收拾干净，回到我的小屋，肖长友看得正起劲呢，又看了一会儿才问我："这不是你的诗本嘛，怎么里面还有许春丽的诗？"

我便一五一十将放假前许春丽借走我诗本以及大年初二那天的经历全讲给他听，然后问他："怎么样？"

"什么怎么样？"

"诗啊！"

"我不懂诗。"状元认真地回答道，"只是觉得你们写得都挺好，都特有灵气，你的语言功底要扎实一些。"

我听罢十分高兴，便说："咱们骑车去军工城找许春丽玩吧？"

出乎我意料的是，肖长友面对此问陷入了漫长的犹豫，思考了好久才说："下次吧，我还没有……做好思想准备。"

"走吧，走吧。"我动员他说，"找女同学玩还需要做啥思想准备？除非你爱上人家了！"

"不敢乱开玩笑，真的，下次吧，开学前。"他说，"再说你刚去过人家家,挨这么近再去找她不好吧?"

他最后一句话有道理,一下子将我说服了:"那就等开学前一天吧,我先去你家找你,然后咱俩一起去。"

"这样安排好。"他说,然后将我的诗本在其手中晃了晃,"让我带回家去好好学习学习,可以吧?"

我痛快作答:"当然可以。"

我俩在小屋里又聊了一会儿,其间听到睡午觉的父母起床上班,我还专门把肖长友介绍给他们。他们在晚报上读过这位大状元的事迹报道,自是很热情,哪个父母不希望自己的孩子跟学习好的同学交往呢,我相信肖长友到哪个同学家去都会大受欢迎。

父母离家去上班后不久,我们也离开了我家,骑着自行车出去转。在东郊浐灞一带骑了一大圈之后,最终还是来到了位于韩森寨的秦庄襄王墓,把自行车停在这座大陵墓的底下,然后爬到墓顶上去。

望着远方,肖长友问:"还记得去年暑假咱俩第一次来这儿吗?"

我回答:"当然记得。"

"还记得我说了什么话吗?"

"你说从这里能看到美好的未来。"

"你记忆力可以呀,难怪作文写得好。"

"你那么酸的一句话,叫人想忘记都难。"

"呵呵!那我就继续泛酸,我先问你:高中读了半年了,是不是比初中有意思?"

"是,有意思多了。"

"那我说得有错吗?未来肯定更有意思更美好。现在才是高一,就相当于脚下这位秦庄襄王的时代，高二就该进入嬴政继位灭掉六国的时代，高三就是秦始皇一统天下的时代了！"

闻听此言，我感受复杂，侧目而视，看见下午西斜的太阳将其余晖洒在这位书生年轻的脸上，我心中暗想：这家伙是有点不一般，要么是夫子，要么是疯子，至少现在我对他是欣赏的。

从墓顶下来，我们就地分手，约好在开学报到前一天去许春丽家。

在接下来的十天里，我把全部精力都用于修改那篇为参加全省中学生征文大赛而写的作文里，能否得奖，毫无把握，只是想写出一篇能够代表我最高水平的文章，让一贯欣赏我老是在作文课上表扬我的上官老师读到，继续赢得他的欣赏似乎比获奖重要——至少在这时，我是这么想的，这个时候，我对作文在全省获奖还缺乏想象力……上官老师教导我们说：好文章是改出来的。经过十天中两三遍的修改，连我自己都可以肯定：我已经达到了自己目前的最高水平！工工整整地将它誊抄了一遍……

第二天——也就是开学的前一天，我吃了早饭便骑车出发了。手中攥着肖长友写给我的他的家庭住址，一路找了过去，他家在东郊发电厂，刚好位于我家与军工城之间。听他说他父亲是发电厂的一名工程师，他母亲是发电厂子校的数学老师。我先找到发电厂，然后进入其家属区，按照他留的地址，并不费事地找到了他的家，锁好自行车，进入门洞，上到二楼，看准了门，敲了三下……

门很快开了，开门者是一位戴黑框眼镜的中年妇女，面无表情地问道："你是武文阁？"

我马上回答："是的。肖长友在家吗？"

对方说："在。他在等你。"

我被迎了进去,被迎到客厅的沙发落座。然后,中年妇女才说:"我去叫他。"

过了一会儿,肖长友从一间屋子走了出来,手中拿着我的诗本……

我看明白了,就算是在等我的这段时间,肖长友也待在屋子里学习——状元就是这么炼成的!

一见他,我便脱口而出:"还在学呢?"

他竟羞涩一笑:"没有,没有。"

我说:"走吧!"

他说:"着什么急啊?我妈还想跟你聊聊呢。"

她妈——就是这位面无表情戴黑框眼镜的中年妇女吧?她要跟我聊什么?我莫名地紧张起来。

"武文阁,来,喝茶!"一抬眼,中年妇女已经将一杯沏好的茶端到了我面前的茶几上……

"这是我妈。"肖长友介绍说。

"阿姨好!"我起身问候。

"坐,坐。"肖母招呼道。

片刻的冷场。

"你们聊。"肖长友说,"我再去学习学习。"说着他晃了晃手中的诗本便进了他自己的"闺房"。

留下我面对一位完全陌生的中年妇女——他的妈。

"听友友说,"肖母开口道,"你妈妈……不在了?"

"嗯。"

"听他说,在你小时候就不在了?"

"是,我四岁那年。"

"听说还是……革命烈士?"

"是,她是在研制坦克上的红外望远镜时受了辐射,得白血病去世了……"

"真是挺光荣的,不过也是苦了你,你爸爸真不容易!"

"是。"

说心里话,我并不喜欢有人这么直不愣登地问我家世,但是看到肖母的眼圈一下红了,便觉得她是真诚地想了解,也不怪肖长友讲我太多。

"对不起!你头回上门,我就这么问你,实在是冒昧了!"肖母说,"友友是我家的独子,打小就爱学习,但不善于交朋友。这半年来,他忽然有了一个整天挂在嘴边的朋友,我和他爸爸都很惊喜,也很好奇:这到底是个怎样的孩子?让他这么喜欢这么欣赏,今天一见,果然不是一般的孩子!"

"我……太一般了,长友才是真优秀。"我真诚地说。

"文阁啊,欢迎你以后常来玩,你打小便失去母亲,吃过不少苦,一定是个意志坚强的孩子。我们友友娇生惯养饱受宠爱,学习好让他一帆风顺,没受过什么挫折,希望你们成为真正的好朋友,心灵上的挚友,希望你能多多影响他!"

到这会儿,我明白肖母要跟我"聊聊"的意思了,身为母亲她真是用心良苦!之后,我们又聊了些别的——主要是学校里的情况。

"你们聊完了吗?"终于聊到肖长友走出"闺房","就在刚才,我干成了一件大事!"

"啥大事?"肖母问,"我儿子总说自己能干成大事……"

"我写了一首诗!"肖长友一晃手中的诗本,回答道,"我平生第一首诗!"

"我看看！"我说。

他把诗本塞给我，我翻开一看，许春丽诗的后面是他训练有素的颜体字，我默默读了两遍，感觉还可以，算是一首诗，便说："不错，真不错！"

"我来看看。"肖母说。

"不让你看。"肖长友说。

"文阁啊，"肖母对我说，"你看看，他把朋友看得比母亲还重。"

"改天给你看，今天我们还有约，去军工城。"肖长友说。

之后我们便离开了他家，跃上单车，疯也似的骑上了发电厂到军工城之间车稀人少的马路，奔着我们心仪的女生而去！

我头一天打过电话，许春丽如约在家等我们。一进屋，肖长友就呈上诗本请许春丽读他刚写的诗，许读完后心直口快道："肖长友，一看你的诗，我就更有信心写了，哈哈哈！"

肖长友顿如霜打的茄子——蔫了！

许春丽见状，劝其道："大班长，我有话直说，你别不高兴哈，咱俩得承认，在写诗上，武文阁是天才，咱俩是常人，就像在学习上，你是天才，我和武是常人……"

"就像在唱歌上，你是天才，我俩是常人。"我接话道。

"对呀，就是这么个理儿！"许春丽继续劝肖长友，"你不可能事事都想占先——那样的话，还让不让别人活了？"

"没有，我没不开心啊！"肖长友做出一副释然的样子，"重要的是，咱们仨都成诗人了！"

这件事确实振奋着我们，在这个以会写诗和当诗人为荣的时代，许春丽坚决要将诗本留下，说春节后她又写了不少诗要往上抄。

接下来，我们仨出门下楼，各骑一辆单车，他俩跟着我对军工城的每一个地方来了一次 11 年后的重游，最后在足球场球门后边挖出了我当年埋下的宝贝儿——一辆嵌满碎玻璃渣的泥坦克，当时我脑子一热便将它送给了许春丽，许嘴上说："这也太珍贵了！我不敢要。"推辞了一番，还是收下了。

晚饭是在我舅爷舅婆家吃的，他们对我突然带着两个同学来吃饭，非但没有反感，还表现出由衷地高兴。许春丽本来就是他们厂同事的孩子、楼上的邻居，对于他们而言，肖长友也非同一般，是上过报纸的中考状元……

晚饭后，我和肖长友骑上单车回家，都很开心。这半天的故地重游让我的少年与童年对接起来了，让我真的觉得我的生活在变好，人生变得越来越有意义，对于未来更增添了些许向往，扑面而来的 2 月下旬的晚风一点都不像剪刀，已经有了十足的春意……

## 三

开学了。

报到日，班长肖长友带领包括我在内的几个男生将我班教室粉刷一新，得到了上官老师难得一遇的表扬。

开学后第一件事就是收全省中学生征文大赛的稿子，交稿时我就像平时语文课上交作文一样平静，压根儿没想到它会给我带来什么。

接下来发生的一件事也给我——不，给我们仨带来了莫大的惊喜：写有我们仨诗的我的诗本由许春丽手中传了出去，等回到我手上时，已被写得满满的！在流传中被其他同学写满了，我数了数：

总共有八个人参与其中,原来他们都在私底下偷偷写着诗,其中还有两名外班同学,足见流传之广……

将这个写满的诗本读了两遍之后,我忽然想到小学时读过的一本《今天》——共和国历史上第一本油印文学杂志,便有了一个主意——我暂时不打算告诉任何人,想着等把主意变成结果,再直接把结果展示给他们……

于是,我开始第三遍阅读这个诗本,并将我认为较好的诗折页,然后私下跑到父母单位打字室找到小薛阿姨,请她把这些选出来的诗打字,再重新排序:女士优先,许春丽是这八人中唯一的女生,理当打头炮,肖长友次之,我自己压轴……我为这本新创的油印诗刊想了一长串名字,全都写在纸上,最终由小薛阿姨裁定为:《晨钟》。我还把办黑板报的那点本事都用上了,在蜡纸上直接设计了封面:几笔勾勒出一座教堂的轮廓,就是离我们学校不远的那座基督教堂的样子,还在部分诗底下的空白处画了些小插图……最后,打印装订出了70本。

等散发着浓重的油墨气息的刊物拿到手中,我被震惊了:觉得自己干了一件了不起的大事!同时被震惊的是小薛阿姨,然后是父亲和继母,他们也认为我干了一件了不起的大事!

第二天早自习,我手提65本《晨钟》(自己留了三本,小薛阿姨、继母各拿走一本)进入本班教室,就像我的本职宣传委员、语文课代表该做的,在本班每位同学的课桌上都放下一本,其余的给了外班作者和本班老师。

肖长友手举《晨钟》欢呼道:"太牛了!这是全国中学生自办的第一本油印诗刊吧?"

许春丽翻着《晨钟》惊叹道:"哇!不会吧?我竟然是头条!"

从此看我的眼神都不一样了，似乎有了一点异样的光芒……

上官老师早自习拿到《晨钟》，上头两节语文课时便宣布：下午两节课后的课外活动时间，在班里举行一场《晨钟》作品朗诵会，请八位作者都到现场朗诵自己的诗作，同时宣告成立《晨钟》诗社，由这八位同学担任首批社员，今后定期活动，定期出刊，逐步扩大。为了赢得校方的支持，课间时他又来问我要了一本，说是送呈林校长……

也许，真如他们所说，我是一不留神做出了一件了不起的事。多年以后，在一部介绍中国大中学生校园文学历史的专著中，确实是把《晨钟》列为全国中学生自办的第一本油印诗刊，还刊有《晨钟》书影，我等八人被当成了先驱者……

这似乎是一个各学科竞赛主导的学期，学霸肖长友很忙，他是学校选送参加全省中学生数学竞赛的头号主力，每天晚自习时他都不在本班教室，而是被数学老师叫去开小灶……

春种夏收，一个如火如荼的夏天将不可避免地到来！

先是一个早晨，并非星期一举行升旗仪式的早晨，早自习被取消，全校到大操场集合……此为长安中学学生的常识——该校独特的校园文化：只要一看林校长拄着拐杖立在主席台上，白发苍苍目不斜视地戳在麦克风前，那就是出啥事儿要训话啦！等全校各班站定，他终于开腔："请下面叫到名字的同学一一站到台上来，高一（1）班肖长友同学，快一点，请上来……"——一口气念了五个名字，其中四位是我班同学，五个家伙犹犹豫豫走上台去，抓耳挠腮站在台上，看情形他们自己并不知道为什么叫他们上去，我们这些看客就更看不明白了，台下响起一片窃窃私语的猜疑声……

"同学们！老师们！同事们！"林校长继续讲话道，"昨晚我整整一宿没有合眼，为什么呢？临睡之际，省教委一位老领导给我打了一个电话，专门向我表示祝贺，祝贺什么呢？在刚刚揭晓的全省中学生数学竞赛中，前十名中，我校同学占了一半，站在台上的这五位同学就是此次全省中学生数学竞赛我们学校的优胜者！我只记得肖长友同学的名次是第二名，其他四位同学请原谅我，我人老了记性不好没记住，不过今天校门口就会把光荣榜贴出来，祝贺你们！祝贺五位同学！你们是学校的光荣，感谢你们为学校争光！祝贺高中部数学教研组！祝贺你们所在班的班主任老师，尤其是高一（1）班的上官老师——上官老师啊，你自己作为一名语文名师，一下子带出来四个数学尖子，一定有深刻的教学体会，要专门召开教学研讨会让你给全校教师介绍介绍经验……"

校长话音未落，我们班已经炸了窝，欢呼声四起，众人口中的"火箭班"果然名不虚传！在这个时刻，全校师生的眼光都向我们投来！

等散了会回到本班教室，刚好前两节是语文课，上官老师一走进教室，全班顿时响起一片热烈的掌声，却遭这位怪老师一声厉喝："鼓什么掌？有啥好鼓的？你们有劲去给数学老师鼓，给我鼓什么？！"还配之以一副凶神恶煞的样子，搞得大家很没趣……他总是这样，显得不近人情。

晚饭时，我们"三人帮"——是的，班上已经有同学这么叫我们了——在校门口的小饭馆里搞了一个小庆祝，我和许春丽真为肖长友高兴，为有这样的朋友而自豪，一个高一学生得了全省中学生数学竞赛第二名，太厉害了！确实叫人佩服。

这才是开始。

接着是一个中午，5月中旬的一个午后，回想起来那天的我有一点反常:我素有午觉癖(可能是长年住校养成的),从来都是午饭以后在男生宿舍自己的床上正儿八经地睡午觉,然后精精神神去上下午课。但是这天中午,我在学生食堂吃完午饭后,就直接去了教室,趴在课桌上睡午觉,若有所期似的——究竟等什么?我也不知道。

趴在课桌上睡午觉,竟然还做了一个梦,梦见了我的亡母——我四岁时生母就死了,我对她毫无真实的记忆,她在我梦中的形象来自家庭照相簿里那些泛黄的照片……大概在天下所有儿子的睡梦中,母亲都是美丽而温暖的,我的记忆中不存在的母亲当然也是这样,她伸出手来摸了摸我的脸说:"儿子,别担心,你终究是不凡的!"——这话让我全身心为之一振!我还想听她再说点什么,她却转身消失在茫茫的黑夜里……

"……武文阁!武文阁!"怅然若失中有人在拍我,是坐在我前排的男生,"快下楼,到校门口去看看!"

我彻底睁开眼,发现教室里已经来了一半人,我迷迷糊糊反问道:"下楼……干吗?"

"有事儿——好事儿!"对方回答。

刚好我也憋了一泡尿(午饭时多喝了两碗免费汤),需要上厕所,便起身下楼。

一下楼,我先反向去上厕所,路上便碰上了更多的同学,都是那句话:"武文阁!快到校门口去看看!"或者"你太牛了!祝贺你!"说得我脑子里悬念丛生,但又想不起是什么,从男厕所出来,我已经变得急不可耐,便以前百米冠军的速度直冲校门口……

远远便看见校门口一块平时发布各种通知的黑板前围了好多人,我从人丛中挤过去,一直挤到最前面,这才看了个一清二楚:

**光荣榜**

全省中学生"理想杯"征文大赛我校优胜者

一等奖：高一（1）班　武文阁

二等奖：高一（1）班　许春丽

三等奖：高一（1）班　肖长友

  这不是做梦吧？这太像做梦了！难道是我午觉时做的那个梦的延续？我用插在裤兜里的右手隔着布掐了掐自己大腿根儿的皮肉，疼！看来是真的！再说了，周围人的反应提醒我：这是实实在在的现实！高声祝贺的都是本班同学，交头接耳窃窃私语的都是外班或其他年级的……

  我站在那里，一动不动，暗地里轻轻舒了一口气——也可以说是狠狠吐出了一口恶气，大约十天前肖长友等五位同学在全省中学生数学竞赛中获奖，对我可是触动不小，虽说数学并非我强项。我表面上为肖长友高兴，祝贺有加，内心却并不那么单纯，其实心思很重：他们强项突出，都强到省上去了，我的强项究竟在哪儿？初中时的强项现在依然还强吗？这天中午的梦，梦中母亲那句"儿子，别担心，你终究是不凡的！"，何尝不是这种焦虑情绪蓄积到极端的表征呢？所以，此奖来得正是时候，如雪中送炭，我需要它！

  我一直站在那里，一动不动，如一尊雕像，我没有在等谁，我是想等到上课预备铃声响起时，再以前百米冠军的速度冲回本班教室……

  我完全应该想到——我会等来谁……

  "我的天！不可能吧？是不是搞错了？我竟然二等奖！"——身

后有人在嚷嚷,一听声便知是许春丽。她不是第一次在这块黑板的光荣榜上看见自己的名字,但是以往只是在省市中学生文艺会演的获奖名单上,学习竞赛还是第一次。

我没有回头搭理她,让她自己慢慢消化吧。

"我才三等奖,不可能吧?是不是搞错了?"——一听这牛皮哄哄的口气便知是肖长友,估计是猛然发现我在前面站着,马上转换了口气说:"开玩笑,我在开玩笑!"然后照着我的肩头猛拍一掌,"武文阁!祝贺你!一等奖!"

这时候,嗞的一声,下午上课的预备铃声响起,距正式上课还有10分钟,周围的人一下子散了,只剩下我们仨。我们互道祝贺,口中念叨着:"真不容易!真不容易!"许春丽激动得满面潮红泪流满面,张开修长的双臂,紧紧搂住我和肖长友,泣不成声道:"我们……太厉害了!我……爱你们!"

"快上课了!朝回跑!别迟到!"班长肖长友一声令下,打破了这个美妙时刻,我们仨撒丫子就跑。

跑到高中部教学楼时,我冲到了最前面,回头望了一眼身后,见他俩手拉着手朝前跑——要搁平时我会忌妒的,但是今天我不会,今天的世界实在太过美好!

落座之后,心绪未平,上官老师便一步踏了进来。今天下午只有两节语文课,他二话不说,在粉笔盒前迟疑半秒,挑选了一支红粉笔,在黑板上龙飞凤舞地写了四个字:

**捷报频传**

赢得稀稀拉拉的掌声。

"瞧瞧你们,该鼓掌时又不鼓!"上官老师又做出夸张的嗔怪表情。

这才传来一片热烈的掌声,经久不息,好多同学一边鼓掌,一边将目光投向我们……

等掌声平息下来,上官老师开始训话:"我是咱班的班主任,但毕竟是个教语文的,全省数学竞赛,咱班四个同学榜上有名,我岂敢贪天功为己有?这次征文大赛,我身为高中部语文教研组组长,负责组稿、选稿、指导改稿,算是做了一点实际工作,在这里可以说说。这次活动咱们鼓励全年级人人都参加,并作为寒假作业布置给了大家,最终收到170余篇稿件,从中选出了10篇,经过指导修改,打印报送省上正式参赛,最后就是大家在校门口黑板上看到的结果,一等奖:武文阁——在这儿需要说明的是:这是唯一的一等奖——也就是说:武文阁是此次全省征文大赛第一名,在下周省委礼堂举行的颁奖典礼上将捧起理想杯……"

又是一阵热烈的掌声响起!又是一道道祝贺的目光!

上官老师接着说:"在这里,在今天这个时刻,我对武文阁同学有几句寄语:从中考语文只扣一分,到这次征文大赛毫无争议的全省第一,包括我们平时作文的情况,包括你在《晨钟》上发的诗,都能够证明你在写作上具有超出一般同龄人的天赋、才华,说成'天才'也不为过。希望你好好珍惜,早定文科方向,早立作家大志,高考以一流大学中文系为目标,力争在文学创作上早日成材、成名成家!让咱们长安中学也出上一个作家!"

听到这里,我已经热泪盈眶了!

什么是好老师?他(她)能让你看到自身的价值与潜力,看到自己未来上升的空间——上官老师一席话,让我眼前豁然开朗,一条康庄大道清晰可见，也叫我浮想联翩内心翻腾激情澎湃……以至于对于他下面的话——主要是对许、肖二人的评价与寄语都听得断断续续不够连贯，只记住了只言片语，他说许是"本次征文大赛中杀出的一匹黑马。平时作文还没有这么出色，这次不知是超水平发挥还是质的飞跃，一下子就冲杀出来了！人生道路上，就是要懂得抓住机遇促成飞跃"！他认为许"也应该早日确定文科方向，高考时以重点大学中文系或外语系为目标，日后从事一项能够发挥自己综合文艺素质高的工作"。他说肖是"我自从教二十年以来所见过的素质最全面学习能力最强的学生，也是最符合三好学生标准的学生，没有之一，他在两项省级学习竞赛中双双获奖便是最好的证明"。他认为肖"未来的发展拥有无限的可能性，但应该以成为科学家作为自己的人生理想和奋斗方向，高考时除了北大、清华、中科大，其他学校可以不考虑。中考你是市状元，希望高考你拿下省状元"！最后他总结道："我听到有同学私下里喊你们'三人帮'，一开始我听着还有点不舒服，现在看来这个'三人帮'很好嘛，这样的'三人帮'我倒希望在班里多一些。希望全班同学向他们三人——不，是这次两项省级学习竞赛中获奖的六位同学学习，继续努力，勇攀高峰，让咱们班无愧于'火箭班'的称号！"

这天晚饭时间，我们仨又在校门口的小饭馆庆祝了——或许是因为十天前为肖长友庆祝是我请的客，这次肖就要主动请客。我俩都很绅士，一起在外吃饭，是从来不会让女士付账（那年头还没有'买单'一词）的。起初我们都很享受这次成功带来的莫大喜悦，但是后来——饭桌上出现了不和谐音，矛盾是由肖长友挑起来的——他说他觉得上官老师偏心眼，对数学竞赛获奖者不公，征文大赛获奖者祝贺了半节课时间，数学竞赛获奖者连掌都不让鼓——我觉得他的话对上官老师不公,便替上官老师辩护:"人家讲得很清楚,自己是语文老师。"肖又说他感觉是上官老师对我一贯偏爱,我们仨今天能被表扬,也是因为上官老师想表扬我,他俩跟着沾光了——让我没想到的是:许春丽对他的这个说法竟然使劲点头表示赞同——见他俩站在一起,我更要表示反对。一想到自视甚高的三个人有争老师宠之嫌,我便觉得很无聊,率先提出结束晚饭,搞得有点不欢而散。

这个周末,将此喜讯带回家,自然给了家人莫大的快乐,继母听说颁奖会将于下周中在省委礼堂举行,特别高兴:"这不等于是在家门口颁奖嘛!让外婆外公也去参加!咱们一家全都去!晚上在那边吃顿饭。"——她说的"外婆外公"指的是她的父母。于是到了颁奖会那天下午,我到场的亲友团人数众多:亲弟弟、亲外婆、继母、继外婆,继外公和父亲这两个大小领导不好请假,但都要出席晚上的家宴。在省委礼堂举行的颁奖会极其高大上,让我领悟到我从这次活动中得到的并不仅仅是在校门口的黑板光荣榜上列一下名字,我在众目睽睽下走上舞台,从省教委主任手中接过了理想杯——这是本省中学生活动第一次设杯,也是银行首次赞助中学生活动。我同时接过的信封里装有一百元人民币——这在当年不是一个小数字,比我父亲一个月的工资要高。颁奖活动结束后还放映了一部电影,一部"二战"题材的英国片,挺不错的。看完电影,在礼堂门口,我把家人一一介绍给我的老师、同学,继母客气地请他们到家里坐坐共进晚餐,上官老师口称有事骑着车就跑了,肖长友则表现出一副很想去的样子,许春丽似乎不想去,但也随了他。在朝家走的路上,肖说:"从小到大,老听大人说省委大院省委大院的,从来没进去过,今儿去见见世面。"于是我最好的两位同学和朋友参加了专为我获奖而设的家宴。在家宴上，我的主要职责就是照顾好他俩吃好喝好，怎么说呢？两人的表现是如此不同，许春丽压根儿就不让人操心，不卑不亢、冷热有度、谈吐恰当，肖长友则表现得过于亢奋，过于想表现自己，话也说得叫人匪夷所思。家人祝贺我们仨获奖，他毫不谦虚口出狂言："对我来说，诺贝尔奖都是轻的！"叫人大跌眼镜，他还向我的继外公猛不丁抛出一问："外公——我也随武文阁这么称呼您吧，我想向您请教一个问题：您是老红军，革命年代一路打过来的，那么如今在和平年代，怎么才能够一步步走到您省级领导的位子上去？"继外公如是回答："你得先入党。"——哦，果然在几天以后，肖长友向长安中学校党委递交了他的入党申请书。

奖都颁完了，这还不算完，又过了几天，省人民广播电台播出了我的获奖作文，省报文艺副刊刊出了我的获奖作文，省报记者跑到学校来采访我，又引来一片关注。又过了几天，学校要召开双奖庆功大会，把省上已经颁发的奖在全校师生面前再颁一次，还须选派一位获奖者代表上台发言。上官老师叫我下课后到语文教研室去一趟，说的就是这件事，他将任务分派给我，我当即表示异议："老师，还是肖长友更合适吧，他是双奖获得者，还是咱班班长，更能够代表咱们班。"上官老师眉头一皱否定道："形象不好：电线杆儿，缺乏男子气概。"我心里笑了嘴上说："女生才喜欢电线杆儿呢。""你别推辞了，"上官老师说，"你是我和林校长商量决定的，回去好好准备发言稿，过两天林校长要看。"我第二天就把发言稿交给了他，上官老师说林校长看了很满意，过两天还要听我读。等见到了林校长，我知道上官老师所言不虚，老头儿眼中透出的全是对我的欣赏，听我拿着稿子声情并茂地念了一遍，他说："不错不错，能不能脱稿发言？"我说："可以，我把它背下来。"林校长说："不是背下来，是即兴放开讲，想讲什么讲什么，把发言变成演讲！怎么样？"——我需要到很久以后才能够领悟到：中学阶段这些课堂之外的教育有多么珍贵！而在当时，我只有一腔"士为知己者死"的冲动与激情——既然林校长、上官老师如此欣赏我偏爱我，我就一定要讲好！

我是那种人（这时候已经很明显）：不会满世界去找舞台，但如果有人搭好舞台把高杆竖起来，我就会顺杆儿往上爬，一直爬到最高点。到了双奖庆功大会这天，我已经把稿子背得滚瓜烂熟，所以讲的时候，既有一个稳定的框架，又能够在局部从容发挥，表现堪称完美。下来听说把隔壁班的一位女老师都感动哭了，还听说上官老师一反常态带头喊了一声好……毫不夸张地说，双奖庆功大会被开成了我的主题演讲会，这个风头出得有点大。从此以后，我成了长安中学的小名人，从校园走过时，老被人戳戳点点……

这个学期太过热闹，别的事情都显得不重要了，一转眼到了期末考试，暑假也就快来了。

## 四

暑假前离校日，我们"三人帮"各骑单车，后架上绑着需要换洗的被褥，说说笑笑，一路东行，我第一个到家，与他俩话别道："这两个月过得太热闹了，我想闭关好好静一静，一个月左右吧，8月份再去找你俩玩。"——此话引起了他俩的强烈共鸣，都说想好好静一静，并相约8月再见。

我的暑假生活开始了。

我想用头一个月，把全部作业都做完。每天一大早就起床，到跳伞塔军体校里去跑步，跑完步回到家吃完早餐就开始做作业。整个上午都用来做作业，各科交叉来做，临近中午时帮外婆打下手做饭。吃完午饭睡上一会儿，下午带着弟弟和足球重返跳伞塔，继续教他踢足球。他这一年在这方面进步飞快，关键是爱踢，并且小有天赋——从他有点足球天赋上看，我们确实是有血缘关系的亲兄弟。晚饭后，我会和家人一起看会儿电视，然后回自己房间看会儿文学方面的书籍，然后早早睡觉。

我喜欢这样的生活：安宁、平静、有序——我骨子里对静有一种酷爱，有点不大像这个年龄段的孩子，这一年我17岁，感觉自己已经很大了。

这样的生活似乎让我过上瘾了，等到7月底，所有的暑假作业全部完成（我的计划性与执行力由此可见一斑），我还是没有结束闭关重出江湖的愿望。转眼8月过去了第一周，一天晚上，我早早上床却睡不着觉，我忽然意识到：我如此好静的根本原因竟然是想见却又怕见一个人，自然不是肖长友，那又会是谁呢？而在这天晚上，我果然就梦见了她，在梦中，她似乎有满肚子的话要对我说，却又支支吾吾说不出来，好像是因为生病而失了声……我在17岁这年，变得有点不敢面对自己情感世界里悄然生长的一切。由于初中时过早的经历，我那过得很不好的初中时代与早恋有关，让我十分后怕，加之对眼下生活万分满意非常珍惜生怕失去，便开始变得缩手缩脚，越想见越不敢去见，又时刻惦记着……

直到8月上旬的一天，自然来了一个机会：外婆要去军工城看舅爷，让我和弟弟陪她一块儿去……老姐弟俩感情深，三天两头通一次电话，几乎每个月都要见一次面。我知道在长安的日子里，对于外婆来说最快乐的还是每次与舅爷一家的相聚,这是我们这一家取代不了的(母亲若还在那就另当别论了)。当机会自然来临时,我又感觉到很兴奋,一副欣然接受的态度!到了舅爷家,不好马上离开,我给自己设计的是吃过午饭后,于是在一顿丰盛的午餐过后,我说到楼上看看同学,舅婆表现出很高兴很鼓励的样子……

上楼时我的腿在抖,呼吸变得有些急促,这些反常的表现我自己看在眼里,心里头嘲笑了一下自己:没出息,至于吗?上到三楼,到了门口,轻轻敲门——敲门声竟弱于我的心跳声,里面毫无反应,我再敲——加大了力度,有人来开门,是许春丽!

我真是由衷地高兴、由衷地开心!傻呵呵地冲她笑……

"武文阁!你……怎么来了?"她似乎很吃惊,但却没有我盼望中的热情。

"来看我舅爷,顺便来看看。"此话一出口,我便知错了。

"你不是说要闭关修炼一个月嘛。"

"对呀,一个月过了呀。"

"哦……是过了……我都过糊涂了……"

"怎么?不欢迎我吗?"

"哪里哪里,欢迎欢迎,请进请进!"

我进得门去,只见许春丽有点诡异地莞尔一笑道:"今天巧了,看谁来了?"

我朝客厅餐桌上一看,第一反应非常儿童——我一声大叫:"肖长友!哥们儿!我出关啦!"

"你……吃饭了吗?"——注意:在许春丽的家,不是许春丽而是肖长友在问我。

"吃过了,我先去了楼下我舅爷家。"我回答。

"那……再吃点吧？"这一次搭话的是许春丽。

我这才注意到餐桌上好丰盛啊。

"不了……我不吃了。"我回答。

"那就先到沙发上坐吧，我们马上就吃完。"许春丽招呼道。

我听命而行，寻着沙发就过来了，一屁股陷在沙发里，我想起了在省委礼堂领奖那天所看过的那部电影：一个英国特工小组被空投到德军占领的冰天雪地的挪威某地，不知自己已经深陷于德军的包围圈中……我真是比被德军包围还要懵、尴尬、难受，却又不知所措！这时候，我就像在一口深井的底部，巴望着头上小如月亮的天空，想起了野外工作经验丰富的地质队副大队长父亲讲过的他们从特种兵那里学来的身陷困境的自我解救法：对已经发生的一切，究竟是如何造成的，全都不要想，全都翻过去……现在只需要急中生智考虑一个问题：下一步该做什么？才能够让自己一步步走出困境……

在我想着这些时，我注意到餐桌上的他俩在嘻嘻说笑着，似乎还有相互夹菜的亲昵举动，似乎还在谈论你炒的菜好吃还是我炒的菜好吃（显然这是他们精心准备的一餐饭）……我想：这时候我不需要说什么，什么都不需要做。

我只需要考虑，待会儿他俩来到我面前等着我起话题时，我应该说什么——我很快便想出来了，他俩却迟迟不过来……那是再也不想回到三个人的世界里了，这对我来说是一场漫长的折磨。

终于，过来了一个——肖长友用手纸擦着嘴过来了，许春丽留在餐桌边收拾碗筷……肖长友显然也是不会演戏的主儿——一个十七岁的高中生会演什么戏呢？他满脸写着尴尬，手足无措，不知该放哪里，一副不敢面对我的表情，都不敢正眼看我……

我终于说出了我好不容易想出的话题："你这一个多月怎么过的？"

肖长友的回答出我预料，又令我气绝："啥都没干。"——"啥都没干"的意思是不是"啥都干了"？

然后便是长久的无言以对。

许春丽洗完碗过来后，也不主动挑话题，我只好问她："你这一个多月怎么过的？"

许春丽回答："也不知道是怎么过的，稀里糊涂就过来了，欠了一大堆作业呢，最后这 20 天该我闭关了。"——她的意思也是"啥都没干"。

也许是我来得太过突然，让他俩脑子僵住了，不知该如何应对，所以都不主动找话题，我这边也一样，僵住的脑子是找不出更多话题的。于是，在一片冷场中，我主动站起来："你们玩，我到楼下去了，舅爷家还有事。"

把我送到门口，许春丽才憋出这么一句客气话："咱们去军工城工人俱乐部看场电影吧？"

"不了。"我回答，"改天吧。"

然后，许春丽一直目送我步履沉重地下楼……

我知道她在看着我，便有意走得更慢，我正处于顾影自怜的年纪——我愿意让我爱的人看到：我是如此难过，我在为她受苦！

下到二楼舅爷家门口，我知道自己这副丧魂落魄的样子……无法见人，见自己的亲人！

我便继续下楼，向楼外走去，走着走着，便跑了起来，一直跑到厂家属区围墙外面的土塬上，一路狂奔，一直跑到快要窒息，一直跑到恶心欲吐……哦，原来眼看着自己的所爱被人夺走是如此痛苦的一件事！并且是在自己还来不及表白的时候！一定是在自己闭关求静的一个多月中，肖长友抢先表白了，这个一听说入党能当官马上就会写申请书的人，心中有爱还深藏不露吗？没准儿他就是通过一封求爱信……学霸的高效打垮了我这个不敢正视感情的肉头，本来我还以为自己占先呢——在此之前，种种生活细节表明，许春丽明显更欣赏我一些的。现在一个多月过去，我已经一败涂地输掉所有，甚至应该说是未战先败，我为什么如此肉头？挖到根儿上，还是初中动情用情过早留下的后遗症，等到青春的爱情真的降临时，我就不行了……

痛苦而又黑暗的酷夏像两条冰冷的铁轨向前延伸着，回到家以后，我依然丧魂落魄如同行尸走肉，但心中不再是一团乱麻……首先，我问了自己一个问题：我对许春丽是否真爱？然后便回忆起认识她以来的一幕一幕，她的音容笑貌，她的一笑一颦，然后我看见我在我面前跪下来了，说："是的！是的！我是真的爱她！"——那好，那就有必要行动，她又没和他结婚，就算她嫁给了他，以爱为名，我也有表达的权利，身为文学少年，我爱情小说看得委实不少，所以毫无道德压力……那么，下面的问题是：该如何行动？我本来想写信（写是我所长），但一想到肖长友很可能是靠写信，我再步人后尘就没啥新意了，那么我只好选择当面表达，我甚至还想到某些当面表达的好处：譬如我少年英俊的样子、口若悬河的口才或许比纸上的文字更能够打动她，挽狂澜于既倒……想到这里，我犹似打了鸡血一般，亢奋起来，一扫颓势，马上扑向电话：

"喂，许春丽在吗？"

"我就是啊！"

"我武文阁……"

"听出来了。"

"明天你有事儿吗？"

"明天……应该没有……没事儿。"

"咱们……见个面……好吗？"

"见面？有事儿吗？"

"有……有事儿。"

"什么事儿啊？等开学见面再说不行吗？"

"不……不行！等到那时候我就死了！"

"别吓唬我，什么死不死的，明天见面，你来我家吧。"

"不去你家，我不想让我舅爷他们看见，去你们军工城公园怎么样？"

"可以呀，离我挺近的。"

"明天下午两点，公园门口见。"

"好。"

次日午后，吃完午饭我就出发了，一路猛骑，提前一刻钟到达军工城公园大门口……军工城作为长安的卫星城也有它自己的休闲娱乐中心，这个五十年代建成的不小的公园就算是吧。1972年我寄居在舅爷家时和他们一家和小伙伴们没少到这里来过，那时我自然不会想到：它的存在对于我的意义是将会见证我此生中第一次失恋的痛苦！

我把车存好，然后躲在一个阴暗角落里等待许春丽出现，两点差三分时，她的白色连衣裙出现了，还戴着一顶白色的遮阳帽，手里提着一个布袋，里面似有挺沉的东西。从外表上看，她像是一个帮家里出来买菜的乖女孩……没迟到，说明她很重视……这让我看到了翻盘（那年头还不流行"逆袭"）的一丝希望！我像幽灵一般闪现在她面前似乎吓了她一跳，我伸手去抢她手中的布袋，她死活不让,当时我也没有在意……

这个公园是免费的——是五十年代为来自全国各地支援大西北建设的军工职工而建的。我们直接进去,朝公园深处走去,我说:"小时候我没少来过。"她说:"我也是啊!"我说:"到假山上的亭子里去坐吧。"她说:"好。"

从表面上看,这是多么浪漫美好的一次少男少女的幽会啊:在这大夏天的阳光灿烂的午后,他们先在公园门口接头,再走在公园的甬道上。然后去爬一座假山,爬山时少年去牵少女的手,少女也接受了,两个人手牵手抵达了整个公园的制高点——一座仿古的亭子,他们在亭中木凳上坐下,在这之前,少女还从布袋中拿出手纸给两人做了坐垫,但是下面将要进行的一场谈话,将不会像表面上看起来那么轻松……

冷场——此时此刻,真到了谈话现场,我提前在脑海中预演过的几种开头方案一个也想不起来了,大脑之中,一片空白……

还是她起的话头:"什么事儿?非要马上谈……"

我的大脑中依旧是空白,我的嘴只管自说自话:"我……真是千不该万不该……搞什么一个月的闭关修炼……我真是恨死我自己了!"

她沉吟了半晌,然后说:"……也不能那么说。"

"那我应该怎么说?"

"这事儿……跟你没关系……"

"没关系?怎么没关系?!"

"这是……我们两人之间的事儿……那天在我家,你还看不明白吗?"

"看明白了!当然看明白了,我又不是傻子——可是,我也爱你呀！你知道吗？"

她愣怔了一下，眼中似有晶莹之物在闪烁，似乎很委屈地说："你不告诉我，我怎么知道啊？"

我也很委屈："我总觉得，我们的路还长，在一起的时间还有很多，总想等到一个更恰当的机会让感情自然流露……"

"可是你知道吗？有些事情，不能等，一等就错过了……"

"已经那么晚了吗？你又没嫁给他——你就是嫁给了他，我也有权利追你，对吗？"

"不是那么回事儿！"

"那是怎么回事儿？"

"要怪只怪你俩都太优秀了，我在心里头感谢过老天爷，怎么把这么优秀的两个男生同时推到我面前，我也难免会在心里对比——不是比你俩谁更优秀，而是谁是更适合我的那一个？"

"难道更适合你的不是我吗？上官老师都说了，咱俩应该学文科，进大学中文系……"

"你考虑的是将来的专业，我更注重自己的感觉——这么说吧，班长的未来我能够看清楚，更可靠一些，对你我却毫无把握——也许，真正的诗人就是给人这种感觉……所以，所以我选择他。"

等我走出这本小说，然后再走进下一本——升到大学一年级时，才会知道作家张爱玲，但是在这一天我已经提前做到了她的名言："低到尘埃里"——是的，我在自己所爱的人面前低到了尘埃里，已经低得不像平时那么心高气傲的我了，也不可能再低了。这时候再被拒绝，已经不那么焦躁难受，不那么痛苦不堪，只是有一种大夏天冰桶体验般地冷！

我反而感到一种前所未有的轻松，刚才紧张得开不了头，现在却可以轻松自如地收尾:"那好吧,我祝你俩幸福——这句话已被小说用俗了,但我还是要说,真心的,我希望你幸福!"说完,率先站起身来……

她也站了起来:"其实,是我配不上你,你天赋异禀,绝非常人,未来不可限量,一定有比我更出色的女孩在前面等你!"

"这我相信。"我苦涩一笑说——一瞬间里,我又回到了平时那个心高气傲的我。

从假山下来的途中,我看见山石上涂抹着许多恋人之间的海誓山盟,诸如"我爱你,王晓燕"之类,从中忽然看到一句诅咒:"张茗茗,瞎了你的狗眼!你看不上我,等着后悔吧!"——此语把我看笑了,我对许春丽说:"这句话说出了我此刻的心声。"她一看,露出一副哭笑不得的表情。

我见她下山时提着布袋别扭,便说:"就让我最后再帮你提一次吧,以后没机会了。"

这一次,她松了手,并且说:"本来就是给你的。"

我一听就想打开看看是什么——我想:一定是她的临别赠物吧?只见布袋里有团旧报纸包裹的东西,我打开一看,心坠深井:是我半年前送她的在地下埋了11年周身镶满碎玻璃的泥坦克——这让我忽然心有愤愤:由这个一定要退还给我的细节可以看出:她说完全不知道我的感情,那是彻头彻尾的撒谎!我本来做得比肖长友多!

我忽然脱离了我,做出一个非构思的动作——猛然将此泥坦克举过头顶,朝着那块咒语石砸去,七零八落的泥块四下飞溅,像一颗突然爆炸的土地雷……然后,动作坚决地将布袋塞给她,从此再也未发一言未出一声,只管默默下山……

她也沉默着,只是跟着我到达公园门口的存车处,看我取车离开……

我骑上单车,没有回头,只是猫腰埋头,向前猛骑,向西——长安城的方向骑去……

太狠了!原来不爱就是这么心狠!这么冷酷!——意识到这一点:我反倒不再自怜自艾悲悲戚戚舔伤口了,一个男孩的斗志在瞬间里被激发起来——不经历哪里会知道:失恋使人成长!

快开学了,去学校报到前一天,肖长友出现在我家门口,说要跟我"谈谈"。

我没让他进门,而是把他领到跳伞塔军体校里面。

在环形运动场的跑道边上,两个同情的男生在摊牌——他主要是在澄清一件事:他知道我喜欢许春丽,不是一般的喜欢,他并没有如我所想的乘我闭关去追许春丽——反而是许春丽主动向他表达的,而事实上,他也喜欢许春丽,便欣然接受了,希望此事没有对我造成太大的伤害。

听他讲着这些我所不知道的内幕,我发现自己忽然变得对此事不感兴趣了,很自然地表现出一副无所谓的样子。

在跳伞塔门口分手时,肖问我:"武文阁,以后咱们还是朋友吗?"

"是同学。"我回答。

## 五

新学期,新气象。大家升级了。

开学第一天,是一个星期一的早晨,全校师生在大操场集合,举行升国旗奏国歌仪式，再进行我们长安中学的传统保留节目——林校长训话。

但是在这一天，不敢说全校男生——但敢说在高中二年级发育正常的男生心中升起的不是五星红旗，而是二班队伍里头一张女生的脸——那是大家此前从未见过的一张脸，肯定是一位新转来的女生……

跟随我们一班的队伍在大操场上站定之后，我首先看到的是面对我们而站的班长兼领操员肖长友。如我所愿，我们的关系因为是情敌，已从朋友退回到同学，所以昨日报到之后没了以往的私聚。这是我来学校后跟他见的第一面，感觉他好像专门看了我一眼，甚至还有意点了一下头。许春丽作为班上个子最高的女生（她有一米七一），站在女生第一排，留给我一个修长的背影，下楼整队时我感觉到她的目光偏执一端，像是在有意回避正视我……这与她留在我心中的冷酷印象相一致……然后，升旗仪式便开始了，就是在蓝天白云下鲜艳的五星红旗冉冉升起的过程中，我忽然——毫无原因地——有点神经地——向左一转头，便看见了那张灿烂的脸，白得像皎洁的月亮一样，令人有目眩之感！这一年我长到了一米六八，在男生中算中等个儿，排在队伍中间位置。那个女生正好排在二班女生的中间位置，我们正好同排，狭路相逢！国旗继续上升，我赶紧将目光收回来，抬头仰望神圣的国旗……等到国旗升至旗杆顶端，林校长开始训话，我又管不住自己的眼睛了，再一次投向左侧……

怎么说呢？

这张脸太超现实了：异常白皙，简直比白种人还要白，而她的面部轮廓确实长得很欧化，有一双大大的蓝眼睛，笔直的高鼻梁，鼻尖微微上翘，微微开启随时像在对人说话的薄薄的红唇……乍一看像维吾尔族女孩,我在她的脸上看到了我的初恋严诗玲的一部分,但似乎更灿烂、更妖冶……没的说,在这张脸首次公开亮相于长安中学的这个早晨,她让所有的女生所有年轻美丽的女教师的面孔刹那之间黯淡无光相形见绌……

大概所有人都已看见或即将看见,我不过是近水楼台先得月罢了。

往常,在校园里,我并不是一个没事儿盯着女生看的男生,但是在这个早晨却表现反常,一则是那张脸太美了,二则是我刚失恋——准确地说,连失恋都谈不上,只是单相思遭受沉重打击——所以有点小颓废,有点破罐破摔,不太顾及自个儿的形象:我就那么使劲地盯着她看,终于迎来她的反应——她先是很生气地瞪了我两眼,之后目光便慢慢柔和下来,到最后似乎在张口问我什么……这时候,我反而一下怯了,将目光移向台上的林校长……

"武文阁大跌眼镜!眼珠子都掉地上了吧?"

训话完毕,整队回班途中,男生们开始拿我打趣:

"武文阁,是不是特炸弹?"

"武文阁,平时看不出来啊,整天道貌岸然的,原来你是个大色鬼啊!"

"武文阁,咱能不能别这么丢人,搞得长安中学的男生没见过美女似的。"

"怪不着武文阁,要怪只怪转来了个大尤物!"

"谁说咱们长安中学没校花,这下子不就有了嘛!"

"那简直是个妖精啊,看得头直晕。"

"这下要有故事了,等着瞧吧。"

……

班里的几大油嘴子都在拿我开涮,逗得女生们嗤嗤窃笑,我成了大家的开心果。看来人民群众的眼睛是雪亮的,这个早晨绝对出大事儿了——我想:真正的校史——写在每位师生心坎上的校史,就应该记录这些事……我正在写的本书,就来做点努力吧。

高中部教学楼共有三层,三个年级一级一级往上升,现在我们升到二层了。这天下午,两节课过后,自由活动时间,我正准备到足球场去踢场球,走过楼道时便睹物思情起来,我仿佛看到初中时代的我迎面跑来,来找严诗玲,一瞬间里心中溢满伤感的情绪……新一轮情感上所受的打击,激活了封存在记忆中的上一次打击,加剧了伤感的情绪……

从高中部教学楼走到大操场——足球场,需要经过单身教工宿舍……咦!那儿怎么停了一辆警车?一辆警用吉普,还有一个警察,当我走到警车前时,另外两个警察正把一个人从一间单身教工宿舍里押出来,手上还戴着明晃晃的手铐……我的天!那不是初中部教美术的谢老师嘛!哦,报应来了!我就傻愣愣站在警车边上,他被押上警车前看见了我,愣了一下,我冲他笑了一下,他毫无反应,目光无神……"嗨,那个学生,没事儿走开,看啥热闹!"一个警察喊道。我退后一步,站在一边,一直看着警车开走……

真是报应啊!不是不报,时候未到,时候一到,立刻报销!我真想对着朗朗乾坤,对着南洋的天涯海角大喊一声:严师姐,报仇的时候到了!老天爷绝对存在,有意让我看到这一幕,这绝对是他老人家的意思!后来在足球场上踢球时,我一直在想一个问题:要不要把此事写信告诉严诗玲?我们中断通信联系已经一年多了,但她的地址我保留着,要不要告诉她——这大快人心事?等到这场球踢完,我也想明白了:还是算了,还是不要再去揭她的伤疤了吧,也许她作为基督徒早已经宽恕了伤害她的人,在另一个世界里很安宁很幸福地生活着——难道这不是我所希望的吗?

这个周末回到家里,又听见一个令人震惊的消息:小薛阿姨也被警察抓走了!罪名是聚众跳贴面舞、看黄色录像。与此同时,在饭桌上,我从父亲和继母口中听到了一个新名词:"严打"——从重从严从快严厉打击犯罪分子的简称。听说,在这次行动中,我们过去的对门"六号坑",家家户户都有人被抓,更有甚者,一家几兄弟全被抓走……

更刺激的还在后头呢。

大约一个月后,秋已凉了,秋后算账。一个上午,课都停了,全校师生在大操场参加公审大会,亲眼目击了谢老师——这个多年以来利用教学之便强奸、诱奸、猥亵二十多名女生的反革命流氓犯被判处死刑,立即执行,押赴刑场!看着他被剃成光头五花大绑地押在前排受审,审判过程中,他老想抬起头来看观众(里面全是他的学生与同事),都被押他的解放军战士压了下去……

除了站在前排罪大恶极被判死刑的这几个,还有一堆犯人站在后几排,我抬起脚尖仔细分辨着他们,想从他们中间找到一个人,但没有找到……

这个周末回家时听说,小薛阿姨罪行较轻,被判两年劳教。

公审大会,并没有带给我进一步的复仇快感,而是一种强烈的心灵撞击:昨天还在课堂上教我们画画的老师,原来竟是一个罪大恶极的罪犯,转眼就成了阶下囚枪下鬼,人生路漫漫,有些错误不能犯……我不知别的同学是否有着与我相同的感受,我只记得会开完后无人公开议论此事,连那几个油嘴子也不拿此话题开玩笑,大伙似乎都被震慑了——这或许正是把公审大会开在重犯犯罪所在之地的意义吧?我心中还曾暗自思忖:被谢侵害的恐怕不止这二十多个吧?这二十多个女生,如今还有几人在本校就读——有没有人在场目击正义伸张的这一幕?

这真是一个叫人饱受刺激的秋天,大刺激后还有小刺激。

这天下午到达课堂后,上课前,集体订阅的新一期《文萃报》到了,大家人手一份都在看……说起这个《文萃报》,对于我们这一代中学生来说,真是大名鼎鼎,如雷贯耳,其他报刊难以望其项背!它正是乘着这几年的学习热迅速崛起的,在全国中学生中的订阅量真的能够达到人手一份的程度。我们是在教语文的上官老师的建议下集体订阅的,它是周报,每周新报到时,便会形成围观……

"啊,班长的诗!这期有咱们班长的诗!"有人发出惊声尖叫——就像样板戏里的女主角在道白,我一听便知是许春丽。

然后是一片喧哗,继而是一阵欢呼。

我在手中的报纸上迅速找到了那一版,果然,一首四行小诗,我一看就很眼熟,作者是长安中学肖长友……

肖长友手持报纸,激动得一蹦三尺高,一下子跃到我的面前,向我做出了一个极具挑衅性的动作——朝我挥了挥拳头!

我如同哑巴吃黄连,有苦道不出:上学期,是我亲手把一本《晨钟》寄往《文萃报》的,现在人家只选了这一首发出来,诗末写的一清二楚:选自长安中学《晨钟》。

这事儿对我的刺激结果是:这个周末我回到家,星期天在父亲办公室,把自认为拿得出手的诗,认认真真工工整整誊抄了几十首,然后一次性投往能够找到地址的十家报刊。那年头,这真是一件再简单不过的事,连邮票都不用贴,剪去信封右上角,稿子就寄走了……真是一件无本万利的事。

冬天到了。郁郁葱葱的校园一下子变得光秃秃的，北方的冬天就是这么萧瑟……

为了迎接明春举行的全市中学生足球联赛，体育教研室要在我们高二年级举行一次选拔赛——在一所以田径为传统体育项目的中学，平时不太重视球类运动，三大球连常设校队都没有，只是遇到市上有比赛，再临时决定派不派队去参加。今年也不知怎么了，不知是哪位校领导心血来潮，决定组建校足球队去参赛，于是有了这次选拔赛——这也是我们进入这所中学以来首次在班与班之间举行的三大球比赛，事关班级荣誉，遂成一件大事。先是班主任上官老师在班会上动员，这位不怎么看重校田径运动会成绩的老师这次忽然说出了这番话："足球是男子汉的运动，最能体现一个班的阳刚之气，咱们要赢，要争当冠军！"他将紧急组队的任务交给了班长和体育委员。

这让肖长友不得不来求我——因为在这个班的男生中，我的足球肯定是踢得最好的，虽然一直没踢过正式比赛，但平时在体育课上或自由活动时间踢球时，谁是什么水平，大家心里有数。首先，肖长友自己就踢得不错，是个很好的中场组织者，我算是一匹快马，擅长得分的前锋，他又找了两个不错的后卫（体育委员就是其中的一个），四个人在校外小饭馆里喝了一顿酒，班队的骨干就形成了。

喝完酒，在回校去上晚自习的路上，肖长友有意放慢和我走在一起，对我说："武文阁，感谢你支持我的工作，本来我以为你要消极怠战呢？"

喝了酒，我听他说话不顺耳："嗨，你说说，我为啥要消极怠战？"

问得他顿时语塞："咱俩不是……那啥嘛……"

"啥？啥叫那啥——到底啥？你说清楚！"

"不是因为……许春丽嘛！"

"肖长友，你也太高抬你女朋友了吧？我承认我是喜欢过她，现在已经忘了。"

"嘘！小声点，别让他俩听见！"

经他这么一提醒，我方才意识到：他和许春丽谈恋爱是秘密的，班里同学当然还有老师其实并不知情……

我无话可说。

他还跟祥林嫂似的念叨着我刚才说过的话："忘了就好，忘了就好……"

我无话可说——什么都不想说……

选拔赛开踢。

一周一场球。

四个班，按实力应该分为两档：一二班实力较强，三四班实力较弱。前两轮比赛，我们把三班赢了一个5∶0，把四班赢了一个5∶1。在这两场比赛中，我各进3球，总共踢进了6球，在射手榜上暂时并列第一——虽说踢的是循环赛，但二班与我们战绩相同，同样是两战两胜，净胜球也不相上下，所以最后一轮我班与二班的比赛就变成了冠亚军决赛，谁赢谁冠军，打平计算净胜球。他们班有个球星级的人物是体育教研室专教足球的曲老师的儿子曲向晨，在射手榜上与我并列领先的就是他，这场决赛还将决定最佳射手的归属。

让我班很不舒服的是曲老师将出任这场比赛的裁判——不知道为什么要这么安排，至少应该避嫌吧？——对此，班长兼班队队长肖长友鼓励大家说："兄弟们，做好心理准备吧，今天绝对是逆风球!一场苦战!"但是,比赛一开始,曲老师的判罚便多少打消了我们的顾虑。他儿子曲向晨,球踢得好,好胜心重,有心跟我争最佳射手。他在他班踢前锋,我在我班踢前锋,在足球场上,对不上点儿,你踢你的,我踢我的。他可倒好,一上场就来找我,争头球时不起跳一猫腰将我顶了起来,重重摔在地上,摔得我眼冒金星,半天爬不起来……这一招挺坏的,他显然是想让我受伤下场或情绪失控,不料想他爹迅速冲了过来冲他亮出一张黄牌,金刚怒目,嘴上还斥责道:"曲向晨!你是踢球呢还是伤人呢?!小心我把你罚下去!"这下我心里踏实了,看来曲老师是爱足球胜过爱儿子,吃个暗亏没啥,在足球场上我特能忍,比生活中能忍多了。

客观地说,这是一场激烈有余精彩不足的比赛,双方基本都在中场绞杀鏖战,经常踢得人仰马翻,能够真正威胁到对方球门的机会少之又少。对方球星曲向晨迷恋于在中场带球过人出风头(他过人技术确实好),但是过两人,过不去第三个,落进了我班的层层包围圈。我的机会也不多,但还是威胁到了对方球门,有一次,我在对方后卫的阻截中抢得皮球抬脚便射,从球门立柱边差一点偏出,皮球重重砸在球门后面二班观战加油的女生身上,一个女生尖声骂道:"哎哟!太野蛮了!真是个野人!"我侧脸一看,眼前一亮,竟是那位新转来的漂亮姐儿!我不由自主地冲她笑了一下——那一笑,把我自己给笑醉了,把对方笑得愣在那里……

不光是他们班女生全来观战加油,我们班也一样,许春丽——我们班的百灵鸟,自觉担任起了拉拉队长,带头喊:"一班,加油!"她带头喊的另一句口号让我听得很不舒服:"班长,加油!"……

老实讲,这个下午,这个冬日阴沉略有寒风的下午,站在足球场上,是以上两位女生的存在与表现,刺激到了我,成为我锐意进取耐心等待时机的强大动力……

激烈的比赛过得快，转眼已经接近于终场，肖长友冲我鼓了鼓掌："武文阁！还有五分钟左右，我好好给你传一个！"

如其所言，他真的做到了，朝着对方后卫身后的空档传出一记好球，我这个前百米冠军（三十米冲刺似乎更快）用尽全身最后一点气力，高速冲刺，将球推射入网，速度奇快，球却进得轻巧……打进之后，我凭借冲刺的惯性一直冲到球门后面二班的女生面前，张开双臂，大喊一声："进啦——！"

"饿（我）贼你妈！"气得曲向晨在场地中央用长安土话骂上了，他爹曲老师立马冲向他，向其亮出了第二张黄牌，然后又亮出一张红牌——两黄变一红，他被罚出场。失去了这位球星，对方在最后时刻追平的可能也不复存在，我甚至还有继续扩大战果的可能……终场哨响，我班三战三胜获得冠军，我以七球荣膺最佳射手。

作为夺冠的头号功臣，我自然受到了队友们更多的祝贺，肖长友一把将我抱起来，就好像过去好的时候那样，最滑稽可笑的是：曲向晨还在那儿骂骂咧咧……这真是个痞子，这是个真痞子，要不是本校教工子弟，他根本没资格来读省重点，足球场上踢不过你，下得场来就要骂死你，符合其痞子逻辑……一旦下了场，我的耐性就没那么好了，他也不看看我是谁：我拿砖给人开瓢时，他还是个嫩鸡仔呢！我径直冲过去想与之理论，被肖长友眼疾手快拉开了……曲老师走到我和肖面前，各拍了我们的头一下："你俩，还有你班的两个中卫，也许还有其他两个，做好到校队报到的准备，下周开始冬训！"我俩异口同声地回答："好！"走到后操场入口处，看见上官老师——他好像是下半场才来观战，眯着眼冲我俩笑着说："两强相遇勇者胜，能文能武好样儿的！"许春丽率领的女生啦啦队也等在那里,向我们道贺,她对我不过是视若常人,很敷衍地说了一声:"踢得好,祝贺!"对肖长友则表现出异乎寻常的热情并且赞赏有加:"班长,踢得太好了!不愧为中场灵魂!"——她在班里,始终把肖长友称作"班长",我想:如果肖长友日后当了大官(像我继外公那样),她一定是个标准的官太太,现在就已经提前到位了……我在她身上得到了人生的一大宝贵经验,那便是:一个女生若不爱你,是永远不会给你公平的,所以,绝不要把女性的评价,当作自己的价值体现。

足球队的人直接去了学生食堂,各自打了饭菜放在一桌吃就算是聚餐了,算是庆功宴!肖长友一看气氛好,从口袋里掏出三块钱,说是《文萃报》上发表的那首小诗的稿费到了,请大家喝汽水,然后派人去买了两打汽水,大家轮流喝,我感觉汽水有点酸——大概是我的心里有点酸吧……这个冬日的傍晚,我们在学生食堂一直狂欢到晚自习快要上了,方才离去……确实,对于一个集体来说,任何项目都没有足球更能叫人血脉偾张团结一体。离开这个班(这很快将成事实),如果问我有什么留恋的话,最留恋的当属这支临时组建的班队了,这个奋力争来的冠军,这份足球带来的狂欢与快乐吧!

## 六

期中考试后,还是给每人发了一个成绩条。除了各科成绩、班里名次、年级名次之外,这次多出了一栏,叫"文理分科志愿",需要自己填写,但成绩条则需要家长签字后交回。

我先在这一栏中填上"文科"两字,然后交给父亲,没想到他一下子严肃起来,到我房间要跟我单独谈话。

坐在我对面,仔细看着成绩条,他说:"班里第 15 名,好像进高中后你一直就在 15 名左右徘徊,但是很明显,你的物理、化学成绩还有很大的提升空间,后两年——哦,哪里还有两年啊,后一年半如果再努把力,我估计你在班里能进到前 10 名,省重点火箭班的前 10 名,考一所重点大学毫无问题,这样的基础你选择学文科,岂不很可惜?"

"我同意您的判断,努力一下进前 10,应该没有问题。"我说,"但您不能光盯着高考啊,我这辈子究竟干什么都得考虑进去。"

父亲用疼爱有加又不乏欣赏的目光望着我说:"我这辈子,有一个没有实现的梦——那就是做一名医生,在我心目中,到现在都是如此,一直认为医生是世界上最神圣最光荣的职业。可是我参加高考那年,志愿填坏了,我前两个志愿填的都是医学院,第三志愿填了长安大学地质系。那年头,不管你是第几志愿填了西北的大学,都会优先录你,国家战略——支援大西北嘛!我的医生梦就这么破了……我想问问你:对于做医生,你有兴趣吗?去替我实现这个梦想?"

我摇了摇头,实话实说道:"我很尊敬医生这个职业,可我觉得自己做不了,用刀子在人肚子上划来划去……想起来太可怕了!"

父亲笑了:"那是外科医生,你别说,我当年想当的还就是外科医生,我觉得自己身强体壮,手大有劲,一定能在手术台上站很长时间,而且能做到胆大心细,动作精准……你没兴趣就算了,这事儿不能强求,这个道理我知道,人对没兴趣的事情是做不好的,那么,做建筑设计师怎么样?你小时候学过画,有美术基础,又有想象力,那时候咱家的鸡窝都是你一手设计一手盖成的,还记得吗?我觉得你适合做这一行,而且在未来很长一段时间我们国家将处于一个大发展的时期,建筑业拥有广阔的前景……"

"对这一行的兴趣是比当医生要大一些,但还不是我最大的兴趣。"

"你最大的兴趣在哪儿?说出来!"

"文学。我想当……作家、诗人!"

"这一说,又跑到文科那边去了,尽量不要学文科,没啥出息的……你看能不能这样,你先学理科,先去当一名医生或者建筑设计师,养活自己,养家糊口。业余时间写点东西,写得好再转过去,鲁迅、郭沫若不都是先去日本学医,后来才弃医从文的吗?"

"明明知道抗战最终会得胜利,干吗还要曲线救国呢?"

"你小子!是长大了,脑子这么复杂,还会狡辩,这样吧,既然文理分科是在学期末才最终确定,咱先不着急,等我从加拿大考察回来,咱们再商量,这一步一定要迈好——柳青不是说过吗:人生很长,但最关键的就几步!"

接下来,父亲就出国去了,我的成绩条需要交回,还缺家长签字——怎么办呢?我就请继母签了字,她自然是挺高兴的,有一种受到尊重的感觉,认真签下她的芳名,然后说:"我赞成!你就应该学文科。"——不曾想,如此正常的举动,却为两个月后的家庭风暴埋下了伏笔。还有一件事,继母想去不远处的女监探望她劳教中的同事小薛阿姨,我想跟她一块儿去,但是不好请假,我就托她带去了一本书,是我目前最喜欢的一本诗集——上海文艺出版社出的《百家诗选》。

足球选拔赛出了风头之后,我真心祈祷能安静下来——或许正是因为这么想了便安静不了啦，一个更加热闹堪称神奇对我此生至关重要的黄金 12 月在后面等我。

先是一个星期一的早晨，校足球队首次集训——是冬训的开始，6 点半，天还没有亮，入选的 22 名队员就在后操场集合了，专教足球的曲老师出任教练。他先来了一个全体大点名，点到我时，他比别人多加了一句问话："你是不是在省报上发表了一首诗？"我回答："发表过一篇文章，没发过诗。""是诗呀，分了行的。"曲老师说，"昨天的报纸上。"我听了心开始狂跳：难道是我 10 月份投出去的诗发表了？有这么快吗？这个信息搞得我首次冬训有点心不在焉，我一直在想如何能够尽快看到这份报纸，终于想明白了，于是在 10 点钟的大课间我去了语文教研室。上官老师不在，我问其他老师："可以查阅一下报纸不？"回答："可以。"我在阅报栏前取下一沓省报，最上面一张便是昨天的，打开一看，果然！一首 15 行的诗，发表在《太白山》副刊"试声台"栏目，我问可否借走，回答不可以。我说上面有我的诗，所有老师纷纷侧目，向我投来惊讶、赞许的目光："可以"、"可以"……于是，我将那张省报带到了本班教室，从同桌传起，迅速传遍全班每一个同学……我听见后排一个同学议论道："这也太牛了！比班长还牛！别看《文萃报》发行量大，可毕竟是中学生园地，这可是成人报纸——是省报！"

到底是肖长友那次还是我这次发表的含金量高？班里同学立马分成了两派：挺我的看法如上，认为成人报纸肯定比中学生园地难上；挺肖的则认为省报再高大上发行只在省内，中学生园地再稚嫩影响却在全国——其实，理由都是后找的，屁股决定脑袋，比方说，许春丽打死也不会挺我……但是，这个争论只在班里存在了一周，在一周后的周一便告平息：新一期《文萃报》来了，又炸了锅：上面刊有我两首诗，所占版面更大了，我头一眼看到时也蹭的一下跃起来，跃至讲台前的空地上，回头面朝肖长友的方向——朝他回敬了一个挥挥拳头；与此同时，还冷冷地瞥了许春丽一眼！然后，我跑出教室，跑下教学楼，跑到校园中的小操场——就是当年我和严诗玲相约打羽毛球的地方，此刻它空着，让我心中充满美好的伤感，我对着冬日午后灰蒙蒙的天空发出一声小兽般的长啸——这长啸犹如一道闪电把天给划漏了，雪花纷纷飘下——是这个冬天的初雪，我任飘洒的雪花在我脸上融化，这个幸福的时刻，我愿与我生命中永恒的初恋严诗玲共享，远在南洋天涯海角的她，已经多久没有见过雪了，她会想念祖国、长安、母校和我吗？她会想到我在想她吗？想到这些，我泪如雨下，呼应着漫天飞舞的雪花……

这才仅仅是个头。

从此以后，隔三岔五，要么是同学惊呼：又在哪儿看到我的诗了！要么是学校传达室窗前悬挂的小黑板上频频出现"武文阁"三个字：要么收到样报或样刊，要么寄来稿费。到这年年底，我算了一笔小账：我在10月里那个幸运的星期天一次投往10家报刊的诗稿，竟有8家发表出来，竟然全都发表在这幸福的12月！

由于陆续收到稿费，我给每个亲人都买了礼物：给弟弟买了一个新足球，给外婆买了一副皮手套，给继母买了一双新皮鞋，给父亲买了一条大围巾……他一直在加拿大考察，没有在第一时间分享到我的喜悦。

这年公历年除夕夜的年夜饭，继母和外婆格外重视，因为父亲将在这一天赶回祖国赶回家来，与大家团聚，共迎新年……而这年夜饭的气氛，起初也是无比温馨无限美好，父亲给每个人都带回了礼物，他的洋礼物比我的土礼物似乎更受大家欢迎。父亲说起加拿大的见闻，一家人都特别感兴趣，他对异国他乡的诸多溢美之词，我们当年还消化不了，比如他说："加拿大太好了，风景美如画，很少能见到人。"——在我听来，这叫什么话？这有什么好？没人有啥好？还有他说道："到处都是森林，人们都住在森林中的小木屋里。"——我马上想到终南山，去春游一趟还可以，倘若天天住在那个环境中，人岂不是要发疯？还有他提到了我听不明白的一些事物：比如"高速公路"——跟一般公路有啥区别？难道把车开快点就是高速公路吗？比如"超级市场"——跟一般商场有啥区别？难道把商场修得大一点商品进得多一点就是超级市场吗？估计也是和我一样，不能完全消化父亲口中加拿大的好。

之后，话题从父亲的加拿大转移到我在12月创造的发表奇迹，父亲的情绪依然高涨，喝了不少他自己带回的洋酒，对我用稿费给大家买礼物之举非常赞赏；说外婆、继母没有白疼我，弟弟没有白白崇拜我，他自己还率先提及"诗人"一词并将之加诸我身："哈，索索成诗人了！你知道谁会最高兴吗？"我心里想的是我那死去的妈，但当着继母不好说出来，便故意问："谁？""你奶奶！"父亲说，"她是国立女师大国文系毕业的，自己就会作古诗。你爷爷虽是学工的，也会作，他俩经常在一起对诗，相互唱和，都留下来了，改天我拿给你看，她在天有灵，要是知道她从小带过的最疼爱的孙子成了新诗诗人，一定会高兴的。她自己作古诗，也喜欢新诗的，我记得她喜欢郭沫若的诗，毕竟是'五四'新青年嘛，她留给咱家的传家宝就是郭老译的《战争与和平》……"

这是多么美好的除夕夜！多么美好的年夜饭！多么美好的亲人间的交流！如果不是即将转入的下一个话题……

"文理分科的事儿，咱们可以拿到桌上议一议。回国的飞机上，我还在想这件事……"父亲忽然说。

"早就……报上去了。"我说。

"报上去了？怎么填的？"

"文科。"

"不是……还需要家长签字吗？"

"您出国走得急，我让我妈签的字。"

咚的一声，父亲将手中端着的酒杯重重墩在桌面上，脸色大变，冲着继母质问道："他让你签你就签，你根本不管他填的是什么，对吗？"

继母辩解道："我尊重孩子的选择，有啥不对吗？何况他文科超强——这不是明摆着吗？"

父亲不依不饶："你懂什么？文科都是假把式，我当年在长安大学读书时，大家最看不起的就是中文系的，背地里把它叫作看小说系，整天看小说，叫什么读大学？"

继母反唇相讥："我当然不懂，我又没读过大学。"

父亲继续逼人："你不只是不懂，你是不用心。索索要是你亲生的，你会这么不问我意见就着急忙慌草率签字吗？"

哦，我一听便知父亲说错话了——到此，这顿年夜饭算是毁了！

"天地良心！你问索索自己，我自打进了这个家，对他怎么样？是不是把他当亲生的对待？是不是比对亲生的还要尽心？你出国将近两个月，外国的牛奶把你灌糊涂了吧？"继母这下是真生气了，"我知道你看不起我，看不顺眼咱们可以离！妈，拉拉，咱们离开这儿，免得让人瞅着碍眼！"

继母、外婆、弟弟遂离开了饭桌。

父亲手指哆嗦着,用火柴点着一支烟,深深吸了一口道:"还……有没有修正的可能?"

"我想……可以吧。"我说。

"我明天就去找学校!"

"不用那么急,这学期家长会上才会做最后决定,到时候您去就可以了。"

"好,就这么定了!"

然后他也离开了饭桌。

等我收拾完桌子,洗完了碗筷,打扫了厨房,回到自己房间,夜已深了,我在厨房干活儿时,隐约听到父母房间里还有争吵,只是声音渐弱……面对刚刚爆发的一切,我的心绪十分复杂,与继母的感受肯定不同,我至少从中看到了父亲对我无可置疑的爱与保护,一个没妈的孩子活在世上,心理上需要一个强势哪怕有点骄横的父亲。与此同时,我也不希望因为我的存在而影响到他们俩来之不易的关系……满脑子想着这些,直到客厅里外婆和弟弟在看的电视里迎新晚会的钟声传来……

1984年来了!

在1984年的新年钟声里,我在心中做了两个决定:一、如果父亲一味坚持我必须学理科,为了他对我那无可置疑的爱,我就退让一步做出妥协去学理科,对文学走一条曲线救国之路;二、一年半以后,填报大学志愿时,不管第几志愿,我绝不填本省的院校,我要走得远远的,为了父母的关系!

第五章

1984

一

本学期期终考试是文理分科前最后一次大考,我的战略思想是:物理、化学,但求及格,其他各科尽可能高。

考完就是家长会,是在一个下午举行的。我把父亲送出门,就一直在等他归来,等到下午4点多钟。我带着弟弟去家属院门口的空地上踢球,就是为了能够亲眼看着他回来,可一直等到天黑,也未见其影。弟弟说肚子饿了,我就带他先回家……外婆将饭菜刚在桌上摆好,我便听到门口传来父亲的声音,他单手捧着一包油油的东西,对外婆说:"妈,麻烦你把这个切一下,我在加拿大,最想念的就是这个了——猪头肉!"

没错儿,他最爱吃卤猪头肉了,今天开完家长会主动跑去买回家,说明心情好——他的心情好了,我的心顿如冰海沉船:完了!看来只能"曲线救国"了,我的遥远的文学梦啊,追到它需要走一条漫漫曲折的长路!

父亲故作不经意地把带回的成绩条递给我,我一看,心情更加灰暗:14名倒还不错,只是物理68、化学65,在一串90分以上的成绩(连音乐都是90分)面前显得太过扎眼……我已经苦心经营到这番格局了,还是无法改变父亲的心意,我心中一片无可奈何的灰暗!

等一家人在饭桌边坐定，父亲正襟危坐开始发言："今天下午，我去长安中学参加了索索的家长会，把情况给大家汇报一下。"

"拉拉饿了。"继母提醒他。

"哦，对不起！对不起！弟弟开始吃，大家都开始吃，边吃边谈……"父亲说。

众人纷纷动筷，我却毫无食欲，等着他宣判。

"有猪头肉，我还是想来点酒——不过，想喝中国白酒。"父亲说。

继母马上去拿来半瓶西凤酒，和一个小酒杯。

"给索索也拿个酒杯！"父亲说，"今天他应该喝点儿。"

我那沉入冰海之中的心，又往下一沉……很明显，这是打一巴掌揉三揉！

父亲将两个小酒杯斟满，然后举起面前的一杯："高中已经过半，成绩还算理想，特长比较突出，值得喝上一杯，来，干了！"

我心情郁闷，来者不拒，端起酒来，一饮而尽！

父亲拿出一个随身携带的袖珍小本，继续发言道："索索啊，你应该感到庆幸，毫无疑问，你上了一所好学校，先不说教学质量如何，你看看校长、老师的态度——这种对学生负责任的精神！啧啧！首先我感谢你，让武文阁的家长成了每个家长都要为之侧目的重要人物，整整一个下午，我们这些家长都一直坐在你们班的教室里开会，班主任上官老师主持，请各科老师依次出来总结期终考试：你语文继续保持全年级第一，英语、历史、体育进入全年级前10名……等所有科目总结完，上官老师逐个儿跟家长交流，来到我面前，毫不含糊，力主你学文科……最想不到的是，最后林校长也来了，并不是跟每个家长都要谈话，只找了我和肖长友的妈妈，告诉我:'你一定要让你儿子学文科,他将来会在文学上有大出息!'还说:'相信我的判断吧!'"

"那……"我紧张得声音都有点颤抖了,"您……您的意见呢?"

"我的意见嘛……"在日常生活中,父亲几乎是一个不会开玩笑的人,这时候却像在跟我开玩笑,故意调我胃口似的,"当然是支持你、老师、校长,还有你妈的意见——同意你上文科班,我已经在学校签过字了。"

我的比喻用对了:这时候,我的心就像海底的沉船,被海神重新注入了元气,缓缓漂浮起来,向着海面飞升,速度越来越快,终于浮出海面,露出头来,还呛了几口海水:"咔……咔咔!谢谢!"我举起酒杯敬父亲。

"别急!"今天的父亲似乎学会了卖关子,"你得答应我一个条件。"

"啥条件?"重出海面重见阳光的我感觉已受不起惊吓了。

"从今天起,你将高考目标确定,只奔一个学校去——中国师范大学,国立女师大是它的前身之一,等于是你奶奶的母校,鲁迅做过教授的学校。据我所知它的中文系比北大强,师资力量是全国高校中最强的……"

"好啊!可以呀!"

"有没有把握?"

"不敢说有把握,它收分也不比北大低多少啊,但我有决心,愿意为它拼一把。"

"好,一言为定!"

这顿饭吃得很长,到后来餐桌边只剩下父亲和我了,父子二人谈兴依然很浓……

父亲满面红光道:"你只要拿下中国师范大学再顺利毕业的话,长安城里各大学的教师岗位随你挑。你先安安稳稳做一名大学教师,业余时间从事创作,至于能不能当成作家、诗人,不必强求。人这一辈子,不是光靠个人才华、努力就可以的,有时候还得看机遇、碰运气……"

"是。"

"我相信你们这一代人所处的时代只会更好,每个人的机遇会更多,机遇总是属于准备好的人,你现在所做的全都是做准备——为自己的一生做准备……"

……

夜深了。

黑暗中,我躺在自己床上半天睡不着,感到心上一块石头落了地,感到前方又亮起了一座光芒四射的灯塔,感到自己的未来还是挺有奔头……想着想着便酣甜入梦,一夜好梦……

寒假开始了。

等这个寒假过完,就要重新分班了——也就是说:原有的班就地解散,但却没有举行任何仪式。拿我们班来说,考试过后,各回各家,然后就是家长会,班主任上官老师对我们连句告别的话都没有……

对我来说,比以往假期多了一个兴奋点:为了踢好开春开始的市中学生联赛,组建不久的校足球队的冬训在寒假之中继续进行,一周两练,返校集训。

这天上午训练到一半休息时,曲向晨对我说了自冬训开始以来——不,是整个中学时代的第一句话——他用长安土话问我:"武文阁,知道不?下学期咱俩要同班咧……"

我一听就明白了，反问他："你也报了文科班？"

曲向晨说："饿（我）不报文科班谁报文科班呢，不过报了也没球用，到哪儿都垫底。"

这小子把我给说笑了，他倒挺实诚——对自己的情况毫不回避，这么说吧，我们全年级学习第一和倒数第一（成绩都特稳定）都在这支足球队里，此刻就在我眼前（作为我的队友）：肖长友和曲向晨。所以，曲跟我主动搭话，肖看在眼里听在心头。

曲又问我："武文阁，你知道饿（我）今儿个主动搭理你啥意思？饿（我）虽说在咱学校啥都不是，不过在钟楼这一块的道上还是有点小名的，饿（我）平时可不主动搭理人……"

主动搭理我？你以为你是谁呀？他的流氓口气令我反感，便没好声气地回答："不知道！"

他冲我诡秘一笑道："你得是……看上莫娜咧？"

"谁？"

"莫娜么。"

"莫娜是谁？"

"你装啥呢嘛！球场上你还冲人家看呢——这么快就忘了？"

我明白了："就是你班新转来那个……靓妞？"

肖长友忽然应和道："对！"

曲继续道："莫娜也报名要进文科班，所以饿（我）先给你打个招呼：她是饿（我）女朋友，你就不要打主意咧，听见没？"

真是莫名其妙！不过我想逗逗他："我听说她的男朋友可不是你呀，听说才来一个学期，已经换了好几个……"

他果然被噎住了："现……现在，是饿（我）……"

一声哨响，休息结束，重返训练……

后半段训练中,我练得格外起劲,带着一种男生特有的虚荣的喜悦:年级来了一个校花级的女生,一个全校闻名的小流氓想打其主意,还想着先将我排除在外……由此可见,我在同学心目中的地位和分量!

有道是:无巧不成书。我发现:故事爱扎堆。上午训练结束后,曲老师让大家到器材室领校队的新球衣,号码自选,曲向晨当仁不让抢下了一支足球队中地位最高的荣誉号码——10号,肖长友选了中锋号码——9号,我因为打小崇拜中国国家队的快马边锋古广明,所以选了他的号码——7号,曲老师当即叫停,让我们仨互换一下:让他儿子把10号给肖长友,让肖长友把9号给我,让我把7号给他儿子——曲老师真是太懂了,不愧是进过市青年队的专业运动员出身,他给大家讲解道:"10号应该归中场组织者,7号是边锋号码,9号是中锋号码,你们仨就是咱们队前场的铁三角,你们仨只要相互配合踢活了,咱们全队就轻松了。至于队长嘛,按道理应该由肖长友或者武文阁担纲,可是我有一点私心在作祟,在这儿跟大伙商量一下,如果有人反对就算我没说,如果大伙都同意,咱们就生效,怎么样?"

一片安静。

"曲老师!"肖长友说,"您说吧!"

"是这样——"曲老师说,"我想让曲向晨担任队长,我知道他在同学中学习不好,威信不足,难以服众,主要是基于这样的考虑:他学习不行,不像肖长友、武文阁,如果咱们在市联赛中打出了成绩,球队队长有可能会被某些有足球传统的院校特招。曲向晨的学习状况,恐怕只能走这条路了……你们看,可以吗?"

一片安静。

"可以，就这么着！"我说。

"同意！"肖长友说。

然后，大家鼓起掌来，越鼓越热烈……

"那就算是一致通过。"曲老师说，"同时任命肖长友、武文阁出任副队长，希望你们仨在球场上密切配合，激活咱们的中前场，在球场下相互帮助，做好球队的各项工作，大伙团结一心，目标一致——力争在市联赛中踢出最好成绩，为校争光，为自己争气！好，今天的训练就到这儿，解散！"

我等一行人拿着领到的衣服离开器材室，到车棚取车，准备回家。

家住学校家属区的曲向晨没有直接回家，一直追到校门口，叫住我和肖长友："饿（我）爸说让你俩到饿（我）家去吃个便饭。"

肖长友回答得好："不了，等踢出了成绩再去吃。"

曲向晨说："……行吧，到时候（饿）请你俩到大饭店去吃。"

我说："谢谢曲老师，再见！"

等我俩跨上自行车，曲向晨又喊了一声："路上慢慢骑，小心点儿！从今儿个起，咱三个就是伙计咧！你俩不认都不行！"

恍若隔世，如在昨日。我和肖又一同骑在回家之路上，肩并肩，曲氏父子成了我们共同的话题：

"你别说父子俩还都是实在人，实在得可爱，一个对人说：这女孩儿是我的人，你别碰！另一个说：我儿子学习不好，当了队长有可能被特招……"

"唉，可怜天下父母心！刚才真觉得曲老师怪可怜的，反过来求咱们，他不必征求咱们的意见，直接任命就得了……"

"是啊，真是想不到：学习不好，竟有这么多苦恼……"

"你这是饱汉不知饿汉饥了……"

"不说他们了,你寒假有啥安排?"

"有啥安排?能有啥安排?有足球队集训,就够忙的了。"

"我觉得咱们的《晨钟》可以再出一期,我来收稿子,由你继续负责编和印,如何?"

我听罢心中笑了:这小子可真精!无利不起早,算计到家了:他发表的那首诗就是这么来的,尝到甜头又想玩……我可不用通过这种方式,十投八中的成功率……他的话倒是提醒我:寒假中我可以抽时间整理一批新作再投一轮——我的一点功利心都是功利之人教我的,再说小薛阿姨被劳教了,免费的打字印刷蹭不着了……便说:"算了,我看其他几位心劲已经不高了……"

"都是被你的成功打击的呗——一将功成万骨枯!"

"……"

"寒假没事儿到我家来玩吧,我妈挺惦记你的。参加完家长会回来,说跟你爸特能聊到一块儿,还说你爸真是太爱你了……"

尽管我知道自己肯定不会去,但嘴上还是说:"嗯。问你妈好。"

当我俩又如过去一般,骑在这座城市最繁华的市中心和主干道上时,我意识到:只要不提许春丽,我们俩几如当初,可是有人偏偏喜欢哪壶不开提哪壶——

"你知道吗?许春丽也报了文科班,你们俩可以继续同班了。"肖说。

"你是不是也想学曲向晨:对我发出警告?"我没好声气儿地说。

"哈哈哈,就算是吧。"

"看来,我要不谈个恋爱,好多人都不安心啊……不过,我是真不打算谈,留到上大学以后,你们各安其心吧。"——我心里说的是:我谈恋爱的时候,你们毛都没长全呢!

之后,一路无话,我先到家……

还是像以往放假那样,赶前不赶后,我在春节前就将所有寒假作业都做完了,还整理出了一大组新诗投往十余家报刊。除了参加一周两练的校足球队的集训,每天还带弟弟踢会儿球、认几个字……

大年除夕夜,一家人坐在一起看中央电视台春节联欢晚会,有一个人有一首歌被记住了:张明敏《我的中国心》——进而成为时代标记……这是我第一次觉得:男人也可以把歌唱好听,从此对流行歌曲有了一点兴趣……

大年初一,不出门,留在家里过。

大年初二,开始走亲戚,去的是省委大院继外公、继外婆家。

大年初三,去军工城舅爷、舅婆家。一进屋发现他家有客人——一个中年老帅哥瞅着有点面熟,哦,想起来了,是许春丽他爸——这是厂工会主席下楼来给厂总工程师拜年来啦!他一看这一家来了这么多亲戚便很有眼色地起身告辞,还不忘招呼我:"过会儿上楼去坐坐,好久不到我家来了,你是长安中学的小诗人,多帮助帮助我们家丽丽——也不知道咋搞的,这学期成绩下降得厉害:从以往班里二十多名下降到三十多名——这个名次想上重点大学还是有点困难。"

"那可得狠抓!"舅爷说,"女生到高中,容易学不动。"

"不要急。"父亲说,"咱们在家长会上交流过,先把原因找准,再对症下药。"

然后许父便离开了。

午饭后,娘娘对我说:"上楼找同学去吧。"

舅婆也说:"把你的学习经验好好给她介绍介绍,帮助一下同学。"

我口气坚决地回答:"不去,人家才不需要我帮助呢。"

自然,他们是听不明白的,但也没有强我所难。许春丽成绩大幅度下滑,自然与她跟肖长友的"秘密恋爱"有关,在同一个恋爱中,一个不受任何影响,成绩永葆第一;一个在班里头一个学期下降了十名,这就是天才(应试方面)与常人的区别吧。上官老师多次在班会上不点名提醒过,连身体还没开始发育的同学都听得出来说的是谁,在长安中学可是将"禁止早恋"当作校训的,所以,即使有谈恋爱的也是像肖许这样秘密进行,活在同学的传说中。

晚饭后离开时,我抢先出门飞也似的冲下楼去,生怕在楼道里撞见她……

## 二

人是有直觉的:正月十五年一过完我就开始盼开学,以往这时候都是怕开学。我也从未去想这个开学与以往相比有何不同,只见自个儿态度大变:以至于校足球队最后一次集训时,我已经把一套干净被褥连同换洗衣服都运了过去,也就是提前两天便到校了。所以,我比其他同学早一天看到贴在布告栏里文理分科后的分班名单:我的名字出现在高二(4)班(文科班),其中我熟悉的名字有许春丽、曲向晨……还有人还不认识但已知其名的"莫娜",最让我高兴的莫过于班主任还是上官老师——不过这也容易理解:他是该校水平最高的高中语文老师,理应担任省重点恢复后头一届文科班的班主任。

提早到校的感觉让我获得了老师的视角,等着大家来,在报到日在新分的教室里帮老师做登记、收作业和学杂费。同学陆续到达,许春丽来得早,交完作业和学杂费,问了句:"我也帮忙做点啥吧?"我没有吭声,因为很明显,她是在问上官老师。莫娜是中间到的,一股子雪花膏的香气扑面而来,差点把我熏倒,交完作业和学杂费,她声音悦耳地说了句:"辛苦了!"这显然是冲我说的,我回了句:"不辛苦,为人民服务。"曲向晨住得最近,到得却最晚——这便是教工子弟作风,他一边交作业和学杂费,口中一边嘟囔着:"作业也太多了吧?没做完,做不完!"……

所有人都在上午完成了报到。下午无事,我自己到钟楼一带转了转,面对新班级、新学期,确乎有一种莫名的兴奋……

第二天一大早,我早早到班上。没过多久,上官老师也到了,交给我一份名单——是新班级座次表,让我抄在黑板上,我先没认真看,拿到手就开抄,第一竖排第一个就是"莫娜",等我抄到第二竖排第一个"武文阁"时,我恍然大悟:哦,原来我们是同桌呀——尽管,按照长安中学的传统,同桌两周一换——一怕影响视力,二怕日久生情,但已经足以让我惊喜万分了,以至于陆陆续续到达的同学一定看不明白:不就是在黑板上抄份名单嘛,这小子何至于像写诗一样手舞足蹈做激情飞扬心潮澎湃状?难道班里出了个真诗人?

同学进班后,按照黑板上的座次表找到自己的座位,等我全部抄完,刚提了放在课桌上的书包来到自己的座位上(我注意到莫娜已然落座了),便听上官老师一声招呼:"先别忙着坐,全体同学下楼整队集合去大操场参加升旗仪式,武文阁,你来当领操员!"

这时候我还没有领悟到当领操员意味着老师挑选了你的形象,还感受不到虚荣心的满足,反倒觉得在众目睽睽之下一板一眼地做操有一种被人监督的感觉,很不自在——尤其是女生队列头一个站的是比我还高的许春丽,简直跟我脸对脸,我们都不约而同选择了回避看对方:她将目光移向一个该去的方向——就是相隔两班现在新(1)班的队首,她的男朋友就站在那里领操……那么,我该把目光投向何处呢?不看人朝天看肯定是不对的,那会让同学觉得你目中无人很高傲,那么看谁呢?男生我不爱看,只好看女生,除去许春丽,可我又怕锁定一个人容易引起对方误解,只有一个人,我不怕她误解——不用说,那就是莫娜!

我望着她,起初她还有点不好意思,将目光移向别处……后来便勇敢地与我对视,目光很坚定。我们便长久地对视着,她的目光里洋溢着一池问号:小子,你他妈瞅啥呢?本小姐好看是吧?

升旗仪式结束,回班上早自习。

作为领操员,我最后一个走进教室,刚一落座,莫娜便悄声问我:"你……没当过领操员吧?"

我笑了:"没……没有,从来没有。"

"难怪,不兴这么盯着女同学看的。"

我又尴尬一笑:"呵呵,对不住!对不住!"

"眼神狼得狠呢!"

我哈哈大笑,惹来早读的同学唰的一道目光,如探照灯一般照在我身上……

她说话这么逗,像小说里的妙人儿,令我这文学少年不无欣赏之至,自己骚劲也上来了:"谁让你长得好看呢!"

这句话她受用，悄声道："好看你就偷偷地看吧，别这么明目张胆，全班同学都看着呢。"

然后，我装模作样地拿出语文课本，有口无心地随大家大声朗读起来……

她则从书包里掏出个小本子写着什么，写好了推到我面前：

我猜你肯定会报文科班，假期里还梦见过跟你同桌，竟然实现了！你说神奇不神奇？

她写这些话，就仿佛我们早就认识了，没有丝毫的陌生与隔阂，从前世来到今生……

在这一刻我便知道了：我在劫难逃！

本校同桌两周一换的传统，是给了每对男女同桌两周的接头时间，我和莫娜接上头了，显然不需要两周，一个早自习就够了！

早自习下了，我和莫娜，谁都没有离开座位，谁都没有走出教室，仿佛特别珍惜坐在一起的每分每秒……有一个人蹭的一下从后排蹿到我的课桌前，瞪着我说："你把饿（我）的话当耳旁风呢，得是？"——自然是曲向晨。

我马上转向莫娜："我问你：他是你男朋友吗？"

莫娜一副急了的表情："你恶心我呢，是不是？"

曲向晨的脸顿时煞白，掉头而去，冲出教室……

下午两节课后，新任班主任上官老师主持召开了新班的第一次班会，通过同学提名加举手表决加老师任命的形式产生了新的班委会：我任班长、许春丽任团支书、莫娜任文艺委员、曲向晨任体育委员……

我悄声问同桌莫娜:"你如何就文艺了?"

她在她的小本子上画了一个小舞女,推给我看……我笑了,觉得她特可爱。

然后,每位新任命的班干部依次上台发表就职演说。作为班长,我打头炮,我讲了什么,我没有在意;其他人讲的,我听不进去;只有莫娜上台时,我全神贯注盯着她,生怕漏掉了她说的每一个字——她一点都不怯场,一点都不紧张,既不死板,也不做作,她语气亲切地说:"感谢同学们的信任!感谢上官老师的信任!我上学期才从其他学校转过来,老二班同学略知我有舞蹈的特长,所以就提名我当文艺委员,谢谢!我以前在其他学校也做过班干部,还算有点经验,总之好好干吧,希望大家多多帮助我!"说完,还向大家鞠了一躬,赢得一片掌声,我鼓得尤其卖力。

最后是上官老师总结陈词,讲得也是实实在在:"文科班刚一成立,有人就在私底下瞧不起咱们,说什么'数理化学不好,才去上文科班'——好吧,让他们说去吧,一年半——不,更准确地说是一年零五个月以后,咱们用高考成绩回答他们!高考面前,文理平等,人人平等!"——寥寥数语,便把大家的热情鼓动起来了,好老师真不是吹的!

放学了,我和我的新同桌似有恋恋不舍之意,在逃出教室的人潮中,半天还没有站起来离开座位。这时候,又有一个人来到我的课桌前(今天是怎么了?)——竟然是许春丽!她对我说:"武文阁,能出来一下吗?我有话跟你讲。"

有话讲?什么话?好奇心驱使我马上站起来,跟她来到教室门外的走廊上……

"过年你去你舅爷家了?"她问。

"嗯。"我答。

"我爸跟我说了，说看见你了，说请你上家来……我知道你不会来……"

"你……有事儿吗？"

"我知道你现在连话都不想跟我多说了……"

"彼此彼此吧。"

"叫你出来，我就是想告诉你，不要因为咱俩的关系，影响到班委会的工作。"

"咱俩的关系？咱俩什么关系？咱俩——没关系！"

"是没关系……那就更不要影响工作。"

"这话我同意，不会影响的——怎么会呢？"

说完，我转身便进了教室，教室转眼成空，只有一人还不肯离去——那是我的同桌还坐在座位上等我……

不像课后，像是课前，我又回到了自己的座位上……

"你和这女的啥关系？"莫娜问，就像是听到了我们在教室外的谈话似的。

"我和谁？"我明知故问。

"团支书。"

"她呀，啥关系？没关系！一般同学关系！"

"那她就敢明目张胆喊你出去？"

我笑了，悄声道："这恰恰说明没关系。"

我注意到：我和莫娜坐在座位上嘀嘀咕咕时，许春丽从教室前门进来，走到最后一排自己的座位上取了书包，然后从后门出去了，像是有意避免再一次从我们面前经过……

现在整个教室，就只剩下我和莫娜，像被万能胶粘在了座位上，形成了一个准空镜头，如果用移动中的摄影机来拍，还是挺有感觉的……

"那她喊你出去说什么？"莫娜追问道。

"说要一起把班里的工作做好。"我回答。

"是吗？编得真好！不愧是诗人，很有文学细胞……谁信啊？如果说的是班里工作，那她为啥不把我们几个都叫上？还跑到教室外面去说……"

哈哈！我毕竟是个男的，反倒很喜欢她这种琐里琐碎的小女人作风。为了取得她的信任，我不得不拿出点真凭实据："你就别疑神疑鬼啦，人家有白马王子，就在咱们年级。"

"谁？"

"肖长友啊。"

"就是那个上过报纸的中考状元？"

"对呀。"

"嗯，她俩倒是挺合适……"

"怎么个……合适法？"

"都一本正经假模假式的。"

"啊哈哈！太准确了，一针见血！"

我需要等几年才知道这句话的厉害，需要等更久才会对这句话有感觉：要拴住男人的心，得先拴住男人的胃！但对当年的我来说，最怕女孩逗——若是好玩人，说出的话常能使我开心颜，我就中招了——毫无疑问，莫娜正是这样的人精——妖精！

现在，她坐在自己的座位上，像个老太太似的长叹一口气说："休怪我多猜疑，要怪只怪某人故事多……上学期，我刚转来不久，就听二班同学私下议论学校明令禁止的早恋现象，说咱年级早开此风,先驱者就是某人,初中就开始恋师姐,还为师姐拍师兄的砖,把师兄拍得头破血流,至今还背着处分……我听罢,心里真是佩服得紧,就在上早操时让同学帮我指认,我一看不就是那个踢球特野还跟个花痴似的死盯着我看的臭小子嘛!"

我哭笑不得,她要不说我差点都忘记了自己的光辉形象了,看来初高中本为一体实在无法分割。我知道面前这位俏丫头嘴皮子不是一般厉害,我可能压根儿不是对手,但也不愿束手就擒,便仓皇组织反击:"我不用四处打听便已知某人故事也不少,过去所在学校那一段先不提,转来半年男朋友都换了好几个:有水蛇腰、吉他男、跳高健将……还有个足球小子,自己跑到我面前来,自称是她男朋友……"

莫娜并不急于申辩,只是默默拿出自己的小本子,拿出笔,又想在上边写什么,刚写一笔,遂又放弃。她突然起身,婷婷走上讲台,在课桌上,抓起板擦,擦掉上面我抄的班委会名单,把整个黑板擦得干干净净,然后返身,放下板擦,精心挑选了一支白粉笔,在黑板上写下四个大字:

瓜田李下

"武文阁同学,站起来!"莫娜一本正经做老师讲课状,并且戏仿的还是上官老师恶狠狠的腔调:"回答我!这个成语什么意思?"

我站起来做无知状:"莫老师,对不起,I don't know。"

"I don't know?那就当作业布置给你,今天晚自习,好好查一查《现代成语小词典》——你要是没有,我借给你!"

作业布置完了,"莫老师"还无意于走下讲台,于是在我高二第

二学期开学的第一天下午,在我的生命即将跨入 18 岁的前夕,我听到一个女同学——我的新同桌站在讲台上黑板前的如下告白:

"这个成语就是本人的处境,都是好男好女血肉之躯,一路走来谁还没点儿故事呢?不过,我希望从今天开始:你我都不再上演别的故事,我们做彼此故事的终结者,我们开始……书写我们的故事,我们的传奇,同意吗?"

她说着,眼中噙着晶莹的泪花……

"我同意——我发誓!"我回答,热泪盈眶……

对于我和莫娜来说,用两周时间完成接头太长了,两周时间足以完成海誓山盟,并且还有具体的打算和目标:恋爱不耽误学习,要更玩命地学习,我的高考目标是中国师范大学中文系,她的高考目标是中国戏剧学院编剧系。我们要相会在伟大祖国的首都——北京,在那里,唱着《我爱北京天安门》,开启我们美好的未来……

这年春天,花儿开得特别早……

## 三

阳春三月,全市中学生足球联赛开始了,总共十二支队伍报名,踢单循环赛,每队每周踢一场球……我们的首场比赛是在长安大学足球场进行的,对阵 17 中——我一听这个对手,竟有一种莫名的亲切感:这所普通中学就在父母单位附近,八仙宫前面,就在我小学母校的斜对面。假如我在五年前小升初时考砸了,过不了市重点线,那就得上这所普通中学,我们地质队大院的子弟中的大部分上的就是这所学校。这块场地也让我感到亲切,亲切而又伤感,某年寒假快要结束时,严诗玲带我来转过。寒假中父亲在该校任教的老同学来我家做客,闲聊中谈及严的父母,也已经辞职回到印尼去了……

比赛开始了,也许是首场比赛之故,双方队员都很紧张,一时半会儿放不开手脚,我的性格优势发挥出来了:天不怕地不怕,当仁不让人来疯,全场比赛第一次过人突破是我,第一脚射门是我,进第一球的又是我,到这时候他们才清醒过来——是我的队友清醒了,我的对手还没有,我又趁乱连进两球,助攻曲向晨进了一球……

中场休息时,比分已是4∶0。

教练曲老师高兴了,拍着手对我们说:"大家心里有数了吧:对方不是咱的对手,可以趁机刷进球数,记住:在单循环赛制中,积分相等时,要比净胜球,净胜球再相等,要比进球数——所以下半场,即便对手弱,咱也别放松,多进几个球……好不好?"

"好!"大家齐声回答。

这时候,就在众目睽睽之下,发生了这样一幕:对方守门员——那个上半场连吞四蛋的倒霉鬼独自一人走了过来,走到我方休息区,径直来到我的面前,拍了拍我的肩头,说了一声:"下半场,脚下留情!"我一脸迷惑地望着他,思忖半晌方才脱口而出:"刁小羊!"……

下半场开始,中圈开球时,我对我队铁三角的另外两只角——曲向晨和肖长友说:"下半场,脚下留情!对方守门员是我伙计!给留点面子!"他们俩很听话,于是下半场变成了我们一直压着对方踢,但就是不进球,曲老师看不明白了,先是站在场边大骂——主要是骂他儿子,然后把我们仨一齐换了下去,锻炼替补队员,结果实力明显下降,反被对方偷袭了一个。

最终比分是 4∶1——首场比赛，旗开得胜，且是大胜，最高兴的是进了三球助攻一球还给伙计留了面子的我，最不高兴的是曲教练……

这时候，众目睽睽之下，又发生了这样一幕：对方守门员又走了过来，走到我方休息区，径直来到我面前，拍了拍我的肩头，说了一声："谢伙计！我欠你情！改天请你喝酒！"然后，我与之嘘寒问暖了好一阵子……

我们全体队员是骑着各自的单车来踢比赛的，踢完球，还有伙食补贴，大家再去东大街白云章饺子馆共进晚餐。在路上，我们铁三角又形成了铁三角，曲向晨问我："武文阁，你咋认识刁小羊？"

"是我伙计呀！我们一个院长大的呀！"我回答。

"哪个院？"

"东门外，地质队大院。"

"那就对咧，原来你也是那个院子的，那院里好学生可不多。"

"你咋知道我们院？知道刁小羊？"

"你们院在道上还是有点名气的，刁小羊谁不知道？17中一霸，去年严打差点被抓，跑得利……恶着呢！"

"是吗？几年不见须刮目相看，刁参谋长混成胡司令了……"

"所以，咱下半场搂着不进是对的，这挨球的惹不起……"

"咱要继续进球，他能咋？"骑在三角顶端的肖长友来兴趣了，回头问。

"饿（我）估摸着得挨上一顿打……"

一路聊着忽然冒出来的我的童年伙伴刁小羊，大名鼎鼎的白运章饺子馆很快便到了，首胜庆功宴在那里等着我们……

对于全年级同学来说，这学期的重头戏是在4月——老师突然宣布要去春游，赢得大家一片欢呼，有人喊出了："乌拉！"——对于这所把学习看得比生命还重的"省重点"来说，是没有固定的春游或秋游的，赶上一次是一次，这个时候，不知道有几个同学意识到了：这是高中时代的首次集体出游，也是最后一次，明年迎高考，绝对不会安排……整个高中只会有这么一次！

所以，大家非常重视。

我作为班长，事前召集了两次班委会，想在春游之中加入一点有组织的文体活动，让春游变得更加丰富多彩，最终决定：一、全班登山比赛，因为此次春游的地点是在终南山中的翠华山；二、在山顶举行一场诗歌朗诵会，自愿报名参加。许春丽不是说怕我俩的别扭关系影响到班集体的工作嘛，我就让她瞧瞧：到底受不受影响？

对于我们这一代中国孩子来说，春游或秋游的魅力还会跟交通工具捆绑在一起。春游那天早晨，当大家来到学校大门口，发现是四辆解放牌大卡车在等着我们的时候，大家又"乌拉"上了，好像大家生来都是小猪猡，就喜欢被这种敞篷车运载。

一群小猪猡拥上了车，呜里哇啦乱叫着，车一开便开始挤，挤来挤去的目的只有一个：就是将公猪猡和母猪猡自动搅拌均匀，每个男生都在朝心仪的女生那里挤，胆子大的女生也在做着同样的事……我和莫娜很快挤到了彼此的面前，在车子的一角找到了一处理想的栖身之地，周围全是同学，我们不便交谈，只是冲着对方呵呵傻笑，便有足够的快乐似的……开学到现在，这一个多月来，用"满心欢喜"来形容我绝对不为过，再自信骄傲的男生没有女朋友，他的自信骄傲都是注水的。对于一名男生来说，有无女朋友，你眼中的世界完全不同，对我来说更是如此——我拥有的是一位校花级的女朋友,就在这集体集合乘车出游的现场,莫娜也是最受关注的女生,她的存在让我作为一名男生的自信达到了有生以来的顶点……

是的,我的女朋友,让我特有面子,这时候又发生了一件事,让我在女朋友面前特有面子——一个老一班过来的男生隔着人丛冲我嚷道:"武班长!《文学少年》杂志上又发了你的诗,你看到没有?""还没有……真的假的?""当然是真的,我订了,昨天刚到。你也太牛了吧?把发表诗当成家常便饭了……"莫娜听在耳里,喜在心头,眼中波光粼粼,闪烁着对我的欣赏之光,还故作不经意地朝我很帅地竖了一下大拇指——她那如葱一般翘翘的大拇指!

这条消息,在车上迅速蔓延开来,似乎又打击到了许春丽,令其在这难得的春游之日里的情绪打一开始就不高……她是我们全年级的首席女歌星,是老一班的文艺委员,如果情绪正常的话,她一定会主动为大家领唱歌曲……我本想以班长的身份提议一下,又怕她对我气不打一处来没有好声气,还怕惹得莫娜乱猜疑不高兴,便作罢了。

四辆解放,出了南门,一路向南,朝着终南山方向疾驰……那个年头,可以站在钟楼上望见终南山影,所以我们是一路望着山影前进,出了小寨,便是大学城。几所大学之间,可以见到田野,人间四月天,春天的风将阵阵花香和泥土的气息送入我们的鼻孔,令久困校园教室的小猪猡们变得异常兴奋——在这美好的时刻,我不知道他们中是否有人会预感到:将在这一片开启他们下一段的人生旅程?在这美好的时刻,望着眼前的美人儿,我却完全没有想到:这一片将与我后来漫长的人生会产生怎样密不可分的关系,而眼前的一切:我的女友、我的同学都不会出现在那一程的旅途中!我若有先知，何止于会黯然神伤，岂不要抱头痛哭……

那个年头，没有"塞车"这回事，汽车如高铁，大约一个小时后，翠华山到了。

我们班的爬山比赛，起点设在停车场，一下车便开始了。起先，还遭到了没有组织任何活动的其他三个班同学的耻笑，后来就不笑了，还不断有人加入进来……

我视其为一次足球集训的一堂身体训练课，态度对了，状态就对，再说了——谁想在自己女朋友面前当乌龟呢？只能当兔子，奋勇争先，最终一马当先勇夺男生组第一名！

算上其他班加入进来的男生——当山顶上有三十多个男生，女生组领先者爬上来了——令我惊讶的是，竟然是莫娜！但想想也合理：她是舞者，日常要练功，据说舞者的运动量并不亚于我们踢球者！

随我其后第二个到达山顶的曲向晨说起了怪话："哎呀，人长得美，身体还美！"引来山头一片欢笑……

"据我目测，莫娜是咱们年级女生中第一个戴乳罩的。"外班一个小个子戴眼镜的男生递话道。

"哎呀，你个怂眼神儿好，饿（我）都没看出来，你狗日就看出来咧！"曲向晨道，"饿（我）现在神仙都不羡慕，就是羡慕武文阁！"

山头又是一片欢笑……

由于有这帮家伙在，我忍着不去迎接莫娜上山，只是向她打手势：叫她不要立刻停下来，在山头慢走两圈……她点点头，便照办了……

让我意外的是，许春丽很晚才上来，在女生组里都算是后几名；

让我不意外的是,他是和肖长友一前一后上来的……

爬山比赛的结果,完全是个人态度的反映——我才不关心一位团支书对集体活动的态度如何呢?我和莫娜双双获得男女组的第一名,除去必要的身体素质,说明的是我们都很在意对方的感受:都想博得对方的好感——是的,我们在恋爱!怀着爱情爬山!

等全班同学在山顶聚齐,等上官老师及其他老师爬上山来,诗歌朗诵会便开始了。身为班长,我打头炮,朗诵了一首自己创作的诗,博得一片喝彩——这些同学倒未必都听懂了并喜欢这首诗,他们是为自己同学中出的"小诗人"而喝彩!

莫娜第二个朗诵,与我不同的是,她是配乐朗诵,我们带了录音机,她朗诵的诗是应其要求我帮她找的——匈牙利大诗人裴多菲的名作《我愿是激流》:

> 我愿是激流,
> 山中的溪流,
> 在崎岖的道路上,
> 穿过岩石……
> 只要我的爱人,
> 是一条小鱼,
> 在我的浪花里,
> 快乐地游戏。
>
> 我愿是荒林,
> 在河流两岸,
> 面对一阵狂风,

勇敢地作战……
只要我的爱人,
是一只小鸟,
在我的稠密里
在树枝间筑巢、吹笛。

我愿是废墟,
在高峻陡峭的山岩上,
这废墟肃穆的哀悼
并未令我黯然神伤
只要我的爱人
是青青的青春的中国常春藤,
沿着我荒凉的额头,
亲昵地爬上来,攀缘上升。

我愿是草房
在深山的谷底,
在草房的顶上,
饱受风吹雨打……
只要我的爱人
是可爱的火焰,
在我的火炉里,
缓缓地愉快地闪现。

我愿是云朵,

> 是灰色的破旗,
> 在苍茫的天空下,
> 懒懒地懒懒地飘荡,
> 只要我的爱人
> 是珊瑚状竖立的夕阳,
> 贴近我苍白的面庞,
> 显示五彩斑斓的辉煌。

毫不夸张地说,她的朗诵把大家镇住了——她本是省歌舞团子弟,父亲是编剧,母亲是舞蹈演员,打小就被传授各种文艺技能,朗诵是其中不可缺少的一项。所以她的朗诵训练有素,接近于专业水平,还有更重要的一点:她完全将自己投入其中,充满感情,心怀爱情者,读起情诗来,感觉自是不同,读到后来,她的眼中已经噙满泪花……本来这首诗,属于我们父辈那代人,但是随着两年前电影《人到中年》热映,达式常在片中对着病榻上昏睡不醒的潘虹深情朗诵的这首诗也开始在我们中间传播,造成了它的群众基础。

总之,这一天的这个时刻,在终南山中翠华山顶,一个随集体跑来春游的美丽的女中学生,通过一首诗,把游人读静了,把山川读静了,把天空读静了,把白云读静了,把太阳读静了,只听见溪流在哗哗流淌……

在莫娜这个高潮之后,别人没法读了,原本报了名的许春丽自动放弃了,大概也是出于这个因素,永远的机会主义者肖长友也不来抓这个可以在全年级师生面前展示自己的现成的机会了……不管他俩参与不参与,都不影响我策划的第二项活动又走向了圆满成功。

中午时间到,大家就地午餐,那个年代的景点,没有餐馆,连小卖部都没有，每个同学都自带了水壶和饭盒（"便当"一词尚未从台湾地区引进）——由于大部分是住校生，所以饭盒里的东西都差不多，都是从学生食堂买的面包、馒头、鸡蛋、榨菜、咸菜、午餐肉、火腿肠……我和曲向晨等几个本班男生坐在溪边一块石头上吃午餐，大家都在抢曲向晨饭盒里的东西，因为他不住校，饭盒里的东西都是从家里带来的。正抢着，有人捅了我一下，我回头一看：莫娜正从女生堆里走出，手端饭盒，风姿绰约，朝这边走来，径直来到我面前，把她饭盒中的午餐肉、火腿肠都拣到我的饭盒中："我怕胖，不怎么吃肉……"

"我怕胖，不怎么吃肉……"曲向晨怪腔怪调地学了一句。

"我怕胖，不怎么吃肉……"又有个男生学了一句。

"我怕胖，不怎么吃肉……"又有个男生学了一句。

"我怕胖，不怎么吃肉……"又有个男生学了一句。

"我怕胖，不怎么吃肉……"又有个男生学了一句。

"我怕胖，不怎么吃肉……"又有个男生学了一句。

这句话像接力棒一样被传到更远的男生堆里：

"我怕胖，不怎么吃肉……"

"我怕胖，不怎么吃肉……"

"我怕胖，不怎么吃肉……"

"我怕胖，不怎么吃肉……"

莫娜臊了个大红脸，嘴里骂一声"讨——厌！"，又一扭一扭地回到女生那边。我俩跟肖许二人不一样，既不偷偷摸摸，亦不我行我素，一切自自然然，所以不那么招人讨厌，大家也愿意开我俩的玩笑。

午餐后第一个项目是在山顶的湖中划船，四人一条小船，自愿结成小组，结果基本上变成了男生与男生、女生跟女生。我注意到莫娜站在岸边一块巨石上，就是不听其他女生邀其上船的召唤，一直朝我这边瞅，我便知其意图，但又不好意思开口叫她过来，尤其是拉我上船的是口无遮拦的曲向晨，眼看着我们的如意算盘就要落空了——因为我的小船已被其他三个男生撒欢似的划离了岸，这时候，只听得巨石上的莫娜呼喊道："过来！朝这边儿划！"三个男生一听便来劲了，猛划几下，将小船迅速划向那块巨石，到达巨石下面，眼看莫娜就要朝船上跳……这时候，连野小子曲向晨都急眼了，大喊一声："莫娜！不敢跳哦！你要跳下来，船肯定翻咧！"

"你也不看看本小姐是练啥的——我有轻功！"莫娜嘴里念叨着，人已经白鹤亮翅轻盈而下，最终落入到我宽厚而结实的怀抱中，小船剧烈地摇晃着，水花飞溅，终是没有翻……

这是我们第一次拥抱，来得如此自然，竟在众目睽睽之下……

在我看不见的某处，有同学拿起相机拍下了这一幕……

"哎呀饿（我）的神呀！看来饿（我）是一丁丁儿希望都没有咧！"曲向晨给这一幕配上了他的独白……

在船上，我和莫娜面对面坐着，始终没有说过一句话。我们与船上的别人说，对头顶的蓝天说，对四周的风景说，对荡漾的小船说，对手中的桨橹说，彼此之间相对无言，而我们的视线却一刻都没有离开过对方……

我们一定都觉得：此时无声胜有声，胜过千言万语！

我们一定都觉得：想让时间停下来，永远停在这一刻！

我们一定都觉得：再也不想回到滚滚红尘琅琅书声中去了，就让我们永远泛舟在这历史上某次大地震造成的堰塞湖上，最终化作湖边的礁石，如范蠡西施一般！

我们一定都觉得：幸福！

时间这东西，越幸福便越短暂，两小时的泛舟，在我的感觉中只是一瞬，转眼就该上岸了……

接下来的项目是集体穿风洞和冰洞——这翠华山上最奇特的两大山洞。

穿过风洞时，我们俩又成了大家的开心果，莫娜想测试一下声音在灌满风的山洞中的回响效果，便脱口而出："武文阁，你在哪儿？"

洞中传出回声："武文阁，你在哪儿？"

有人开始戏仿："武文阁，你在哪儿？"

洞中传出回声："武文阁，你在哪儿？"

又有人开始戏仿："武文阁，你在哪儿？"

洞中传出回声："武文革，你在哪儿？"

然后就七嘴八舌没完没了了：

"武文阁，你在哪儿？"

"武文阁，你在哪儿？"

"武文阁，你在哪儿？"

"武文阁，你在哪儿？"

……

开心果也不能白当，此话也发挥了它的实用性，让莫娜在接着进入冰洞之前找到了我，让我们手拉手一起进入冰洞……

洞里漆黑一片，冰凉入骨，让我们十分自然地挨得更近，很快紧搂在一起，并在折返处想到了一块儿：伸手不见五指的黑暗中，两张嘴不约而同地探向了对方，十分精准地吻在了一起。我们身体拼命朝里挤去，紧紧贴着岩壁，以至于身后的同学没有看到我们便折返了……

等到洞里再无人声彻底安静下来，莫娜率先恢复了神志："没人了，出去吧。"我们这才相互搂抱着摸出了山洞……

洞口全是同学，等着清点人数，又是曲向晨跳出来打趣道："我别的不担心，就是担心你俩在里头冻死球子咧！"

他话音未落，我真的打了一个喷嚏："啊——嚏！"

迎来一片欢笑，在那么多年轻、单纯的笑脸之中，我也注意到了：许春丽是一脸的不高兴——真是咄咄怪事：我追她，她不从。我跟别人好上了，她倒一脸不高兴，而且她又不是没有男朋友，还有一个在同学眼中最体面的男朋友……

下午五点钟，全体在山下停车场集合，准备乘车返回长安城。

上车前，我注意到有两女一男的年轻人正跟我们班这辆车的司机师傅交涉，自称是咸阳西北国棉一厂的青工，利用周末来翠华山春游，想搭我们的车到长安，再转回咸阳去，司机师傅同意了。

于是在返程之中，这两女一男与我们同乘一车，给我们带来了新的热闹——主要是那个男青工一心想在两位女青工面前表现自己，表现得异常活跃。他率先表达了一个观点：咸阳的小伙长安的妹——意思是咸阳的小伙比长安的小伙长得俊，长安的妹子比咸阳的妹子长得美。他冲车上的人堆贼眼一瞄，抬手一指莫娜："瞅瞅！这就是人家长安的妹子！我在我们厂在咸阳市就没见过这么美的妹子！"

女工甲开口道："人家还嫩着呢，我们都老了。"

男工问莫娜："妹子多大了。"

莫娜莞尔一笑道："17。"

这时候，女工乙也开腔道："你说咸阳的小伙比长安的小伙俊，我看这位男生就比你俊嘛！"她抬手一指我……

"比他俊多了——哎，你别说这男生长得有点像三浦友和，你们说像不像？"女工甲附和道。

"像——！"我们班同学也跟着起哄。

搞得男工有点尴尬，嘿嘿一笑说："我承认，我承认……我说的是一种普遍现象嘛！"

过了一会儿——盯着我和莫娜看了一会儿，他问我俩道："如果我没猜错的话，你俩……是一对儿吧？"

我俩未置可否。

"是不是当着同学不好意思承认？"他说，"我看你俩是一对儿，蛮合适的一对儿——有点金童玉女的意思，一对小璧人！"

女工乙说："你别逼问孩子了，不否认就是承认！"

这时候，从人堆里传出一句长安土话："人家俩就是一对儿！加十分！"——不用猜就知是曲向晨。

男工来劲了："那你们这些娃们家猜猜看，我跟这两个阿姨中的哪一个是一对儿？"

"这有啥难猜的？"曲向晨说，"你跟她俩谁都不是一对儿！情况跟饿（我）差不多——孤家寡人！"

"哎呀，你咋猜的这准的？"男工道，"现在真不敢小看这帮娃们家！"

全车一片欢笑，不知不觉间，一个小时过去了，转眼已进长安城……多年以后，在地球某处，世界的一角，不知当事人莫娜是否还会记起这一天里所发生的一点一滴，像我一样，不漏掉其中任何一个情节与细节？

## 四

红五月。

校园里最大的事件莫过于全市中学生文艺会演——由于我们的校长是全国知名的音乐教育家,所以历来重视这项传统活动,每年都要尽选全校顶尖的文艺人才组成强大的阵容前去参赛,每年都不会空手而归——许春丽就是最好的证据,从初一到高一,她年年参加年年获奖,从优秀奖、三等奖到二等奖,一年上一个台阶,这一次林校长在动员大会上直接点名对她提出了更高的要求:力争一等奖!并且提到高中阶段市级以上学习、文体竞赛的荣誉都会在高考中得到不同程度的加分,甚至会被某些锐意改革的大学特招。

这一次,由于我身边有个积极分子,所以我对今年会演的信息掌握得十分充分——我说的是莫娜,自称"舞者"打小在省歌舞团院里长大的她自然是要参加的啦,学校对她这方面的特长好像很了解,未经任何选拔便报上了名。而据她说,她去年转学时原本特难(高高在上的"省重点"嘛),林校长一看她有舞蹈专长,便一下子动了心,于是她便从一所"市重点"转入了这所"省重点"。我问过莫娜,以前为什么没有在红五月会演中获过奖?莫娜的回答是:那所"市重点"根本无视这类活动,让她从来没有参加过——或许正是如此,让我低估了我女朋友的实力。

在这个红五月里,莫娜不断出征一路征战,我就是她抱衣拎包的小跟班,从预赛、复赛到决赛,我全都在场——上官老师也特别支持,让我以班长的身份,为她——不,为她俩做好服务工作,还掏出了一点班费,让我给她俩买水啥的。由于肖许之恋是秘密进行的,肖这个自私鬼不可能请假来陪许,让许眼瞅着我和莫亲亲密密密，心理上便有一点不平衡，情绪上便受到了一些影响，多少影响了她的发挥……在人民剧院决赛那天，她一首歌唱下来，可能自己也估计到成绩不会太理想，于是变得有点不可理喻，轮到莫娜去台侧候场了，她趁机对我悄声说："经我两个月的观察，她跟你不合适……"

我丈二金刚摸不着头脑："怎么……不合适？"

她很认真地说："你以为自己遇到了林徽因，其实找了个陆小曼。"

我和许本是文学少年、校园诗人、《晨钟》同仁，我们关系最好的那阵子私下里传阅过徐志摩的诗集和传记，熟悉与徐有关的几位女性。我在她的话里听出了几分恶毒，眼看莫娜就要上台表演了，我也很认真地对她冷冷道："我又不是徐志摩，我找谁，你管得着吗？"

她一气之下，起身便走，留下我一个人。看完莫娜的决赛，等到最后成绩的宣布：莫娜的独舞获得了一等奖！许春丽连去年的二等奖都没有保住，只获了个三等奖！

莫娜从舞台上下来一回到座位上便问我："她……人呢？"

我回答："出去了。"

"她好像是受不了我跳舞……我跳舞就那么难看吗？"

"你……别太敏感。"

"不是我敏感，预赛、复赛我跳时，她都跑出去了。"

"……好像是。"

"她不仁，我可没有不义，她唱歌时我可一次都没出去过，连上厕所都不敢。"

"是，我记得，你是谁呀，你是世界上最善良的好姑娘，别跟她一般见识。"

"我一进文科班——不,应该说是咱俩好上之后,我就开始感受到她越来越明显的敌意,我觉得是因为她喜欢你!"

"别扯淡了!"

"这可不是扯淡哦,女人之间是最敏感的。"

这个时候,台上开始宣读会演结果,我们一起听见了"莫娜"的名字,然后便陷入狂欢之中。我俩紧紧地拥抱在一起,也不管周围有没有本校的老师与同学……也许,要经过很多年我们才会顿悟:未与爱人狂欢过,不能叫爱情,年少时我们已然经历!

我们随着散场的人群来到剧院外——我惘然想起类似的一幕,1982年最后一天,我和肖长友、许春丽在这里看了《青春万岁》……我的目光便不由自主地找了找许春丽,连个影子都没有找见!我想:即便她在离座之后并未真的离开,但是听到最后评委代表在台上宣读会演结果,也会受不了……现在我无暇管她,只想与爱人一起继续狂欢!

我问莫娜:"去五一饭店吃西餐,好吗?"

"拉倒吧你!"莫娜说,"上官老师给你的班费不是都买汽水喝了?"

我嘿嘿一笑说:"你忘了,我现在是可以挣到稿费的人啊!"

"对呀!我男朋友是诗人!咱们走!今天我豁出去了,长点肉再减!"莫娜拉起我便走……

人民剧院、五一饭店都在钟楼附近,五一饭店就在从人民剧院返校的路上,没几步路就走到了,上到二楼西餐厅……那年头,西餐即使不算奢侈,但也足够新奇。我们切着老得像木片一样的牛排,啃着里面放过糖精的土面包,喝着海南产的咖啡豆冲泡的咖啡——也许这是世界上最难吃的西餐,但我们的心是甜的,我看着她喜滋滋有吃有喝就够了,并且第一次感觉到当诗人的另一重好处:我可以用稿费请心爱的人儿吃饭,这是用它给亲人们买礼物都不曾享受到的成就感!在漫长的未来,我心中有一种幸福的模式:与爱人在小楼上吃饭,望着窗外的车水马龙……一定是在这一天的这个时刻建立的!

吃完西餐,踏上最后一程返校之路,莫娜一路舞蹈、跳跃,时不时还来一个前手翻,路上行人无不为之侧目……到达学校时,已经7点半——晚自习已经开始半小时,虽然严重迟到,我俩还是决定回到班里去。

万万没有想到的是:当我俩一步踏入本班教室,踩响的竟是一片雷鸣般的掌声……不用问,便知道他们为何而鼓掌,不过这消息也传得太快了点!一顿饭的工夫,已经传回了本班!——那个年代,速度另有标准。

经过一轮的轮换,我和莫娜又成了同桌,我们落座之后才发现:前黑板上用红粉笔写了几个大字:热烈祝贺莫娜、许春丽同学在红五月全市中学生文艺会演中分获一等奖和三等奖!——一看字体就知是班主任上官老师的"上官体"(我自己的字深受其影响)!字留下,人走了。我朝后偷瞄了一眼许春丽的座位:空空如也——看来,这个结果让她难以释怀。

过了一会儿,莫娜将她的小本子递到我面前,上书:

我学不进去。

我用我的英雄牌钢笔在后面添了几个字:

我也一样。

她又写道：

我得奖，你高兴想啥呢？

我又跟道：

比我自己得奖都高兴！

她又写道：

是不是咱俩高考已经得了十分了？

我又跟道：

可不是嘛！

她画了一个扎辫子的小女生喜笑颜开的脸。

这是我们两个同桌间的聊天方式，既不会破坏课堂纪律影响到别人，又比口头表达敢说（写）——多年以后，这个世界进入了互联网时代，我在初进论坛聊天室与人聊天时，感到一种天然的亲切，像遇到久别重逢的亲人，遂想起自己年少热恋时便已用过，于是便黯然神伤！

确实如我在小本上所写,今天晚自习,我学不进去,索性拿出我的诗本来——刚才有一个灵感如鲠在喉,不吐不快,五分钟后,我把一首诗推到了莫娜面前:

  精灵般的美少女
  一路走来
  且行且舞
  用舞蹈、跳跃、筋斗
  丈量完长安城的中心
  从五一饭店
  到长安中学
  在红五月
  残阳如火的黄昏

## 五

自3月开踢的全市中学生足球联赛,经过每周一轮总共11轮的较量,终于来到了最后一轮。组织者真是会安排,最后一轮最后一场闭幕战事先安排的两个对手是铁路中学与长安中学:前者是上届冠军、传统强队,容易想到,可后者是初次参赛的新军,怎么就能预见到它有争夺冠军的可能呢?因为我们是田径传统强校吗?抑或是给本市唯一的"省重点"留面子?留面子也可能变成大丢脸呢?前十轮比赛,铁路中学十战全胜积20分,长安中学十战九胜一平积19分,最后一轮两队相遇,谁胜谁是冠军,如果双方踢平,铁路中学夺冠，也就是说，我们只有取胜一条路。初次派队参赛，能踢到目前这种"坐二望一"的程度，校方已经很满意了，林校长已在公开训话中明示：今后要重视并加强足球，把长安中学建设成足球强校，因为足球是世界第一运动，其影响要远远大于田径，还提到他五十年代留学所到的匈牙利就是当时的世界足球强国（被世界足坛誉为"无冕之王"）。该国青少年非常喜爱这项运动，他自己也很喜欢踢，要不是瘸了一条腿，他还想上场踢呢。另外一个最开心的人自然是我们的主教练曲向晨他爹曲老师，听说他从来没有像这三个月这么开心过，本来他的专长是这所田径传统强校不重视的一项运动，令其英雄无用武之地，这一下眼看着机会来了，足球在长安中学要翻身了。不过，面对最后一场争冠之战，他还是头脑冷静的，承认我们在技术层面上确实不及上届冠军、传统强队铁路中学，所以一方面动员我们不要想结果上场放开踢，另一方面又做了周密的战术布置。他要求全队都要参与防守，只留一个曲向晨在前场游击，耐心与对手周旋，拼到最后一分钟，即使拿不到冠军，也不给自己留遗憾。

大决战在6月一个周末的下午还是在长安大学足球场进行，由于比赛是在下午4点钟开球，好多男女同学纷纷跑去观战，其中包括莫娜、许春丽。我、莫娜、曲向晨一路走，许春丽自然是跟肖长友一路走。当我们各骑一辆单车到达赛场时，上一场比赛尚未结束，我从一侧大门前守门员熟悉的面影判断其中一方是我们的初赛对手17中学，而那个守门员正是我的童年伙计刁小羊。等比赛一结束，我冲他招了一下手，然后站在场边等他，这场比赛他们2∶1胜了，最终获得第六名，刚好位居中游。我向他表示祝贺，他特哥们儿地说："我不走，上看台给你加油，努把劲儿，把冠军给拿了！"这时候,一个瘦高如模特般的美女抱着他的衣服走上前来,刁小羊神秘一笑问我道:"索索,你还认识她吗?"

我仔细望了一眼美女,吃力地辨认着,还是没有认出来,只好摇摇头。

刁小羊来劲了,又指着我问那美女:"你能认出他吗?"

美女嫣然一笑:"当然能啦,咱院子的小名人嘛!"

我听罢更迷糊了:她说"咱院子"?我们院可没这么个模特般的大美女呀!

看我还认不出,美女嗔怪道:"索索!武文阁!你真是贵人多忘事,自打上了'省重点',你就不跟院里的孩子玩了,大家都说你瞧不起我们,现在你连我这邻居都不认了……"

看我还是没有反应,刁小羊急了,冲我吼道:"你脑子学傻了还是咋的?她不就是四妞——蔡铃莉嘛!"

"你……你是……四妞?爱吃土的四妞?!"我嘴里说着,心中暗想:真不能怪我认不出啊,我亲眼见证了女大十八变的伟大奇迹!当年的丑小鸭摇身一变成了美天鹅!

"你这个臭索索!坏索索!怎么不给我留面子呢,当着这么多人说我小时候的丑事儿!"四妞上前一步,伸手在我脸上轻轻地扇了一下,动作里透着亲昵——一起长大的发小之间才会有的那种亲昵。这个举动却引起了我身边莫娜的不悦,白眼一翻,瞪了我一眼:"瞎掰扯啥!还不赶紧热热身!"

四妞一笑,转而问我:"这是你女朋友吧?"

我特自豪地回答:"是!"

刁小羊一指四妞对我说:"她是我女朋友,真是几年不见都成了拖家带口的人了——这样吧,等比赛完了,不管你拿没拿到冠军,咱们四个都去鼓楼回民美食一条街吃烤肉,好好热闹一下!"

"饿(我)……饿(我)也去!"突然插话的是我身边的曲向晨。

"行!都一块儿去,你这哥们儿,球踢得真好!比武文阁脚下活儿细!"刁小羊欣然接受。

比赛开始了,一上场,一交手,我们便领悟到"技术层面有差距"这句话并不像场下说的时候那么轻松,它意味着你很难抢到球,踢起来特费劲。对方每个队员都像泥鳅一样滑溜,小快灵,你想抢下他的球,要投入更多的人力,付出更多的体力,最突出的是一个戴眼镜的前锋,可以连过我们三四个人。不过,田径传统强校也有其自身特点,那就是队员的身体条件身体素质明显强于对方,在我利用身强体壮从对方边后卫脚下抢得皮球,又利用速度的优势将其过掉,抬脚劲射被对方守门员扑出之后,站在场边指挥的曲老师受到了启发,冲场内大喊:"注意:合理利用身体优势!不跟他们斗技术!"——从此以后,大家知道怎么踢了。

到了下半场,比赛变得不那么艰难了:对手越踢越急,他们的心态出了问题:认为冠军理所当然该归他们,想一口把我们吃掉!不知道中场休息时,他们的教练跟他们怎么说的,其实他们完全不必那么心急,即使双方打平,他们也是冠军。心态成了他们的隐患,随着比赛的深入,这个隐患越来越大!一转眼,比赛来到了伤停补时的最后三分钟,说实话,我特想在莫娜面前出风头(比赛中老是瞄看台上的她),所以还在努力寻觅战机,运足最后一口气力,截得皮球,快速下底传中,对方后卫一伸脚,角球!曲向晨过来开角球,我们所有人(包括我方守门员)都冲到对方禁区内外,准备给对手最后一击,球又高又飘地开过来了,人丛之中突然有人大喝一声高高跃起,像排球主攻手扣球一般,将皮球扣进了对方的球门——那个人正是肖长友!

双方队员目睹此景,全都呆如木鸡……

我哑然失笑,准备欣然接受这个体面的亚军……

谁都没有想到的是:主裁判一声哨响,手指中圈判进球有效!

对方队员包括场下教练全都跑到主裁判面前论理,用手比划着说明此球是用手扣进去的……主裁判不为所动,坚持不改判。

对方队员拒绝到中圈开球,集体离场……主裁判两声哨响,宣告比赛结束。

记分牌上的比分写着一个大大的 1∶0——这意味着初次报名参赛的新军长安中学足球队以十一战十胜一平积 23 分的战绩夺得了 1984 年度全市中学生足球联赛冠军!

颁奖仪式接着举行。

在此后的岁月中,我在足球方面再未有过任何提升,这个冠军就算是我此生在这项运动中所获得的最高荣誉了,然而它却是在一种耻辱的心情下获得的:我们全体队员跟着主教练曲老师在主席台前从市教育局、市体委领导手中接过冠军奖杯时,四周看台上一片起哄、叫骂、口哨,那个个头不小金光闪闪的镀金奖杯,我都懒得伸手去摸一下,跟做了贼似的……在这尊偷来的冠军奖杯面前,每个人的表现不一:曲老师是大高兴中有小扫兴,拿了冠军,并不声张,十分低调,依旧夹起尾巴做人;他儿子才不管那么多呢,作为队长,高举奖杯,然后抱着奖杯满场乱跑,面对看台上观众的起哄、叫骂、口哨甚至中指,他毫不在乎——他的逻辑是:偷来的冠军也是冠军!让我大感意外的是这个骗局的制造者肖长友,从外表上看他不声张、不张扬,但却是真高兴、偷着乐,见到每个人都压低声音说:"我们是冠军!"还有就是他的女朋友许春丽——那可真是"不是一路人不进一家门",欢天喜地奔走相告,一下子从开学以来接连不爽的阴霾中跳了出来!领完奖,来到看台上,刁小羊伸出手来与我击掌:"祝贺!蒙来的冠军也是冠军!"四妞——蔡铃莉说:"你们队那货是不是脑子有病啊?这是足球场,不是排球场!还有这裁判,得是个瞎子?"莫娜面无表情地说:"不管怎么说,你明年高考又加了十分。"

　　耻辱!非常耻辱!我不仅是个踢球者,还是个看球者,从文明上、人文上对这项运动了解更多,所以成了这一圈人中最感到羞耻的一个!在后来的岁月中,我曾反复反思过这个耻辱的形成:在冠军奖杯面前,肖长友忽然变作排球选手,或许那只是一个好胜心驱使下的下意识动作,不该受到过多谴责,但是他应该马上向裁判认错——如果是我,当然就会这么做,只会这么做!但是他没有!当时,我身为进攻一方的前锋,站在对方门前小禁区内,没有注意到裁判所站的位置,很有可能他没有看清肖长友是用手扣进去的——当时,马拉多纳的"上帝之手"尚未长出(须在两年以后的世界杯上),这种行为在足球场上见所未见闻所未闻,他也许明明看见了但完全不敢相信……后来我看球看多了,甚至有一度应邀做过《足球报》专栏作家,还在国家电视台上论过球,我知道了"黑哨"的存在。但在1984年某个市的中学生业余联赛中是绝对不可能存在的,但有没有"官哨"存在的可能呢?我想也不会,铁路中学是本市富有传统的中学生足球基地(正如长安中学是田径基地),官方怎么会故意打压他们呢?保送还来不及呢!顶多有一种办赛者的正常心理:不希望冠军年年都归一个队。想来想去,我甚至想到了:好像中学生联赛中,没有第四官员这个角色来提醒主裁,想到了那个年头,没有录像可以回放……总之，让我感到耻辱的一个冠军就这么稀里糊涂地拿到了！事后我再也不愿意提起它！

所以，当我们一行五人骑车来到城中心鼓楼回民美食一条街，在一家露天烤肉摊上举起手中的汉斯啤酒和冰峰汽水时，曲向晨刚说："为冠军干杯！"

"别提那个破冠军！怪丢人的！"我很不耐烦地扫了他的兴。

"那为啥呢？"四妞问。

"为重逢！"我回答。

然后她和刁小羊都跟着说：

"为重逢！"

"为重逢！"

莫娜和曲向晨也跟着说：

"为重逢！"

"为重逢！"

于是识趣者都有意避开了他们此刻最想谈论的足球。四妞由于赛前被我揭了小时候的短，仍在耿耿于怀，疯狂报复似的说我小时候干过的坏事，刁小羊附和她说："小时候，他才是我们的胡司令，我顶多是个刁参谋长。"

"那我就是阿庆嫂喽。"四妞说。

"那可不一定，还有陈晓洁呢！"刁小羊说。

"对对对，那时候，武文阁最喜欢陈晓洁！你说他坏不坏，小学时候就知道喜欢女生。"四妞故意对莫娜说。

我那刚踢完一场球有些酸疼的大腿忽然被人狠狠地掐了一下，发出"哎呀"一声叫——自然是被莫娜……

"你们继续说，把他干的坏事全都揭出来！"莫娜鼓励他俩道。

"那可多了去了,三天三夜都说不完。"

"哎,陈晓洁现在在哪儿呢?"

"听我爸说,在音乐学院附中。"

我一直插不上话,但又很想说点什么,便问了四妞一个我最想问的问题:"你怎么长这样了?"

"长啥样了?"四妞明知故问。

"长成傍尖儿了!"我用了一句长安土话。

"你那么有文化,"刁小羊插话道:"没听说过'女大十八变'吗?"

"当然听说过,"我说:"不过这也变得太夸张了。"

"我是女大十八变,越变越好看;你是男大十八变,变成好人了。"四妞总结道。

"这话我爱听!"莫娜冲我莞尔一笑。

曲向晨一直插不上话,刁小羊也没忘了他,多次主动劝酒最后俩人划上拳了,两个美女似乎也有悄悄话说……总而言之,这是一次从天而降的美好聚会,我的发小们全都在呢,他们还记着我!我由于上了"省重点",平时住校,一到两周才回家一趟,回到家也只是与家人在一起待着,竟然五年来跟他们连面儿都碰不着了……

到晚上9点多钟时,大家准备散了,三个男子汉疯狂抢单,我的理由是我有稿费,刁小羊的理由是他投机倒把,曲向晨没理由只是抢,最后刁小羊一声厉喝:"别抢了!今儿是我召集的,你们以后再召集不就完了,别这么推推搡搡的,让过路人看不起咱中学生……"于是便由了他。

夜色中,鼓楼下,兵分两路归,分手时我对刁小羊和四妞多了一句嘴:"你俩是回咱院子吧?"

"不回,"刁说,"俺俩在东郊租了一间农民房……哎,你俩啥时候想借,就吭一声,可以借给你们用。"

"呵呵!"我只能一笑了之:在这个年头,重点生的恋爱和普通生还是有本质区别的。

与他俩分手后,我、莫娜、曲向晨穿过灯火通明的市中心慢骑返校,或许是心情好的缘故,我感觉今晚的夜色很美……

"你这伙计,"曲说,"人嬓(好)得太太!"

"没错儿,是我小时候铁瓷的哥们儿!"我说。

"卧(那)女娃也是长得真好!"曲说。

"你们没见过她小时候那个土样,脏兮兮的,鼻涕流老长,整天爱吃土,把墙上的土坷垃拨下来放嘴里吃……"我说。

"那可太恶心了!"莫娜说。

"真是想不到,五年不见,丑小鸭变美天鹅了,她父母都长相一般,她三个姐也是相貌平平……"我说。

"有遗传也会有变异吧。"莫娜说。

"你是来自遗传还是变异?"我问。

"改天我给你看看我父母的照片(就在我书包里呢),你自己来判断吧。"莫娜说。

"卧(那)女娃大名叫啥?"曲问。

"蔡铃莉。"我答。

"哦,想起来咧,这女娃连道上人都知道,外号叫'醉东关'——就是东关一带第一美女的意思。武文阁,你狗怂从小到大,艳福不浅啊,身边全都是绝色美女!"曲一脸的羡慕。

……

回到学校以后,林校长才不管这个冠军是蒙来的还是偷来的,

301

又举行了隆重的庆功大会,将大奖杯在全校师生面前重新颁发了一遍。在这所学习高于一切的"省重点",教工子弟、差生曲向晨从无出人头地之机,这回总算露脸了,作为队长从校长手中接过了金光灿灿的大奖杯,林校长当众宣布:长安中学从今往后要将自己的拳头项目从田径转向足球……

热闹过后,就该进入复习阶段迎接期终考试了——这是文理分科后的第一次学期大考,感觉每个同学都格外重视……

一天下午自习时间,我们正在教室里紧张地复习,班主任上官老师走进来叫我和另外两位同学出来一下……

我们出去之后才知道,是洪书记叫我们到党委书记办公室去一趟。在我们学校,属于典型的大校长加小书记的配置,在林校长这位名闻遐迩的教育家面前,洪书记就跟不存在一样,忽然叫我们去,让我感到很好奇……

到达党委书记办公室门口,接待我们的是团委书记老师。她让我们一个一个进,我身为班长,自觉留到最后一个……

大约十分钟后,第一个同学出来时,我问了一句:"啥事儿?"

"不让说。"该同学回答。

这让我感到更加好奇:到底啥事儿呢?

又过了十分钟,第二个同学出来了,轮到我了……

"武文阁,来!过来!请坐!"一进屋,但见洪书记坐在办公桌后招呼我。团委书记在另一张桌子后面做笔录。

办公桌前放着一把空椅子——我想:那应该是我的座位,便走过去坐上去。心里仍在打鼓:究竟是什么事儿呢?

"别紧张,咱们随便聊聊天,谈谈心。"洪书记看出了我的紧张。

"嗯。"

"你和肖长友同学同过班吧?"

"同过,高中阶段文理分科前在一班。"

"谈谈对他的认识好吗?"

这时候,我已经明白了八九分:因为我知道肖长友给组织递交入党申请书的事,就在一年前见到我继外公之后不久……这是组织在调查民意吗?那我可得认真而又慎重地回答:

"好!实事求是地说,肖长友同学是我自上学以来所见过的最名副其实的三好学生。从德上说,他是我们的班长,热爱班集体,尊敬老师,关心同学,富有责任心,带头将班里的各项工作做得有声有色;从智上说,似乎都不用说了,他年年考第一,中考时是市状元,数学竞赛是全省第二,特别聪明,智力高于常人;从体上说,他是校足球队主力队员,在市级比赛中得过名次,平时很注重锻炼身体。总之,这是一位德智体三方面发展特别均衡特别全面的同学,我为我们学校能有这样的同学而感到骄傲!"

"说得好,总结得很全面,他确实年年都是三好生,还当过一次省级三好生……据群众反映,你俩不但同过班,还是好朋友——用你们的话叫作:铁哥们儿?"

"是的……有一段时间是。"

"现在不是了吗?"

"不……不是了。"

"但你依然给予他很高的评价,说明你的人品是可以信任的。"

"对,我实事求是。"

"人无完人,谁都会有这样那样的缺点,请说说眼中肖长友同学的缺点好吗?"

"不太好说……主要是我还没有上升到认识。"

"据群众反映,他也涉及了学校明令禁止的早恋现象……"

"这个……我没听说。"

"还是说点什么吧,人不可能十全十美的。"

"我……就说刚发生的一件事儿吧,还上升不到认识。"

"好,请讲。"

"就是本月市中学生足球联赛最后一场,比赛最后阶段,他用手打进去一个球,裁判没看见,我觉得他应该主动承认错误,可是他没有……不过,也可以认为他太在乎学校荣誉了……"

"有意思,还有这事儿……没别的了?"

"没了。"

"好,那就谈到这儿,今天的谈话及其内容请保密,概不外传。"

"嗯,再见!"

等我起身走到门边时,洪书记又喊了一声:"武文阁,等等!你也是一个各方面表现都很出色的同学,尤其上高中以来进步飞快,希望你也积极向党组织靠拢!"

到了7月初,期末考试逼近,所有课都停了,复习愈加紧张。一天下午,我从教室出来去上厕所,在男厕所迎头撞见肖长友,我站在便池前撒尿,他啥都不干,看我撒尿……

"我想跟你谈谈。"他站在我背后说。

"啥事儿?谈吧。"我回答。

"不能在厕所谈——我在校门口等你。"他说。

"……好吧,你先去,我就来。"我说。

他拔腿走了……

我恍然大悟:他进厕所,并非出于生理需要,而是大老远看见我了,专门追进来约谈,还要约在校门口谈,什么意思?怕人看见吗?

我走出厕所时,未见其影,可见他心有多急,走得有多快……

我的好奇心又上来了:他如此严肃地要跟我谈什么呢?莫不是跟前几天的组织民调有关?

来到校门口,与之会合,他说:"别站在这儿说,咱们到前面找个地方。"

他果然怕校内的人看见。

我和他沿街一直朝前走,来到教堂前小广场,我问一路无话的他:"这儿……可以吗?"

他回头看了看四周(真有点贼眉鼠眼),回答道:"可以。"

"那就谈吧。"我说。

于是两位高中生站在青年会基督教堂前的小广场上,展开了如下对话:

"武文阁,你是不是……在组织面前……说我坏话了?"

"……保密——不能说。"

"你是不是把我出卖了——向组织告状说我涉及早恋?"

"没有!"

"不是你说,谁会知道?"

"可笑!谁不知道?你说谁不知道?不知道是装不知道。"

"他们……没有证据。"

"肖长友,你是个绝顶聪明人——你知道:聪明人最大的毛病是啥吗?"

"啥?"

"老以为别人很傻。"

"……"

"你还有啥兴师问罪的？赶紧说！没有的话，我得回去复习了，我这笨人不像你，压根儿不需要复习。"

"武文阁，我知道你忌妒我，为我横刀夺爱耿耿于怀。我告诉你：你再忌妒也休想挡我的道儿！你要明智点儿就别做我的绊脚石！"

"肖长友，你说错了，我不忌妒你。老实说，我觉得自己没有资格忌妒你，在咱们同学中，我最知道你不是一般人，你就走你的阳关道好了，没人拦得住你，不过我警告你：从此以后，咱俩恩断义绝再无关系（连同学关系都不是），你不要动辄无理取闹无事生非来找我，拜拜！"

说完，我大步流星，扬长而去，留给他一个决绝的背影……

## 六

期末考试结束了，按照惯例，随后是家长会。从父亲带回的成绩条上看，我总成绩名列文科班第三名，父亲十分满意地总结道："你终于重回三甲了，看来选择文科有道理，还有整整一年，继续加油努力。明年高考时只要保住这个位次，考上国师大就没问题！"

父亲判断得有理——这便是大家（尤其是文科班同学）如此重视这次期末考试的原因：文理分科前的一切都俱往矣，现在考的科目才是一年后高考要考的科目，以现在的成绩可以展望一年后的高考。

反复看完成绩条后，我的第一反应就是找个空子去打电话——避开父母拨通了莫娜家的电话：

"喂！"电话里传出好听的中年女声。

"莫娜在家吗？我是她同学。"

"在，请稍等！娜娜，又有同学来电话了，这回是男生……"

几秒钟后，听筒里传出莫娜的声音："喂！"

"是我。"

"听出来了。祝贺你啊，第三名！"

"你咋知道？"

"我消息灵通啊，女生之间联络多。"

"你怎么样？"

"不怎么样，第十二名。"

"可以呀。这个成绩放到艺术类，考你的目标——中戏没问题。"

"我爸爸也是这么说的。"

"听你说过，中戏也是他的母校，对吗？"

"是啊……不管怎么说，我最得意的是压了许春丽一头。"

"她多少名？"

"第十三名。"

"还可以，文理分科前，她在老一班排在二十名以后。"

"听说肖长友这次不是理科班第一了。"

"哦，这可是大新闻，他考第一不是新闻，不考第一才是新闻。说明他最近心有旁骛啊！"

"喂！我告诉你……我妈离开这间屋了，可以说点小情话啦：几天不见了？我想你！真想马上见到你！"

"我旁边也没人……我也一样啊，还是按照咱们的计划：平时各自在家做作业，一周见一次面，好吗？"

"好，学习第一，恋爱第二，第一个周末，咱俩骑车去临潼吧，游华清池,爬骊山……"

"太好了!"

是的,正如电话中谈及:我和莫娜确实在考试后制订了一项共同的暑假计划,概括起来就是:刻苦学习加有限恋爱。在那个年头,中学生恋情尚且还被简单粗暴地统称为"早恋":真的早吗?这一年夏天,我年满18岁,莫娜步入17岁,这还算早吗?其实,这里头暗藏着一个硬道理:你要影响了学习,就是非法的;你要不影响学习,就是合情的;你要促进了学习,就是美好佳话……而后一种现象,也是绝对存在不乏先例的,所以,我们都心知肚明应该怎么做。

为了让中学时代的最后一个暑假过得简单、纯粹而有效,我平生第一次学会了舍弃:临近期末时我收到《文萃报》社发来的邀请函,请我暑假期间赴山西多地参加该报组织的为期半月的首届小作家文学夏令营,交通、食宿、旅行等费用全由报社承担,会上还要评出首届"中国十大小作家"、"中国十大小诗星"……我心里虽然痒痒的,但还是忍痛放弃了,对任何人都没有说,自己便把它消化了……这算不算是一种牺牲呢?多年以后我才算明白:这个首次举办的全国中学生的文学夏令营,让与会者一下进入了一个圈子,将他们圈成了中学生文学创作的一代先驱,本来我明明在其之列,但因为默拒了这个夏令营,从而未能彪炳史册,未能成为这个时期中学生文学创作标志性的人物……那么,我的牺牲值不值呢?多年以后,我应邀出席了同样是在山西举行的《文萃报》创刊三十周年大庆活动。在组织者眼中,这是我迟到二十多年的露面,他们为当年邀请了我而自豪,为我的未出席而抱憾。当我在会上见到当年出席过他们举办的夏令营活动并且当选过"十大小作家"、"十大小诗星"的人物后来非但没有成为作家或诗人,甚至连文化领域都没有踏入,其根源就在于他们都因为过早写作而严重偏科没有经受住残酷的高考：千军万马过独木桥，他们没有过去，这时候我便痛感到：我在当年对一时虚名的舍弃，做出的一点牺牲，是多么值得！

7月中旬一个周中的早晨，我起了个大早，与父母一起共进早餐（这样的场景实不多见），然后他们去单位上班，我骑单车赶在8点之前来到距我家只有一公里远的西京医院门口——那是我和莫娜在电话中商定的会合点。令我意外、惊喜而惭愧的是：距此会合点比我远很多的莫娜到得却比我早，她穿一件天蓝色的紧身衣，亭亭玉立站在那里，仿佛从天宫下凡的仙女……在此后无穷无尽的岁月里，每当我回首我的少年时代，回望这单纯美好的八十年代，我都会想起这一幕：有一种美是无法复制的，属于特定的年龄与时代！

"你真美！"当时我来到她面前，情不自禁对她说。

"你也好帅啊，三浦友和！"莫娜说——说句老实话，这个绰号别人叫时我不在乎（甚至觉得肉麻），只有莫娜叫时我青春的虚荣心才会得到巨大的满足。

"出发吧！"我说。

然后，一对青春洋溢活力四射的少男少女在周中早晨上班的自行车流中奋勇争先不断向前，向东，朝着朝阳升起的方向，开启了他们这一天的快乐旅程……

那个年代从长安骑自行车到临潼去玩，听起来还很新鲜——这也正是父亲一听说便表示赞同的原因。父亲总是希望儿子能够做些富有挑战性而又不冒多大风险的事，只是他想当然地以为我是和几个男生去（譬如他欣赏的肖长友）。他还主动将他工作用的华山牌相机借给我以表支持……莫娜那边的情况就不同了："我爸妈一听说骑车去临潼，坚决表示反对，他们担心我能骑到，但骑不回……"

到底是学生本色，在路上我们谈论的第一个话题还是刚刚揭晓的期末考试，谁多少名什么的，说起曲向晨到了文科班继续保持倒数第一，莫娜一语将我笑喷："你别说，他成绩倒是挺稳定的。"

当夏收过后光秃秃的田野上出现几只胖墩墩冒白烟的大烟囱时，我说："发电厂——肖长友家到了。"

"难道你想叫上他吗？"莫娜呵呵一笑道。

"饶了我吧！"

"你说……他这次丢了理科第一，会怎样？"

"对他和他妈来说，那可是出大事儿了！这个暑假肯定闭门不出猛学一场。"

"人比人，气死人！人家考了全年级理科第二还在猛学，咱们两个文科生在谈恋爱，难怪理科生瞧不起咱们！"

"客观说，这次丢第一，对他来说真不是坏事儿，等着看他明年高考放卫星吧，我预感会跟中考一样，再拿个高考状元……"

"听女生私下议论，说林校长和教导主任特希望他明年攻下中科大。"

"合肥那个中科大？"

"哪儿还有中科大？"

"据我所知，他非北大、清华不考……"

"不说他了，让他奔他的远大前程去吧，当他的科学家去吧，跟咱俩有啥关系呢？你不是已经跟他绝交了吗？"

"对，彻底绝交，连同学都不是了。"

"呵呵！你们男生之间闹矛盾，挺好玩的，比女生还逗！"

到达一个三岔路口，继续向东是临潼，向北上坡便是军工城，我说："军工城到！我舅爷家就在这儿，小时候我在他家寄养过一年,对这一带很熟,改天咱们可以专门过来玩一趟。"

"我可不见你家亲戚,"莫娜说,"咱们不是说好了嘛,明年高考前,不让父母知道,免得他们担心,更怕他们干涉。"

"当然了!军工城大了,去玩也不会去亲戚家……哦,许春丽就住他家楼上。"

"难道你要去找她玩吗?"

"饶了我吧!"

"你这么一指,我倒是发现了这两位的一个共同点:都是东郊大厂子弟。所以人家才相看两不厌嘛!"

"咱俩有共同点吗?"

"当然有啊,都是知识分子的孩子。"

"所以就臭味相投。"

"你才臭呢……"

一路上,真是有说不完的话,于是路就变短了。越向东去,国道上的车便越少,到后来,简直成了我们两人的专用车道。道路笔直,延伸向前,通向远方的地平线……这一幕,从此永远铭刻在我的记忆中!

经过近两小时的骑行,上午快10点钟时,我们到达骊山脚下,在存车处将自行车存好后,我想向女朋友显示一下男孩子的能耐,便说:"傻子才去买票呢!跟我走!"于是,我领她沿着山下公路一直绕到铁丝网消失的山侧面,然后开始爬山。

到底是拿过班里爬山男女组冠军的,正午时分,我们已经登临骊山山顶,对着山下的临潼县城和陇海线上行进的火车欢呼,我举着父亲的华山相机冲莫娜说:"笑一个!笑一个!"

镜头里的莫娜笑了。

我说:"看来你不是褒姒,我还没下令各城垛点火呢,你就笑了!"

"说明你也不是周幽王啊!"她说。

镜头里的莫娜又笑了——她确实是个爱笑的姑娘。

我不停地按动快门:咔嚓咔嚓咔嚓……从此以后,"嫣然一笑"这个成语在我心中有了一个活解,便是我在此时此刻所拍下的一组照片。初赌会赢,初玩摄影者会冒碰上几张佳片,我就是拍下了这一组,后来再也无法超过,因为模特好啊!因为我满怀爱意在拍!

之后,我们在山顶的小吃摊上吃了一顿饶有地方风味的午餐:凉皮(天下女性至爱)、锅盔夹八宝辣子、冰峰汽水……到底都是长安娃,我俩吃得津津有味,摊主是位当地老大娘,问我们:"娃呀,好吃不?"

"好吃!"我和莫娜异口同声回答道。

"你俩一看都是洋活的城里娃,也爱吃这?"老大娘话挺多。

"爱吃!"我们又同声回答。

"哎呀!这女娃咋长的?真像是从画里头走出来的……褒姒、杨玉环在世,也就是这个模样吧?"老大娘显然是在夸莫娜——这就是关中农村的老大娘,看着土,有文化。

莫娜被夸得脸都红了,悄悄对我说:"结账时多给她一点钱。"

我自然是照办了。

一小时后,我们来到山下华清池,在一尊日后因乳房被游客摸黑而名扬天下的杨贵妃裸体雕塑下,我问莫娜:"像不像你?"

她娇嗔道:"你说呢?"

"我……还没见过啊!"

"你小子……好坏!"

后来，我随口吟诵道："云想衣裳花想容，春风拂槛露华浓。若非群玉山头见，会向瑶台月下逢。"

莫娜接诵道："一枝红艳露凝香，云雨巫山枉断肠。借问汉宫谁得似？可怜飞燕倚新妆。"

我又接："名花倾国两相欢，长得君王带笑看。解释春风无限恨，沉香亭北倚阑干——好啊，下周玩的地方有了，兴庆宫公园！就在我家附近，沉香亭就在里头！"

这就是长安的孩子！随口可以背诵唐诗，对于我们如同家常便饭：唐诗中的地名就在我家门口，就在我们生活的城内外各处——然而，当我们不曾去过外地的时候，不知道这是独属于我们的文化基因，还以为全中国的孩子都是一样的……

后来在华清池泡温泉时，我们还诗兴未销，莫娜起诵道："汉皇重色思倾国，御宇多年求不得。杨家有女初长成，养在深闺人未识。"

我接："天生丽质难自弃，一朝选在君王侧。回眸一笑百媚生，六宫粉黛无颜色。"

"春寒赐浴华清池，温泉水滑洗凝脂。侍儿扶起娇无力，始是新承恩泽时。"

"云鬓花颜金步摇，芙蓉帐暖度春宵。春宵苦短日高起，从此君王不早朝。"

"承欢侍宴无闲暇，春从春游夜专夜。后宫佳丽三千人，三千宠爱在一身。"

……

"回头下望人寰处，不见长安见尘雾。唯将旧物表深情，钿合金钗寄将去。"

"钗留一股合一扇,钗擘黄金合分钿。但教心似金钿坚,天上人间会相见。"

"临别殷勤重寄词,词中有誓两心知。七月七日长生殿,夜半无人私语时。"

"在天愿作比翼鸟,在地愿为连理枝。天长地久有时尽,此恨绵绵无绝期。"

对诵到此,华清池中,少男少女,面面相觑,热泪盈眶,人在水下,紧紧相拥……

白居易《长恨歌》:我们的语文课文——复习,竟然在华清池中进行,伟大不朽的诗篇让两个热恋中的少男少女感觉到身心的亲近与融合……

在暖人的温泉中,我大脑一片空白,一片旷古的虚空……后来,不知过了多久,我感觉到她的鼻息变得粗重、急促起来,然后将一条玉臂横陈在我们之间,一把将我推开了……

我用了很久,方才入定,驱逐邪念;她用了很久,一张红到脖子根儿的大红脸,方才恢复到颜如玉……

甚至踏上归程,也久久无言……

爱情如杏,半年以来,我们一直在咬着爱的杏肉,现在忽然咬到了性的杏核,彼此的牙都被狠狠咯了一下,心在诚惶诚恐中……

一直等到骑过军工城、骑过发电厂,到达著名的浐河时,我才开腔建议道:"歇会儿?到河边玩会儿吧?"

"好啊!"莫娜还算热烈地响应道。

我们将自行车锁在路边,然后沿浐河大桥的台阶下到河边的沙滩上……在八水绕长安水水皆名河的环境中,浐河之所以能够后来居上,完全取决于它在现代社会中的实用价值:对于长安市民来说,这是开车来拉沙子的地方，并且在那些年里，以每年夏天河里都要淹死几个游泳的孩子著称……

沙滩上的莫娜率先蹬掉了凉鞋——哎哟，她那白得耀眼十分俏皮的小脚丫又让我心猿意马……

"三浦友和，你看过《砂器》吗？日本电影。"她的发问将我拉回到现实之中。

"看过啊！那是我最喜欢的一部日本电影！比《追捕》《人证》更喜欢！"我如实答道。

"咱俩真是臭味相投——我也最喜欢！"说着，她开始拿捏沙滩上的沙子——就像她所提到的那部电影的片头：海边沙滩上，一男一女两个小孩在玩沙子，将沙子捏成各种大大小小的器皿，涨潮时被海浪冲刷殆尽……

"你有点像里面的男主角和贺英良。"

"怎么又像日本人？"

"谁让你眼睛小呢，再加上一点不奶油，很有男子气……"

我们捏的沙器留在了沙滩上……

我们沿着河道来到相距不远的另一座铁路桥下，想看到火车再走……

终于等来了一辆向东飞驰而去的列车，车厢上的铁牌上竟然写的是：长安 - 北京！

"这就是我们明年要坐的火车！"

"好兆头！好兆头！明年我们坐定了！"

夕阳西下，黄昏时分，铁路桥下，浐河岸边，一对少男少女，对着一列东去的列车，手舞足蹈、欢呼雀跃……

这是一个恋爱的季节，我们就这样一周一个地方地玩过了这个暑假。一般都放在周中,一则是避开了景点的人流高峰,二则是周末和周日可以待在家中,做父母眼中的好学生。其他时间,我们也确实是在加倍努力地学习。

另外一件事——这些年来我每个假期待在家里都会做的事——依然在做着——那就是教弟弟踢球,开学前夕,这天下午,午觉起来,我带着他又来到地质队的篮球场。父亲上任后,一直大兴土木,建新的办公楼,已经侵占了我们儿时驰骋的大片空地,只能在这小小的篮球场上踢足球了……

让我想不到的是:我们开踢后不久,忽然有两人从天而降呼啸而来:竟然是刁小羊和曲向晨!

"你俩咋在一起?"我的话完全反映了我心中的惊讶。

"俺俩假期一直泡在一起,"曲回答道,"小羊带饿(我)闯东关的道,饿(我)带小羊闯钟楼的道。"

"切!你俩又冒充道上人,小心'严打'又来,把你俩给打了……"我说,"你俩混怎么不叫上我?"

"谁敢耽误你学习加恋爱呀!你的情况我全掌握……"刁小羊说。

"你咋掌握的?"

"别忘了四妞和莫娜有联系。"

"今儿怎么想起我来了?"

"快开学了呀,想你也该休息休息了,我俩刚在你家楼下喊你,你外婆说你在这儿踢球。刚好今儿两大高手都在,让我好好练练守门,把你们的射门绝活儿全都拿出来!"

于是,他把篮球架的两根立柱当作小门,让我们轮番射——很快,他就发现在场的不止"两大高手",另外一个小孩也不低。

由于弟弟的脚头之硬之准让他俩太感惊讶，两人便建议分组对抗，进一步检验弟弟的球技，自然是我们兄弟一组，他俩组成另一组……

比赛结果：3∶3，弟弟还打进一球！

"你弟几岁咧？"曲向晨问。

"五岁——七九年生的。"我回答。

"这水平，可以进少体校咧。"

"太小了，明年可以考考。"

"晚上一块儿吃个饭吧？"刁小羊说，"我去把四妞叫出来，你再把莫娜叫过来。"

"算了，改天。"我说，"马上开学了，还是多陪陪家人吧。"

"好吧！"刁小羊说，然后转向曲向晨，"咱俩去吃！假肢厂门口就有烤肉摊……"

## 七

开学了，高三了，我们的教室搬到了高中部教学楼弃用多年的顶层。

上到高三让人感到格外新鲜，因为正是从这年起，全国高中重又恢复了三年制。对于我们这一届学生来说，没赶上小学恢复到六年制，但是刚好赶上中学恢复到六年制，也算幸运的。

开学之后流传在校园里的头条新闻是：肖长友入党了！未在任何场合正式传达，未在任何地方公开通报，但却不胫而走，搞得尽人皆知……据说，这还是目前全省在读中学生中唯一的党员。

我在教室里在座位上听到这个消息后长长地长长地轻舒了一口气：上学期期末考试前，肖长友跑到我面前来问责我时，我有一点腰板不硬的地方在于：毕竟在组织面前，我还是说了一点他的"坏话"——现在看来，这点"坏话"没有让组织丧失对他的信任，最终还是吸收了他，将他搂进党的怀抱之中。而我作为他眼中的嫉贤妒能者，终于还是没有挡住他的光明大道……所以，我轻舒一口气。

但是，让我想不到的是，开学第一周的周末中午，在学生食堂吃午餐时，他打了饭菜端到我面前来吃，开门见山道："武文阁，对不起！我为我放假前对你的态度感到十分羞愧！我现在到你面前来承认错误，希望你能原谅我！从此以后咱俩还是好同学，我知道回到好朋友已经是奢望了……"

事发突然，猝不及防，不知所措，我只好一言不发，继续用餐……

"我想问你个诗歌问题——咱俩私下没有交流过：流沙河的诗你喜欢吗？"肖长友说，"他到长安来了，明天下午在民主剧院办讲座，我买了几张票，请你去听！好吗？就算我给你赔不是了！"

话已至此，我还能说什么呢？流沙河的诗，我读过，不大喜欢，像麻辣味的顺口溜……但是这种名诗人讲座在此时的长安还甚为罕见，我还是想去瞧瞧热闹……更关键的是，肖已用双手呈给我两张票，我问他："这是……咱俩的？"

"不，"他压低声音说，"你和莫娜的。"

真是个大人精！求人原谅可以做得如此到位，做到人心坎里，一下击中人的心头软肉，让对方反倒觉得欠了他什么……

这两张名诗人讲座票，让我和莫娜找到了开学第一个周末不回家的光明正大的借口。周日午前，我们就从学校出发了，因为很近，就几步路,连单车也不用骑,我们在街上随便找了家小饭馆草草吃罢午餐,然后早早来到菊花园民主剧院大门前——今天的人们已经理解不了看电影怎么可以在千人大剧院中看,又岂能理解得了诗歌讲座怎么可以放在这种环境中来搞,更无法理解搞的时候还会造成眼前这个路口人头攒动水泄不通的交通状况⋯⋯于是,八十年代成了一个遥不可及的传说,被当作"中国诗歌的黄金时代"!

进入剧院对号入座后,我才发现肖长友这次请客不仅仅请了我们俩,我们同学中大概来了十几位,以《晨钟》同仁为主,加上他在理科班的几个铁杆儿⋯⋯但却不见许春丽,讲座快要开始时,我忍不住问邻座的他:"许春丽怎没来?"

"我们分手了。"他冷冰冰地脱口而出。

我听罢,后背直冒冷汗,心绪久久难平⋯⋯以至于,讲座开始很久了,我还不知道台上的诗人说了啥⋯⋯

"他在讲啥呢?"我问邻座的莫娜。

"听不懂⋯⋯好像是四川话。"莫娜回答。

我仔细听了几句:"没错,是四川话,成都口音。我能听懂,可以给你翻译⋯⋯"

是的,成都出生的我,在经过这么多年的语音自我改造的历程之后,四川话已经说得很不地道了,但是听懂还是毫无问题:这位来自成都现在《星星》诗刊做编辑的"右派诗人",正在眉飞色舞地大谈自己首次随中国作家代表团出访——访问南斯拉夫的所见所闻,他讲该国人民如何热爱诗歌追捧诗人的轶事让我有点不以为然,感觉并不比我们的热爱更多,直到多年以后我也如愿成为一名诗人,有幸受邀出席在前南斯拉夫——马其顿共和国举行的全球历史最悠久(1962年创立)的斯特鲁加国际诗歌节,面对空前的盛况，我才消化了中学时代亲身经历过的唯一一次诗歌讲座的内容：同样是热爱，味道大不同！

讲完出访见闻，流沙河先生开始讲诗歌，全都讲的是台湾诗人，从余光中开始讲起，基本上都是他在《星星》诗刊上连载的长文《台湾现代诗十二家》中所写的内容。听其口音无障碍，再加上又都是我读过的诗文，我听得津津有味，不失为一种享受，坐在我两侧的同学和四周陌生的听众则如坠五里云雾……

有人提前退场，扬长而去……

有人在讲座结束集体离场时尽情宣泄着不满的情绪："讲的是个锤子！我连一句都没听懂！"……

"诗人要都这样，我劝你还是别当了！"莫娜对我说，"你要当的诗人应该是高仓健那样的，三浦友和那样的，和贺英良那样的，你要当的诗人要对得起自己的形象！"

莫娜之言，虽不严谨，但却颇获我心！

返校途中，我心软嘴欠，忍不住又问肖长友："你们……真分手了？"

并排而行的肖长友仗其一米八三的身高，一把将我搂进路边的一条小巷之中，贼眉鼠眼四下一望，方才开口道："我这次能入党，你也知道不容易，最大的障碍就是群众反映有涉及早恋之嫌，现在我已经是一名预备党员了，你说我该怎么办？"

"所以，你这是……假分手，做给组织看的？"我问。

"不是假的，就是真的。"他说，"只是我们说好了，等明年两人都考上大学之后（这不应该有啥问题），我肯定是在北京（北京两校之外我不报），她不论考到哪里，我们都恢复关系，到时候不想恢复也可以……"

"你俩可真够酷的!"

"我劝你和莫娜也这样……"

"你别给我胡说八道!"

话不投机,我转身就走,出了小巷,见莫娜还站在街边等我,我忽然心头一热……

在此之后,我在校园各处,也曾有意无意地观察他俩如何相处,竟也有所收获:有一次,他俩在路上相遇,相互装作不认识;另有一次,简洁地打了一声招呼……这真是我在这个情窦初开的年龄所不能理解的一种世故!说心里话,自打跟莫娜好上之后,我对他俩已无任何抱怨,甚至后怕许春丽当初在公园里万一脑子一热接受了我的追求——那后来可怎么办啊?事实上,我与莫娜是相互同时爱上了对方——即便是在经历有限阅历尚浅的此时此刻,我也知道这有多么难得,展望一生也不会太多……

听父亲讲,在高中前几次家长会上,总有学生家长给学校提意见:嫌给孩子们安排的课外活动太多——他们大概是对一位音乐家做校长不放心吧?可是音乐教育家毕竟也是教育家,高三一到,活动归零,任何课外活动都没有了,我们高三年级所在高中部教学楼顶层像修道院一样安静……这就是富有传统的成熟学校,它知道分不同阶段向学生释放正确信息……从这学期一开始,我已经嗅出了空气中骤然爆发的紧张气息,有一种日益浓重的命运的味道:俱往矣,数风流人物,且看明年高考!

校园活动归零,故事仍在发生,命运之神没有停歇它的脚步,也不忘记对于每个小人物继续挤压……

## 八

国庆节到了,加上星期天,共放两天假。我和莫娜没有找借口,都老老实实各回各家,准备在埋头复习中过一个革命化战斗化的国庆……为了成全我,父母将本来要走的两家亲戚——继外公家和舅爷家都推掉了,但是国庆节一大早,父亲却动员打算去他办公室复习功课的我说:"今天上午你就别学了,全家人一起看国庆大阅兵,我总感觉这次大阅兵对于你们这一代人来说很重要!"

"您是说明年高考会出题吗?"我完全是高考应考生思维。

"完全有可能!但我指的不是这个,你们这一代青年,生长在和平年代,没有经历过重大历史事件,我预感今天的大阅兵或许会成为你们成长历程和心灵世界中的一座里程碑!"父亲说。

他完全说对了!

当首都北京的中学生代表装扮成56个民族56朵花载歌载舞地从天安门广场经过时,坐在荧屏前的我不会想到:他们中有人会在不远的将来成为我的同学……

直播临近结束,白鸽、彩球放飞蓝天,电视屏幕上打出了一行字:"祖国的命运就是我们的命运!"——也从此铭刻在我的心中……

总之,有了这次在家中飞利浦20寸大彩电前对建国35周年国庆大阅兵的观摩,这个国庆节过得似乎更有意义——也是我记忆中最像国庆节的一个国庆节!看完之后,当我在父亲办公室里重新伏案读书时,似乎意识到这样的寒窗苦读,不仅仅只是为了改变自己的命运,而是与国家、民族、时代息息相关……这种感触在当时当刻,并不像现在写出来这么清晰,但却是真实存在的。

放完国庆假,一回到班里,早自习刚开始上,上官老师便一脸凝重地进来了,冲我一招手:"武文阁,还有各班委,请出来一下!"

从上官老师的神色和语气判断:有事儿!而且事情不小……

身为班长,我从座位上站起来后并未自顾自走出教室,而是回过头去等所有班委都出去了,这才向外走……这时候我已经发现:许春丽不在,她的座位空空如也……

我最后一个来到教室门外的走廊上,大家跟随上官老师来到走廊尽头的教师休息室,他招呼大家坐下,然后说:"是这样:事发突然,许春丽同学的父亲出了严重车祸……人已经不在了。我今天上午有课,你们几个代表班集体、也代表我到她家里去一趟,一则吊唁一下,二则看她家对学校有什么要求……"

我听罢很懵,但作为班长必须马上领旨:"……好,我知道她家。大家骑车去……"

"我没车。"有人说。

"向同学借一下。"我说。

临走之际,上官老师又给了我五块钱,说是班费。

六个班委,立刻出发,向东骑行,一路无话。

大约一小时后,到达军工城,我闭着眼也能找到的舅爷家那幢楼的楼下,摆放了好多花圈……

我们放下车,上到三楼,许春丽家的门大敞着,有人进进出出,出来迎接我们的是面无表情双眼红肿的许春丽……

她的父亲——我曾见过两面的那个挺帅的厂工会主席,已经变成了一个黑框框住的黑白帅照!

我等一行六人,在这个家庭灵堂前,一一上香、鞠躬、吊唁……

许春丽臂缠黑纱肃立遗像边，不断向我们回礼，口中道："谢谢！谢谢！"

然后，我走到她面前，将上官老师的意思原原本本转达给她，并将五块钱的班费给她，她不要，我说："以咱班的名义买个花圈吧，摆在追悼会上。"她这才收下……

然后告辞。

大家跟着我，并未马上离开，而是来到二楼舅爷家歇脚。

敲门后，舅婆来开的门，她的眼睛竟然也是红红的，显然刚刚哭过。

我讲明来意，二老热情接待。

几乎是全体班委会，忽然在我最亲的亲戚家里坐了一圈——这幕情景叫我无法设想无法置信，但就是突然发生了，变成了眼前的现实……一个半月前，莫娜还表示不见我家亲戚，现在不也乖乖地坐在那里，从舅婆手中接过一杯香香的龙井茶嘛……人生中有种种想不到！

"好险啊！"舅婆感叹道。

"到底怎么回事儿啊？"我问。

"这不过国庆嘛，工会组织厂领导和各车间主任去汉中不想（玩），走到路上遇上山体塌方，走在最前面的一辆小车被埋了，许主席和司机被埋在里厢，司机被抢救过来了，许主席……"舅婆娓娓道来，"国庆节前，许主席还专门上门来请你舅爷和我，要搁平时，老头子肯定就去了，也是爱不想（玩）的人嘛，阿拉肯定也就跟着一道去了。可是今年8月他退休，已经办理了退休手续，索索你知道你舅爷这个人自尊心强，循规蹈矩，一退休就不愿享受这个待遇了,坚决不去,怎么说都不答应。老头子不去,阿拉也不去,阿拉三年前就退特了……侬想想,如果我们去了,肯定要被安排坐那辆小车,和工会主席坐在一起……"

"唉……这就是命吧。"我感叹道。

其他同学也是交头接耳议论纷纷……

"唉!好端端的一个人,说没就没了,嘎温暖的一个家,一下就失去了顶梁柱……厂里通知星期三上午在三兆火葬场开追悼大会,阿拉和侬舅爷都准备去送他一程,既是我们的工会主席,也是我们的好邻居呀!"舅婆说着,眼圈又红了。

我一看墙上的挂表,快10点了,便率众起身告辞。

返回途中,最初的路,我和莫娜并排骑行,便骑边聊:

"我见你最后一个出来……还说不想来呢,来了又不想走,是不是?"

"你那热情的舅婆跟我有话说:'小姑娘嘎漂亮,以后跟索索再来不想(玩)!'"

"上海话。"

"上海话我听得懂,你别忘了我妈就是上海人。我是说,你舅婆太聪明了,是个人精,她好像有某种超感啊,对咱俩的关系……"

"没准儿,她退休前是这个厂的人事科长,是从一名普通女工当上去的。人情世故通得不得了,人缘也是好得不像话。"

"至少她希望咱俩是一对儿……哎呀,你舅爷真是太老帅太有风度了,简直就像旧社会过来的海派电影明星,有点像刘琼……你注意到你舅婆看你舅爷的眼神了吗?这么老了,还用一种小姑娘似的崇拜的眼神看他……啥叫爱情?这就是了!"

"我这辈子的奋斗,就是为了到老了你还能用这种眼神看我!"

"写啊！写成诗！"

回到学校之后，我们还赶上了上午的最后一节课。

本周三上午在三兆火葬场举行的追悼会，没人要求我参加，我却不假思索去了，事后总结，应该有以下因素：其一，不管怎么说，不论是恩是怨，我还是觉着我与许春丽的关系比一般同学要深；其二，舅爷舅婆都要去，那个厂里的诸多长辈及其子弟都还记得我；其三，上官老师要去，总得有人陪他去吧；其四，有生以来，我尚未去过本市唯一的火葬场，祖母14年前由此升天时，4岁的我未得送行的机会……

上罢早自习和第一节课，我和上官老师便骑车出发了，赶在10点钟前到达了大雁塔附近的三兆火葬场……八十年代，国际上两伊战争打得如火如荼，本市军工企业迎来了黄金时代。一个军工大厂的工会主席死了，他的追悼会是在三兆火葬场面积最大的厅里举行的，厂里来了上千人，场面宏大，程序正规……先是追悼大会，厂党委书记主持，厂长致悼词，回顾了他从东北到西北，从普通工人、劳动模范、业余文艺活动骨干成长为工会主席的一生……我注意到舅爷舅婆都来了，仍站在厂领导一排中；接着是遗体告别仪式，大家列队，绕场一周，许春丽母女号啕大哭，甚是可怜，很多人都在抹泪，工会主席身上覆盖着党旗，躺在鲜花丛中，已经不像我曾见过的那一个。走到许春丽一家人面前时，上官老师说："节哀顺变！许春丽，你要把母亲照顾好。"然后，他们交谈了几句；我也跟着说："节哀顺变……"想要再说点别的，没有说出来，但是我从许的目光中可以看出：我作为唯一的同学的到来，让她感到一丝安慰！

我走上前去跟舅爷舅婆打了个招呼，便随上官老师离开了。在存车处取车时，我注意到上官老师的眼圈红了，骑上车之后，他感叹道："真是无常啊！"过了一阵儿又说："她母亲跟我说等办完后事要到学校来见见林校长，说有事商量……"

让我感到有点不正常的是：追悼会之后，许春丽也没有回到学校里来，过了一周，还是没来……照理说，高三学习如此紧张，高考已入倒计时，纵然有天大的事发生，也该迅速回到正常的学习中来，化悲痛为力量，刻苦读书奋发学习，力争在明年高考中考出好成绩，考上一所好大学，才是对已故亲人最大的告慰！

转眼已到10月中旬，校园里已是满地落叶，许春丽还是没有在班里出现——而答案也终于有了，上官老师又一次召集班委开会，通知我们："许春丽同学退学了。"

一语惊心！班委议论纷纷：

"怎么会？！"

"怎么可以这样？！"

"距高考只剩9个月了，她的水平别说考上没问题，还有希望上重点啊！"

"对呀，这时候退学，等于自杀！"

"大家别激动，听我把话说完，"上官老师说，"一切都来自她母亲的自私、狭隘和固执。她父亲由于是在组织工会活动时出的事，等于是牺牲在工作岗位上，厂里也准备给他申报烈士。同时，厂里给了家属一个优待政策，允许许春丽顶替他父亲进厂就业，并且就在厂工会工作，先以青工身份进去，明年下半年参加干部考试，考过了就转干……这位母亲对学校的要求就是提前半年拿到高中毕业证，学校在磨破嘴皮子反复劝说无效的情况下，也满足了他们的要求……"

"我觉得还有挽回的希望:"人痴冒傻话——一直未吭声的我,忽然冒出这么一句话,"有个人可以说服她!"

在场所有人都用一种奇怪而又满含希望的眼神望着我,异口同声发问道:"谁?"

我当然不能告诉他们是谁(除非他们自己猜到),只是说:"不用去管她妈的想法,只要说服许春丽,这件事就可以挽回:许春丽要是铁了心,坚决不退学,坚持上到底,难道她妈还能跟她断绝母子关系不成?"

"有道理!"上官老师肯定道,"这叫跳出来想问题:不就是这么回事儿嘛!不敢小看武文阁,很有头脑嘛,那你就赶紧照自己的想法去办!把死马当作活马医!"

班委纷纷附和老师,催促我赶快行动。

这其实很简单:课间,我来到教室外的走廊上,随便逮到一个一班同学,让其转告肖长友:午饭以后,大操场见,有事相谈,不见不散。

于是,这个午后,我在学生食堂草草吃过午饭,早早来到大操场,终于等到了姗姗来迟的肖长友。

"许春丽父亲去世了。"我说出了构思中的开场白。

"我知道了,"他说,"出事当天她就给我打了电话。"

"她现在要退学……你知道吗?"

"退学?干吗要退学?不至于吧?这我不知道。"

我一五一十告诉他上官老师讲的详情。

"唉!她这个鼠目寸光的蠢妈,就像她跟我说过的一样蠢!"他眉头紧皱道,"那她本人啥态度?"

"感觉她被她妈裹挟了,任其安排。"

"那……怎么办呢？"

"可以办，只有你可以办——挽狂澜于既倒！"

"你让我去说服她妈？我在她家见过她妈两次，一看就是不好对付的主儿。"

"你不用去说服她妈，你只需要说服许春丽就可以了。"

"这样……行吗？我可一点把握都没有。不管她妈怎么样，那也是亲生的，还养育了她十八年……我算什么？"

"男朋友啊！小说里不是常写吗？爱情大过亲情——你俩的爱情究竟成色如何？考验的时刻到了，如果她听你的，不退学了，就不枉当初我给你俩让过道！"

"我……试试看吧。"

我给了肖长友三天时间——三天以后，星期天上午，我利用在父亲办公室复习的时间，将电话拨向许春丽家——还好，是她本人来接的电话：

"说话……方便吗？"

"方便，我妈和我两个弟弟，都在各自房间，客厅里就我一人。"

"肖长友……跟你谈过吗？"

"谈什么？没有呀，连个电话都没有。"

"怎么会呢？他答应过我的！"

"答应你什么？"

"说服你：别退学！"

"哦，国庆节出事当天，我给他打过一个电话，也没想让他干啥，不过就是一时着了慌，想从他那里求得一点心灵安慰罢了……打那以后，他不但没露过面，连个电话都没有来过，真是冷若冰霜啊！就好像我们真的分手了似的，这个期间，有多少同学给我来过电话,我都算不过来了,连平时没说过话的男生都知道打个电话——曲向晨不就是嘛!不但人跟着你们来了,昨儿晚上又打来电话劝我,我平时还看不起人家,用鼻孔看人,对人家爱搭不理的……想想觉得自己好可笑,用真情和诚心交的男朋友,这时候变成缩头乌龟了,我肯定是做错了什么,老天爷才这么惩罚我……"

"那就不说他了……你能不能:别退学?"

"……"

"许春丽,你听我给你分析,咱们长安中学是全省两所省重点之一、本市唯一的省重点,从中考及高中以来的各种学科竞赛来看,这一届的整体水平无疑是全省最高的,咱们平时习惯了在学校内部班级里头窝里斗,闷在葫芦里,不知道自己的水平对比别人高出多少。我预感:明年高考就会来上一次彻底的大爆发,客观分析,你的成绩目前在文科班里相当于中等,属于考上大学没问题、想上重点还需要再努一把力的情况……你怎么能在这时候退学呢?也就还剩9个月了呀!"

"咱们同学也都是这么劝我的……我又不是个傻子,何尝不知道其中的利害?可是我爸这一死,我们家的顶梁柱就塌了,我妈只是厂里的一名普通女工,靠她那点微薄的工资,要养活一家四口,几乎是不可能的。我忽然得到了可以马上就业的机会,她当然不会放弃,对她来说,就算我大学毕业能够分回厂里,在厂办当个小秘书,那就是最好的工作了。现在马上就业,不也可以在工会工作嘛,如果能够通过明年的干部考试,不也成了干部了?既能挣工资,帮助她养家,前途也不错。还有就是——我这么说吧:如果我是男孩,是我两个弟弟中的一个,我妈绝对不会让我退学,拼死拼活也会让我上大学……这么说你明白了吗?"

"……明白了。"

"世事无常,家中遭难,我身为长女,也应该站出来,替母分担生活的重担,不应该只替自己考虑……对吗?"

"对,本想说服你,反倒被你说服了。"

"谢谢你理解我……在这个世界上,只有你能理解我——这是真心话……不说了,在你面前,我已经说不起任何话了。"

木已成舟,人留不住,班委会所能做的就是为毅然退学的许春丽举行一场欢送会……

这是一个黑白电影般的学期,对于我们高三毕业班学生来说,校园里的任何课外活动(仍在如火如荼进行着)都与我们没有关系,我们唯一的任务就是复习复习再复习。可是人算不如天算,对我们文科班来说,却因为这场突如其来从天而降的欢送会,从而办成了整个中学时代最有意义的一场活动……

欢送会在10月最后一周的班会时间举行,为了迎接它的到来,我们还更新了黑板报:由我这个班长(也是宣传委员出身)和宣传委员负责,创意我出,她来执行,整个黑板上只是李叔同所填的《送别》的歌词:

长亭外,古道边,芳草碧连天。
晚风拂柳笛声残,夕阳山外山。
天之涯,地之角,知交半零落。
一瓢浊酒尽余欢,今宵别梦寒。

这首歌借吴贻弓执导的电影《城南旧事》开始在这一代青年中传唱,也是我们音乐课上学过的曲目。欢送会由上官老师全程主持，流程很简单：每个同学上台发表自己对许春丽的临别寄语并送上自己的礼物，许春丽最后发表答谢词——亮点出在后者，这或许是她整个中学时代最闪光的时刻：不悲不戚，全是对各位同学的赞美、寄语和祝福，言语之中还不乏诙谐与幽默，比如，她对曲向晨说："我希望你以后的人生，就像在足球场上一样潇洒自如，而不要像你的学习和考试。明年高考考不过去也别气馁（我可不是咒你呀），继续参加下半年的招干考试，到时候咱俩还可以一起复习互相鼓励！"

她对莫娜说："同班一个学期，时光太过匆匆，咱俩几无交往，最难忘的是一起参加红五月文艺会演共同为学校荣誉而战的日子，你是全校最漂亮的女生，大家公认的校花，也是全身上下都长满文艺细胞的女孩。不过最让我羡慕甚至忌妒的并不是你的才貌和家庭，而是你是爱情的幸运儿：你得到了对的人的真爱！真诚地祝福你！"

她把对我说的话，放到了最后："曾几何时，我在可以自主选择的时刻，没有选对，转眼就没了机会。但我不能贪心不足，毕竟我还是收获了中学时代最好的朋友，从今往后，这一辈子，我都会永远祝福他：明年的高考对他而言，不过只是人生中一个小小的驿站，平平安安顺利通过则可，他的路还长着呢！我希望他一定要对得起自己超越常人的天赋，通过不懈的努力去实现自己的诗人梦、作家梦，让母校为他而骄傲，让同学为他而自豪！"

最后，全班同学，全体起立，向后转身，面对黑板报上的歌词，同声齐唱不朽的骊歌《送别》，许多同学唱得热泪盈眶，唱至泣不成声……

这个下午，后来发生的动人一幕是：全班女生将许春丽送到校门口，全班男生站在高中部教学楼三层的走廊上，目送着她们远去……

事后我们发现：这次欢送会何尝不是一场最为有效的高考动员会呢，从此以后，班里同学的学习热情空前高涨，通过身边同学的切身遭遇，大多数人已经清醒地认识到：能够在教室里摆放下一张安稳的书桌并不是理所当然的事，明年的高考将是一场与命运的搏斗！

第六章

# 1985

## 一

期末考试结束了，班上同学的学习劲头在这次考试中得到了充分回报：我得第五，下滑两名；莫娜十七，下滑五名，都是不进则退的小例子。父亲开完我中学时代最后一次家长会回到家，没有批评我，只是说："进两名退两名问题都不大，一切全看高考！"

高考之年终于来了，与往年不同的是：家长会后并没有立刻放寒假，而是继续到校复课，一直到大年三十下午才允许回家……整个寒假，被缩短了一半。

这一年的大年夜，吃过外婆、继母精心准备南北合璧异常丰盛的年夜饭之后，一家人坐在一起看中央电视台春节联欢晚会——这一年的"春晚"有点特别，是史上唯一一次将主会场挪到央视演播大厅之外的地方——北京首都体育馆举行。主持人问我欣赏的青年歌手周峰：喜欢在什么样的舞台上唱歌？他回答：喜欢在这样的玻璃舞台上唱歌。我和继母盼望中的像去年轰动一时的张明敏那样的歌手终究没有出现……

新春钟声响起，一步跨入牛年，父亲随口发表即兴贺词："索索，你要在牛年发扬出老黄牛般踏实肯干的精神，高考的结果就一定会好！拉拉，今年对你也非常重要，9月份就要上小学了，一上学就变成大人了！今年是咱们家的大年！"为此，父亲决定取消所有过年的繁文缛节，无法取消的也要做到不打搅我。为了响应他，我从春节那天开始搬进了他的办公室，将那张闲置三年积满灰尘的行军床重新支起来——我想大战五个月，重现中考成功的历程。

我已经放下了手头上所有与高考无关的事情，包括写诗投稿。但是2月下旬开学前的一天，我在地质队传达室看到新一期《文萃报》——上面有一则隆重的征诗启事吸引了我：主题是"我们这个年龄"，由大诗人艾青亲笔题写，公开面向全国中学生征诗，由著名诗人组成评委会，最终评出一二三等奖。除了向获奖者颁发获奖证书和奖金外，还将作为高中应届毕业生参加高考的加分因素（具体加多少由各省市自治区教委自定）——正是这最后一条吸引了我，我想：那就在高考前最后再投这一次稿吧！当晚便从自己所有尚未公开发表过的诗中择优而抄，次日便投了出去……哦，1985这个数字像剑一样悬在我们头顶，在多年以前便烙在我们心上，我在这一年里所走的每一步都事关我的前途，只是有些步在当时貌似可走可不走，几个月后便可知晓：一步都不能少！你别无选择必须走！每一步都是你命中要走的！

我已经做好了开学的准备，为自己中学时代最后一个学期。开学前一日，忽然接到莫娜一个电话——她在电话中兴奋难掩地告诉我："难得我爸妈一起出差一回，就我一人在家，你快过来吧！"然后，一五一十地告诉我她家的详细住址。

这条信息把我的心搞乱了。

大年三十离校时，我们说好寒假中不再见面，成绩的退步逼人反省，可是显然我们没有坚持到底，就差一天到报到日……我在是去了她家直接返校还是先回家再返校上纠结了几分钟，最终决定选择前者，然后我开始考虑另一个必须考虑的问题：我想溜进父母卧室在床上枕下或床头柜中找两枚避孕套带上（我曾看见过知道那里有），但是外婆、弟弟在家，不好下手……所以出发之后，我沿路老看药店，但是刚走进一家，却又想到：我事先就备好避孕套，会不会引起莫娜的反感，说我不正经啥的，一心只想这件事……于是便作罢了，但还是心有不甘！

心中有惦记，转眼便到了：她的家在文艺路上省歌舞团院中的一幢家属楼里。我按照地址敲门，出来的果然是莫娜，也果然是她一人在家，我身心痒痒的……

"这是我第一次走进这个院子，"我说，"过去老路过，文艺单位总让人觉得有点神秘……"

"你知道有多巧吗？中国戏剧学院的考点就设在我们院！"莫娜说。

"还有这么巧的事儿——那不是'天时、地利、人和'吗？"

"可不是嘛！"

"不过，我真不担心你的专业课——一定会考得很好……"

"你担心什么？"

"你知道我担心什么。"

"文化课——高考呗！"

"是。"

"不就是半年退步了五名嘛！你不也退步了两名？"

"4月份预考时咱俩可不能再退了，到此打住，争取进步……"

"老实说，谈恋爱还是影响学习的，对吧？"

"我也觉得，除非是假恋爱。"

"那咱俩干脆不谈了……"

"你舍得吗？"

我是上午过来的,起初,我们坐在客厅的沙发上聊天,后来,莫娜带我参观了她三室一厅的家:这是一个别具艺术氛围与格调的家庭,一间是她父亲堆满书籍的书房,一间是她父母的卧室,一间是她的小闺房……随着参观的顺序,我们自然而然地落脚在她的闺房之中……

"坐床上!"莫娜说。说完,她也一屁股坐到了床上……我想:这是开始亲热的信号,便一把搂过她的脸亲吻起来……

漫长的深吻过后,我的一只手已经像蛇一样深入到她的毛衣和衬衣里面……两具青春健康美丽的赤裸裸的胴体紧紧相拥,不知是暖气不够,还是因为心理紧张,它们触电般地战栗着、颤抖着,我随手拉过床尾的被子盖在它们之上……

这是我一年来第一次洞见她全身的裸体,简直是上帝的杰作,每一处都雕刻得那么精巧,每一寸都肤如凝脂,我再也把持不住自己,想要更进一步……

"我怕!"莫娜的声音敲打着我的耳鼓,"我怕疼,怕……怀孕!"

我脑子乱了,立马蔫了,可还是心有不甘:"你到你爸妈的卧室里去找找,看有没有避孕套。"

出乎预料的是,莫娜竟爽快地答之以"好",赤条条起身便去了,这让我在心慌意乱中颇得安慰,雄风再起……

过了好一阵儿,莫娜像美人鱼一般游了回来,神情十分沮丧……

"没找到?"

"嗯。"

"枕头下面找了吗?"

"找了。"

"床头柜呢?"

"也找了。"

说话间她已游进被窝中,与我紧紧搂抱在一起……

"不可能找到了,"莫娜黯然道,"我想起来了,我妈是戴过环的。"

我又蔫了,可还是心有不甘,弹出被窝,起身便穿衣服……

"你干吗?"莫娜问。

"去趟药店!"我语气坚定地说。

"你今儿个……非干这事儿不可吗?"莫娜说,"我还是怕,我怕有了第一次以后老想有……那可怎么办呢?一连串考试就要来了……"

等到我把全部衣服穿好,人也冷静下来——这下是彻底冷静了:"我……不去药店了,咱们等到高考之后……好吗?"

"好!这才像妈妈的好孩子!"莫娜说,"反正我迟早是你的!"

后一句话让我在心理上得到了巨大满足,生理上的反应是立马感觉到饿,便问:"娜娜,你不饿吗?"

"饿!"

"那快穿衣服,咱们出去吃饭。"

"我不想出去吃,不想让院里的大人看见咱们俩,再告诉我爸妈……"

"那不简单,在家吃呗,你家厨房里都有什么?"

"什么都有,就是不会做。"

"放心吧,有我呢,你来帮我打下手。"

"好嘞,遵命!"

厨房里的冰箱中，满满当当，说明这家有一个优秀的主妇。我使出浑身解数，在最短时间内，将它们变成了餐桌上的四菜一汤两碗米饭，然后美滋滋地接受女友的莫名惊诧："看不出来啊，太了不起了，你还有这本事！我咋就啥都不会呢？"

"没啥了不起的，这只说明：我的父母老出差，你的父母老在家。"

"我赚了，这个男人，不光有才，还会做饭。"

"我惨了，这个女人，不会做饭，空有一身……"

"一身什么？"

"臭皮囊！"

"你才臭呢！你这坏蛋！"

……

我们在餐桌上，边吃边贫，打情骂俏，谈情说爱，真像小两口……将这严重迟到的午餐吃成了晚餐，餐后转移到客厅坐在沙发上看电视，省台在播放根据路遥同名小说改编的由吴天明执导西影厂拍摄的电影《人生》，一年前全校包场看过，我们在一起又认认真真地重温了一遍……这部当代现实性和人物命运感极强的电影也是很好的高考动员令，看完之后，我甚至马上想要连夜苦读了，便准备趁此劲头赶快离开这个安乐窝……

"真的要走吗？"已经送到门边了，莫娜问我，她准备等到明天父母出差回来见上一面再返校。

"真要走！我怕我留下来……干坏事！"我说。

"武文阁，你挺有心计的，让我更爱你了！"在门廊幽暗的灯光下，莫娜的双眸晶莹透亮，"你是个负责任的好男人！是可以托付终身的人！"

然后是甜蜜而热烈的吻别。

等我跨上单车,离开这幢楼时,还朝她家亮灯的窗口望了一眼:为了不远将来的某一天能够名正言顺地进入这个温馨的艺术之家,我现在最应该做的就是挑灯夜战连夜苦读!

## 二

不知道是父亲在开家长会时听说了什么还是觉察到了什么,这个学期开学前对我说了一番意味深长的话:"最后一学期,往往事情多,容易出故事,谁能专心学习,谁就能笑到最后!"

他是过来人,确实有经验。

这不,2月底一报到,接踵而来的阳春三月竟然成了我中学时代最事儿妈的一个月——真是树欲静而风不止,密集恐惧症患者绝对要发疯……

开学第一天自然是全校大会,林校长的传统训话节目有了很实质的新内容:上海交通大学和本市交通大学将在本月联合招收本硕连读实验班,作为全国高校首个试点。他动员毕业班中的理科生积极报名参加,考出省重点的实力来——这件事对于理科三个班的同学来说,尤其是各班尖子生来说是件大好事,等于在高考之前多了一个相当不错的选项……

然后是一连串保送名额下到了学校,大部分学校我校理科尖子都看不上,听说肖长友就严词拒绝了被称作"小北航"的西北工业大学对他的图谋不轨……

当文科班同学私下里开始议论好事尽找理科生时,有一件事悄无声息地发生了,一个课间上官老师把我叫到语文教研室,悄悄告诉我:上海震旦大学对我很感兴趣,有保送之意愿,让我随时做好面试准备……我尽量做到不露声色,就像什么都没发生一样,只是偷偷告诉了家人,父亲的第一反应是:"很好啊!也许是你母亲在天之灵的保佑,让你去她的家乡她的城市读大学。"我还偷偷告诉了女友,莫娜的第一反应是:"多好啊!保送成了,你就不用再受高考的罪了,那我把上海戏剧学院也报上。"——忽然来了这个名牌大学保送的机会,你想让我一如往常心如止水又怎么可能呢?我开始准备我想象中的面试……学习也变得不那么系统了。

3月12日是植树节,已经记不清是第几届了,反正是从我们上小学时开始的。不知道校领导是怎么想的,毕业班学习空前紧张,还要把在校门口那条小街两边植树的任务分派给我们——也许是出于一种反其道而行之的想法吧:在繁重的脑力劳动间歇加入一点体力劳动,就算是一种休息。

果不其然,大家都像监狱中的囚犯挨到了放风时间,在这阳光和煦的春日下午,在校门口的小街上一字排出老远,四人一组,男女搭配,开始挖坑、栽树、培土、浇水……

这条小街,仿佛一下子变成了电影中的布景——空旷的街头,忽然发出呜的一声——是摩托车刺耳的引擎声,一辆本地产的黄河牌摩托穿街而过,在摩托车后座上侧身坐着一位足蹬高跟鞋的时髦女郎……

"班长!"分在同一组种树的男同学拉了拉我的胳膊,"你看那个女的……像不像许春丽?"

我眯眼定睛一看,又像又不像,又不像又像,我完全没有把握,完全是试探性地贸然喊了一声:"许春丽!"

摩托车刹住了,时髦女郎跳下来,电线杆一般立于街头,朝我这边瞅了瞅,然后向我大步走来……

我这忽然发出的一声喊,已经吸引了四周同学的一片目光,随着她高跟鞋叩击地面所发出富有节奏的嗒嗒声,更多的目光被吸引到来者的身上……

没错!是许春丽!是仅仅四个月未见便已从校园里清丽脱俗的女生变成社会版时髦女郎的许春丽……

"你们……在干吗?"来到近前的她问道。

"植树节种树。义务劳动。"我回答。

"上官老师在吗?"

"在,刚来了一下,转了一圈回学校了。"

"我找他……补开一个证明。"

"你……上班了吧?"

"早就上了。"

"我今年过年没去我舅爷家串门,没顾上去……看你。"

"不用,你们学习多紧张呀,距高考还剩几个月了?"

"四个月不到,预考就在下个月。"

"虽说我现在算是解脱了,但却并没有轻松感,好羡慕大家——能为前途拼一场就是好的,真后悔那时候没有全力以赴地学习!"

这时候,摩托车鸣了一声笛。

"那是我男朋友,厂里新来的技术员,大学刚毕业……帅吧?"

"帅。"

"不打搅你们了,我去找上官老师开证明。"

然后,高跟鞋叩击地面的嗒嗒声再度响起,小街两边所有的目光都聚焦在这个陌生的时髦女郎身上,看着她跃上摩托车后座,看着摩托车一溜烟地开走……除我之外，他们和她，都向对方表现出一种令人惊讶的冷漠，跟四个月前恋恋不舍的告别连不上。也许这就是社会吧，走出校园的围墙，谁还认识谁呀？

回到校园中，我的"好事"接连不断：先是在全国影响挺大的市级综合性文学杂志《长安》发表了我的一组诗——这本是一次平常的发表，在成人报刊上发东西，在我已经不是一回两回了，但是这一次我竟是与自己的语文老师、班主任同刊——在同一期《长安》上，还发表了上官老师的一个短篇小说！以往，我们只是听说他是作家，业余从事写作……这条消息迅速变成了校园里的特大新闻："师生同刊"的现象令所有人再也不敢小瞧我们文科班！

然后便到了这个周末的黄昏，我从学校回到家，与全家人一起吃完晚饭便去父亲办公室复习，经过他们单位传达室时进去看了会儿报纸，发现别人订的《文萃报》来了，拿过来一看——头版头条："我们这个年龄"全国中学生征诗大赛揭晓！"武文阁"这个名字出现在获奖名单上二等奖的行列中！我在儿时发小、受伤致残的看门人刘虎子面前一蹦三尺高！然后向他借走了这张报纸，然后手拿报纸走上街头……

我迎着如火的晚霞大步流星朝前走去，走过兴庆宫公园的外墙，走过鸡市拐，走过东关，走过燕子绕飞的东门，走过陕西作家协会所在的建国路，走到车水马龙的大差市，最终走向一个公用电话亭，投入分币，拨通了莫娜家的电话，在电话中，我对她说的第一句话是："娜娜，我已经决定了，这辈子做一名诗人，做中国最好的诗人……"

是的，就是在这个阳春三月的美丽黄昏，我立下了终生之志。

我说要做"最好的"，其实并非出于狂妄，只是有点中学生心理：我想如果不是我默拒了去年暑假他们组织的那个文学夏令营的话，如果去了从而认识他们的话，这次我可拿一等奖，说明我在这些人中是最好的，那就应该立志去做最好的那一个！

到了下星期一，等到全校学生人手一份新出的《文萃报》时，我又成了"新闻人物"，毕竟这是国家级学习竞赛奖，并且是全校学生中的先例！

接着，两所交通大学联合招收本硕连读实验班的考试成绩揭晓了——惊天动地的新闻遂又传来：在最终录取的来自全国各地的80名学生中，我们长安中学一个学校便占去了10名！这是一次堪称辉煌的大胜！大新闻中还套了一条小新闻：我们头号学霸肖长友竟然不在其列！总共四科考试，其数学、物理成绩均名列前茅，政治、语文却为零——原来是没去考，原来他是把这次考试纯粹当作高考的练兵，认为练练数理就可以了，事后还放出豪言："如果是北大、清华联手招本硕连读班，我自然不会放弃。"——于是乎，他成了未被录取的英雄！

全年级二百来号学生中，忽然有将近二十个人（包括接受保送者）提前有了好归宿，连预考都不必再参加了，给大部队带来的震动可想而知。我心里还在等震旦大学来面试我，希望能早日加入这幸运儿的行列中，我在写作上的成就当然配得上……

还有便是我花了两天时间陪莫娜去参加中国戏剧学院和上海戏剧学院的专业考试，在本市的考点全都设在他们省歌舞团的院子里。于是也便远远得见她很有艺术家风度的父母，不出所料，莫娜专业课考得很好，对她来说，只要高考成绩超过艺术类的基本线……

红火热闹的小阳春就这么过去了，在高考预考到来前有这么一个月，当然是不好的。从表面上看，它并未占用我们太多的学习时间,但是对我们心理稳定的冲击太大了!多年以后,新世纪到来,人类吃饱了撑的,非要与电脑对弈,结果自取其辱,连一盘都很难赢下来,还把人类最好的围棋手虐哭了,经过专业人士的一番分析:人类最大的弱点就在于他们有感情——由此带来心理和状态的起伏不定,由此也可以反省我们当年:对于高考这种冰冷残酷决定命运的大考来说,你要变成没有感情的电脑才是最佳选择!

## 三

到了4月中旬,震旦大学的面试还没有变成现实,我都拿不准自己要不要参加预考,于是便沉不住气在父母面前说了。继母反映给了继外公,继外公由上而下一查:震旦大学确实想在本省应届生中保送一位有写作特长的学生,名额到了省教委,本省另外一所"省重点"有人下手快,已经成功将其运作到了他们学校——而那所学校中刚巧也有一名像我这样在写作上比较突出的学生,已经通过了震旦大学的面试……

一切都晚了!我像吃了一口屎:拥有特权放着不用,别人可一点都不客气,这就是社会!

我正是怀着这种既窝囊又沮丧的情绪,参加了那个年代特有的高考的预考——那个高考竞争最为激烈甚至是惨烈的年代!

对于重点中学的学生而言,这不算多难的一道关,除非你来路不正;对于普通中学的学生则不然,只有一半学生可以通过这根"独木桥前的独木桥"……现如今,不瞎打听他人学历,也是现代人的文明教养。对于我们那一代人来说,更不要瞎打听,别说上大学,大约有半数人连高考是啥滋味都不知道!

我对这次考试最为深刻的印象是:就在本班教室考的,考了三天,下了三天雨,可谓"淫雨霏霏"。到了第三天下午,最后一门英语考试,直到关门的第二十分钟,曲向晨还没有来……后来得知,是他自行放弃了,五门课考过,他已心知肚明:自己拿不到高考的资格。在17中那边,刁小羊和蔡铃莉(四妞)的中学时代也到此结束了,他们属于在高考前便被淘汰的那一半。我在长安中学的同届同学,除了本校教师子弟曲向晨和市教育局一位领导的儿子被淘汰外,其他人全都幸存,只是绝大部分人都考了个鼻青脸肿遍体鳞伤,包括我自己。

再没有家长会了,这一次是我亲手将成绩条带回家:总分395分,班里名次第10名——是我进文科班后成绩最差排名最低的一次!细看成绩,叫人哭笑不得:语文120分——满分,全省唯一的满分,我的满分作文《从鲁迅弃医从文谈起》还被学校当作范文印发给全年级。我的数学成绩41分,其他四科的平均成绩就可以算出来了……何以会考得如此高低不平参差不齐?只说明出题之难。考前老师强调过:"省内预考题会比全国高考题出得难",是我们的想象力不够。考题出得超难,过硬者便被考出来了,我的语文就叫"过硬",我的数学就叫"过软",其他几科就叫"一般般"……本来,在数学上我还有点自信,觉得起码在文科生中还算可以,这下子彻底幻灭了:幸好我没有选择理科,如此之差的数学能耐怎么在理科里蹚?人生哪有那么多选择,你所走的都是你不得不走的路!

我所遭遇的打击不仅仅来自我自己,还有我最惦记的人——莫娜,总分327,班里名次第25名,也是她进文科班后成绩最差排名最低的一次。领到成绩条的那一刻,我俩面面相觑无言以对,知道彼此风雨飘摇前程渺茫……

什么叫"全面过硬"呢？肖长友，总分522分，全省第一，预考状元！这次考试数学题出得超难，他竟然还能拿到100分以上，一下子就把别人拉开了。感觉上被录取到两交大本硕连读实验班的10位同学，在校园里风头还没有出够呢，又被他把头版头条抢了去。展望两个半月后的高考，谁能阻拦他中第？除非是他因故到达不了考场，连北大、清华这样的学校都似乎已成他的囊中之物了。

我被考糊了，打蔫了，周末回到家中，将自己关在房间里，晚饭也不出来吃，然后父亲进来了，再把门关上——显然要跟我摊牌了……

"别那么垂头丧气，有啥子嘛？这只是预考，不是高考，预考你已通过了，拿到了高考准考证，目的就达到了，三个月后——不到了吧？两个半月后把高考考好不就完了嘛！再说句不该说的话，就算用你这次没考好的成绩录取，你不也上大学嘛，只不过达不到你的目标——国师大罢了！"

我不知道父亲在单位里怎么当领导的——这也太会做思想工作了！他这一席话便让我眼前豁然一亮，仿佛暗夜中看见火把——是啊，不就是这么个理儿吗？

父亲取下眼镜，仔细看着成绩条，继续说道："我建议哦，从现在起，你把语文扔到一边，完全不复习都可以，拿出一半时间猛攻数学，另一半时间平均分配给其他四科，把剩下的时间和精力都用在没把握的地方，怎么样？"

我接话道："我正打算这样。"

"有啥子嘛？预考暴露了问题才好呢，冲刺阶段就会更有针对性，记住我的话：这次考得好，不见得高考就一定考得好；这次考得差，不见得高考就一定考得差，不信三个月后你就知道了。高考和一般考试不一样，很不一样……好了，别愁眉不展了，是男子汉就应该从一时的挫折失利中站起来，永远不被打趴下，永远不认输，勇往直前……来，吃晚饭！"

老实讲，作为一个打小便失去了母亲的孩子，我之所以活得不那么艰难和可怜，只因为有个厚爱我的好父亲！我的高中阶段比初中阶段过得好，只因为有个偏爱我的好老师！

剩下的两个半月，总共十周时间，学校替我们规划好了：一周一次，总共8次难度不一的高考模拟考试，每周前三天考试，后三天由任课老师讲解试题分析试卷，密度之高，强度之大，令人咂舌！有一点需要补充：之所以能够如此之快的能将卷子改出来，那将近二十个已经有了好归宿无须再参加高考的同学发挥了作用。他们甚至还待在班里帮助同学复习——这是迎高考中助人为乐的佳话。最后两周自便，可以留校，也可以回家。

等到6月上旬，前三次模拟考试过后，我的心又踏实下来：这三次考试，我一次比一次成绩好，第三次已经回到了班里前五名。让我糟心的是莫娜的成绩：刹不住车，继续下滑，已经跌到了30名以外！就在这个节骨眼儿上，上官老师忽然找我谈话，将谈话地点未约在语文教研室或教师休息室，而是约在他家，在晚饭以后晚自习之前，让我预感到问题的严重性：

"武文阁，今天约你来谈，我也是考虑再三，终于想明白了：谈总比不谈好，作为班主任，我也必须负起这个责任。"上官老师一脸严肃斟词酌句地说，"虽说学校明令禁止早恋，但是上至校长下到老师在这个问题上还都是比较通融的，尤其在高中部，只要不影响自身学习，不招摇过市造成不良影响，我们也都是睁一只眼闭一只，尽量不去干预……但这并不意味着我们两眼一抹黑不掌握情况，不论是肖长友和许春丽，还是你和莫娜，还有更多情况，学校都是掌握的，但几乎都没有干预过，现在问题来了——你肯定知道我指的是什么：从进文科班以来，莫娜的成绩不断退步，越接近高考，退得越厉害，已经到了必须采取措施的时候了！不瞒你说，你们俩都是我非常看好并且有所偏爱的学生，至少从表面上看你们俩也是很合适的一对儿，所以我更不希望你们俩中的任何一位折在高考上。从目前的学习状况看，莫娜比较令人担心，虽说她考的是艺术类院校，文化课要求不是那么高，不过她这一年多来成绩下滑得也太明显了，这个趋势非常可怕！从肖许那一对就可以看出，同样在恋爱，男生基本不受影响，女生则不然，我想这跟男生理性强女生感性强有关吧。你是男生，男子汉嘛，既然爱对方，就要为对方负起责任，千万不敢拖了人家后腿……我是说，看看你能否以男朋友的身份从你这个角度断然采取一点有效的措施，让对方猛醒，把心收回来，把所有心思和全部精力都放在最后这决定命运的一考上……当然，我也会多方面想办法，包括准备约她本人约其家长谈谈。"

从上官老师家出来，迎着如血的残阳，我心情沉重，当晚下了晚自习便找莫娜谈了，如实转告了上官老师的意见。但她似乎还是没有意识到问题的严重性，只是对即将到来的面对老师的谈话感到紧张……

而时间不等人，模拟考试逼人太紧，第四次的成绩出来了，我又进一步回到第三，莫娜在 30 名以外还在继续下滑——37 名！全班 51 人（曲向晨已经出局）中的第 37 名！

这让我非常生气！出离愤怒！

成绩出来后的第一个课间，我见莫娜出去了，便立马跟了出去……

"我上厕所,你干吗?"她依然满不在乎。

"我……有话对你说!"我气鼓鼓地说。

她随我来到走廊尽头灯光暗淡无人处……其实,到了这会儿,我依然不知道要对她说什么——甚至认为该谈的已经和她谈过了……

"好严肃啊!吓死我了!不就是……又退几名嘛!"

大考将至,她这一副满不在乎的态度彻底激怒了我,我的话未走脑子便脱口而出:"莫娜!你争口气好不好?考得这么丢人还满不在乎!高考就剩一个月了,你这种状态怎么考?我告诉你,不是我吓唬你:如果你考不上……"

"怎么着?说——如果我考不上,怎么着?"她忽然提高声音反问道。

"……"我没词儿了。

"想跟我分手是吗?"——她简直逼人太甚!

"就是的!怎么着?!考不上,就分手!"——话说出口的瞬间,我也就找到了对付她的激将法。

贵为校花的她,哪里受得了这个刺激,眼泪顿时涌了出来,双眸在走廊尽头的昏暗中晶莹发亮,一时失语,过了半晌方才说出话来:"伪君子!何必等到那时候,现在就……分手!"

"分就分,这就分!"——这时候,上官老师谈话中所提到的"断然措施"四个字出现在我大脑的屏幕上,我想我正在做到它。

"好,从现在开始,你我没有任何关系了!用你的话说:连同学都不是!"莫娜说,"武文阁,我算认清你了!我算看错你了:你也就是个假装有情有义有诗意的势利小人!还诗人呢,小市民一个!"

说完，她转身离去……

望着走廊上她愤然离去窈窕依旧的背影，我心怀做了一把王八蛋的得意扬扬——我以为这才是真爱，这才是为她好，而真相在不远的将来必然可以大白，真爱必将挽回，我们手中有大把的青春可以用来浪费……

第二节晚自习，近期未与我同桌的莫娜在自己的座位上做着一件事：将下发的模拟考试的考卷一页页撕碎，慢慢地撕，缓缓地撕……亲爱的读者，你听到过用刀片划玻璃的声音吗？那恐怕是世界上最让人难以忍受的声音吧？——那么，在距高考还有整整一个月的毕业班的教室里，听一位女生手撕模拟试卷的撕纸声，其刺激程度简直有过之而无不及！多年以后，这个时代常见的老同学聚会的饭桌上，这个班毕业的许多学生在回顾他们中学时代所受到的最大刺激时都不约而同提及此事，只不过他们在当时听成是命运的刺耳警笛在拉响，殊不知对当事人来讲这是将心中的爱情一点点撕碎的声音！

而在当时当刻，我忍受着这心灵的凌迟之刑，以为此时的心硬便是最大的爱情！

从翌日起，莫娜便在班里消失了，听与之同舍的女生们说是她父母来学校把她接走的，将宿舍里的家当也都运走了……

又过一周，上官老师在走廊上遇到我说："你这么做是对的。她父母给她请了一位家庭教师——一位在读的交大学生，帮她在家里一对一复习。"

持续八周异常残酷的八次模拟考试圆满结束，在高考还剩两周时，我恢复了迎考的自信。学校将发放高中毕业证、拍毕业照和高考检查身体放在同一天进行——无形中成了校方设定的毕业日……

毕业照的拍摄地点是在校门口的里面,一幢与附近那座老教堂同样古老的老楼前,那里本来就有台阶,可供大家错落有致地站立。这一天,一大早便出现在那里的我,不断激起大家的笑声,那是由于我在前一天黄昏散步时心血来潮跑到校外常去的理发馆剃了一个光头——这是我记事儿以来第一次剃光头,其中暗藏着两个意思:一是继续向莫娜表达我的"绝情",让她彻底死心,断了俗念,一心迎考;二是削发明志,我也该为自己的命运放手一搏了——在人生的这个阶段,还有比高考更大的战斗吗?

"武文阁!你这三浦友和咋变李连杰啦?"关系好的男生跟我打趣道。有人说像和尚,有人说像罪犯,照相时我站在男生第一排,第二排站得更高的男生纷纷趁机给我摸顶……我早早跑到这里来,自然是关心莫娜来不来,让我心安的是:她不但来了,精神状态看起来还不错,女生们似乎都对她很关爱……拍照前,大家还是拿我的光头在打趣,就在外请来的街对面照相馆的老师傅大喊一声"安静"之后,女生里又传出一声:"小丑!"——一听就是莫娜的声音,她当然不是在骂人家照相师傅,她是在说我理的光头。同学中有人发出扑哧的笑声……

然后是集体发出的那一声:"茄——子!"——我们的中学时代被定格了!

在这张永远不可更改的毕业照上,我为何一副哭笑不得的表情?正是出于以上的情境……

至于毕业日的第二项内容乏善可陈——上官老师点着名就将高中毕业证随手发给每个人了,没有任何仪式,领到毕业证的瞬间我还想到了许春丽——提前半年领到此证的许春丽……

然后大家或骑车或步行去距此不远的市立第一医院检查身体,

好玩的是查色盲时，我与一位色盲同学一起进去做检查，在我的暗中帮助下，他竟然顺利过关……最后一项检查不是必须，自愿报名——那便是测智商（IQ），这项检查刚传入中国不久，让人感到十分新鲜。我到达那个检查室门前时，肖长友和他爆出的一条新闻已经挂在那里了：经过测验，这小子的智商高达140！哦，他之所以是学霸，之所以能够成为全省高考预考的"准状元"，一下子找到了根子上的证据！还有啥好说的——这是科学！连楼道里的医生都很兴奋，鼓励后面来的同学积极报名，配合医院的调查……我还没有决定报名呢，只是略微朝前探身表现出了一点兴趣，站在一旁高高在上笑看众生的肖长友的怪话就来了："武文阁，你就别测了吧，你的智商肯定过不了100，达不到东亚黄种人的平均水平……"周围一帮理科男随即爆发出一片附和的哄笑，他们全都测过了，也是智商不低，在他们眼中，文科生智商肯定低……我本来还在为肖长友高兴呢，他却当众拿我开涮，我的报复心来了，准备搞他一下，我沉默片刻，然后掷地有声地说道："肖长友，别看你智商比犹太人还高，可你这辈子注定当不成科学家，你可以成为高考状元，可以上北大清华，毕业后可以继续读研究生、留学生，但就是成了不了大家盼望中的科学家，不信咱们走着瞧，今天在场的这些喽啰到时候都可以做证！到时候你们可别装聋作哑啊！'再过二十年，咱们来相会'——二十年后就知道了，也许根本不用等二十年！"

楼道里一片死寂，让我的话有了回声……

熟人相知相害，被我点着哑穴了，肖长友半天说不出话，过了许久才想出词儿来："哎呀呀！武文阁，你这位同志，咋开不起玩笑呢——我就是跟你开了个玩笑！"过了一阵儿，可能又觉得在其理科生喽啰们面前不能向我示弱服软，便说："武文阁，既然你跟我撂了狠话,我来而不往非礼也,你说的二十年后,只要你能成为文学家,我就能成为科学家,不信咱们走着瞧!"

他确实是这帮理科男的领袖,一语就将让这堆木乃伊活了过来,七嘴八舌,反唇相讥:"就是!开不起玩笑!""说穿了还是不自信嘛!""先别提这家那家,还是先过高考这一关吧!""没意思,真扫兴,走走走!"……这就是长安中学乃至所有重点中学的风气,理科生歧视文科生,合情合理,文科生一反击,大逆不道……

不管怎么说,我把这劳什子智商测试给搅黄了——从这以后,再无人报名,一场理科生发动的造神运动就此终止,楼道里的医生看不明白,不知发生了什么,莫名其妙道:"咋都不报名了?"

在毕业日这一天里,有一个人的经历比较特殊,那就是曲向晨:前两项活动他都参加了,后一项他没有资格参加,在校门口,目送着我们去查体……这便是高考预考落榜生的遭遇,那个年头,高中毕业的人只会拥有两种身份:大学生和待业青年——这便是许春丽她妈为什么不愿轻易放弃让她顶替她爸进入国营军工大厂的机会而让她退学,现在曲向晨似乎也看到了类似的机会,铁路局(铁老虎)一贯有重视足球的传统(所以铁路中学足球才厉害),愿意招有足球特长的青工,曲向晨马上就业的机会来了,每天下午都到后操场去练球,准备迎接铁路局的招工考试。肖长友率领的一帮学习好几乎不用复习的理科男会去和他一起踢,他们多次叫过我,我都婉拒了,以我的应试资本陪不起,但是最后一次——曲向晨和刁小羊组织了一场长安中学与17中学的比赛,美其名曰"毕业杯",我参加了……

为了显得正式,曲向晨把他爸曲老师请来当裁判。

双方基本上都是校队班底,只是重点中学一方显然是经过艰苦的学习，一年来没怎么训练；而普通中学一方，实力没什么变化。此消彼长，比一年前正式比赛时激烈多了，我在场上明显感到体力不足，但也还是抓住机会进了两个球，曲向晨进了另两个，我队勉强以4∶3获胜，赢得了啥都没有的"毕业杯"……

赛后，我正在召集大家合影留念——我知道在这座校园里滞留的日子不多了，特意向父亲借了他的华山相机，想拍一些有纪念意义的照片……我冲对方大门一侧的刁小羊高喊："小羊！赶快召集你们的人，过来照合照！快点儿！"却见他忽然从后腰处拔出一把明晃晃的菜刀，直追曲向晨而去……

曲向晨是踢前锋的，速度快，守门员刁小羊，一时半会儿还追不上……

我作为现场唯一的双方的朋友，只好加入了追击……

虽然，我这一年又谈恋爱又学习疏于锻炼身体，但追上刁小羊还不成问题，趁着他见我手软的当儿，我一把夺过了他手中的菜刀。从其口中得知，他之所以要砍曲向晨（当着他爹砍），是因为曲向晨老打他女朋友蔡铃莉（四妞）的主意，还趁人不备强亲一口……

在我永远的记忆中，我的中学时代就是在这惊心动魄的拔刀、砍人、追击、夺刀的动作片中落下帷幕的……

## 四

1985年7月7—9日——就是想忘也忘不掉的日子，这一年的全国高考日，多年以来悬在我们这一届学生头上的剑终于落了下来……

首日早上6点钟，我们家三个闹钟同时响了：父亲、外婆和我的。外婆为我准备早餐，父亲将我拉到祖父和祖母的遗像前，让我亲手进了三炷香……

吃完早餐，我又回到自己房间，默读了两篇最有难点的古文——这头一天的上午便是我唯一的强项：语文——感谢老天爷！没有比这更好的安排了……

7点半钟，我骑上车，从家中出发，先向南再向西，在早高峰的车流中骑了半小时，到达了我们的考场——铁路中学。世上的万事万物都是有其神秘联系的，一年前与铁路中学争夺市中学生足球联赛冠军的时候，我怎么也不会想到：我需要借他们的一方宝地来做我高考的战场，做我飞向未来的飞机跑道。先前从未来过的我此刻已是第二次来了，因为就在前两天，我还独自一人提前来看过一次考场……

距考试开始还有一个钟头，我在校门口的一棵大榆树下，继续默读古文，然后我们的校车来了——那个年头，哪里有什么"校车"，不过是学校临时租来了两辆公共汽车，将家远仍然住校的同学拉过来，于是便热闹起来，我把语文书收进书包，知道这时候再复习已经没用了……

由于最后十天我选择回家复习，所以好多同学有日子没见我了，他们惊讶于我的光头上已经长出发茬儿，又纷纷上前来给我摸顶，有个同学正摸着，手忽然停住了："武文阁，看见了没有？什么情况？你女朋友……"

我循着他们的目光望过去，只见一个白衣胜雪的英俊小伙骑着一辆单车，动作娴熟潇洒地刹停在我们面前，从车子后座上跳下来香气四溢的莫娜……

"这谁呀？"

"还有护花使者……"

"情况不对吧？"

"班长，你可别受刺激哦！"……男生们窃窃私语。

莫娜春风满面容光焕发地汇入到女生堆里……

这就是上官老师说的她父母给她急聘的家庭教师——那个交大在读生吧？我心里想着，情绪乱糟糟，有谁在高考首日即将踏入考场的时刻，亲眼看着自己的女友从其他男生的单车上跳下来的？这么小说化的情节，让我赶上了……

进入考场之后，还有糟心的：发卷之后，与我并排而坐的一个不认识的外校男生打翻了自带的墨水瓶，一下子污染了刚到手的考卷，要不要再给他发一张？在场的两位监考老师观点不一致，互相扯了一会儿皮，那孩子都快急哭了，我们这些本场考生也半天安静不下来……

多年以来，不知道有多少老师说过：高考和一般考试不一样。头一仗我便体会到了：前面的知识题我答得挺顺，对我来说最难的古文也越过去了，可是一看作文题，我有点发傻……

卷面上画了一条河，河的一侧画了个工厂……让你看图作文。

今天回头看，自然很简单，甚至很幼稚——环境保护嘛！可是在当年当日当刻的考场上，我的脑子有点乱：因为我们在地理课本上见过一张类似的图：有河流，有工厂——工厂还分作钢铁厂和纺织厂，讲的是什么呢？是对环境的合理规划与布局，考虑的问题既要包括环保，还要包括钢铁厂男工多、纺织厂女工多，放在一起容易找对象……到底是单纯的环保问题，还是包括这些规划与布局？时间紧迫，我在未做决断的情况下，便开始动笔了……

总之，这样的高考作文题，让我的文思、文采上的优势荡然无存！

强项未见其强，出师有所不利。

下午考历史，又出糟心事：在38摄氏度高温下，在头顶吊扇一刻不停地扇动下……我眼看着坐在我前排的一位女生一头栽倒在课桌上，被监考老师用湿毛巾激醒后继续考，简直像在刑讯室里，打得昏死过去，用凉水浇醒后继续拷打——在场所有人都理解：老师这么做（而不是将其送医）反而是更人性更人道的选择，是对其更见责任心的表现……什么是高考？就是为命运而战！在这一幕中得到了最为有力的诠释，吓得我赶紧拿出临行前继母给的风油精在自己的左右太阳穴和后脖颈处擦拭了一番，头脑方才清醒。本来我还觉得她是道听途说多此一举呢，现在心中满满的都是对她的感激！

对一般人而言，高考只有一次（有人连这一次机会都没有得到），完全是遭遇战，有许多经验教训可以总结：譬如，我高考三日的食谱，就大有问题，外婆做的全是大鱼大肉，我平时住校在学校食堂寡淡惯了，感觉很不适应，嘴上倒是解了馋，这三天里肠胃很不舒服，一进考场就想上厕所。最后一天下午考英语，答完题，还有二十分钟，我连检查都没检查，便提前交卷出来上厕所……

从厕所出来时，考试尚未结束，我走过楼道从另外一个考场的门前经过，正有一个熟悉的倩影从里面闪出……真是"冤家路窄"啊——莫娜！一瞬间里，我竟有万分惊喜——仿佛看见久别重逢的亲人！

"考……考完了？"我问。

"废话！"她答。

"考得如何？"

"我考得如何，跟你有什么关系吗？"

"莫娜，你听我解释——我本来就准备高考完了向你解释：一切都不是你看到的这样……根本不是那么回事儿……我是故意用激将法刺激你的……"

"我不听任何解释，你骗鬼去吧！"

我跟着她一路从教学楼里出来，朝校门口走去……

"武文阁，你要对我还有起码的一点尊重的话，就请你不要跟着我，以免引起我男朋友的误解，他在我最痛苦最脆弱最无助的时刻，用实际行动帮助了我，我在乎他每一分的感受！"莫娜说。

她的这一席话说得太好了！与其说我是尊重她的态度，不如说我是拜服她的语言——我到底是语言的亲人啊！便停下脚步，留在原地，一动不动，眼瞅着自己的女朋友，走出大铁栅栏门，张开舞者修长的双臂，以舞蹈之姿投入到那位白衣青年的怀抱中……这一幕，刺痛着我的双眼，也让我从中捕捉到了令我欣慰的信息：看来她考得不错，至少自己是满意的……

这便是青春的纯爱啊——就算失去了，也希望对方好！

骑车回家的过程，就像一场自行车比慢游戏，高考结束日成了我真正的失恋日。我如行尸走肉一般不知魂归何处，回到家中时，暮色已经降临，家人都等急了……

接下来的日子，我也是过得恍恍惚惚。

又回了一趟学校，领到了标准答案，回到家中估分——那年头的高考可跟现在不一样，填报志愿是在分数出来之前，所以估分很重要，经过反复估算，我估计自己的分数是在440—460之间——这个分数由于缺乏参照系，什么都说明不了——也不完全是：我会有学上，几无落榜之可能。

填报志愿时，我全听父亲的：他说最关键的是重点院校和普通院校的第一志愿，其他填了也是白填，为了确保不当可怕的"待业青年"，我连大专都填了（之后还有中专）。重点院校第一志愿填的是中国师范大学，专业填的是1.中文，2.哲学。其中有一个关键性的问题，是问愿不愿被航天部、化工部定点委托培养，我刚想打勾，父亲一声厉喝："干什么？你想到山沟沟里教一辈子书吗？！"——事后证明，父亲是个大内行。

这一阶段，我过得恍惚，不记得肖长友为什么会知道父亲很懂，填报志愿前还专门到我家来了一趟，咨询父亲的意见。这一次，他表现出异乎寻常地谦虚，说是高考没考好，状元肯定是当不上了，连进全省前30名都很危险——这标准让我这种水平的人听着想死，他拿不准报清华还是北大，父亲便问他："你喜欢理科还是工科？"

"武叔叔，武文阁咒我当不了科学家，我就选理科证明一下吧。"肖长友回答。

"那就报北大。"父亲说，"我再给你一点意见，既然你觉得这次不是考得那么好，那你报了最热门的学校，就不要报最热门的专业，给自己增大一点保险系数。"——事后证明：父亲的这条意见非常重要足以致命。

跟父亲谈完，我请肖长友到我房间坐了坐，他鼓动我加入他牵头组织的同学旅行团，等本月底高考成绩一揭晓就出发，乘火车一路南下，终点在海南岛三亚的天涯海角。有两大因素让我不假思索地一口回绝了他：一、已经报名参加的人都是他理科班的喽啰，我和他们玩儿到一起，此行一定不会快乐；二、上大学（这几乎可以肯定）之前，我不想额外增加一次向父亲伸手要钱的机会。他听罢，也没有再劝我。这天，有一点反常，他走的时候，我非要送他，一直将他送到一公里外的西京医院大门前,似乎有什么话想对他讲,他也看出来了,试探性地问我:"武文阁,你可真是咱们学校的新闻人物,高考完了还话题不断,听同学们议论:你和莫娜分手了?"

我木然回答:"嗯,我不想谈这件事。"

肖说:"不谈就不谈呗,不过我想,你现在就能理解我了:非不为也,实不能也。没事儿,别难过,天涯何处无芳草!大丈夫何患无妻!"然后,他大长腿一抬跨上单车,回头冲我诡异一笑,做了个瘆人的鬼脸,让我后背直冒凉气……

"一路平安!"我喊了一声,可他八成没有听见……

此后不久,又发生了一件让我后背直冒凉气的事……

这段日子,到了晚上,为了躲避家中的热闹,照看好自己失恋后的心情,我还常去父亲办公室,主要是看书,饱读文学名著,偶尔写两首诗……

考试过后,暑假之中,在这个知识分子聚集的院子里,利用父母办公室学习的孩子几乎没有了,到了晚上整座办公大楼空空荡荡一片黑暗。这天我来得较晚,楼里头已经黑下来,我上楼梯时听见楼梯上有脚步声,等我到达父亲办公室所在的二层时,那脚步声在三层的楼道里响着——分明是女式高跟鞋踏出的声音:神秘、性感、挑逗、魅惑,令人心跳加速,又深感不安!

进入办公室之后,我锁上门,开了灯,过了半天才平静下来,又过了半天才把书读进去……

不知道过去了多久,在很远的地方,那脚步声重又响起,远远传来,越来越近,越来越重,当我意识到:它已经踏上门外的走廊时,我的心跳开始加快,后背直冒凉气,失恋后脆弱的小心灵已经想到了"女鬼"之类的劳什子……

脚步声停在我的门外……

我在心中提醒自己：沉住气，别吭声……

敲门声响起：咚、咚、咚……咚、咚、咚……

"武老师！是武老师吗？"门外的高跟鞋终于说话了，很好听的女声，并且听着有点耳熟。

这下我放心了：一定是父母单位里的女同事！便跑去开门……

门一开，我愣住了："薛……薛阿姨！"——是的，不是从地狱里冒出的女鬼，而是从女监里冒出来的小薛阿姨！

"索索！"她惊喜交加地叫道，"两年不见，长高了，长大了，真帅啊，像你爸爸！"

"……"面对一个刚从监狱里出来的女人，我真的不知该说什么。

"谢谢你让你妈妈带书给我，那本诗集真好，一直陪着我，是我的枕边书。"她说，"你今年该高考了吧？"

"是，考过了。"

"成绩出来了吗？"

"还没，月底出来。"

"你肯定错不了……等你的好消息！"

"但愿吧。考得不是很好。"

"我现在……不上班了，打算辞职去广东，很快就走了……你有空到我家来玩，我有些文学书，还有杂志，可以送给你……"

"好。"

可能是看我无意请她进来坐，她便走了，走廊上重又响起那样的脚步声：神秘、性感、挑逗、魅惑，令人心跳加速，又深感不安！

她的背影,并不窈窕,但很丰腴,非常女人……

## 五

7月30日,高考成绩发布,我考了454分,翌日又公布了本科分数线:文科是430分,重点线是442分,从上大学的角度来说,我的心是揣到肚子里了,以比重点线仅仅高出12分的成绩想上国师大,看起来比较困难了——这时候我完全没有想起还有高考加分这件事:没有加到你头上的分,你怎么会自己往上加呢?!

虽说成绩是发到本人手上的,但似乎一夜之间,大家都知道了彼此的成绩,有两个人是我所关心的:莫娜考了386分,比预考高出一大块,也过了艺术类文化课的基本线,但能否考上她心仪的中戏,还要看与专业课综合起来的排名。那年头,艺术院校寥寥无几,综合性大学尚未开办艺术专业,僧多粥少,谁都不敢说自己十拿九稳……不过,我有一种直觉:觉得她可以考上,她的专业课是我陪她去考的,成绩不错;她的文化课,在艺术类考生中应该不算差,两者相加,当有一个好的结果。高考之复杂微妙在于:如果单从成绩看,莫娜的386分应该叫荒芜,肖长友的531分应该叫繁荣,但这都是表象甚至假象。后者正如自己所说:真的没有考好。这个成绩能否上北大,就看他报的什么专业了,如果是热门专业就没戏了,如果是冷门专业或许还可以——这个问题最后简化为:就看他是否听进去了我爹的意见(由此可见他那天到我家来是必要的)。听理科班同学在电话里说肖长友拿到成绩后情绪很不好,但还是带着他组织的一行十余人的同学旅行团登上了南下的列车……

父亲到底是内行，一看我的成绩便知道国师大的希望不大了，他在普通院校第一志愿为我填的是本城的西北政法学院中文和新闻专业，所以他已经在说留在本城上学的好处了：每周可以回趟家、毕业分配有靠山啥的，继母、外婆也都附和他的说法，弟弟肯定是真心希望我在他身边的……我自己呢，则依然恍恍惚惚、麻木不仁，觉得怎么都可以，反正有大学可上了，不用去当"待业青年"了……

从成绩通知本人到各高校开始录取的这十多天里，有点微妙：同学之间并不急于见面，只是待在家里打电话互通消息，这种微妙的表现说明谁（哪怕是考出高分的）的心里都不踏实，都在心里默默祈祷着，静静等待着命运的最后裁决与宣判，以及有可能发生在任何人头上的无情拨弄……

终于熬过了这漫长等待的十多天，8月12—16日——收音机里公布的重点院校录取日，一连五天，我天天骑车跑一次学校，什么都没有等来，眼看着我们的教导主任用各色粉笔将学校门口的两块黑板写满了：什么大学，某某某——这真是太刺激了！本来我不急，现在也急了，环境的影响。不光如此，还有别的：我眼睁睁干看着几十位同学在我面前像足球场上踢进一个决胜球一般地疯狂庆祝，他们的家长还会闻讯赶来，在那两块黑板上指认自己孩子的名字，并与孩子合影留念。在这些家长之外，还会有些面露焦急之色的家长，肖长友他妈就是其中之一，也是我见过面的不多的家长之一，我自己还没着落呢，顾不上关心别人，所以只是跟她简单地打了一个招呼。

这五日，度日如年，体会绝望。

8月17日——普通院校录取日的第一天，天刚亮我就自动醒来了，既没听见喜鹊叫，也没听见乌鸦叫，只是听到咚的一声响，从父母卧室里传来……难道他们早晨还有活动吗？那也太恩爱了吧？过了一阵儿，父亲来敲我的门，隔着门对我说："今天你再去看看，不会空手而归了。"——我心说：正确的废话！以重点分沦落到普通院校这一档，自然该录取我了。他在这时没有告诉我的是：大早晨，他们卧室里那咚的一声从何而来——他告诉我时已经到了这天晚上：是大立柜顶上的旧皮箱自己跳下来了——那里头有奶奶的骨灰盒！

在我印象中，父亲虽说是新中国培养的知识分子，但是蛮迷信的。他有一个迷信的妈——奶奶是旧中国培养的知识分子，北平国立女师大毕业的"五四"新青年，活着的时候就特别迷信……那天早晨，他俩心有连线吗？

那天早晨的餐桌上，我毫无胃口……

我一早出发，一路骑行，不知该慢骑还是快骑，心里思忖着：邮递员不到，就算你已被录取了，到了学校还不得等……

经过学校附近的青年会基督教堂前，有人迎面骑来，冲我大声高喊："武文阁！你的录取通知书来了，快到传达室去取！"——是理科班的一位男同学，一对孪生兄弟之一，我平时认不出他俩谁是谁，至今也没搞清楚是其中哪一个骑在我永恒的记忆的屏幕上冲我高喊："武文阁！你的录取通知书来了，快到传达室去取！"

我心狂喜！甚至忘了客气一下回问对方，便朝学校一通猛蹬。老实说，这个时候，我脑海中闪现出的公函信封（我已在别的同学手中见识过了）上的字样是：西北政法学院！

骑车冲过校门口那两块五颜六色的黑板时，这几天来永远蹲守在那里的教导主任招呼我道："千呼万唤始出来——诗人的录取通知书总算来了！快到传达室去领，领了之后到我这儿来报到！"

我冲进校门,将自行车推倒一边,站在传达室窗口大叫一声:"大爷,我的!"——由于我的信件、稿费多已经跟我熟了的大爷从抽屉里拿出一沓信封,逐个儿翻我的,一下子挑出,迅速递给我——那张白色公函信封上写的是红字:中国师范大学——毛主席的题字……

我心狂喜!手指哆嗦着将其小心撕开,从中掉出一个硬硬的卡片般的录取通知书,滑落在地,我捡起来一看:

武文阁同学:
　　你已被我校中文系汉语言文学专业录取,请于9月4-5日来校报到……

还有行李托运标签数枚……

我在短时间内反反复复不知看了多少遍,从信封上发现从临近的户县——省招办招生点8月13日寄出的此信(邮戳为凭),经过漫长五天方才到达,是老天爷故意要考验一下我吗?

我如在云中行走,飘到校门外教导主任面前,将录取通知书拿给他看,他看了一眼便转身在黑板上用红粉笔书写:中国师范大学中文系　武文阁……最终,我校被全国各高校录取的同学写满了五块大黑板,矗立在校门口,成为一个学校最好的海报,在所有姓名前,只写学校,不写系别,独我除外……是教导主任深知国师大中文系有多么多么多么厉害吗?还是另有玄机——这所中学要出作家了,是这一个!

如你所知,我是这所中学校足球队的最佳射手,正式比赛进球最多,但是我在高考的光荣榜前,却未做任何球场上的庆祝动作,只是像个傻子似的喃喃自语道:"太意外了!太意外了!没想到!没想到……"

"有啥想不到的?"教导主任喜滋滋乐呵呵地说,"你被加了20分,是咱校考生中加分最多的——省教委今年的规定是:国家级学习、科技、体育、文艺等竞赛获奖者加20分,省市地级加10分,但多个奖项获得者只能加一项(取荣誉最高者加),你在《文萃报》征诗活动获的那个奖算国家级,加20分,你在省市级征文还有足球比赛中获的奖就不再加分了……这下明白了吧?天上哪会无缘无故掉馅饼?你是凭自己的本事考上的国师大!赶快回家给你爸妈报喜去,上师范大学国家还有补贴呢——你小子赚了!给你爸妈省钱了!"

可怜天下赤子心!这时我首先想到的不是向爹娘汇报,而是:莫娜可以加10分,那不就成了396分了吗?肖长友也可以加10分,那不就成了541分……我为我已经失去的爱情、为我摇摆不定的友谊真是操碎了心!进而想到:没准儿,他们的录取通知书已经来了!

于是我以足球前锋最擅长的十米冲刺,冲回到传达室,站在窗口上气不接下气地说:"大……大爷,你把其他信……也让我看一下!"

于是我在这个上午短短十分钟内遭遇了第二轮狂喜的冲击波:有一个信封上写的是莫娜,公函信封上的字样是:上海戏剧学院!

我又翻了一遍:没有肖长友的。

"大爷,用一下电话行吗?"我问。

"用吧,用吧。"大爷说,"给家里报喜呢吧?"

我走进传达室,首先拨通的是莫娜家的电话……

"喂！"——我一耳朵就听出来了：来接电话的是她本人。

听见她的声音，我眼泪都快出来了："莫娜！快到学校来！你的录取通知书……好像来了！"

她显然也听出了我是谁（岂能听不出），出乎预料，她爽快问道："哪来的？"

"上戏！"

"是吗？"

"是的！"

"好的，我马上来！"

我的第二个电话才是打给父亲的——父亲的第一反应我在这一刻还听不懂："你奶奶在天有灵保佑了你！"

然后，我又回到校门口，等莫娜。

她家到底离学校近，大约一刻钟过后，我便看见她骑着一辆凤凰牌女式车，像凤凰一般飞来……

我随之又回到传达室窗口，我先开口对大爷说："她叫莫娜……"

大爷找到了她的信递给她……

我看着那如葱般的纤纤玉指颤抖着撕开信封，看着她默读录取通知书，看着她泪如泉涌，一颗颗掉落在信封上……

"是吧？"我问。

"……"她狠狠地点了点头，泪花如天女散花……

"什么专业？"

"戏剧文学。"

然后，我将她领到校门外教导主任面前，看着教导主任选了支绿色粉笔，将"上海戏剧学院莫娜"写了上去，就在我那一行的后面,在这个光荣榜上,我们的名字还是在一起的:红男绿女……

正如此时此刻,我们并肩而立,挨得如此之近,仿佛从未分割:

"还是要感谢你,如果没有你那个子虚乌有的保送,我也不会想到上海,不会报名考上戏,现在就落榜了……"

"……"

"还是缘分未到:你被保送忽悠,我再被你忽悠到了上海,你自个儿却金蝉脱壳要去北京……老天爷不成全!"

"……"

"听上官老师一说,我有点相信你的话了——你是为我好才要和我暂时断了的,让我一心一意奔高考,可世上偏偏就有见缝插针的事儿……"

"莫娜,你现在完全可以重新选择,被误会对我也太不公平了……"

"你是想让我当坏人是吗?卸磨杀驴,利用完人家,就让人家滚?"

"关键是:你爱他吗?是爱,还是感激?感恩图报?作为家庭教师,他是太牛了,让你在短时间内提高这么多,实现了自己的高考目标——可这并不意味着:你非得爱他!"

"你……明知道我爱的是你,你是仗爱逼人!不过,我是不会当坏人的,我当不了啊,做不出来啊……我要是那样的人,还值得你爱吗?"

"这就是……最后的决定?"

"你走!马上在我面前消失!当心我随时会改主意——当坏人!"

"莫娜,我跟你说——这可能是最后的话了:北京到上海的距离,长安到上海的距离,都差不多,如果你跟他……不行了,就来找我,好吗?"

"武文阁!你给我消失!!!"

我们,从肩并肩到面对面……

在这8月上午灿烂的阳光下,在一所中学五颜六色的高考光荣榜前,一对少男少女公开上演了一出分手活报剧,让四周的同学、老师、校友、家长、群众欣赏完毕,不胜唏嘘……

我消失了!

## 六

对父亲来说,"看榜"可是一件大事儿,刚好第二天又是市体校足球班招收新学员考试的日子。他和继母都在单位请了假,他还用上了单位配给他的那台日产越野车和司机小鲁叔叔,拉上外婆之外的一家人,准备在市里跑上一大圈。

上午先来到长安中学校门口"看榜",我又回到了我昨天消失的地方,"我胡汉三又回来了!"只是伊人已经不在……我们一家人站在光荣榜前合影留念,小鲁叔叔掌镜,用的还是父亲的华山相机。

父亲与永在蹲守在那里的教导主任聊了几句,对学校对我的教育培养千恩万谢。他问及林校长,教导主任说:林校长已经上调市政协,准备出任副主席,老爷子老大不乐意地走了。接着又遇到了满脸焦急之色的肖长友的母亲,肖的录取通知书还是没有到,我的通知书姗姗来迟,带给她一点希望。可是从她口中,我们却得到两条令人眼前一黑的消息：肖只报了北大一所学校！并且是最热门的两个专业！真是太狂了！填报志愿第一狂！肖母到底是中学老师，似乎已经知道这就是最终的结果：中考状元、省重点第一学霸在高考中以高分落榜！"我在电话中已经跟他本人谈了，就在我们学校复读一年，明年再考。"她故作平静地说。

我被这个悲怆的结果震慑了！高考高考，果然残酷！也由此彻底从失恋的自怜自艾中解脱出来，对命运之神我已经不敢要的太多！

"怎么是这个结果？！"到了车上父亲说，"这孩子太狂了！被你们学校宠坏了！我的话他权当耳旁风！每次开家长会，他妈好骄傲啊，一张口就给大家介绍经验，张口北大闭口清华，好像在他们家眼里只有这两所学校……"

"他就是没报好！"我还在替同学辩护，"以他的实力，再复读一年，明年北大清华十拿九稳！"

"不一定！"父亲说，"世界上就没有十拿九稳的事儿，不论结果如何，高考都是你们的一堂人生大课，从中得到的教训太多了，我相信你也是！"

一路说着，车子很快来到省委大院，按照计划，我们将在继外公家吃午饭，他们显然做了精心准备：一桌饭菜非常丰盛，老两口十分高兴，继外公端起茅台酒向我祝贺道："这不比震旦大学好吗？国师大的中文系，可是鲁迅当过教授的地方，就是北大也比不上，从你要去的专业来说，这是到顶了！说白了，上大学，在北京当然好，那胸怀、视野自是不一样……祝贺！祝贺！"他老人家这么说，主要还是为我那"子虚乌有的保送"（莫娜语）名额旁落而耿耿于怀，为他拥有权力又未能提供保护而有点内疚吧。"靠自己本事考上,最踏实!"继外婆附和道。

这顿午餐吃得热烈而又节制,由于下午3点在市人民体育场将有这一年足球班的招新考试,我的弟弟——拉拉——武开放小同学已经报名,跃跃欲试。我们一家人坐在看台上,坐在夏日下午的大太阳下,汗流浃背地看着他完成一项项的测试:运球、盘球、颠球、传球、射门、分组对抗、三十米跑……坐在晃眼刺目的阳光下,我恍若回到小时候,父亲曾带我来这儿考过一次市体校的篮球班,项项都优秀,可教练一看父亲那身高,又问及母亲的身高,摇摇头未予录取,我再想考足球班,父亲就不愿意了……于是,这成了我未了的一大心愿、心中的一个情结,现在全寄托在弟弟身上——我想让弟弟替我报这"一箭之仇"……

最终,他考上了!一家人加上司机,一片欢腾!

我太有成就感了!这些年真的没有白教他……

在上一个时代,搁在贫困之家,这意味着什么?从现在起,国家就对这个孩子的一切全部负担了,跟打小便开始工作无异。但是在此时此刻,在我们家,这却构成了一大幸福的烦恼,造成了上车后父母之间的一点争论:

"进了这个班,就等于进了市少年队了吧?宝贝儿,加油!争取早日踢进省少年队!"——这是继母的观点。

"我很高兴!非常高兴!一个男孩子,有运动专长,他打小就会很自信,我自己小时候就是如此,索索也是个例子。可我不赞同拉拉走专业运动员路线,一进市体校,这文化课的学习就没保障了,如果踢不上专业队,就没有退路可走了……"——这是老大学生出身的父亲的立场。

"索索,拉拉的球是你一手教出来的……你最有发言权——你看呢？"继母问我。

"我也觉得很难办——这就叫'幸福的烦恼'吧？干脆让他先进市体校，踢上两年再看，如果有苗头，那就踢下去；如果戏不大，赶紧转到一所好的小学……有这两年的专业底子，就是他一辈子的特长，没准儿高考时还能被特招呢，或者像我这样加到分……"

我话音未落，父亲已经明确表态了："这我赞同，就这么定了！"

"好！我太高兴了！今天出来就是定家里的大事儿的！"继母说，"师傅！先不着急回家，把车开到骡马市，我想给两个孩子买衣服。"

于是，车子又开回到市中心，钟楼附近的骡马市——当然，骡马市不卖骡马，卖的是服装，正如案板街不卖案板，卖的是百货。那年头，骡马市作为本市日后闻名遐迩的服装一条街才刚刚兴起，并不规范，并非人人都租了店面，有人就用三轮车拉了衣服来卖，更有甚者，就是练摊儿……

我们一家人在密集的人丛中钻来钻去，刚在路边一处地摊前站定，猛一抬头，与对方同时"咦"了一声：是刁小羊和四妞蔡铃莉！

"武文阁，真牛啊，把国师大一把拿下！昨晚上我们俩回到家，全院子都在说这事儿……你是咱们那拨儿孩子的光荣！"刁小羊说——看来他已经忘记了我夺其手中刀的不快。

"叔叔，阿姨，你们全家出动上这儿来……买衣服吗？"蔡铃莉招呼我父母。

"四妞，抬头不见低头见，你出落得真漂亮！"继母说，"这不索索考上国师大，要去北京上学了嘛，拉拉也考上了市体校足球班，我想给他们兄弟俩各买一身新衣服。"

"阿姨，这么着：他俩的衣服，我俩送了——你们随便挑！看上哪件挑哪件！"

"那怎么行呢，你们的生意才刚起步……"

……

好一通争论过后，双方才达成一致：我们兄弟的衣服，他们送了，父亲、继母以及他们帮外婆买的衣服，照价付钱。

"四妞多灵啊，对服装感觉又好，全是她跑广州进的货，他俩很快就会做大的。"上车后继母说。

"预考到现在才过去多久？"父亲问。

"四个月。"我回答。

"四个月时间，他们就在这儿有了立锥之地，你们前脚还没去上大学，人家后脚已经挣到钱，这俩孩子有出息，这叫生活的尊严……"父亲如此肯定他们，让我有点想不到。

之后的几天里，我还是坚持每天上午跑一趟学校。自己上岸了，便有心关怀别人了，即便是在"省重点"，班上以及全年级一半以上的同学还都是在普通院校和大专院校这两档中找到了他们的归宿……与人同乐的感觉挺好的。

先是有一天，我在来取录取通知书的同学中忽然看到肖长友在理科班的一个喽啰——印象中也是其南方之旅的同行者，出于对肖的关心，我捐弃前嫌上前询问："诶！你怎么回来了？肖长友呢？""大部分都回来了。"他回答，"到广东时，这边开始录取了，大部分人都没心思玩了，我们在深圳分的手，他带着四个人乘船去海南了，其他人就坐火车回来了。"

又过了三天，与肖长友一同奔赴海南的四个人也回来了，带回来的是一大惊天噩耗：肖长友坠崖身亡！就在三亚，在天涯海角附近！蹊跷而又诡异的是：关于他的死，竟然还有两种版本：一种版本是失足坠崖而亡，另一种版本是自杀——其中事发当时距他距离最近的一个同学说，他先是唱着南斯拉夫电影《桥》的主题歌：《啊朋友再见》，然后回头一笑说了声："战友们，永别了！"（《永不消逝的电波》中李侠的台词），然后便纵身跳入大海……遗体已被打捞起来，准备在当地火葬场火化，他的父母已经飞了过去……

所有人都傻了！

我记得正是从这天起，教导主任消失了——不再蹲守校门口了，这条特大新闻每天在这里发酵、传播，这所省重点中学大专以上院校录取率超过90%、本科以上院校录取率超过70%的全省第一的高考成绩中，竟还有血的教训！

凭我对肖长友的了解——也许可以这么说：在所有同学中我最了解他——我更相信后一个版本的真实性，但我对谁都不说，心中的压抑感便更大：都说高考残酷，却未曾想到会残酷如斯！它让接下来我们这些幸存者向老师们的告别都变了味道……

并非树倒猢狲散，是这棵大树上一只猴子落水而亡，将其他猴子全都吓退到山洞中去了……全年级四个班的班长，如今只剩下三个，相互之间通了电话：说不能就这么散了，至少应该跟学校跟老师告个别，于是组织了一个二十来人的告别团（全是名校录取者）。关于要不要去肖长友家致哀的事，也讨论过，被否定了。

于是这一天，由这二十来人组成的告别团重返母校来到学校家属院，准备花一天时间向初高中阶段所有带过我们课的老师一一告别——向我们那些在八十年代中期仍然住在小平房里的被业界公认为全省最棒的中学老师们表达感恩！

什么是向来不喜欢我的老师呢？我的初中班主任梁老师见到我，对我考上国师大一事似乎还满意，夸我道："士别三年，当刮目相看，你这是浪子回头金不换啊！"——比骂我还难听！

几乎所有老师都小心翼翼地规避着"肖长友之死"，尤其是那些偏爱器重他的老师更是面色凝重眉头紧锁，只有上官老师——不愧是我校的作家，说了一句意味深长的话："唯成绩论唯高考马首是瞻是要付代价的！"临走送我们出门，对拖在最后的我，他也有金玉良言："美人与宝马难以兼得，人生这一役，你只能骑走宝马，知足吧！"

到曲老师家时，得到了曲向晨被铁路局招工的好消息，他也随即加入了我们的告别团，带我们去跟住在校外的林校长告别……

林校长的家坐落在碑林附近的一个大宅里，一看就是家世显赫的那种。推门而入，一个很有气质的白发老太将我们挡在了院中，说林校长不想见任何人，突然被上调就让他很不开心，现在又听到最欣赏最器重最引以为傲的得意门生的死讯……

我们站在院子里，忽然听到钢琴声，从屋子里传来，先是随便地弹，接着传来《送别》声，我们也随之唱了起来：

> 长亭外，古道边，芳草碧连天。
> 晚风拂柳笛声残，夕阳山外山。
> 天之涯，地之角，知交半零落。
> 一瓢浊酒尽余欢，今宵别梦寒。

这是最完美的告别！

在校长家的老宅门前，告别团在相互告别之后，就地解散，相约寒假再见。

我没有直接回家,又随曲向晨回到了学校,去完成我个人的最后一项告别仪式——向传达室的老大爷!

从他手中,我取到了最后一批信件和稿费汇款单,收到了给我带来至关重要的 20 分高考加分的《文萃报》征诗活动的获奖证书以及由上海文艺出版社出版的获奖作品集《我们这个年龄》,然后向他郑重话别……

那时段,大爷正用半导体收音机收听袁阔成播讲的评书《三国演义》,语重心长对我说:"你走的是正道,多少帝王将相都不在了,罗贯中还活着!"

那一刻,我眼睛一热,抽身离去……

我骑过教堂门前时,黄昏的钟声大作,让四周的风景豁然开朗……

刚才路上,曲向晨还在跟我商量,想趁自己正式上班前,再组织文科班和足球队里关系好的几个同学去东郊的一个新景点——鲸鱼沟玩上一天,最终未得几人响应,皆因家长坚决不批准,"肖长友之死"也把家长们吓坏了……

最后几日,待在家中,闭门不出,仍有故事——

有一天,我童年的小竹马——陈晓洁从天而降,来到我家——是她妈带她来的,经过这么多年的努力,她如愿考上了中央音乐学院小提琴专业,听说我也考到了北京,跑来看能否一路同行。

她像一把沉默的小提琴坐在我家里,出乎我意料的是:女大十八变,她从儿时小美女长成现在的一般人,与蔡铃莉形成鲜明对照……

提起儿时好玩的事,她啥都不记得了。提起当年的发小,一听刘虎子在父母单位传达室看大门,刁小羊和蔡铃莉在骡马市卖服装,脸上竟然掠过一丝鄙夷之色。

无话可谈——我感觉我们已经成了两路人了,或许本来就是……

由于两个学校开学报到的时间不一致,我们也无法一块儿走,只是相互客气地说:"那就北京见!"

将母女二人送走,父母的反应与我不同——

父亲说:"瞧瞧,人就是这么势利,你不考到北京去,不考个好大学,人家这么多年就不冒出来……人家妈妈的意思很明显:既然都在北京读四年,那就可以交往交往,你俩小时候可好了……我现在正式通知你:大学期间,可以谈恋爱!"

继母道:"我是七七年进单位的,都还记得你俩小时候的样子,是大人眼中的'金童玉女'。不过这女孩,这些年好像拉琴拉痴了,拉木了,有点呆……不过还是可以接触一下,没准儿人家很有内涵呢!四年后,索索领个女朋友回来也不错啊!不论是谁!"

此时此刻,我对即将开启的大学生活充满向往和想象,我眼中的未来似乎不是醒来的过去,我的未来在北京而不是漂移的长安……

临行之前,到派出所迁户口时,我本来还想做一件事:趁机改名字,父亲却说:"你这是自找麻烦,干脆你自己起个笔名算了。"

最后一夜,晚餐时继母转告我:"小薛阿姨让你晚上到她家去一趟,她整理了不少书和杂志要送给你。她已经向单位打了辞职报告,很快就要去深圳发展了。"

"去深圳干吗?"我问。

"她哥哥在那边开了一家公司,让她过去帮忙。"继母答。

"我也好言相劝挽留过她,年轻人哪有不栽跟头的?栽了跟头爬起来就是好同志。"父亲插话道,"不过她去意已决,也是啊——她留在这里不会开心的,那件事会像鬼影一样跟着她,换个环境重整旗鼓也好。"

于是,吃完晚饭我就去了小薛阿姨家——就在同一幢楼隔壁单元的一层,还是分给这个单位的原一把手她父亲(那个老红军)的,只是有日子不见老头在这儿住。

我记得我是三年前初中毕业的那个暑假帮小薛阿姨补习功课时上这儿来过,三年过去,物是人非,我一敲门,门就开了,一个容光焕发的成熟女人站在我面前,精神状态比一个月前在办公楼里见到的那一个"女鬼"好多了……

家里果然只有她一人。她说这两年里,母亲去世了,父亲住在干休所,哥哥在深圳开公司,自己此去就是投奔哥哥……

她将送我的书刊打了一个大纸包,放在门廊的地上……

我被请进的不是客厅,而是她的闺房……

书桌上唯一的书让我看着眼熟,仔细一看,是两年前继母探监时带给她的我的礼物:上海文艺出版社出版的《百家诗选》,书内有很多折页、划线、眉批……

"谢谢你送我这本书,伴我度过非人的两年……"落座之后她说。

我不想让她将话题引向沉重,便说:"我就是觉得这本书对我学诗特有用,才又买了一本送你的,你读了好多遍了吧?你觉得在这一百家中,更喜欢哪几家?"

"嗯,舒婷、傅天琳、顾城、北岛……"她扳着指头说,"还有一个,三个字,我老记不住名字……"说着,她从书桌上拿起那本书，翻到某一页，递到我手中……

我一看，脱口而出："任洪渊啊，我也喜欢他，真是英雄所见略同：我最喜欢的也是这几家！"——我是该上大学了，这个时候，我仍然不晓得，我即将去上的国师大有多好，它的中文系有多牛！三天之后，到了北京，我便会得知：这个任洪渊就是我即将面对的授课老师之一，当代最优秀的诗人之一将面对面给我授课讲诗！

也许这天晚上，打一开始，就有什么不对：这位阿姨，显然经过一番精心打扮，香气刺鼻。而我这方呢，总能意识到她作为女人的存在！后来，她又拿出半瓶白兰地，邀我共饮，我也没有拒绝……

两个压抑的人儿，相互说了很多话，都将对方当成了自己倾诉的对象……

座钟敲响十下时，我像一个落水者，向岸上挣扎了一下，声音遥远地呼救："我走了……"

一个热吻的浪头，一个成熟女人丰腴之躯的巨浪，将我摁回水里，让我放弃抵抗……

这天晚上，在这个屋檐之下，一对身体健康欲望蓬勃的成年男女，做了他们双方都想要做的一切……

午夜时分，一个影子，扛着一个纸包，从这个单元溜到那个单元，像个摸黑行窃的小偷……

## 七

1985年9月4日——新的一天到来了。

令我想不到的是,几乎全院子的大人、小孩都跑出来送我,周围洋溢着赞美之词,搞得我头昏脑涨:我不习惯于受宠,便在心里给自己找了个理由——他们眼看着这个打小没妈的孩子长大了,在他们看来出息了,觉得很不容易!

我偷眼在人群中寻找着一张面孔,结果没有找到,这反倒叫我安心。

外婆真是的,非要在众人簇拥之中、众目睽睽之下,公开发表演讲:"索索,你走了,我也要走了,家里头下一个要高考的是你表妹,我去上海你舅舅家给她做三年饭,你放寒假了就到上海来看我,在舅舅家过年……"说着说着,已经泪眼婆娑。她是突然决定要走的,拉拉考上市体校足球班,也将开始住校,不需要她管了。

与外婆拥抱之后,我便和其他几位亲人一起上了给父亲配的那辆越野车……

到了火车站月台上,车窗外,父母的嘱咐开始了——

父亲说:"没啥好说的,该说的都已说过了。很快就要见面了,我国庆前经北京去欧洲,咱们国师大见!"

继母道:"常写信回家,常给弟弟写信,他的成长需要你。人在外不要太节省,该花的钱你就花……"——我在心里承认:她真是一位好母亲!只是这一天,我有点不敢直视她……

一不留神,拉拉不见了,他几乎没来过火车站,看见火车兴奋得难以自抑,跑到别的站台看火车进站去了,等到我所乘坐的这列火车启动时,他才着急忙慌地跑回来……

"好好学习!好好踢球!"我冲他挥手道。

他们仨被留在了月台上……

火车开向前方……

在这新的一天,我带着亲人的礼物上路:我头上行李架上的足球是弟弟送的礼物,一身新衣服是继母——不,母亲送的礼物,手头一个索尼牌的单放机是父亲几年前去日本早就买了直到前几天才送给我的礼物,我此刻插入其中的一盒磁带是昨夜小薛阿姨送的礼物——是一个叫唐彪的南国歌手翻唱的港台歌曲,此刻我在东去的列车上开始听主打歌《恰似你的温柔》:

> 某年某月的某一天
> 就像一张破碎的脸
> 难以开口道再见
> 就让一切走远
> 这不是一件容易的事
> 我们却都没有哭泣
> 让它淡淡地来
> 让它好好地去
> 到如今年复一年
> 我不能停止怀念
> 怀念你,怀念从前
> 但愿那海风再起
> 只为那浪花的手
> 恰似你的温柔……

这首歌，十分契合我此时此刻的心情，一曲尚未听完，火车已经冲上了浐河大桥。我在一瞥之中看见河边的沙堆上，有两个孩子正在那里玩沙子……灵感的热血瞬间直冲我的头顶，我一把抓过茶几上已经备好的崭新诗本，写下了新的旅途上的第一首诗：

### 沙器

沙器

在最后的夏天
在黄昏的河岸
在潮湿的沙滩
用一把沙子
塑一个你
塑一个我
等待黑夜的潮水袭来
把它们冲散……

是的，这首诗名叫《沙器》，我也从中找到了自己的笔名：沙器——这个名字将伴随我今后的诗、未来的路、一生的梦……

2015.9.11－2020.5.19 一、二稿
2020.5.20－2020.6.9 三稿

磨铁读诗会